玉泉八州男［著］
Yasuo Tamaizumi

シェイクスピアの世紀末

小鳥遊書房

シェイクスピアの世紀末／目次

第一部　シェイクスピアとその時代

第二部　イギリス・ルネサンスの文学と思想

第三部　シェイクスピアの世紀末

第四部
ベン・ジョンソン

※註は本文中に（　）で数字で示し、各章末にまとめてある。

第一部

シェイクスピアとその時代

第一章
ロンドン・シェイクスピアとストラットフォード・シェイクスピア

一

クロイドンはロンドン橋の南一〇マイルにあるサリー州の市場町である。今でこそ電車で約二〇分、通勤に便利なベッドタウンだが、エリザベス朝なら歩いて半日近くはかかる片田舎だ。人々の話題にのぼるとしても、年に二回の大市か炭の生産に絡んでのことだろう。

カンタベリー大主教は、ノルマン人のイギリス征服以来、この地に直轄の荘園をもっていた。その館（一七八〇年売却）が気に入って「宮殿《パレス》」という名を与えたウィットギフト——そう、一五八二年シェイクスピアが結婚を急ぐあまり婚姻規定の適用除外をウスター主教区法院に申請した当時、主教を務めていた人だ——は夏の快適さを称えたというが、ランベス湿地《マーシュ》にあるロンドン公邸と同じく、土地が低いうえに近くに川や池があるせいで湿気が多いと、ヘンリー八世はじめ訪れる人々には概して不評だったらしい。

一五九二年の秋に、ここの大広間でペイジェントが上演されている。夏からペストを避けて滞在していた大主教一家を慰めるために催された、トマス・ナッシュの『夏の遺言』である。

ウィリアム・マックニールは『疫病と世界史』の中で、人口に潰滅的打撃を与えなくなれば疫病も疫学的には流行病《エピデミック》ならぬ風土病《エンデミック》と化すのであり、イギリスではその転換は一四三〇年頃におこったと書いている[1]。なるほど、以後人口は二五〇年間で倍増するから、統計的には確かにそうかもしれない。しかし、定義や統計はどうあれ、疫病の恐怖がその時点から遠のいたわけでは決してない。ロンドンだけをとってみても、一六六六年の大火で鼠が大量に焼死するまでペストは周期的に大流行をくり返し、多くの人命を奪っている。たとえば、大火直前に七万近い人が死んでいるし、一六〇三年と二五年にもほぼ同数の生命が失われている。一五九二年も似たような年で、比較的平穏にすぎた四年という歳月の後に、改めて腺ペストが猛威を揮いだしたのであった。

このときの悪疫は、年間死亡者数こそ一万五〇〇〇人と低く抑えられたものの、足掛け三年に及んだところに特

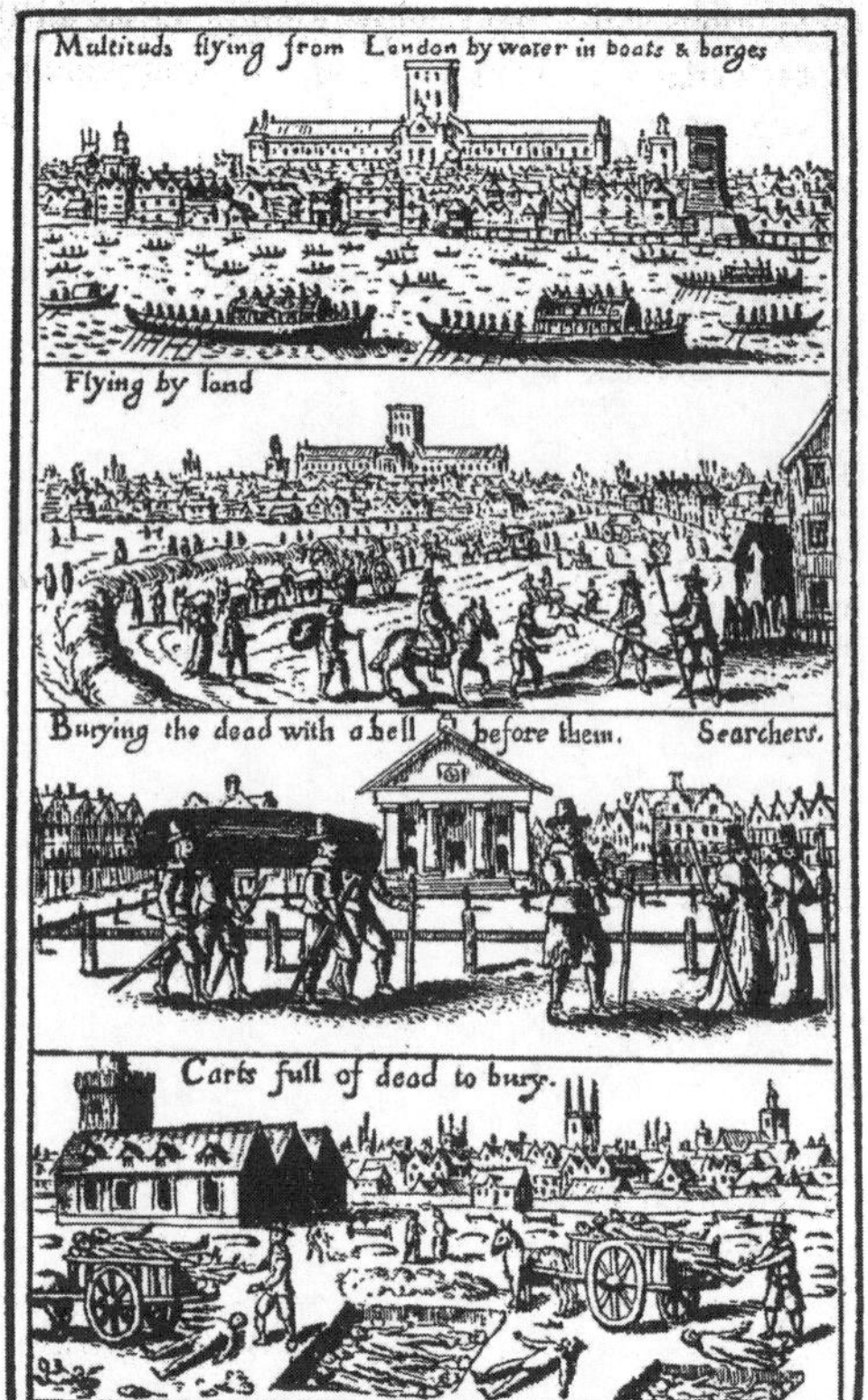

ペスト時のロンドン光景四態（1665年頃）。上から船で逃げ出す者たち、陸路をゆく者（矛をもつ農民に健康証明書の提示を求められている）。疫病調査官と鉦叩きに先導され、柩を運ぶ人々（全員が赤い錫杖を手にしている）。死体運搬車と埋葬用の穴。

徴がある。長期化の直接原因としては異常な暑さ以外不明だが、遠因ならつねに明らかで、人々が病原菌はおろか媒介者についても暗く、有効な処置をとりえなかったところにある。タイモン同様「病んだ空気」（『アテネのタイモン』四幕三場）が原因と信じている彼らは、首からお守りを下げ、薬草や生の玉葱で部屋を燻し、煙草を吸い、ニンニクや一角獣の角と称する粉末を口にする。これが予防策のほぼすべてであり、あとは汚染された家をみつけ次第閉ざして貼紙をしてくれるよう役人に頼む傍ら、腋の下が脹らんだり「神の（怒りの）証し」たる斑点が現われる（こうなれば一週間でまずお陀仏だ！）前に一刻も早く逃げだす算段をするくらいだろう。ハイゲイトやハウンズロウ、あるいはチジックへと。ジョンソン描く『錬金術師』のラヴウィットのように。もちろん、その頃までに、劇場をはじめ感染源になりそうな場所はすべて、市当局により閉鎖されている。

ナッシュの劇は、疫病流行下に書かれたという意味で、ボッカチオの『デカメロン』に似ている。終り近くで「物語の展開からみれば……勝手に鳴りだした鐘のようなもの」でしかない歌には、却ってその故に一際深い哀切感がある。

美しき顔《かんばせ》、そはさながら花にして、
花のごと、やがて皺にて食い尽くされん、
輝き天より消えたれば、
匂うがごとき若さにて死したる妃数知れず、
ちりはヘレネの眼閉ざしぬ。
われ病めり、死出の旅立ち近ければ、
　主よ、あわれみを垂れたまえ。

これは「『あの日はどこに』(Ubi Sunt)の悲哀感が、ペイジェントが演じられた夏の終りという時期に寄りそい、疫病の暗い見通しとやがて一年が向かっていく冬という時期を反映している」からであろうが、直接には、「主よ、あわれみを垂れたまえ」という祈禱書の一節が疫病に冒された家の戸口や死者の経帷子に貼られた紙切れの文句でもあったという事実によって、齎されるものだろう。絶世の美女のデスマスクは最後の一行に到ると突然膿を吹きだして崩れおちるという寸法だ。ここにこの詩独特の哀切感の奥深さがある。(2)

ナッシュがクロイドンで書きあげ疫病が下火になるかならぬかの一五九四年春に出版した『悲運の旅人』の中にも、ローマに託して当時のロンドンの惨状を述べた個所がある。

……まったくそれは一語一撃というやつで「神よ、ご慈悲を授けたまえ」といえば、人はもう死んでいた。……昼夜一日中車ひきはただ車をひいて街を歩きまわり、「死体はありませんか?」と叫ぶだけ、一軒の家から車いっぱいの荷を引き受けるのも、決して珍しいことではなかった。ひとつの墓は一四〇の死体を入れた墓、ひとつの寝台は家族全員が献げられた祭壇になっていた。(3)

ここには確かに、一六〇三年の流行に触れて、弔いが多くなりすぎたために「以前にはひとかかえ一二ペンスで売られていたまんねんろうは、いま六シリングでひとにぎりしか買えなくなっていた」(4)と書いたデカーに通ずる、ドキュメントとしての迫力がある。ただ、『悲運の旅人』とか『夏の遺言』全体を眺めたとき、そこには非常時とは思えない一種の陽気さ、C・L・バーバーが祝祭喜劇と結びつけたある種の気分が存在するのも否めない事実だろう。それは『恋の骨折損』の五幕二場でのペストの扱われ方に一脈通ずるところがある。

……我慢してください、病気ですから。……あの三人の身体に、ペスト用心のお札の文句の「神よ、慈悲をたれ給え」を書いて、貼り付けてください。……ペストに罹《かか》ってるんです。……あなただって、大丈夫じゃない。そら、ちゃんと、おしるしを、身体につけていらっしゃる。(5)

ビルーンはこともあろうに恋煩いをペストの比喩で語っている。何という不謹慎さ！　だが、それはおそらく、彼らがおかれていた環境と無縁ではあるまい。一方は、ウィットギフトの個人的なチャップレンになったリチャード・バンクロフトの供をしてクロイドンに起居し、他方シェイクスピアはサウサンプトン伯のティッチフィールドかどこかの邸宅に難を逃れている。(6)この気楽さがどうしても作品に反映してしまうということだろう。

ナッシュは一五九六年、宮内大臣ハンズドン卿の死を契機に一時ロンドン中の劇場が閉鎖されたと思しき折に、「上演と出版からあがると期待していた当て」(7)が外れたとウィリアム・コットン宛の手紙で嘆くこととなる。しかし、この際は状況が違う。逼塞していた間に書いた『悲運の旅人』をサウサンプトン伯に捧げて期待していた祝儀をひきだせなかったとしても、少くともバンクロフトとかウィットギフトというパトロンはいる。パトロンとは名ばかりでお仕着せを賜わるだけの主筋しかもてなかった役者たちに比べたら、どれだけ心強かったことか。

もちろん役者といっても一律に論ずるのは不可能で、国王一座などは一六〇三年の疫病流行時に国王から三〇ポンド下賜されたのを手初めに、ペストで長期にわたって上演が禁止された際には何らかの援助を受けている。(8)だが、これが望めるのは、演劇が進取の気性を失うとともに主筋が王室一家に限られていくジェイムズ朝に入ってからで、興行が軌道に乗りかかったばかりの一五九二年という時点においては無理というものだろう。一代の名優エドワード・アレンをはじめほとんどすべての俳優はどさ回りを余儀なくされるのである。

親愛なる息子エドワード・アレンよ……家の者は幸い全員無事だが、周りを見廻せば、やられていない家はほとんどない有様だ。なかには一家全滅というところもある。……ショアディッチのロバード・ブラウンの細君と子

供全員死亡。家は閉ざされたということだ。(9)

一五九一年五月、劇場座の小屋主バーベッジと喧嘩別れしてばら座に移ったアレンは、翌年一〇月、悪疫流行の最中に小屋主ヘンズロウの義理の娘ジョゥン・ウッドワードと結婚する。アレンに「はつかねずみ《マウス》」と呼びかけられているかと思うと、「市の役人たちによって二輪車で引き廻」されてもいる（ヘンズロウを淫売窟の経営者とみる見方の一つの有力な根拠はここにある）女性だ。だが、甘い新婚生活は衰えを知らない疫病により無理やり中断させられてしまう。ロンドンの周囲七マイル内での上演禁止という九三年一月二八日付の枢密院のお達しによって、(10)百ポンド余りを費やして改築したばかりのばら座をすてて彼らはそそくさと旅にでる。さきに掲げたのは、旅先きの女婿へ宛てた義父ヘンズロウの手紙の一節なのだ。

ヘンズロウはこの他にも「市の内外で病人の数が週間千七、八百人に及んだ」とか「所在を知りたいといってよこしたペンブルック伯一座は、五、六週間前に舞い戻ってきている。……聞くところによると、旅廻りの費用が捻出できず、衣装を質入れしようとしているらしい」といった情報を伝えている。(11)

この最後の知らせを、アレンはどんな思いで聞いただろうか。九二年の秋か初冬のある時期に、「劇団の世帯が大きすぎて地方巡業の費用が嵩み……破滅の危機に瀕している」のを劇場閉鎖によってテムズの水夫が陥った生活の窮状とともにあげて、ばら座の再開を枢密院に頼みこんだのは、(12)他ならぬ彼が行をともにしているストレインジ卿一座の面々だったのだから。

実際、この長くつらい二年間のうちに、それまでロンドンで活躍していた多くの劇団が潰滅するか、地方劇団になり下ってしまう。それまでの一〇年間、斯界の指導者的地位にあった女王一座然り。ウスター伯一座、サセックス伯一座然り。ストレインジ卿一座も、九三年九月ダービー伯一座と改名したのもつかの間、九四年四月の伯の死から間もなく分裂し、主力は宮内大臣一座に姿をかえることとなる。その結果、九四年二月三日に改めてだされたロンドンから周囲五マイル内での上演禁止のお触れを申し訳程度に守るかに河向こうのニューイントン射撃場跡で同年六月三日から一三日にかけてヘンズロウの肝煎りでほぼ一年半ぶりに演劇が再開されたとき、生き残っていたのはアレンを頂く海軍大臣一座と、若いバーベッジを擁する宮内大臣一座の二つだけだったのである。

二大劇団拮抗時代はここより始まる。約一〇年後に「第三の劇団」ウスター伯一座が登場するまで、彼らは二人の立役者の実父と義父の小屋に拠って比較的安定した興行を打つこととなる。その最大の理由は目立った疫病の流行がなかったため俳優の離合集散がおこらずにすんだことだろうが、やがてナッシュがしみじみと回想するように[13]、この動乱期に宮内大臣をつとめた初代ハンズドン卿の献身的な努力も見逃すべきでなかろう。自らの劇団が高級住宅地近くの劇場に進出するのに反対する署名に加わった二代目に比べて、九四年一〇月という早い時点から「今現在　某《それがし》が抱えおりまする劇団[14]」がひき続き鍵十字亭で上演できますようにと市当局に請願した初代には、パトロンとしての熱意においてかつてのレスター伯に通ずるところがあったようだ。

こうして好調なスタートを切った二劇団は九四―五年のクリスマス期にともに招かれて女王の御前で公演を打つ。その謝礼が九五年三月一五日に支払われた際に、女王の私室関係出納簿に宮内大臣一座側の受取人としてバーベッジ、ケンプと並んでシェイクスピアの名前が登場する。[15]シェイクスピアは、エリザベス朝演劇の成長期を待ち望んでいたかに、忽然と姿を現わしたのであった。

二

ストレインジ卿一座は、一五九三年五月六日、巡業に旅立つに当って枢密院から許可証を取りつけている。ロンドンから七マイル以上の遠隔地でペストに冒されていない町なら、いずこであれ上演を許可するという書面だ。[16]交付先きは、海軍大臣お抱えのアレンを除けば、ウィリアム・ケンプ、トマス・ポーフ、ジョン・ヘミングズ、オーガスタン・フィリップス、ジョージ・ブライアンとやがて宮内大臣一座で馴染みになる面々だが、そこにシェイクスピアの名は見当らない。

また、チェルムスフォードを皮切りにアレンは巡業先から新婚の妻や義父宛てにまめに手紙を認めている。ロミオ宛の僧ロレンスの手紙とは違って、これらはペスト流行下でもヘンズロウの手紙同様無事相手に届き現存しているのだが、それらの文面にもやはりシェイクスピアへの言及はない。カウリーをはじめ一七人の名前がそこにはでてくるにも拘らず、である。

名前が見当らないといえば、この一座が発展的に解消してできる宮内大臣一座の立役者リチャード・バーベッジも同様だが、彼は九〇年頃のストレインジ卿一座の演し《だ》ものと思われる『七つの大罪・第二部』や『死者の幸運』の割り付け表《プロット》には顔を覗かせている。[17] それが九三年の時点で消えているというのは、九一年におこった父親とアレン兄弟との喧嘩のとばっちりで、一時別行動をとっていたということだろう。

となれば、シェイクスピアはバーベッジと行をともにしていたのだろうか。『タイタス・アンドロニカス』をはじめシェイクスピアと何らかの関係を有すると思われる劇をいくつか上演していたペンブルック伯一座の一員として。しかし、この興味深い推測も一座の結成がバーベッジ、アレン二家の対立よりかなりずれこむらしいと判ってしまえば、とたんに説得力をなくしてしまう。[18]

シェイクスピアは一五九二年までにはロンドンの劇壇である程度の地位を築いている。それは同年暮れに出版された『三文の知恵』の次の一節に明らかだろう。

……ここに一羽の成り上がり者の鳥がいる。われわれの羽根で美しく身を飾り、その虎の心を役者の皮で包んで、諸君の誰にも負けずみごとに無韻詩《ブランク・ヴァース》を、大げさな調子で述べたてることができると思っている。また驚くべき「何でも屋」で、この国で舞台をゆり動かせる（シェイク＝シーン）のはわれわれひとりとうぬぼれている。[19]

この一文をものしたのがロバート・グリーンなのか、『親切歯抜き《カインド・ハート》の夢』で身の潔白を申し立てているチェトルその人か、確かなことは判らない。ただ、『ヘンリー六世・第三部』の一幕四場にでてくる「おお、女の皮に包んだ虎の心！」を踏まえて、しがない役者の分際で劇作にまで手を染めて大向うの喝采を浴びようとする姿勢が攻撃されているところをみると、先輩劇作家たちにとってシェイクスピアが脅威の的となりつつある様子がはっきりとみてとれる。

それでは、疫病流行以前に地歩を固めていたのが確実でありながら所属が判らないというのは、フリーの劇作家だったということだろうか。そんなはずはあるまい。先きの引用も、はっきり役者稼業についていた可能性を示唆している。それに、『リチャード三世』のトマス・スタンレーの扱いや『恋の骨折損』の主人公ファーディナンドの描き方にストレインジ卿ファーディナンド・スタンレーを意識したところがあるとすれば[20]、役者兼劇作家としてストレインジ卿一座とは比較的早い段階から接触があったとみざるをえないだろう。『七つの大罪・第二部』で女形を演じた「ウィル」とは、シェイクスピアその人だったのだろうか。

あるいは、若い頃のジョンソンが書いたかも知れない『ウォリックのガイ（*Guy of Warwick*）』で道化を演ずるスパロウ、ストラットフォード出身で若い娘を孕ませて出奔した「野心家で高慢ちきな雀（a high mounting lofty minded Sparrow）」（一一三三二）を演じたのは、シェイクスピアその人だったのだろうか。ちなみに、「ブランディマート（Brandimart）」が『ガイ』の巨人「コルブロンド（Colbrond）」の別名なら、この劇はストレインジ卿一座の演し物としてヘンズロウの『日記』に九一年四月六日と九二年五月八日の二度登場し、夫々二二シリング、二四シリングの稼ぎを齎している[21]。

いずれにせよ、ストレインジ卿一座の一五九三年の地方巡業時に一座にすでに関係していたとして、まだ幹部俳優あるいは株主俳優になっていなかったし、巡業そのものにも参加した形跡はない、と断ぜざるをえないだろう。

このように、一五九二年からシェイクスピアの存在は確かめられるものの、所属は九四年まで掴めない。最初に関係した劇団にしても、女王一座が有力とはいえ、これとて以下に述べる理由でさほど根拠のある説ではない。

シェイクスピアが女王一座から出発したとする説は、一五八七年一座がストラットフォードを巡業した際に欠員があったらしいというところに胚胎する。同年六月一三日夜、ウィリアム・ネルが仲間の俳優と喧嘩口論の末刺殺されるという事件がおこっている。この一件をシェイクスピアの入団に結びつけようというわけである。[22]

だが、果してどうであろうか。なるほど、欠員ができたのは事実だろう。しかし、それがストラットフォード巡業前だったとして、田舎の青年にすぐその代わりが務まるだろうか。何しろネルは『文なしピアス』でナッシュにその演技を褒められたばかりか、アレンとどちらが芸達者か賭けをしたいといった手紙が残っているほどの喜劇役者だから。[23]それに『ヘンリー五世の赫々たる勝利』でハル王子を演じているところをみると、発足時はいざ知らず、その頃には一座の幹部株主俳優になっていたのは確かだろう。

となれば、演技の面でも出資金の面でも、当時のシェイクスピアにその代わりが務まるとは到底考えられない。そして補充とは、それらを二つながらに満足させねば何の意味もないのである。しかも、ネルの未亡人レベッカは事件後一年もたたないうちに、ジョン・ヘミングズと結婚している。ネルの株はそのままヘミングズの出資金に当てられたとみるのが順当だろう。[24]

シェイクスピアの生涯において、長男ハムネットと次女ジュディスの双生児が生まれた一五八五年から九二年まで、消息がまったく不明の七、八年間がある。この期間は通常「失われた歳月《ロスト・イヤーズ》」と呼び慣わされている。ところが、この歳月のどの辺りで彼がロンドンへ出たかは、さまざまな説が飛びかうにも拘らず、やはりいぜんとして謎に包まれたままなのである。

しかし、ナッシュの『文なしピアス』(一五九二)や『三文の知恵』での言及から察するに、[25]『ヘンリー六世』三部作は、九〇年代の初めにすでに有名だったことになろう。とすれば、シェイクスピアの旅立ちを定説より多少早めて双生児の誕生直後くらいにおくべきかもしれない。何しろ裸一貫都へ上ってきた人間が認められるにはある程度時間がかかるだろうし、シェイクスピアの場合は、一八世紀中葉以来劇場の馬番から身をおこしたという伝説があるほどなのだから。[26]

ところで、もしそうなら、彼は八歳年上の妻と二人の子供を残して、二一、二歳で単身郷里を後にしたことになる。彼をこの時期にこのような理屈の通らない行動に駆りたてたものはいったい何だったのだろうか。

シェイクスピアの父ジョンは、近郷のスニッターフィールド出身で、ストラットフォードで手広く皮革商を営んでいた。土地の名士らしく行政にも関心があり、一五六五年には参事会員、六八年には町長まで務めている。ところが、七〇年代の後半から、なぜか家運が傾き始める。七六年以後、町議会への足が遠のき、七八年、七九年とウィルムコートやスニッターフィールドにあった土地や家屋を、妻メアリーの所有分を含めて、わずかな金のために手離している。

九二年頃には教会への欠席も目立ち始める。いずれ、債権者につかまり「法的措置」をとられるのを恐れてのことと思われるが、あるいはカトリック信者としての純粋な国教忌避の現われだったかも知れない。というのは、一八世紀も中葉になってから、ウィリアムの生家の屋根の葺きかえ最中にたるきと瓦の間からジョンのものと覚しき一四条からなるカトリックの信仰宣言書がみつかっているからなのだが。[27]少くとも、九三年カトリック的信念から女王暗殺を企て逮捕されたジョン・サマヴィルと義父エドワード・アーデンの首は、ウィリアムが上京した頃にはまだロンドン橋の上に曝されていたはずだ（四五頁参照）。そしてこのアーデンは、彼の母方のアーデン家の遠縁に当たる。

だから、一五八五年におけるシェイクスピア家に話を戻せば、一家は貧窮のどん底とはいえなくとも、斜陽の只中にいる。わずかに明るい材料といえば、長男についで一九歳の次男ギルバート、一六歳の三女ジョウンと次々に成長して働き手が増えたことだろう。しかし、頼りになるとすればやはり長男のウィリアムを措いてないと思われるのに、その彼はこの難局にあえて家を出ようとしている。何故なのか。大義名分は立つのだろうか。

シェイクスピアの出発を巡っては、古来鹿泥棒の話が実《まこと》しやかに語られてきた。土地の新教徒の名家ルーシー家には当時、『ウィンザーの陽気な女房たち』のシャロー判事の家とは違って、田舎貴族の権力の象徴たる鹿など飼われていた形跡はないにも拘らずである。[28] これも、つまりは、宗教的信条に絡めて故郷を棄てざるをえない切羽詰った理由を見つけようとする努力の現われに他なるまい。[29]

同時に、この伝説は彼の青春が暗かった一つの証左でもあろう。『冬物語』のボヘミアの場面、熊に追いかけられてアンティゴナスが退場した後に登場する羊飼いは次のようにいう。

一六から二二までの年てえのはなきやいいに、……あの年頃は、娘っ子に子供を孕ませたり年寄りを馬鹿にしたり、盗みを働いたり、喧嘩したりばっかしで……。[30]

シェイクスピアの場合も、鬱屈した青い性は尋常ならざる手段で結婚を急がねばならない事態を招いていた。当時の田合の花塚の三分の一近くは結婚時にすでに妊娠していたらしいとはいえ、[31] 生真面目な文学青年は、(妻の豊かな持参金で父の負債を支払う意図的な愚行でないとすれば)[32] この厳粛な事実をどう受けとめたことだろう。出来た子供に罪はなくとも、そのために青雲の志をすて、田舎町に埋もれて依怙地な父を助けて傾いた身代を建て直さねばならない。[33] 別の手立てはまったくないものか。

こうして悶々と悩む彼の脳裡にいつしか俳優で身をたてようという気持ちが固まっていく。その際、結婚前に一時北のランカシャーで家庭教師兼俳優を務めたことがあるとすれば、もっとも説明が容易だろう。グラマー・スクールのカトリックの教師の口ききで、彼ははるばるアングザンダー・ホートンの邸へ出かけていき、そこで主人の無聊を慰めたことがあったかもしれない。[34] それとも、八一年の遺言状で、ホートンから年金二ポンドを与えられたウィリアム・シェイクシャフトとはまったくの別人で、われらのシェイクスピアがロンドンへ出る以前演劇体験があったとすれば八三年ストラットフォードにおける聖霊降臨節の余興ぐらいで、あとはもっぱら町へ廻ってくる役者の芸に見惚れていただけだろうか。それともオーブリーがいうように、父か名付け親いずれかの仕事を手伝って牛を捌く際に、芝居気たっぷりにしかも口釈まで交えておこない、評判を呼ぶ子供だったのだろうか。[35]

よほど物分かりのよい家庭を考えれば別だが、旅立ちの動機としては、合理化への一切の試みをすて、衝動的な家出に近い形を考えるともっとも納得がゆく。エリザベス朝の一般常識ではこれはできない相談だったのだろうか。すべては推測の域を出ない。

宮内大臣一座結成の頃といえば、それからかれこれ一〇年近くは経っている。傭われ俳優に加えていつ頃からか、家の没落で知った人の心の頼りがたさの認識を生かして劇作の筆もとりだし、今ではある程度蓄えすらある身になっている。何しろ悪い仲間とつきあわず、せっせと貯めこんだのだから。[36]もちろん、とうにストラットフォードに住む家族ときちんと連絡をとり、年に一度は生活費を届けに戻っているはずだ。

女王一座が長年君臨してきた演劇地図が疫病ですっかり塗りかえられたところで、彼は新劇団の株主になる話をもちかけられている。常設小屋ができて二〇年近く、新手の娯楽産業として定着しかかっているところだから、疫病にさえ煩わされなければ、演劇の見通しは決して暗くないはずだ。事実、その年から翌年にかけてヘンズロウは四五〇ポンドの収入をあげることとなる。

彼はいま決心を固めようとしている。株主の権利は四、五〇ポンドもあれば手に入る。[37]幸いそれ位の金なら何とかなるだろうし、『ヴィーナスとアドーニス』『ルクリース凌辱』を疫病流行中にサウサンプトン伯に捧げたことで懐が暖かくなっている。[38]

劇作家仲間を見渡しても、グリーン、マーロウ、キッドとあいついで他界し、リリーが筆を折ってしまった今が絶好のチャンスだ。生まれた年に郷里を襲ったペストを何とか生き延びて以来、疫病は味方してくれているらしい。ここらで一つ本腰を入れて、勝負をしてみよう。異常に暑かった前年とはうって変って冷たい雨――『夏の夜の夢』（二幕一場）でタイテーニアのいう、緑の麦を腐らせ、羊の檻を水浸しにしたそれだ――のふるなかで、三〇歳の春を迎えたばかりの男の胸中は、燃えていた。

三

それからシェイクスピアと宮内大臣―国王一座との二〇年近くにわたる付き合いが始まる。おそらく同郷の印刷業見習いリチャード・フィールドを頼ってロンドンへ出てきた当初は、バーベッジら芸人が大勢住んでいたショアディッチに腰を落ち着けたと思われるが、一座の旗あげ頃にはすでに市壁の内側に移り住んでいたかもしれない。ロンドンにおける記録は、それから間もなく現われ始める。

人口四、五万の町として出発した一六世紀のロンドンは、一〇〇年の間におよそ四倍に脹れあがる。世界経済の中心がアントウェルペン、ロンドンと移行するに付随しての現象だ。その結果、七〇年代にはついに市壁の中に住民を収容しきれなくなって、町はどんどん郊外に拡がっていく。ショアディッチはそうしてできた早い時期の町の一つである。

しかし、住民のなかで難民や離農民の割合が高いところから推せば、ここは町というより貧民窟、一種のゲットーだ。『ヘンリー四世・第一部』でハル王子が「ムアディッチのどぶ水よろしくふさぎこんで」(一幕二場)とフォールスタッフをからかうが、ここの汚なさも隣り地区と似たりよったりなものだっただろう。反面、飾り気がないから、ボヘミアンたちが集まり、「エリザベス朝ロンドンのカルチェ・ラタン」を形成する。(39) ところが、『夏の遺言』の主人公ウィル・サマーをはじめ、タールトン、バーベッジ父子ら芸人たちが愛し眠るこの地をシェイクスピアは一五九六年以前のある時期に抜けだし、高級住宅地の一つ聖ヘレン教区に一家を構えたのであった。

この事実は、財務裁判所の臨時税徴収台帳その他によって知ることができる。土地と私有財産に基づいて九六年秋に査定がおこなわれた王室に納める特別補助金の、九七年一一月現在の同教区関係怠納者リストに、シェイクスピ

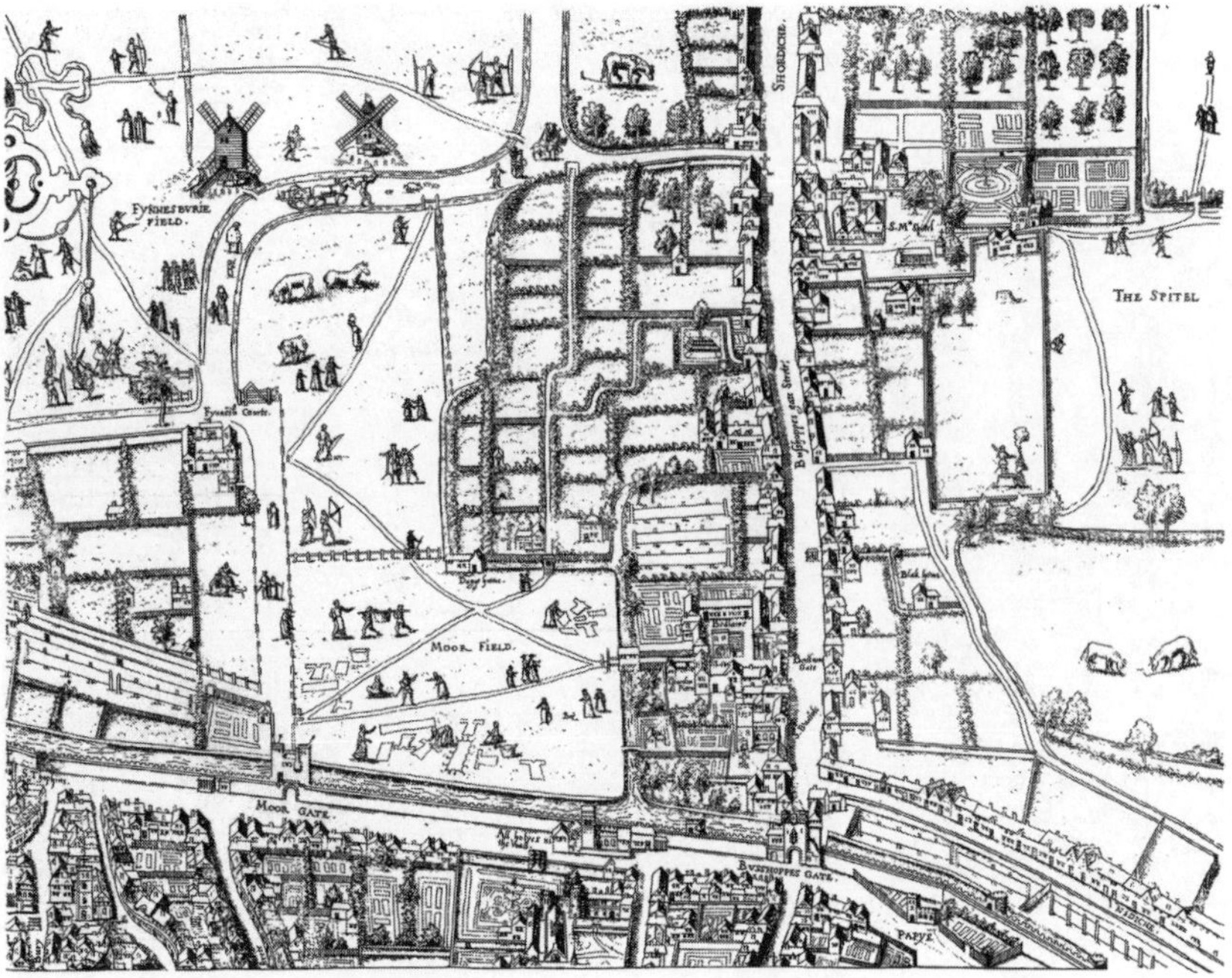

1557-59年頃のエリザベス朝のカルチェ・ラタン、主教門外ショアディッチ周辺。やがてこの北の外れに劇場座が建立され、シェイクスピアも居を定める。

アの名が記されているからである。(40)

シェイクスピアの評価額は五ポンド、前後に名を連ねる他の住民たちに比べたら、桁一つ少くはある。しかし、妻の実家、富裕な自作農ハサウェイ家の四九―五〇年の臨時税徴収時における評価額が一〇ポンド、(41)白鳥座の創設者ラングレーの友人の金貸しガモンの八〇年代におけるそれが三ポンド(42)というところから推せば、これは決して低いとはいえない額だろう。シェイクスピアはイギリス版猿若町を去ることで芸人から紳士への道を目指し、また実質的にそれに見合う収入をあげつつあるのである。

これは、種々の資料から確かめることができる。

パトロンを九六年の夏に失い、一時ハンズドン卿一座と改名を余儀なくされたとはいえ、劇団活動は全体としてすっかり軌道に乗っている。クリスマス期の宮廷上演も、五回、六回と着実に延び、順調そのものだ。

もっとも、問題がないわけではなく、彼ら

が依拠する劇場座の借地権延長のメドはたっていない。おまけに、交渉の決裂に備えて入手した旧黒僧会修道院の建物は劇場に改修したものの住民パワーの炸裂で使えず、それに代わるものとして創設直後から交渉がもたれていたかもしれない白鳥座もナッシュの『犬の島』筆禍事件で閉鎖されてしまう。しかも、事件のとばっちりはロンドン周辺全域に及び、二年続きで夏場の閉鎖は全劇場に及ぶ。他より余裕があるとはいえ、シェイクスピアの劇団もさすがに困りはて、『恋の骨折損』『リチャード二世』『リチャード三世』『ヘンリー四世・第一部』といった劇を印刷所に手離すことで急場を凌がざるをえなくなるのである。黒僧座開設に当って、資金集めのため『リア王』や『トロイラスとクレシダ』を手離していくのと同様に。

ところで、こうしてできた作品にはこれまでの不良四つ折本と違って、シェイクスピアの名前が明記され始める。九五年に出版された作者不詳の『ロックライン』も、人気にあやかろうという計算からだろうが、W・Sとあえて彼のイニシャルを入れている。フランシス・ミアズは『知恵の宝庫』（一五九八）で「イギリスではシェイクスピアが喜劇、悲劇の両分野においてもっとも優れている」と書いたが、[43] 彼は今や名前を明記すれば作品の売れゆきがあがる人気作家となったのである。

高まる一方の名声に応じて、収入の方も予想以上の伸びを示している。紋章院のヴィンセント文書の中に、シェイクスピアの父が一五九六年に紋章佩用を請願して認可された旨の書類が残されている。それによれば、二〇年以上も前に一旦申請し、図柄まで決まっていたのに、手数料が払えなかったのであろう、沙汰止みになっていたのがわかる。[44] 当時の手数料がどれ位の金額か正確には判らないが、ジョンソンの『みな癖が直り』の紳士病患者ソグリアードの科白からおよその見当はつくだろう。紋章院《ハロッツ》から戻ってきた彼は喜び勇んで、次のようにいう。

ありがたや、ありがたや、これでやっと紳士の肩書をつけられるようになったんです。ほら、これが認可状。こいつは三〇ポンドしたんです。（三幕四場）[45]

書類につけ加えられた覚え書は、ジョンを五〇〇ポンド相当の資産の持ち主と謳ってはいる。だが、いくら余裕があっても、この際は手続きから手数料の支払いに到るまですべて息子がおこなったとみるのが、順当な見方だろう。

こうして、紋章の銘《モットー》さながら「権利なきにしも非ず《ノン・サン・ドロワ》」して、紳士シェイクスピアは誕生した。しかし、たとえ一家にとっては長年の夢の実現であったとしても、紋章の購入自体は取り立てて語るに値しない事柄かも知れない。何しろ、やがて同輩数人が貰うばかりか、佩用者は州当り五〇〇人近くもいたからだ。シェイクスピアの場合特筆すべきは、わずか半年ほどのうちに「ニュー・プレイス」購入という事件が続いておこることの方なのである。

「ニュー・プレイス」とは、ロンドン市長を務めたことのある、ストラットフォード最大の分限者サー・ヒュー・クロプトンが一五世紀末に建てた「新屋敷」のことである。間口が六〇フィートある町で二番目の大邸宅を、シェイクスピアは表向きは銀わずか六〇ポンドで手に入れたのであった。

この驚くべき安さは、建物が老朽化していたからであろうが、以前にここで殺人がおこなわれた可能性があるせいかもしれない。但し、表記の金額はあくまでも法律上の作為的なものにすぎず、実際の支払い額はわからない[46]。しかし、たとえその額がいかほどのものであれ、栄華の象徴として少年時代の彼の胸に深く焼きついていたに違いない建物を手中に収めたシェイクスピアの喜びは想像に余りある。それによって彼は紛れもなく分限者の仲間入りを果したのであった。

この一件には、別の事情も絡んでいる。

シェイクスピアの生家は今でこそ一軒家の外観を呈しているものの、西側の部分は別棟を買って継ぎたしたものである。そこに両親、二人の独身の弟たち、それにその頃はまだ帽子屋のハートと結婚していなかったであろう妹ジョウンが住んでいた。末の弟エドマンドもあるいはロンドンへでる以前だったかもしれない。

加えて、そこにウィリアムの妻アンと二人の子供がいた可能性が高い。出稼ぎにいっている夫の留守を守る妻と

19世紀半ばに描かれたシェイクスピアの生家の水彩画（まだ完全に見捨てられたままになっている）。

成年に達した三人の未婚の義弟たちが一つ屋根の下に住んでいる！『リチャード三世』のように、弟のリチャードが寡婦同然の妻アンにいい寄る可能性は充分にある。おまけに、九四年の大火の際に、延焼防止のため片方の端はとりこわされていて、以前より手狭になっている。[47]シェイクスピアならずとも、金の工面のつき次第、新たに家を求めようという気になるのは当然だろう。それにしては、父親の紋章の方を家の購入より優先させたのは何故だろうか。

金高が違うとか親孝行だったという通り一遍の理由の他に、この場合はまったく別の見方も成りたたなくはない。ウィリアム一家が一時ロンドンで水いらずの生活を送ったのでは、という推測である。先きに触れた聖ヘレン教区のあの家で。

もちろん、根拠はない。ただ、終始間借り生活を送ったはずの彼がなぜニュー・プレイス購入直前の一時だけ一家を構えたのか、解せないからだ。しかも、その間に息子のハムネットが死んでいる。そこから、次第に想像は脹らみ始める。

折角、一家団欒の時をもてたというのに、ロンドンの瘴気に当って息子はじきに病の床につく。あわてて郷里に連れ戻してみたものの、手遅れだった。それを知った父親は、これ以上娘たちまでをも不幸な目に会わせたくないと考え、ストラットフォードで新たに家屋敷を購入することを決意する。[48]

推測にしては筋のよい方だろう。それはとも角、購入した家屋の手入れが早速始まったらしい。「大地の骨組みと巨大な基盤」（『ヘンリー四世・第一部』三幕一場）といった建築に関係する言葉が作品に顔を覗かせ始める。

さて、主教門《ビショップゲイト》傍を離れたシェイクスピアはショアディッチへ戻らずに、テムズを越えた向こう岸へ移り住んだらしい。劇場座にいち早く見切りをつけたせいだろうが、サザック地区に親友フィリップス一家、独身のポープやスライが以前から住んでいたためかもしれない。九六年秋に白鳥座の小屋主ラングレーともどもシェイクスピアを相手どって身辺保護を求めた、ある男のサリー州長官宛の訴状が存在するところからみると、転居はその年の特別補助金徴収のための調査直後になされた可能性が強い[49]。もっとも、復活祭の日におこなわれる聖体拝領への参列者は資格証の購入を義務づけられていたが、そのために作成されるクリンク教区居住者名簿のなかに、彼の名前は見当たらない。いや、その年だけでなく、「資格証購入期になると、毎年不思議と彼の姿は見えなくなった」のである[50]。

なお、ここで若干訴状について触れておけば、これがいかなる事情を踏まえたものか不明であるが、立場を逆にした訴状も実は存在する。また、この訴訟合戦の因となった訴人ラングレーとその継父悪徳判事ガードナーの喧嘩は同年春、クロイドンでおこっている。それに、ガードナーは『ヘンリー四世・第二部』の治安判事シャローのモデルとみなされているものの、シェイクスピアとの関わりはまったく掴めていない。

掴めていないといえば、シェイクスピアのロンドンでのその後の足跡も、やはり判然とはしない。一六一二年の晩春に少額債権裁判所を背景に繰り拡げられる飾り職人親子の相続を巡る争いに証人として立たされた際の記録から、一六〇二年頃から一六〇四年の一一月頃まで銀細工師通り《シルバー・ストリート》のマウントジョイ家に下宿していたのはわかる[51]。

ところが、一六〇七年の大晦日、彼を頼って上京し俳優になっていた弟のエドマンドが二八歳の若さで死亡し、サザックの聖メアリー・オーヴァリー教会に葬られている。同年八月弟の庶子が一足早く世を去り、その際はクリップルゲイト外の聖ジャイルズ教会に葬られているから、このサザック地区の教会とはエドマンドではなく喪主たる兄の居住地近くとみるべきであろう。（ちなみに、当時の葬式は二シリングもあれば充分なのに、このときは二〇シリングもかかっている。常日頃、賢兄愚弟の典型としてひきあいにだされ、何かとつらい思いをしていた上に、子供まで亡くしてやけっぱちになっていたに違いない弟を哀れんだ、これは兄の特別の計らいだったのであろうか[52]。）地球座近くに再びウィリアムが舞い戻ってきた可能性は、充分考えられる。

地球座とは、劇場座を解体してテムズ南岸まで運び、建て直してできた劇場である。総工費四〇〇ポンドは、株を折半したバーベッジ兄弟と五人の宮内大臣一座の幹部俳優がだしている。[53] シェイクスピアも仲間の一人で、小屋主の取り分の十分の一を貰うとり決めのもとで、四〇ポンド程度の支出をしたものと思われる。彼はついに座付作家兼株主俳優に加えて、小屋の共同経営者になったのである。

柿落しは一五九九年夏頃におこなわれた模様である。まさに劇場戦争の火ぶたの切られた頃である。宮内大臣一座全体からみれば、新たな設備投資によって多額の借金を抱えこんだ上に、[54] 復活した少年劇団から挑戦をうけて大童の時だったのである。

ところが、シェイクスピア個人の周辺をみる限り、一向に慌てたり困ったりしている様子はない。金廻りは、むしろ以前よりよい位だ。一五九八年に父の代からの隣人であったエイドリアン・クワイニーは、シェイクスピアが「ショッタリーかこの近辺に幾許かの金を投資して一ヤードランド〔約三〇エーカー〕位の土地を買いたい意向」のようだが、なんだったら、十分の一税徴収権も買いとらせたらどうかと語っているが、事はまさにその言葉通りに進んでゆくのである。[55]

一六〇二年五月一日、オールド・ストラットフォードの四ヤードの耕地とその周辺の共有牧草地の入会権をウィリアム・クームとその甥から三二〇ポンドで買い取り、現金で支払っている。[56] そのなかには、二度所有者が代替りしているとはいえ、かつて父がクロプトン家から借りていたインゴンの牧草地もふくまれている。[57]

そして、御代がエリザベスからジェイムズへと改まり、彼自身の身分も宮内大臣お抱えから国王陛下のそれへ出世した一六〇五年七月二四日、彼は「生涯最大の野心的投資」[58] をおこなう。大金四四〇ポンドでついにストラットフォード近郊の二つの小村における、小麦その他の十分の一税の半分の徴収権を取得したのである。年に六〇ポンド以上の純益を生む投資であった。劇作家としての充実期は、実生活におけるそれといみじくも重なっていたのである。

一六一三年、のちに改めて触れる引退後に購入した旧黒僧会修道院門番小屋の代金一四〇ポンドを含めて、[59] こうしてシェイクスピアは生涯に一〇〇〇ポンド近くを不動産に注ぎ込んでいる。一六〇八年劇団が黒僧座をとり戻した後では、そこの株主にもなるが、この屋内劇場は、客の好みの変化を反映して、やがて地球座の倍近くの収益をあげていくはずである。[60] エリザベス朝ロンドンの舞台には、予想を遥かに上廻る宝が埋まっていたのであった。

四

シェイクスピアは、一六一一年頃にストラットフォードへ引き揚げている。

それまでの経緯をニュー・プレイス購入時から語り直せば、所有権移転の手続きも早々に一家は新居に移り住んだらしい。一五九七〔八〕年二月四日におこなわれた穀物と麦芽保有量調査の折りに教会通り《チャペル・ストリート》、即ち新居のある地区の住人としてシェイクスピアの名前があがっているからだ。[61]

だが、妻子はそのままそこに留ったとして、当人は間もなくロンドンへ戻ったものと思われる。現に、九八年一〇月、公用でロンドンに出てきていたリチャード・クワイニーが路銀に困り、三〇ポンド用立ててくれるよう記した走り書きが残っている。[62] 次第に億劫にはなっていても、まだ年に最低一度の旅はしばらく続いたようである。

ロンドンを引き揚げる踏ん切りがつかなかったとすれば、その理由の一半は引退後の生活のメドが立たなかったところに求められるだろう。それが一六〇二年の土地の購入と一六〇五年におこなった十分の一税徴収権への投資でほぼ解消したのである。少年時代の思い出の地を含めて父が失った大きさの約半分の土地を買い戻しただけでなく、六〇ポンドという宮内大臣一座時代の実入りにほぼ匹敵するだけの収入源を確保したのである。[63] この時点で、実質的に引退の条件は整ったといえよう。

いずれの家庭においてもそうだが、忙しさは纏まって押し寄せる傾向がある。シェイクスピア家も同じで、老後の心配がなくなったと思った頃から急に慌しさが加わっている。

一六〇一年秋の父の死から少したった一六〇七年、末弟とその庶子が相ついで亡くなったことには触れたが、二人を葬る前にシェイクスピアは一度郷里に帰らざるをえなかったはずである。六月に名医の誉れ高いジョン・ホールと長女のスザンナが結婚しているからだ。翌年二月、初孫エリザベス誕生。曾孫の元気な顔をみて安心したのか、同年九月には今度は母メアリーが世を去ることとなる。まさに冠婚葬祭の連続であった。

忙しさはストラットフォードだけでなく、ロンドンでも同じだった。すでに触れたように、国王一座は同年八月ついに待望の屋内劇場黒僧座を獲得する。

黒僧座は元来バーベッジ家のものながら、住民の反対運動のため少年劇団に貸していた劇場である。その間一〇年たらず、大して時が経ったわけでもないのに、彼らの活躍で演劇は大きな変質をみせていた。屋内劇場でくり拡げられる耽美的な心理劇に、今や劇の主流は急速に移りつつあったのである。

一六〇六年の『かもの島』に続いて一六〇八年春にチャップマンの『バイロンの悲劇』がひきおこした筆禍事件で、しかしながら、命運尽きたと判断した王妃少年劇団《クイーンズ・レヴェルズ》の経営者は、三月頃から内々に劇場の返還をバーベッジに申し出る。そしてついに八月九日、シェイクスピアを含む七人が等分に新黒僧座の株を所有する契約が結ばれたのであった。[64]

国王一座にとってこの際もっとも重要なことは、いかにして少年劇団の路線をひきつぐかにあったのはいうまでもない。そこで株主たちは、鳩首協議を重ねる。そして出た結論の一つは、ボーモントとフレッチャーを座付作家として迎えいれるということだったのではあるまいか。[65]一〇年前ジョンソンの戯曲を採用したときのように、この際も進言者はシェイクスピアだったかもしれない。鋭い彼の勘は劇界でも一つの時代が過ぎさりゆくのに気付いている。心はすでに郷里に向かっていたに違いない。

しかし、いかに心が逸っても、その時はまだ住居を全面的に移すわけにはいかなかった。新黒僧座が軌道に乗るのを見届けるのが、株主としての責任だからだ。ところが、またぞろ疫病が流行りだし、新劇場は蓋をあける前に閉鎖されてしまったのであった。

疫病は今回も長びき、翌年の一一月までは週間死亡者数が五〇人の大台を超えている。(66) これでは劇場再開はおぼつかない。その辺の事情を踏まえてであろう、女世帯のニュー・プレイスに一家で同居していた遠縁のトマス・グリーンは、一六〇九年九月友人に宛ててそこに「もう一年はおいて貰えそうです」と書き送っている。(67)

一六一二年と一三年、二年続きでシェイクスピアはさらに二人の独身の弟たちを亡くすこととなる。しかし、その頃にはすでに郷里に引退していたらしい形跡がある。一六一一年九月、公道の補修を政府に働きかける運動の費用を募った際の名簿に、彼の名前が後からつけ加えられているからだ。(68)

しかしこの時点ではまだ、ロンドンとの縁、劇団との関係は完全に絶ち切られたわけではない。その証拠に、一六一三年三月〇日、ロンドンへ出たときの足掛りにと思ってか、旧黒僧会修道院門番小屋を、一四〇ポンドで購入している。名目上は管財人をつとめる他の三人との共同購入でありながら、資金はすべて彼が持つという奇妙なかたちをとっていた。なぜかは解らないが、これで彼の死後財産のこの部分に関しては、妻の寡婦権は及ばないこととなる。

この生涯最後の投資が、しかしながら、実質的意味をなくす事態が程なく訪れた。同年六月二九日『すべて真実（*All is True*）』こと『ヘンリー八世（*Henry VIII*）』上演中におこった地球座の消失である。再建には株主夫々五、六〇ポンドの負担が免れないと判ったとき、彼は株の売り時がきたと判断したのではあるまいか。門番小屋の購入に当たって八〇ポンドを即金で払ったものの、九月二九日に約束の残り六〇ポンドが支払われた形跡がないのは、それと関係するかもしれない。

とするならば、一六一四年夏の囲い込み運動は、シェイクスピアがストラットフォード人としてすっかり腰を落ち着けてからおこったことになろう。この一件への対処の仕方に周囲への慮りが不足しているように思われるとすれば、それは郷里へ戻った安堵感で判断力に鈍りが生じたせいかもしれない。

囲い込み運動とは、大法官エルズミアの執事アーサー・マナリングが地主ウィリアム・クームの協力をえて、ウェルカムの共有地を囲い込んで羊の放牧地に変えようとした企てを指している。この地はエイヴォン川の南、肥沃なフェルドンではなく、囲い込みの多かった北のアーデン地帯に属している。とはいえ、耕作も可能だから、囲われればやはり収入の減少を招き易い。それでトマス・グリーンをはじめ多くの入会権所有者が反対したが、シェイクスピアだけはマナリングの代理人から十分の一税の年額に「損失または支障があった場合そのすべて」を補償する旨の一札をとりつけると、洞が峠を決めこんだのである。(69) 己れの家族にのみ関心を集中し、町の繁栄に何の関心も払わず、「地元に対する責任感《ローカル・レスポンシビリティ》」に欠けるという後世の非難は、そこから現われる。(70)

しかし、この周囲に対する無関心とやらには、判断力の鈍化とともに、急激に変わりゆく故郷への愛想づかしと、人生を筋書き通りに閉じたい焦りも絡んでいたかもしれない。

ストラットフォードはかつてウィンチェスター主教管区の死角ともいわれたカトリック色の強い町だった。それが一七世紀の声を聞く頃から急速に国家宗教にとりこまれ、彼の死後三年（一六一九）で五月柱、六年でモリス・ダンスが禁止され、第一フォリオが出版された七年後（一六二三）にはかつてのシェイクスピアの劇団、国王一座の巡業すら認めなくなってゆく。他方、焦りの方は、遺書の書きかえに端的に窺える。

一六一六年二月、次女のジュディスが結婚した。相手は友人の息子トマス・クワイニー。花嫁の方が五つ年上ですでに三一歳になっていた。

自らのケースと同じ姉さん女房型夫婦の誕生に、彼は『十二夜』（二幕四場）のオーシーノウ公爵さながら不吉な前途を予想したかもしれない。予想は見事に的中した。結婚直後に、トマスが別の女性を妊娠させていたのが発覚したばかりか、三月中旬にはその女性が分娩中に嬰児ともども死亡したのであった。早速クワイニーは、扱う事件の性質上「淫らな法廷《ボーディ》」と呼ばれていた教会法廷に召喚される。幸い公開懺悔は免れたものの、義父の生命を縮めたといわれる醜聞のこれがあらましである。(71)

シェイクスピアの遺言の書きかえは、それから間もなくおこっている。同年一月にすでにこしらえてあったのを、この一件のためあえて訂正したのである。彼は最後の力をふりしぼって、苦労して集めた財産が不始末をしでかした女婿をはじめ他人の手に渡るのを防ごうと知恵を絞ったのであった。

ところで、晩年のシェイクスピアにとって、限嗣相続《エンテイルド・エステイト》が一種の強迫観念になっていたとすれば、姉娘スザンナのみせた不可解な行動も、それに結びつけて考えるべきかもしれない。一六一三年夏、彼女は「レイフ・スミスと不品行に及んだ」といいふらしたジョン・レイン二世を名誉毀損で訴えている。[72] 聡明で申し分のない結婚をした彼女が本当にそんな真似をしでかしたとすれば、それは六年も男の相続人ができないのに痺れを切らした父の意を汲んだ、夫婦間で納得ずくの愚行だったのだろうか。[73] シェイクスピアは万事に焦り、苛立っている。

それはさておき、遺言書の書き直しにとりかかっていたときのシェイクスピアの心境は、暗澹たるものだったに違いない。

思えば、彼の悲劇は紋章申請のおそらく直後に始まっていた。許可のおりる二ヵ月前に、息子のハムネットが亡くなったのだ。紋章佩用の意味は、これで半ば失せたも同然であった。

『リア王』からロマンス劇にかけての、異常ともいえる父親の娘への執着は、だから、シェイクスピア自身の境遇の反映でもあっただろう。『ヘンリー八世』で

　この平和はエリザベスとともに眠ることなく
　……………
　その灰は、先の不死鳥に劣らぬいともめざましき世継ぎを
　もう一羽あらたに創りだす[74]（五幕四場）

と書くとき、思いはジェイムズの王女に対すると同時に、自らの同名の孫娘にも向けられていたはずである。ところが、子孫に寄せる深すぎるほどの情愛がジュディスの不幸な結婚でまたもや無慙に踏みにじられたのである。同じ頃、かつての同僚ヘミングズは未亡人となった娘の不行跡に手を焼いていたが[75]、似たことが彼の身にもおこったのだ。シェイクスピアという魔術師の場合、「考えることの三つに一つは死のこと」になっても、ミランダならぬ実の娘は信頼しうる男性を見いだしえなかったのである。彼の心中察するに余りある。

妻への遺贈が「二番目によいベッド」だけという事実は、この自暴自棄やいらだちと関係があるかもしれない。もちろん、この決定は遺言書を残す本来の目的が不動産の一括譲渡にあったところから現われた現象ではあろう。年老いた女性が不動産で苦労したり、財産目当ての男性にいい寄られるのを防いでやろうという親切心も絡んでいたかもしれない。

しかし、それにしては、旧黒僧会修道院門番小屋の購入に際して最初から管財人をおき、アンの相続を不可能にしたのは何故か。遺言の中で、まだ健在でショッタリーで農業を営んでいた義弟一家に何一つ遺贈していないのも解せない。エセックス州の遺言書についての調査によれば、「二番目によいベッド」という表現は一万通のうち百通程度あったとして[76]、通常はそれに食事とか薪、蠟燭、ときとして杖にいたるまで細かい指示が加わっているのに、一切の補足説明を欠いているのはどうしてか。亡夫の財産の三分の一という寡婦の生涯不動産はすでにストラットフォードから姿を消していたとしても、裕福な長女夫妻が妻の面倒一切をみると確信していたからだろうか。それともやはり、己の稼いだ財産については鐚一文妻の自由にはさせないという強い意志の顕れととるべきだろうか[77]。

残念ながら、何一つ定かではない。ただ、アンが一緒に葬られたかったろうに、「ここに収められし塵を掘り返えすことなかれ」と墓碑銘に刻ませたについては、ある悪意を感ぜずにはおれない。たとえ、直接にはその呪いが聖三位一体教会の内陣に葬られたがっている後世の十分の一税徴収権所有者に向けられたものであったにせよ。

ロンドンで活躍中のシェイクスピアは、素顔をみせるのがごく稀だった。当然その私生活はヴェールに包まれ、『ソネット集』の「色黒の女性」の詩群を除けば、知られているのはせいぜい、バーベッジを出し抜いて女性ファンをものにしたとかダヴェナントの母親と懇ろだったという噂くらいなものだろう。[78] 時事的言及も、肝腎なものは避けてしまい、郷里の国教忌避者たちがひきおこした火薬陰謀事件にしても、一味のイエズス会士が裁判で用いて有名になった「曖昧表現《イクイヴォケイション》」に『マクベス』で簡単に触れるだけで済ませてしまう。首謀者の中に昵懇でやがて娘の結婚を通じて遠縁になる人々がいたばかりか、[79] 自らも「カトリックとして死んだ」可能性がありながら。[80] 後は宗教的信条を隠して柔和な人柄を前面に出し、ひたすら愛想よく振舞ったのである。いかにも出稼ぎ人らしく。

見方を変えれば、それは彼が直《ヒタ》面とか唯一無二の真実とやらを信じない相対主義者、根からの演劇人だったからでもある。真理の探究者の表情をたまさか見せることがあっても、普段は多様な人間模様の表現者に徹したのはそのせいだろう。それがロンドン・シェイクスピアの成功を導いた。

しかし、いくら人間性の洞察が深まっても、生身の人間である限り、彼自身は骨を珊瑚にかえる「海の変容」（『あらし』一幕二場）を受けることはありえない。だから帰郷してからのストラットフォード・シェイクスピアは出奔前と同じ歴史の愚行の繰り返えしに苛立つこととなる。

人生の儚ならなさを呪う余り妻を贖罪の山羊に仕立て、劇作家として「一行も消さなかった」[81] のに遺言書に訂正を施し、墓碑銘のようなへぼ詩で生涯を閉じようとしている。魔法の杖を折ってしまえば、かつての腕きき魔術師も凡夫にすぎぬといわんばかりに。それとも、一六一六年四月二三日という、おそらくは五二歳（五三回目）の誕生日に曲がりなりに生の円環を閉じえたことに、劇場人と生活人の合一は叶わなかったものの、魔術師として最低の面目は保てたと、彼自身は大いに満足していたのだろうか。

註

（1）William H. McNeill: *Plagues and Peoples* (1976; Penguin Books, 1979), pp. 134-35.

（2）C・L・バーバー著、玉泉八州男・野崎睦美訳『シェイクスピアの祝祭喜劇』（白水社、一九七九年）一三二、一三四、一〇一頁。

（3）トマス・ナッシュ著、北川悌二・多田幸蔵訳『悲運の旅人』（北星堂書店、一九六九年）一一六頁。

（4）トマス・デカー著、北川悌二訳『しゃれ者いろは帳』（北星堂書店、一九六九年）一三七頁。

（5）訳は『シェイクスピア全集・喜劇Ⅰ』（筑摩書房、一九六七年）二〇二頁（和田勇訳）を参照。

（6）G. P. V. Akrigg: *Shakespeare and the Earl of Southampton* (Hamish Hamilton, 1968), p. 161. しかし、ダンカン＝ジョーンズは、彼がクロイドンでサマー役を演じた可能性を指摘している。*Cf.*, *Shakespeare: Upstart Crow to Sweet Swan: 1592-1623* (The Arden Shakespeare, 2011), p. 50.

（7）Ronald B, Mckerrow (ed.) : *The Works of Thomas Nashe* (Basil Blackwell, 1958), V, p. 194.

（8）E. K. Chambers: *The Elizabethan Stage* (Oxford U. P., 1923)〔以下 *ES*〕, II, p. 210.

（9）W. W. Greg (ed.): *Henslowe Papers* (1907; Folcroft, 1969)〔以下 *HP*〕, p. 37.「引き廻し」云々については、*cf. Ibid.*, p. 34.

（10）*ES*, IV, p. 313.

（11）*HP*, pp. 39 & 40.

（12）*ES*, IV, pp. 311-12.

（13）R. B. Mckerrow (ed.): *op.cit.*, V, p. 194.

（14）*ES*, IV, p. 316.

（15）*Ibid.*, IV, pp. 164-65.

（16）*Ibid.*, II, pp. 123.

（17）*Cf.* W. W. Greg (ed): *Dramatic Documents from the Elizabethan Playhouses* (Oxford U. P., 1931), Plots I & II.

（18）Mary Edmond: "Pembroke's Men", *RES*, n.s. xxv (1974), pp. 129-36.

（9）Robert Greene: *Groats-worth of Witte* (The Bodley Head, 1923), pp. 45-46. 訳はS・シェーンボーム著、小津次郎他訳『シェイクスピアの生涯』（紀伊國屋書店、一九八二年）〔以下『生涯』〕一八〇頁のそれを参照。

（20）E. A. J. Honigmann: *Shakespeare: the "lost years"* (Manchester U. P., 1985), pp. 63-69.

（21）テクストはH.R. Woudhuysen (ed.), *Guy of Warwick* (Manchester U.P., 2006）を使用。なお、編者はジョンソン作者説を否定している（xxii)。シェイクスピアとの関係については、その他Helen Cooper 'Guy of Warwick, Upstart Crows, and Mounting Sparrows', T. Kozuka and J.R. Mulryne (eds.), *Shakespeare, Marlowe, Jonson* (Ashgate, 2006) 等をも参照。

（22）Mark Eccles: *Shakespeare in Warwickshire* (The Univ. of Wisconsin P., 1963）〔以下*SW*〕, pp. 82-83. なお、シェイクスピアを女王一座に結びつける根拠としては、『ジョン王』『ヘンリー五世』『リア王』と、その一座のかつてのレパートリーを念頭において書かれた劇がいくつか存在するせいでもある。

（23）*HP*, p. 32.

（24）Edwin Nungezer: *A Dictionary of Actors* (Yale U. P., 1929), p. 180.

（25）R.B. Mckerrow (ed.): *op. cit.*, I, p. 212.

（26）E. K. Chambers: *William Shakespeare* (Oxford U. P., 1930）〔以下*WS*〕、II, pp. 287-88.

（27）その内容については、『生涯』五〇―五四頁参照。拙稿「シェイクスピアとカトリシズム」、『北のヴィーナス』（研究社、二〇一三年）二〇三―一四頁を併わせて参照。

（28）S. Schoenbaum: *Shakespeare's Lives* (Oxford U. P., 1970), p. 112.

（29）シェイクスピアのストラットフォード人脈とその宗教的背景については、近年P. Edmondson and S. Wells (eds.), *The Shakespeare Circle* (Cambridge U.P., 2015) はじめ数多くの書物が出版されているが、それらの評価には今暫く時間を要すると思われるので、ここでは深入りしない。

（30）訳は筑摩版全集収録の福原麟太郎・岡本靖正氏のものを参照。

（31）A.L. Rowse: *The Elizabethan Renaissance: The Life of the Society* (Macmillan, 1991), p. 185.

（32）*Cf.*, Janathan Bate, *Soul of the Age* (Penguin Books, 2009), p. 165.

（33）リースは父の偏屈さを家出の主原因にあげている。*Cf.*, M. Reese: *Shakespeare His World and His Work* (E. Arnold, rep. 1980), p. 29.

（34）*Cf.*, E. K. Chambers: *Shakespearean Gleanings* (Oxford U. P., 1944), pp. 52-56 & E. A. J. Honigmann, *op. cit.*, pp. 8-39.

（35）C. Duncan-Jones, *op. cit.*, 'Prologue', pp. 1-26.

（36）*WS*, II, p. 252.

（37）ロバート・ジョーンズは一五八九年ウスター伯一座の株を三七ポンド強、一六〇二年、海軍大臣一座の株を五〇ポンドで売っている。*Cf.*, *HP*, p. 31 & W.W. Greg (ed.): *Henslowe's Diary* (1904; Holcroft, 1969), I, p. 164.

（38）ロウはサウサンプトン伯が「心に決めていたと聞いていた買い物」をシェイクスピアができるように一〇〇〇ポンド与えたと書いているが（*WS*, Vol. II, p. 266）、金額があまりに大きすぎて信憑性に欠ける。それに、彼が成年に達してバーリー卿の後見を脱し、金を自由に使えるようになるのは九四年一〇月六日で、宮内大臣一座の結成に間に合わない。

（39）Charles Nicholl: *A Cup of News*（Routledge & Kegan Paul, 1984）, p. 40.

（40）G.E. Bentley: *Shakespeare a Biographical Handbook* (Yale U. P., 1961), p. 72.

（41）『生涯』、九一頁。

（42）William Ingram: *A London Life in the Brazen Age Francis Langley, 1548-1602* (Harvard U. P., 1978), p. 40.

（43）*WS*, II, p. 194.

（44）*Ibid.*, II, p. 20.

（45）C. H. Herford, Percy & Evelyn Simpson (eds.), *Ben Jonson* (Oxford U. P., 1927), III, pp. 503-504.

（46）『生涯』二七六―八〇頁。

（47）Edgar I. Fripp: *Shakespeare Man and Artist* (Oxford U. P., 1938), p. 402. 広い住宅の購入を急いだ背景に、バージェスはそんな推測を巡らせている。*Cf.*, Anthony Burgess, 'Shakespeare and the Modern Writer,' J.F. Andrews (ed.) *William Shakespeare* III（Scribners, 1985）, p. 803.

（48）M.M. Reese: *op. cit.*, p. 240ff.
（49）Leslie Hotson: *Shakespeare Versus Shallow* (1931; Haskell, 1969), p. 11. 但し、そこから直ちに宮内大臣一座が当時白鳥座を本拠地としていたと断ずるのは、いささか早計だろう。
（50）W. Ingram: *op. cit.*, p. 143.
（51）*WS*, II, pp. 90-95.
（52）G. E. Bentley: *op. cit.*, p. 81. なお、フリップは逆に弟が「悩みの種」だったろうといっている。E.I. Fripp: *op. cit.*, p. 687.
（53）J. Q. Adams: *Shakespearean Playhouses* (Houghton Mifflin, 1917; Peter Smith, 1960), p. 249.
（54）J. O. Halliwell-Phillipps: *Outlines of the Life of Shakespeare* (n.d.; AMS, 1966), p. 484.
（55）*WS*, II, p. 101.
（56）*Ibid.*, pp. 107-111.
（57）*SW*, pp. 101-102.
（58）『生涯』二九三頁。
（59）*WS*, II, pp. 154-69.
（60）*ES*, II, pp. 62-71.
（61）*WS*, II, p. 99.
（62）*Ibid.*, II, p. 102.
（63）この金額は俳優としての見積りで、座付作家、二つの劇場の株主としての収入を加えれば、実際の実入りはその三倍以上にはなっていたかもしれない。『生涯』二五二頁参照。
（64）*ES*, II, pp. 53-54.
（65）G. E. Bentley: *Shakespeare and His Theatre* (U. of Nebraska P., 1964), pp. 84-88.
（66）F. P. Wilson: *The Plague in Shakespeare's London* (Oxford U. P., 1927), p. 187.
（67）*SW*, p. 132.

(68) *WS*, II, pp. 152-53.
(69) *Ibid.*, II, pp. 141-52.
(70) Marchette Chute: *Shakespeare of London* (Secker & Warburg, 1951), p. 164 ff.
(71) E.R.C. Brinkworth: *Shakespeare and the Bawdy Court* (Phillimore,1972), pp. 80-83.
(72) *SW*, p. 113.
(73) M. M. Reese: *op. cit.*, p. 250.
(74) 訳は、フランセス・イエイツ著、藤田実訳『シェイクスピア最後の夢』（晶文社、一九八〇年）一一七頁のそれを参照。
(75) E. Nungezer: *op. cit.*, p. 184.
(76) F. G. Emmison: *Elizabethan Life: Home, Work, & Land* (Essex Record Office, 1976), p. 31.
(77) Park Honan, *Shakespeare: A Life* (Oxford U.P., 1994), p. 397.
(78) *WS*, II, pp. 212 & 254.
(79) L. Hotson: *I, William Shakespeare* (Jonathan Cape, 1937), p. 197.
(80) *WS*, II, p. 257.
(81) C. H. Herford, Percy & Evelyn Simpson (eds.), *op cit.*, VIII, p. 583.

第二章
シェイクスピアのロンドン——移りゆくもの、変わらざるもの

最初にお詫びというかお断りしておかねばならぬことがあります。本日は今から四〇〇年ほど前にシェイクスピアが住んでいた、一平方マイルたらずのロンドンという人口二〇万ほどの都市のさまざまな姿について、お話する予定でした。しかし、欲張りすぎたようで、どう縮めても一時間少々には収まりきれません。そこで思い切って町が巨大化する過程で乗りこえねばならない生活インフラの一つ上下水道に話を絞って、一六世紀ロンドンの衛生事情を中心にお話させていただくことといたしました。御了承戴きたいと思います。

私が最初こうした問題に関心をもちましたのは、今から五、六〇年前、エリザベス朝の劇場について調べていて、劇場にトイレがないのに気付いたときでした。今日の日本の劇場でも、休憩時間のトイレの混雑は大変です。ところが、当時の資料にはそれへの言及がない。二つ残存する劇場の設計図にもトイレの位置は書きこまれていない。他方劇場ではビールやエールに加えて軽食類、いわゆる「お煎にキャラメル」が売られていたのが知られています。一体当時の人々はどうやって生理的要求を満たしていたのか、それが疑問でした。残念ながらこの問題については現代の著名な劇場史家もお手上げで、「確たる証拠なし」といい、推測として往時のスペインの女性観客のようにガラスないし眞鍮製の溲瓶を持ちこみ、スカートの下で用を足し、後で近くのバケツか溝に中身を捨てたのでは、とつけ加え

シェイクスピア時代の田舎の街角：清掃人夫が汚物を集め、女性が溝で用を足し、豚が汚物を食べ旅籠のおかみがおまるの中身を窓から捨てる中、子供は遊び廻り、役人は輦台で運ばれてゆく。これはロンドンの街中と大同小異の光景だっただろう。

るのみです。

では手懸りが皆無かというと、そうともいいきれないのでは、と考えます。たとえば、シェイクスピアが登場する約一世紀前に書かれたと思しき道徳劇『人間（*Mankind*）』。そこの半ば近くに、主人公が「用足しに裏へいってすぐ戻る（I will into the yard, ...and come again soon）」（五六一行）という科白がでてまいります。お祈りの最中に見えない悪魔に囁かれ、いわゆる癪と結石の持病に気付き、一時退場を観客に断わるところです。

そこから彼の堕落が始まるのですが、それは措くとして、この劇が上演された東アングリア地方の教会や旅籠では、こうした場合裏庭に何かが置かれ、それを利用するのが常態だったことをこれは意味していると思われます。似たことは、市壁外の北の原っぱか南のテムズ近くに建てられた劇場についてもいえるのではないでしょうか。原っぱに然るべき囲いをつくり、自然の要求に応える。それが無理でも、周りの茂みの利用は可能です。尤も上演時が真昼間ですから、茂みの方は女性客には無理かもしれませんが。

でも、劇場に大勢の客が押し寄せるとなれば近くに屋台の一つや二つは出たに違いありません。ジョンソンの『バーソロミューの市（*Bartholomew Fair*）』で焼豚を食べすぎたウィンのように、急を要する女性客はそこで「垂れ入れか古薬罐（a dripping pan or an old kettle）」を借りる手はあったでしょう（勿論ジョンソンが冗談半分でいっているのは承知の上ですが）。ちなみに、聖ポール大寺院の扉の一つの外側にも似たバケツがおかれ、芳香を放っていたそうです（a vessel…for passing urine, giving a pleasant odour to the passers-by:）。サザックの芝居小屋なら、近くのテムズ沿いの天然浄化式公衆トイレに直行するのがもっとも手っとり早かったと思います。

若干実情がみえてきましたが、確たる証拠のない話をこれ以上しても始まりませんので先へ進むとして、他方トイレがなくて不自由した資料の方は、他にも二、三瞥見されます。もっとも古いのは一五世紀末にイタリアはフェラーラの宮廷で古代演劇が復活したての頃のもので、ぎゅうぎゅう詰めの立見席で身動きのとれなくなった女性客が「芳しからざる状況（in a very unsavoury state）」に追いこまれたという手紙。お漏ししてしまったということでしょう。

次はシェイクスピアより六〇年位後の王政復古期に海軍大臣をつとめたサミュエル・ピープスという人の日記です。一六六七年のある夜のこと、夫人が観劇中に腹痛に襲われ、隣りのリンカーン法学院通りの茂みにいき、「用を済ませた（she did her business）」という記述が現われます。劇場がドルアリー・レインといった町中に移ると、こういう不都合がおこったのがわかります。

劇場だけでなく、女性の長時間の外出が不自由な状況は、一九世紀ヴィクトリア女王の時代まで続きます。一八五二年、ワーテルローの戦いでナポレオンを破ったウェリントン将軍の葬儀の後、列席した一婦人が義理の娘に「二〇〇も簡易トイレがあったの。何という世の中の変わりようでしょう」と感激して手紙を書き送っています。生理現象への社会全体の関心は、ようやくその頃から芽生えたとみてよいようです。

そんな枕を振ったところで、本題に入ります。

ロンドンは宗教改革後の六〇年間に急速に人口が増え、一七世紀初めのジェイムズ一世をしてイギリス全体を呑みこむのではと恐れさせる大都市に発展します。どうしてそんなことが可能になったか、経済史家でない私にはわかりませんが、結論的にいえるのはつねに一〇パーセントからの浮浪者を抱えつつ、多くの人に何らかの職を提供できたからでしょうし、それを可能にしたのがロンドンの経済の切り替えだったと思います。

一六世紀半ばまでのロンドンは、いってみれば厚手未染色毛織物を専ら対岸のアントワープに輸出するだけの衛星都市にすぎませんでした。ところが、一五七六年のアントワープ掠奪で輸出が中断されます。それ以前から市場に商品がダブつき、不景気だったこともあり、これを機にイギリス商人たちは自力で世界の市場へ直接雄飛することを決断します。

しかしそうなると船もこれまでの数十倍（千トン級）のものが求められますし、襲われたり難破する危険も大きい。そこで多くの人々が資本を持ちより、株式会社をつくる。そして薄手の新反物をも開発し、南ヨーロッパやアフリカ、インドや新大陸に直接売りこみ、代わりに香料や贅沢品を輸入する。加えて、北の物品と南の物品の仲介貿易に乗りだそうとします。こうして誕生するのがモスクワ会社（一五五五）、トルコ会社（八一）、レヴァント会社（九二）、東インド会社（一六〇〇）、ヴァージニア会社（一六〇九）などです。その結果それまでのドイツやオランダの商人、それに国際貿易全体を牛耳っていたイタリアの商人たちに交って、ロンドンはさまざまな国の商人で賑わうこととなります。モスクワ人（の踊り）（『恋の骨折損』）、モロッコ王やアラゴン王（『ヴェニスの商人』）、アフリカ北部バーバリー地方出身のオセロウ、「インドの王様から盗んだ可愛い坊や」（『夏の夜の夢』）といったさまざまな異国人がシェイクスピア劇に登場したり言及されたりするのは、経済の方針転換が着実に実を結びつつある証拠とみてよいでしょう。

ロンドンが急成長のわりに人々の生活が比較的安定していた様子は、ローマ時代からの悪所、テムズ南岸のサザック地区を覗けば解ります。一五五〇年に市の一部になったこの地は、公認の遊郭をはじめ、五つの監獄、三つの劇場、それに熊いじめ場、牛いじめ場をかかえる一種の治外法権地域とみなされていたところです。

ここも一五五〇年から八〇年後ほどで三倍に人口が脹れ上りますが、ごろつきや浮浪者の溜り場かというとさにあ

オランダの銅版画家コルネリス・ヴィッシャーの手になるロンドン橋周辺図（1616)。20に及ぶ橋脚とそれを支える水杭のため川幅を狭められたテムズ河は、橋のところで滝をなし（真中の吊り橋を上げた時以外）船の通過を不可能にする。ためにグレイヴズエンドからの客も一旦下船を余儀なくされ、大型船もこれ以上上流へは遡れない。右下の南の城門小屋の上には大逆人の首が鉄棒のお先きに晒されているのがみえる。右は拡大図。

らず、一七世紀初めで王への特別補助金の納入者は全世帯主の二〇％弱と市内（二五％）を下廻りこそすれ、三割は課税率に応じて貧民税を支払い、逆に週九ペンスの貧民手当の受領者は一〇％にすぎません。つまり市壁内の他の区と遜色なしということです。しかも予想に反して、住民の定着率がやはり一七世紀初めで約半数が五年以上、二九％が一〇年以上と高い。地区の中核を担う市民が決して裕福とはいえなくとも、生活に困るとまではいえない、ということでしょう。

このサザック地区もロンドン橋を挟んで西と東、それに中央の街道沿いと幾つかの地区に分かれますが、西は歓楽施設へ客を運ぶ水夫の関係者が圧倒的に多く、労働人口の四割からを占めている。飲食物製造販売業者も、土地柄目立ちます。逆に東は対岸に巨大なドックを抱える関係で零細な船大工の群れが多く、その他羊毛産業、皮革産業に従事する人たちも昔から住みついていた地域です。中央の目抜き通りには穀物商、食肉商、馬具商、それに旅籠といった大店が立ち並ぶとして、狭い市内に比べて（湿地帯が多いとはいえ）全体としてまだ住空間も豊かです。

こうした土地柄だったからこそ、夜逃げしてきた農民など手に職もたぬ者でも安い労働力として受けいれ、町が発展したのであり、ようやく生活の糧をえた側もやがて善良な納税者へと成長できたのでしょう。ロンドンの暗黒面を描いたグリーンなどの「ならず者文学」には、やはり誇張があると考えた方がよさそうです。

次はロンドンの食糧問題。ロンドンがこれだけ急速に膨脹していったにも拘わらず、モアが制圧した血のメーデー事件（一五一七）以後、いわゆる打ち毀しが少い。その理由を調べてゆきますと、市当局が意外と健闘しているのが判ります。煩雑になりますので具体例は省くとして、全国に物流ネットワークを張り廻らす。そしてロンドン橋の水門小屋などにパン焼き窯を設えるとともにつねに食糧備蓄も怠らない。だから一五九五年の飢饉時には、毎週四千個のパンを無料で貧者に配ることができたのでしょう。

この食糧問題には、宮廷というかときの政府も神経を尖らせます。じつは演劇もそのとばっちりを受けるのですが、枢密院は一五八〇年を皮切りに九三年、一六〇二年と立て続けに市壁から三マイル以内の家屋の新築を禁ずる女王布告をだします（ジェイムズの御代になっても九回）。これは疫病対策もさることながら、人口増による食糧不足からくる諸物価の高騰、それが引鉄でおこる暴動をいかに彼らが惧れていたかの証拠といえましょう。

となると、残る生活インフラの中で重要なのは水ですが、これにはロンドンは江戸同様苦しめられます。ロンドン全体がわりと平坦な上、北の水源地の丘陵地帯は粘土質、良質な水が大量に望めず、一三世紀、人口三万位の頃から早くも悩まされ始めます。ちなみに水源の少なさを訴えるかに、ロンドンの地名にはそれに関連した地名が多く残っています。劇場座のできるホーリーウェル小修道院跡やグレイ法学院傍のクラーケンウェル等は泉が湧いていた所ですし、刑場として名高いタイバーン、盛り場のホーボーン、メリルボーンなどはかつて小川の流れていた場所を意味します。

ところで、テムズの水を飲みたくない人々は木管ないし鉛管でそこから市中まで水を引く訳ですが、その際に食糧確保の場合とは異なり事業主として市当局の名が余り出てまいりません。寄付文化圏のつねと申しましょうか、出てくるのは伝説的市長ウィッテントンをはじめ、個人の名が多い。慈善事業が中心を占めたようです（スイス人プラッターの旅行記によれば、ウェストミンスター大寺院では毎日曜貧者に生肉と六ペンスを用意していたそうで、施しの精神は宗教改革後も残っていたと思われます）。

でもそうなると個人の資力には限度がありますから、慢性的な水不足の解消は望めない（だからロンドンに運ばれる穀類は予め製粉されていたそうです）。一五八二年頃になると、オランダ人のモリス（P. Morice）という男が圧縮ポンプでテムズ川の水を遠くまで運ぶのに成功します。が、それも束の間、一六〇〇年頃には各地で給水制限（週三、四日、しかも二、三時間のみ）が始まります。一五世紀の末以降、三ガロンの容器にどこかから怪しい水を運ぶ水運搬人の組合が結成され、じきに有力な組合となるのも故なしとしません。

しかもテムズの水には、つねに濁っている（troubled or muddy）という問題点もありました。一六〇〇年頃になると、外国人からテムズの水で洗った衣類からは「泥と粘っこい汚物の臭いが抜けない」という苦情も寄せられるようになります。人口二〇万の声聞く頃には、川はすでに大腸菌で汚染され、飲料水としては適さなくなっていたということでしょう。愛国的な史家でも、「貧乏人の飲料水ながら、金持の下ごしらえ用（to dress their meat）」と註釈つきで語る所以です。シェイクスピア時代のロンドンの水の悩みは、一六一三年ヘリフォード州から新川を引くことで若干は改善されますが、本質的には二〇世紀初め水道局の創設まで続きます。

だが奇妙なことに、新川が引けてもテムズの臭い水に頼る習慣は残ります。一九世紀になり、一滴中に百万匹の虫がいると判っても、毎日そこから八二〇〇万ガロンの水を汲み上げるばかりか、その水しか飲まずに健康そのもの（better in health...drinking nothing but London water）と豪語する兵までいるから、世の中よくしたものです。

とはいえ、汚染はどんどん進みます。一九世紀の初めから使われだした水洗トイレの設置を万博（五一）を前の四八年法律で義務づけたのが禍の元、毎日大量の汚水がそのままテムズに流れこむこととなります。五六年以降テデントンより下流での取水を制限しますが、五八年酷暑と少雨が重なった「大悪臭の年」の六月三〇日、ウェストミンスター下院の委員会室より大蔵大臣ディズレーリを先頭に委員一同左手のハンカチで口と鼻を押さえ、右手に書類という姿で飛びでてくる事態がおこります。これを契機に時の宰相グラッドストンも重い腰を上げ、下水道の本格的着手にとりかかります。

シェイクスピア時代のロンドンの飲料水の話をしていて、いつの間にか下水に、しかもヴィクトリア朝へと話が逸れてしまいました。一旦エリザベス朝の文脈に戻そうと思いますが、その前に一寸気になるのがロンドン辺のテムズは汽水域だということ。果してその水が飲めたのかよくわかりません。ただ女王は蜂蜜水を発酵させたミードに香料を入れたメセグリンの愛飲者だったと聞いておりますが、では貧乏人は何を飲んでいたのかはっきりしません。

飲水についてはわからないことが多すぎますので、この辺で衛生事情一般に移りますが、そのためには跳ね橋を渡って市門の一つから町の中に入ってみなければなりません。

近頃アシガールとかいう、足の速い女の子が戦国時代にタイム・スリップして足軽になって活躍するドラマが見受けられますが、われわれがシェイクスピアのロンドンにタイム・スリップしたら驚くのは人の若さと町の騒々しさと汚なさでしょう。三島由紀夫氏はシェイクスピア時代がお好きで、生まれかわったら想像力渦巻き、剣飛び交うロンドンがいいといっておられたそうです。もしそうされたら、その猥雑さ、汚なさに辟易されたことでしょう。尤もそれは想像力の飛翔と矛盾せず、むしろ高めたかもしれませんが。

まず人の若さですが、二歳以下の子供の死亡率2／5、一〇歳未満の子供が死亡者総数の三四・四％を占めるにも拘わらず、総人口に徒弟前（一六歳以下）の割合三六％、年齢中央値二二歳というのは、いかに当時の人々が短命だったかを物語って余りあります。信長のように、人間五〇年なんてそれこそ化天のうちを比べなくとも夢幻でしょう。

しかも二シリング六ペンス払って徒弟になっても、年季明けまでに3／5は死ぬか辞めてゆく。三シリング四ペンス払って晴れて職人と認められても、店を構えるのは3／4、組合が認めてお仕着せを付与するのはまたその1／4か1／3、ウィテントンになると大志抱いて徒弟になっても、出世したといえるのは1／10、三〇〇〇人いたとして三〇〇人、組合八一位あるとして一組合平均三・七人、狭き門だったと思います。さらに余計なことをいいますと、年季明けが遅いですから、結婚年齢二八～三〇歳（女性二五～八歳）、晩婚です。そして短命で晩婚ですと、どうしても私生児が増えがちです。それが一六〇〇年頃から急増、婚約者の婚前交渉の是非を巡って、シェイクスピアが『尺には尺を』を書く所以です。

喧しいのは、ロンドンが家内工業が六〇％以上を占める町だからです。ロンドンは商都といっても、製造業を兼ねた商人の町なのです。決して所謂商人（Merchant）、つまり金融、不動産を手広く扱い、何より貿易に携わる人々だけの町ではありません。勿論なかには七つの海に大型商船を浮かべる『ヴェニスの商人』のアントニオのような男もいたでしょう。尤も彼は劇冒頭から悲しいとかつらいとか愚痴ばかり、一向にそうした社会的強者にはみえませんが。でも考えたら、無理もない。何しろ若い性的パートナーが彼の金で三国一の花嫁を探しにゆくという物語なのですから。あの劇は男同士の愛情の危機に始まり、女性が機転と才覚で男性社会の難問を解決することで男性に妻の指輪（性器）を大切にするよう誓わせて終る、男同士の愛に男女の愛が歴史的勝利を収める瞬間を描いた劇なのです（だから、死が免れないとなったとき、アントニオはバサーニオに僕が君をどんなに愛していたか……バサーニオにはかつて恋人がいなかったかどうか（whether Bassanio had not once a love）、君の奥さんによく判断して貰ってくれというのでしょう）。敗者である男性がしょぼくれてみえるのは当然かもしれません。

とんだ脱線をしましたが、町の騒々しさに話を戻しましょう。一五六四年以降は馬車が増え、うるささが倍増します（一六〇二年、再び乗入れ制限）。これは市中のとくに市場付近（これも一六〇〇年頃にはそれまでの三、四つから九つに増えています）が穢く、目的地まで衣服を汚さずに辿りつくのが困難だからです。

なぜそんなに穢いかといえば、ヨーロッパの人たちは町の汚れを繁栄の印ととる見方が支配的だからと思われますが、それにしてもひどい。フォールスタッフは『ウィンザーの陽気な女房たち』でテムズへ運ばれる時に「くず肉みたいに」といいますが、肉屋はくず肉はテムズの二ヵ所の岸に集め、そこから船で対岸の熊いじめ場へと運び、熊

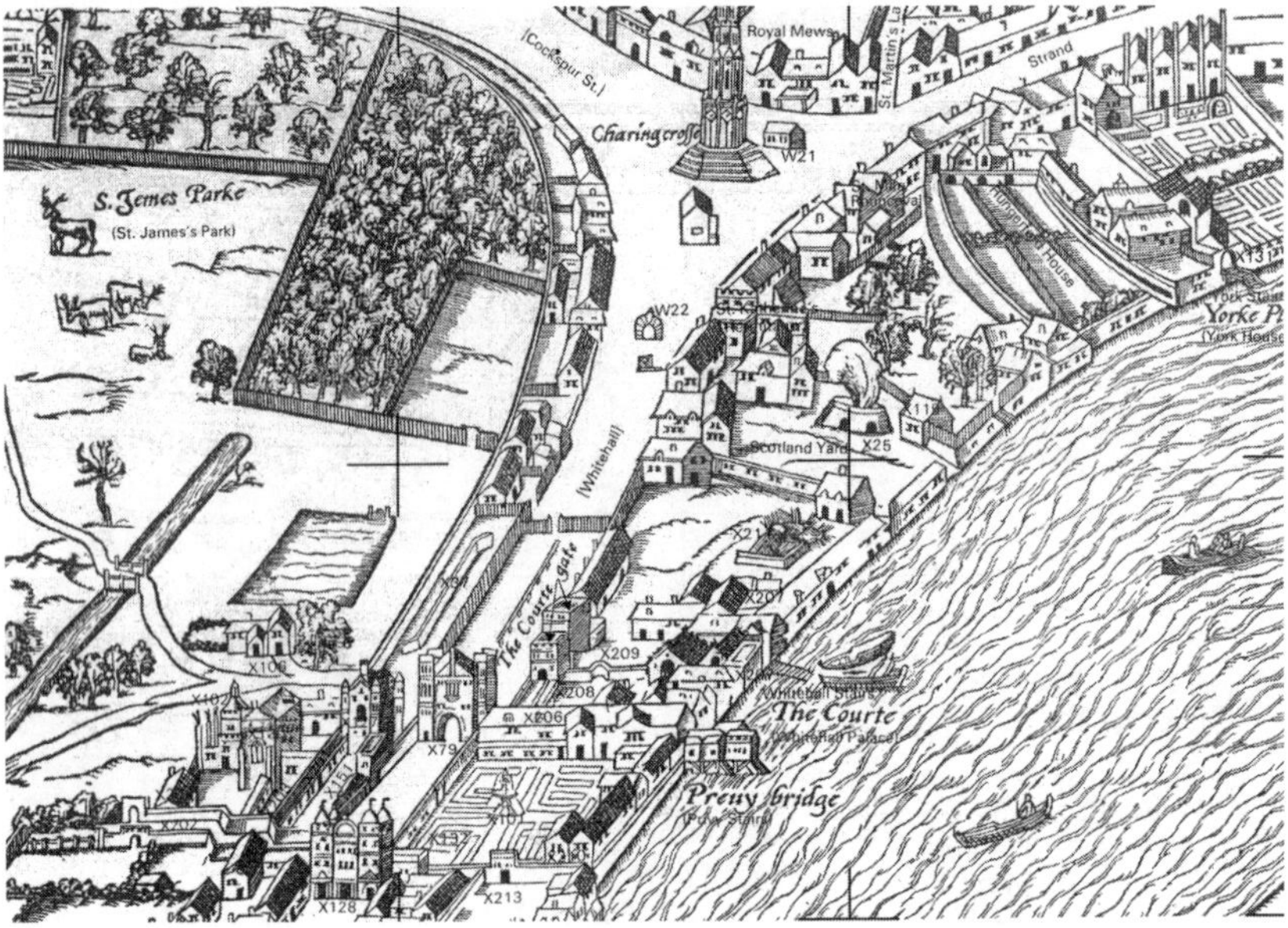

テムズ川につきだした白宮殿前の天然浄化式トイレット棟（図版中央下の Preuy bridge と書かれたところ）。いわゆるレイフ・アガスの手になる 1561 ～ 70 年頃のロンドン地図から。

の餌にすると決められていても誰も守らず、下に落としっ放し。せいぜい夜蔭に乗じてフリート川へ持っていって捨てるのが関の山でしょう。家禽屋は湯煎した羽根を毟って空に飛ばしてはいけないと一三六六年以降決められていたのに、やはり守らない。床屋は瀉血した血を溝に流してはならぬとなっているのに、勝手に流す。おまけに各家の前には塵芥や排泄物、べたべたになった藺草が置かれていて、雨が降れば流れだす。にも拘わらず、町中での豚の飼育は公的には禁じられているから残飯処理係がみつからない。人々が馬車を使いたくなるのも、わかる気がします。そしてそれらの、ごみが溝からどぶへ、最終的にはテムズ川へと流れこみます。テムズはこうして下水道へと変貌いたします。

　このテムズの汚れようについてはヴィクトリア朝の文脈ながらすでに触れましたので、ここではそこへ流れこむフリート川からしていかに汚れていたかを面白おかしく語る寸鉄詩（「名高い航海について（'On the famous Voyage'）」がベン・ジョンソンにあると指摘するに留めておこうと思います。

次は公衆トイレですが、勿論当時のロンドンでも一区に一つ以上の設置が義務づけられておりました。しかし川縁にせりだした天然浄化式が主ですから、船を繋がれて脚がガタガタで危険だったり、石壁に臭いが滲みこんで吐き気を催したりで、小便横丁（Stinking Lane）のようなところで用を足すのが普通だったようです。その結果は、エンゲルスが『イギリス労働者階級の状態』で説くエジンバラの惨状に近い状況が至るところに出現します。

都市のこの地区には、下水溝もなければ、そのほかそれぞれの家に付属した排水施設も便所もない。そこで、すくなくとも五万人の人たちからでるいっさいの廃物、くずおよび糞尿が、毎晩どぶ溝の中に投げこまれる。そのため、どんなに街路を清掃しても、ひからびた糞便のかたまりや、鼻もちのならない臭気が生じるので、視覚が害されるだけでなく、居住者の健康もまたはなはだしく危険にさらされている。（大内兵衛・細川嘉六監訳）

どうやら臭いへの耐性は、昔の人の方がより持ち合わせていたようです。

話を公衆トイレに戻しますと、そういう使いものにならない場所でもやむなく使う人がおったようです。『マクベス』の四幕一場で魔女たちが大釜で煮る「地獄の雑炊」の具の一つに「売女がどぶに生み落し、いきなり絞めた赤子の指（fingers of a birthstrangled babe/ Ditch-delivered by a drab）」がありますが、そうした可哀想な赤ん坊の母親です。私生児は教区による養育が義務づけられていますから、彼女たちは父親の名をいうまで産婆に取りあげて貰えないのが普通でした。そのため、シェイクスピアの女婿の不祥事の相手のように、母子ともに生命を落とすケースも少くありません。それでも己れの名誉を守りたい女性は、こういう場所を利用したのです。

勿論そういう薄倖な子でも助かって孤児院に運ばれた例もあったようです。でも、シェイクスピアは、どこからそうしたニュースを入手したのでしょう。おそらく聖ポール大寺院の身廊、宗教改革の煽りでその後の一〇〇年位、ロンドンでもっとも俗化し、町雀たちの最大の情報源となっていたこの場所で仕入れたものと思われます。

女王の元儀仗衛士が性悪な長女夫妻に禁治産者扱いされ、あわや財産を奪われそうになり、末娘のコーデルが何とか防いだ美談――『レア王年代記』（一六〇五）と重なる実話――は、むしろ街角のバラッド売りの口から聞くこととなるでしょう。シェイクスピアは市場でよく小間物売りの口上なども耳にしたはずです。彼はそれをその伻ボヘミアの花祭に現われる小間物売りの口上に使います。同様に、クレオパトラの御座船の豪華さを語るときには、テムズに浮かぶエリザベス女王の御座船を念頭に浮かべたことでしょう。なぜでしょう。旅をしないから世界のことを何も知らぬロンドンの観客は、見慣れ聞き慣れたものに接したときはじめて、「リアル」と感じたのです。

同じことは、『十二夜』でアントニオとセバスチャンの集合場所、エレファント亭についてもいえます。あれは観客が聞いたこともないイリリアというどこか地中海の都市国家の南の郊外にあるのではなく、ロンドンの南の郊外サザックの、今彼らが芝居を観ているグローブ座のすぐ近くにある有名な淫売窟の名だから、彼らはイリリアの話と受けいれるのです。つまりシェイクスピアの作劇術の根幹にあるのは、すべてを卑近なものを通してしか理解しない観客の想像力に立脚しつつ世界大のドラマを構築する才覚です。ですから、彼の劇はローマ、エジプト、ボヘミア、イリリアどこを描こうと、結局ロンドンが舞台なのです。

長々と脱線しましたが、トイレ事情に戻ります。

川近くの公衆トイレが天然浄化式という話はすでにしましたが、ロンドンでも川から遠いところではすでに汲取式が設置されておりました。裏庭のないところは、おまるが一般的です。当時の女中心得にはそれを地下室のバケツに集め、汲取屋（night man）に運んで貰うか、自ら近くの共同溜めまで運ぶよう詳しく指示されております。余談ですが、シェイクスピアの父親が歴史に登場するのは一五五二年四月二九日、この共同溜めを使わず勝手にヘンリー・ストリートに汚物の山をつくった廉で二シリングの罰金を払わされた記録が最初です。おまるを使うのも面倒だという御仁は、ピープスのように暖炉で用をたすこととなります。

宮廷ではおまる使用が普通でしたが、そのためにいろいろ不都合もおこります。昔のヨーロッパの宮殿は、フィレンツェのウフィツィ美術館のように廊下がありません。ＡからＺへ行くには、ＢからＹまでのさまざまな部屋を通り抜ける必要があります。そのため、トスカナ大公に呼ばれたチェリーニのように、大公夫人が用をたしている最中でも失礼を顧みずにその脇を急がねばなりません。ピープスもサンドウィッチ伯夫人の用たしを目撃したと書いております。

宮廷用おまる

天気のよいときは、広場や塀も積極的に利用されました。ハンプトン宮殿修復時には、昔の塀に赤い十字架に「小便無用（no pissing）」の文字が多数発見されたそうです。それでも解放感を求める習慣は後を絶たず。目撃された場合最初は厳重注意で済みますが、二度目は食事する権利（dining right）の剝奪、三度目は出入り差し止めと決まっていたようです。女性の場合「庭へバラ摘みに」は用たしの婉曲的表現として定着しておりました。

ルネサンス期のヨーロッパの宮廷は「可動式（movable institution）」ですが、その理由はすでに見当がつかれていると思います。一ヵ所に三〇〇〇人からの宮廷人が定着すると、じきに衛生環境が劣悪化するからです。イギリスの王室は主としてテムズに沿って一三ヵ所位の王宮をもっておりました。襲われた際に船で逃げ易いのと屎尿処理に便利なのが、その理由でしょう。但し、一六世紀末にはフランスのフランソワ一世のように年中旅をするのでなく、三ヵ所位を周遊するかたちにすでに変わっていたとか。しかもそういう宮殿から集合トイレの設計図などが見つかっておりますから、彼らも次第に定着への意志を持ち始めていたようです。

夏場の巡幸も、表向きは民情視察でしょうが、衛生問題も無視できぬファクターだったでしょう。しかし予備と用たし用の三台の馬車をはじめ、宮廷人や女官たちの宿泊用テントなどを運ぶ作業は大変だったと思います。しかも長い巡幸の間には、「魚の日」などが含まれると食糧調達係は遠くまで買い出しにいかねばならない。おまけにその量が半端でない。軽目と決まっている日曜日の朝食だけで（肉の日ですと）牛三頭、鴨八〇羽を平らげたそうですから。それでもエリザベスは、生涯に二四一ヵ所に逗留したといわれています。

こうした長旅での入浴はどうだったかも気になるところですが、女王はつねに腰湯用の設備を持参していたようです。しかし王侯はこの頃からこぞって浴室棟を王宮内に設けますが、全体として清潔志向は低く、ましてや庶民に入浴習慣があったかというと疑問です。何しろ一六五三年になっても、イーヴリンは今後は年に一回は洗髪しよう、でも入浴は有害だからダメと日記に記す位ですから。水浴でもいいから、身体を清潔にしないと、イモリになって天国へ行けないと、キングズレーの『水の子』の中で煙突掃除夫のトム少年が真剣に悩むのが一九世紀半ば（一八六三）、簡易トイレの設置にせよ入浴にせよ人々が衛生に関心を向けるのはやはりこの頃になるようです。

しかしこの時点ではまだ、イギリス人の衛生観念が確立したとはいえません。折角一八四八年にできた保健総省を、僅か六年で一旦潰してしまうからです。人は健康を強制されるより、コレラに罹る自由を好むという口実で。イギリス全体が環境衛生に真に醒めたといえるのは、一八九九年ボーア戦争時の徴兵検査で若者の２／５が廃人と判ったときだといわれています。

こうした頑固さはどうやらロンドン子のみならずイギリス人の伝統だったらしい。一五三八年クロムウェルが出生、結婚、死亡の記録を義務づけたとき、ジェントリー階級はプライヴァシーの侵害と反対しますし、それを凡そ千年遡った五九七年、アウグスティヌスが布教にきて、キリスト教の総本山をロンドンに置こうとして猛反対に遭い、カンタベリーに移さざるをえなかったいきさつがあります。

ノルマン王朝の祖ウィリアム一世もロンドン子の敵意を肌で感じたらしく、一〇七七年の大火に乗じてロンドン塔を「市を守り、支配する要塞（a citadell, to defend or command the Cittie)」としてつくったといわれています。今日のお話は、副題に「移りゆくもの、変わらざるもの」とつけておきましたが、こうしてみると、不衛生さもさることながら、人々の頑固さこそロンドンのもっとも変らざるものだったかもしれません。

そろそろ纏めに入ります。

今日はここまで脱線を交えつつ二〇万都市としてのシェイクスピアのロンドンについて、衛生事情を中心にさまざまな話をしてまいりました。しかし、その町がなぜ世界に冠たるエリザベス朝演劇を生んだかについては、具体的に何も語ってはきませんでした。宗教改革の宣伝、財政上の事情による宮廷余興の貧弱さ等々さまざまな理由があろうと思われますが、町が急速に発展した理由同様、本当はよくわからないのです。

わかるのは、中世ロンドンが巨大化して市壁の外までスプロール化する過程で徒弟制度などが甘くなり、同業者組合の統制がとりにくくなる。他方、（出身組合の如何を問わず）自由民はどんな職業にも従事できるというロンドン独自の約束事が、あくなき利潤追求のため組合組織を骨抜きにし、ひいては有力組合の連合だったロンドンという町の変質を齎す。つまり、内と外からの組合へのこの揺さぶりが磐石とみえたピラミッド社会のどこかにいつしか罅割れをつくりだす。そして都市でしか味わえないこの自由の空気がその割れ目から入りこみ（die Stadluft macht frei）、それが個人の才覚や進取の精神を育んだのでは、といったところです。企業家精神や演劇も、やがてそこから誕生してくるのでしょう。実際、理想の国家（commonweal）像も、一六世紀中葉から（神と）王を頂点とする安定した階級社会から、企業により国を富ます方向に変わってまいります。そうした「思考を鍛える鉄床」（『ヘンリー五世』）の役割を果したものこそロンドンだったことに、疑いの余地はなさそうです。実学尊重や魔術との訣別、即ち近代もやがてその延長上に現われるでしょう。

しかしシェイクスピアを生むには、二〇万人という数字にも大きな意味がありました。職業演劇が誕生し、発展するには、切磋琢磨する二つ以上の劇団が必要ですが、それには二〇万程度の潜在的観客が最低望まれるということです。ケインズは、「イギリスはシェイクスピアを丁度よいときに手に入れた（England obtained Shakespeare when she could afford him）」といいましたが、主旨に大差はないでしょう。

そしてさらに申しますと、職業演劇とシェイクスピアの登場を俟って、イギリスに近代が訪れます。それは次のような意味合いにおいてです。

近代とは、社会や公共生活の表面から本能や生の肉体に関わるもの、つまり暴力、性、糞尿といったものの一切が抑圧、隠蔽されて誕生した時代です。時間的にいえば、一六世紀を分水嶺として、ヨーロッパ文化が農村型・民衆的な方向から都市型・宮廷的なそれへと流れをかえたときに始まり、一九世紀いっぱいかかって「市民文化」の成熟とともに完成をみたといってよいでしょう。

これは私流のいい方ですが、ホッブズが社会契約説で、ノルベルト・エリアスが「文明化」の概念で、メアリ・ダグラスが「禁忌」や「汚穢」という言葉で、ミシェル・フーコーが『狂気の歴史』や『性の歴史』で語りたかったことと、大した径庭はないと思います。ホイジンハのいう中世の秋に現われた「美しい生活への憧れ」、イタリアはウルビーノのフェデリコ・ダ・モンテフェルトロの宮廷が抱いた清潔志向とそこで誕生した礼節文化が目指したものも、方向性は同じでしょう。

ドイツにおいては意外にも脱糞尿の動きは、糞尿学の大御所『ティル・オイレンシュピーゲル』の作者や謝肉祭劇の巨匠ハンス・ザックスから始ったとすれば（何故なら、オイレンシュピーゲルは二層からなり、糞尿ものは一五世紀に書かれた古層にしか現われませんし、「糞の劇」がザックスの筆になるというのはバフチーンの記憶違いらしいからですが）、イギリスにおいてはシェイクスピアにより下ネタに頼りがちな芸能との訣別のかたちで第一歩が踏みだされます。彼は民衆文化の担い手にして、そこからの脱出を策した男でもありました。フランスにおいてだけはラブレーの存在故、糞尿趣味からの脱却が多少遅れたようにみえますが、それはヒューマニストとしての彼にとって糞尿が穢なさを超越した肉体性のメタフォアだっただけのこと、それに拘ることこそ文明化の基礎となるべき本来の人間性への回帰を意味していたと思われます。

シェイクスピアに話を戻しますと、彼の劇が民衆文化からの脱出を策したというのは、それが価値の一時的逆転を内在させる祝祭行事の一環として出発しつつも、娯楽の提供を旨とする職業演劇だった事実と深く関わる事柄です。（一五世紀頃までの祝祭行事やアマチュア演劇には、糞を祭壇に供えて香を炷き、「聖し（この夜）穴舐めろ（holic=holy

<hole lick)」と放歌高吟する場面がみられます)。

入場料をとる以上客を厭きさせないのが肝腎で、さもないと「毎日同じ事ばかりを致したる故、人の見あき候ももっともに候」(『慶長自記』)と評された阿国の二の舞を演じてしまいます。女王歓待が唯一絶対の存続条件だった点も重要で、ギリシア語文献を自ら翻訳する彼女を糞尿ネタでもてなすわけにはいかないでしょう(但し、彼女は熊いじめといった野蛮な見世物は好きでした)。

しかし、芸能と切れたエリート文化としての演劇に未来があるかはまた別問題で、「見巧者の鑑賞に耐える」(『ハムレット』)劇を目指したシェイクスピア、あるいは「都にて目ききの中なれば……玉が磨かれる」(『花鏡』)と信じた世阿彌が孕む大きな問題といえましょう。山崎正和氏が『世阿彌』に、大衆の側に立ち、悉く父に背く観世十郎元能という次男坊を登場させた真意も、その辺にあったのかもしれません。一六〇〇年前後に始まる、演目、観客、観劇条件の二層(エリートと民衆)への棲み分けとともに、イギリス・ルネサンス演劇が下降線を辿るのは、おそらくそれと無縁ではないでしょう。

御清聴ありがとうございました。

第二部

イギリス・ルネサンスの文学と思想

第三章
イギリス・ルネサンス演劇――一五七〇年から一六〇〇年を中心に

中世ヨーロッパにおいて、演劇は宮廷風恋愛と並ぶ「一二世紀の発明」だった。「誰を探しているのか」「ナザレ人なるイエスなり」の交唱歌がザンクト・ガレンやサン・マルシャルの修道院から聞かれ始めるのは、一〇世紀に遡る。しかし、それはまだ素朴すぎて、儀式の演劇化に留まっている。三人のマリアに主の復活を告げられたペテロとヨハネが聖墓に駆けつけるとか、聖墓に赴く途すがらマリアたちが香料商人からキリストに塗る香油を買う挿話が加わり、ドラマと呼べる筋立ができるには、一二世紀を俟たねばならない。これはただ「進化」に時間を要した、というだけではない。それを容易にし、速める何かが一二世紀という時代環境にあったということだ。

キリスト教二〇〇〇年の歴史において、「ことば」と「像《イメージ》」の対立、緊張はいわば常数だった。信仰におけることばの中心性は揺るがなかったとはいえ、像をどこまで認めるかに時代による温度差があった。たとえばローマ時代において、のちに異端を宣告されるアリウス派のように、信仰のための演劇利用を唱えた人々もいたが、主流はテルトゥリアヌスのように否定的だった。七八七年「化肉」の教義を認めた第二回ニカイア公会議で偶像崇拝は一応の勝利を収めるものの、一二世紀に到りサン・ヴィクトルのフゴやクレールヴォーのサン・ベルナールが化肉の理論を整備し、神の人間性を強調するまで、像はさして重視されなかった。一二一五年、第四回ラテラノ公会議はこうした一二世紀ルネサンスの流れを踏まえて、ミサのパンとワインをキリストの肉体と血と認め、続いて一二六四年、ウルバヌス四世がそれを確固たらしめる聖体節《コーパス・クリスティ》を制定する。ここにおいて、キリストの肉体ははっきり可視的なものとなったのである。

ところが、「貧しき聖書《ビブリア・ポーパルム》」にすぎなかった像がこうして重要な地位を占めるようになると、今度は逆に「可視的なものこそ聖なるもの」という誤解を生みかねない。免罪符や聖遺物崇拝が蔓延した結果、信仰の中心を再びことばに戻す宗教改革が必要となる。ヴァラやエラスムスに代表される「正しき本文」を求めるヒューマニストたちのことば中心主義と、知識の伝達と表現技術の両面において画期的な役割を果した印刷術の発明が、呼び水となり拍車となった。中世ヨーロッパにおいて一二世紀が人間中心主義にはじめて傾いたときだったとすれば、三世紀後の一六世紀初めはその揺り戻しが訪れたときだったのである。

一二世紀に呱々の声をあげ、祝祭日の娯楽の一部に留まっていた演劇が、実質的な成長を遂げるのがこの一六世紀である。となれば、それはきわめて不利な環境に投げこまれたことになる。幸いにも、イギリスの場合この改革は不純な動機による上からのものだった。下からのエネルギーに支えられ、ピューリタン革命のかたちで第二波が押し寄せるまで、ほぼ一世紀の猶予があった。イギリス・ルネサンス演劇は、この間に生まれ、育ち、死んでゆく。そうした視覚芸術がなぜこの時期に引っこみ思案な国民の間で栄えたかを、今ここでは問わない。わからないといった方がよいかもしれない。歴史はつねに説明されざる何かを残す。

ただ演劇の成長に都合がよかったのは、遅咲きのルネサンスが宗教改革の直前にこの島国を訪れたという点だ。人間の可能性についてはほぼ正反対の立場をとるこの二つの運動に挟まれるかたちで、一時は宗教とも蜜月関係を結びつつ、演劇は栄え、衰えてゆく。しかも奇妙なことに、それが滅びる頃、二つの運動は禁欲主義と科学精神に姿をかえて、寄り添いながらイギリスを逸早く近代へ押し進めているだろう。一六世紀中葉からのほぼ一〇〇年間、この二つの動き、なかでも像を否定する宗教の動きと演劇との関係にとくに注目しながら、演劇の消長の跡を辿ってみたい。ここでは便宜上、それが軌道に乗る一五七〇年辺りから始めるとしよう。

一五七〇代から始める理由は、幾つかある。演劇に関する資料は一六世紀の声を聞くと多くなるが、エリザベス女王の即位（一五五八）を過ぎてこの頃になると格段に増え、ある程度はっきりした像が結べるようになる。パトロン名を冠した「プレイヤーズ」が音楽ではなく、劇中心に活動しているグループと読めるようにもなる。五九年が最初だが、役者の方でもすでに死亡時に自ら「役者」を名乗る自覚も芽生え始めている。

劇壇地図が変わりだすのが、もっとも大きい。二〇〇年もの間、イギリス演劇の主流はアマチュアだった。宗教改革の煽りで、中世の町々を賑わせてきた聖体劇がこの頃で滅んでゆく。アマからプロへの実権譲渡というに留まらず、〈中央・ことば〉の〈地方・像〉への勝利を告げる事件でもあった。唯一残ったアマチュアというか、半ばプロ化した少年劇団を含む学校演劇も、この頃から成人劇団に人気を奪われ始める。七七―八年クリスマス期の宮廷上演などは、ついにその比が二対九と決定的になる。成人劇団は演技力と演しもののよさで人気を勝ちとったのであり、安定した舞台条件の恒常的提供によりそれを補佐したのが常設劇場の創設であった。

一般に芸能における人気は励みとなって芸の向上に繋がるが、芸術への飛躍にはそれと並んで「見巧者」を必要とする。その無言の圧力が見料に見合う芸を提供すべく演者側の目的の継続的単一性を生み、そこに望ましき舞台的条件が加わったとき、彼らが演劇創造の中心に躍りでるのが可能になる。

常設劇場には、他の見えざる働きもあった。宗教改革で聖史劇、教区劇が滅び、一極集中、中央集権化された劇は、暫く政治・宗教の具となる。これが劇の認知に大きく関わったのだが、五九年に出される女王のお触れによりこの蜜月関係にも終止符が打たれる。だが、即自存在となった後でも、法学院での余興などを通して、知識人の請願、批判のための腹話術としての働きは残った。そうした形での自らの結婚問題への介入を嫌った女王は、法学院の劇を遠ざける。成人劇団の人気は、こうした漁夫の利を自らの成長に結びつけた彼らの勝利であった。

こうして、イギリス演劇の主役の座は再び大衆娯楽の手に戻る。だが、それはメリー・イングランドへの回帰を意味してはいなかった。かつてそこでの大衆娯楽は、所与の共同体の祝いごとのつけ足し、いわば儀式の一部でしかなかった。ところが、任意の共同体を劇場という場につくるのを選んだ個々人の集合体の娯楽となれば、面白さがすべてに優先する。常設劇場の出現は、芸能を儀式と断絶させ、商業軌道に確実に乗せた象徴的事件なのであった。

だが、皮肉なことに、劇場座《ザ・シアター》をはじめとする常設劇場の創設自体は半ば偶然の産物であった。当時のイギリスは、七〇年の女王への法王の破門状を機に騒然としていた。スパイの侵入を防ぐなどの目的で、七二年には浮浪者取締法が強化され、男爵以下の身分のお抱え芸人は街道から姿を消す。庇護と統制の抱き合わせの始まりだ。一方、生き残った演劇人にとって絶好な飛躍の時期を見計らったかに、ロンドン市は無許可公演を禁ずる。上演場所を確保しえた劇団しか生き残れないこうした状況下で、レスター伯一座の筆頭俳優ジェイムズ・バーベッジが、市壁のすぐ外に劇場座建設を思いたつ。市の干渉排除、客の便宜、廉い地代を鼎立させての、ぎりぎりの選択だったに違いない。

劇場座は、年間地代一四ポンド、二一年間の契約で借りた聖泉小修道院跡にできた、木造三層、多角形の建物である。総工費一〇〇〇マルク（六六六ポンド）、その大半を裕福な義兄に仰いでできた劇場であった。

バーベッジがいつ頃からこの建設を思い描いていたかは、わからない。六七年にロンドンの東の外れステップニーに建つ赤獅子座に義兄が関係しているから、それも彼の差金だったとすれば、相当前から役者をつとめ、建設を企んでいたことになる。一六世紀中葉のロンドンは人口の急増期、建築業は有卦に入っていた。この時期に指物師にして「生計なりたたず」、転職となれば、バーベッジはよほど腕が悪かったのだろうか。五九年頃、彼と同じ聖スティーヴンズ区に、ダニエル・バーベッジという楽師《ミンストレル》が住んでいたが、このおそらく親戚筋の男の影響だろうか。当時は地縁、血縁などの強かったコネ社会、バーベッジ自身の徒弟奉公先が同じ町に住むジョン・ストリート、つまり、後に地球座建設を依頼するピーター・ストリートの父親の許だった。この町にはまた、女王の特許状などにバーベッジに次いで名が現われるジョン・バーキンも住んでいたかもしれない。もしそうならば、ルネサンス演劇はある意味で聖スティーヴンズ・コールマン通りから出発したことになる。いずれにせよ、八四年六月の徒弟暴動時の彼の振舞いや八三年ケント州のゴロツキ判事の言動から推して、レスター伯という強大なパトロンを戴いた以上、今度こそ劇場造りはうまくゆく。そう踏んで改めて義兄を説得し、結果的には前回の四〇倍ほどの大金を投じさせてなった大事業であった。

にも拘わらず、「極彩色の内部《ステージ》」をもった「ヴィーナスの宮殿」が完成するや否や、バーベッジは大恩人の義兄一家や劇団と次々に金銭を巡るトラブルを惹きおこす。咎められれば魔がさしたといい逃れをし、揚句のはては「良心なんて糞喰らえ」と啖呵をきる。その一方で、客寄せに都合がよいと判断すれば、古代ローマ劇場について最低の情報は集め、芝居小屋《プレイ・ハウス》をあえて劇場座《ザ・シアター》と命名することで箔づけする。経済的便宜をすべてに優先させるこの生き方こそ、独創性や自負の強さ、目的への執念と相俟って彼らが演ずる劇の主人公の進取の気質を先取りしていたといえなくはない。とはいえ、この小屋の情報源としては、魔術師などではなく、一五二〇年金襴緞子の野に直立三層、一六角形からなる古代劇場風の宴会場を建てた王立造営局を考えるのが妥当と思われる。

かつて造営局から山車製作を頼まれ、それが縁で衣装局員となり、最後は国王間狂言一座の筆頭俳優になったイングリッシュという指物師がいたのが知られている。この先例から推せば、造営局と昵懇だったピーター・ストリートの線ばかりか、バーベッジ自身直接そこから情報をえた可能性も充分ありうる。さらに、古代劇場になかった「天蓋《ヘヴン》」の有り様をみると、造営局との結びつきは一段と深まる。

当時の劇場に「地獄《ヘル》」、つまり奈落は最初からあったが、天蓋が備わって「人間の運命をその宇宙的な背景で考察」（フランセス・イエイツ）する世界劇場になるには、九〇年代を俟たねばならなかった。ところが、エンタシスをもった柱に支えられ、下に星辰が描かれた天蓋とは、造営局がつねに手本としたブルゴーニュの宮廷の宴会場の天井に他ならない。小屋を東面させて西日は避けても雨が凌げず、天蓋をつけ（宙乗りを可能にす）ることを決心したとき、小屋主たちが再び造営局の知恵を藉りたのは確実と思われる。

ところで、劇場座建設から八三年の女王一座の結成までが、イギリス・ルネサンス演劇最大の勝負時となる。この間概ね宮廷は好意的だった。たとえば、七八年暮れにはクリスマス期の宮廷上演を理由に、六つの劇団の市中公演を許可するよう枢密院はロンドン市長に頼んでいる。こうした場合彼らは「女王歓待」を口実にもちだすが、それが屁理屈にすぎないのは当事者すべてにわかっている。だから、御前公演のため芸に磨きをかけるのなら、もっとも卑賤な輩相手に入場料をとって練習するのではなく、私邸でおこなうべきという、市の記録係の「悪意ある評言」が聞かれることとなる。

宮廷の好意には、理由があった。緊縮財政の推進と統制の徹底だ。女王歓待は不可欠ながら、安上りで実をとりたい。仮面劇なら祝典局の出費だけで四〇〇ポンドはかかる（一五七二）のに、芝居は一作一〇ポンドの外注で済んでしまう。おまけに、演劇の政治的利用をすでに諦め、一介のマエケナスになり下った劇団のパトロンを通しての統制も容易だ。地方に根ざす聖体劇、教区劇の弾圧、祝祭日の大幅減少と引替えに全国規模の画一的娯楽を提供する際の、これが何より肝腎な点で、大袈裟にいえば、中央集権化の成否がそこに懸っている。事実、枢密院はその後八三年の女王一座の結成とその優遇、九八年の二大劇団制、一六〇三年王一族へのパトロンの限定と、庇護と統制の抱き合わせを貫いてゆく。この流れを決定づけたのが、台本、俳優、劇作家、劇場すべての認可制を決めた（八一年一二月の）祝典局長宛の特許状だった。これにより官による搾取という図式も定まる。これがいわば「イギリス演劇史の分水嶺」であって、九八年の二大劇団制などは（C・S・ルイス流にいえば）一二世紀感情革命に対するルネサンスのようにいわば「さざ波」にすぎない。

一方、敵役を演じたロンドン市の方はどうか。市は市中公演につねに難癖をつけてきた。曰く、勤労意欲を殺ぐ、曰く風紀を紊す、等々。だが、市当局がもっとも惧れたのは、娼婦、貴族の仲間《ちゅうげん》、外国人労働者に対する徒弟たちの暴動であり、それが惹きおこす世情不安だったのではあるまいか。彼らは市の周縁に位置する者同士の間でトラブルがおこり、それが中心にまで波及する事態に我慢がならなかったのだ。それを未然に防ぐには、新参の劇団という未公認の同業者組合を潰すに限る。つまり、体制温存が至上命令だった彼らにとって、強い煽動力を秘めた演劇への反撥は最初から宗教的ならぬ社会的理由に傾いていた。土竜叩きが功を奏さずに特権的存在として女王一座が結成され、ついで五〇〇〇ポンドを使っての祝典局長買収工作が失敗に帰すと、彼らが救貧事業への資金援助という条件闘争に切りかえたのは、それ故と思われる。

　では庶民人気を二分していた説教壇との壮絶な戦いの方はといえば、聖書の権威に基づく変装忌避、悪への誘惑と、説教師の陣営も演劇非難に関してはあげる理由に事欠かない。だが、識閾下での最大の理由は、神の言葉以外は虚偽なのに、いかがわしい相手の方がはるかに人気を博している現状だったのではあるまいか。といって、説教の人気は急に廃れたわけではない。八〇年当時、ロンドンだけで毎週一〇〇を越す説教がおこなわれていたのであり、出版もふえ、六〇年代には一〇点未満だった説教集が八〇年代にはその一〇倍を越えている。当時の人々はメモをとりつつそうした説教の梯子をし、その足で劇場に赴いたに違いない。

　この宗教との争いについては、今日わからないことが多い。市当局の買収に応じて演劇批判の書『悪弊学校』（一五七九）をものした元役者兼劇作家は、古巣からの仕返しに「身の危険」を感じて三年近く田舎に姿を隠し、「いないいないばあ《ボー・ピープ》」をしていたという。ありえぬ話ではなかろう。八つの劇場が週一度の上演で年間二〇〇〇ポンドの収益、と批判勢力は書いている。経済的に上向きだった演劇側からの反攻も、相当激しかったに違いない。

　この戦いでさらに興味深いのは、演劇が勝利したとき、相手が果してきた社会的道徳的役割を一部肩代わりして、解放区の娯楽、安手のジャーナリズムに加えて、ハムレットのいう「時代の縮図とか記録係」になろうとするところだ。一方の説教は、敗北を機に相手の武器といえる身振りや声色と一切縁切りしてしまう。この包容力の差に、勝敗の分かれ目はあった（ちなみに、熊いじめ場との戦いは、九〇年代初めまで決着がつかなかったようだ。だが、九一年六月に枢密院が「他の娯楽の開催日」を理由に火曜日の休演を演劇に勧めているのをみると、それまでには勝負あったと読めるだろう）。

女王一座の結成は、こういう状況下においてであった。祝典局長ティルニーの尽力で既成劇団から一二名の役者を引抜いてなったこの劇団の誕生は、演劇が市民権をえたことを告げる事件であった。だが、株主俳優の数が通常の倍で喜劇に偏った顔ぶれの寄合世帯。謝礼、上演場所等において格段に恵まれていたとはいえ、船頭の多さに先行きに不安が残る船出であった（そして、これはすぐ的中する）。

女王一座の結成を告げる年代記の記述で興味深いのは、役者の技倆を褒める一方で、代表格の二人をともに「即興の才の持主」と決めつけるところだ。ここに、じつは当時の劇一般の本質が覗いている。ロンドンに落着いてからの成人劇団は、九六年五月三一日から六月二七日の間の海軍大臣一座のように、二五日間で一五作の日替り、その内新作二篇といった芝居の打ち方をする。台本購入やリハーサルの必要を考えたら不経済そのものなのに、なぜこうした興行の打ち方にこだわるのか。人口一五万の町で毎日同じ劇を上演したら、阿国のように「人の見あき候ももつともに候」（『慶長自記』）となる事態を避けたかったのだろうか。謎だ。

この形態からわかるいま一つは、彼らの劇が言葉より筋《アクション》、筋より即興が重視されたものだったということ。さらにいえば、一六〇〇年を過ぎても、当時の観劇は劇中人物の「対話」と役者と観客の「かけ合い」を半々に楽しみ、芝居がひけた後は劇後劇《ポストルード》というべきジッグ踊りに現《うつつ》を抜かしたに違いないということだ。そこでは、死んだばかりのリア王も起き上り、勇壮なステップを踏んだことだろう。

当時の劇における台本の地位の低さは、ジョンとローレンス、ダットン兄弟のブラウトンなる人物への訴訟に明らかだ。劇団を六度もかえ、カメレオンの綽名をもつダットンは、また鞍替えを策していたのか、ジャンルを問わず二年半に一八作の劇を書いてほしいとブラウトンに依頼していた。それが守られなかったというのだ。これは七三年の話だが、八一年になっても事情は変らない。シュルーズベリー伯一座のトマス・ベイリーは、ロンドン在のボードウィンに宛てたラテン語の手紙で、悲劇を書いて貰った礼を述べるとともに、レスター伯一座のロバート・ウィルソンが書くような、「短くて……面白くて感動的、かつ優美にして快活、云々」と欲張った注文をしている。やはり中心は活劇だったということだろう。

にも拘わらず、九〇年代に近づけば、グリーンの自伝風懺悔録に登場する役者がいうように、「説教じみた道徳劇は見向きもされない」。荒事も廃れ、当意即妙に韻を踏むのも人気がない。「時代は変った《テムポラ・ムタントゥール》」と。人々はようやく「物語のようなもの《ア・カインド・オブ・ヒストリー》」（『じゃじゃ馬馴らし』）を求め始めたのである。

それでも、娯楽《ゲーム》の部分集合だった演劇の中世来の性格は、失われてはいない。舞歌二曲が申楽の本風（世阿弥）だったように、歌、踊り、レスリングといった中世娯楽の「本風」は、『恋の骨折損』の梟と郭公の歌や『夏の夜の夢』のバーゴマスク踊り、『お気に召すまま』のレスリングなどに多少姿をかえて残ってゆく。ボトムとティターニアの求愛騒ぎやフォールスタッフの戦場での死んだふりにしても、モリス・ダンスの道化とメイド・マリアンのグロテスクな求愛の延長上にあり、聖ジョージ劇の死と再生を踏まえているということだ。ルネサンス演劇は活動の場をロンドンに移したとき成立したが、祝祭に基づく半農村文化を留める限り栄え、舞台を都市に移すと廃れていったパラドクシカルな存在だったのだ（とはいえ、一七世紀の声を聞くと、都市を舞台にした市民喜劇が誕生するけれども）。

これは、当時の観客の大半が農村出身者で、劇場に教区のエール（をのんで楽しむ村）祭の代替物を求めて集まったことと無関係ではない。タールトンが鶏冠帽にまだら服という「道化《クラウン》」の恰好の代りに「田吾作《クラウン》」のスタイルを貫いたり、活発なジッグ踊りに人気があった秘密はそこにある。彼は農夫の服装で都会の悪に翻弄される「薄のろ」を演じ、彼の家の嬶天下を揶揄して客が「魂消たぞ、金網串を廻したぞ」と下が上を牛耳るさまを突けば、即座に「魂消たぞ、ロバがおつむをもってたぞ」、と応じて喝采を浴びる。一六世紀末までのイギリス演劇は、提供者にとっては徹頭徹尾経済行為の世界であっても、享受者からみれば居酒屋並みの癒しの空間であ

女王の道化師タールトン

り、廉価な娯楽でしかなかったのである。

提供者側にとって当時の演劇が徹底した経済行為の世界だったといったが、これは役者だけではなく衣装をもつ興行師兼小屋主や祝典局長らを含めての話であった。

一五九九年秋、ロンドンを訪れ、新装なった地球座で『ジューリアス・シーザー』をみたバーゼルの医師プラッターは、役者が纏う「高価で凝った衣装」に賛嘆の声をあげている。ルネサンス演劇とは、裸舞台や象徴的演技と豪華な衣装と小屋の内装という、エンブレムとイリュージョンの奇妙なアンバランスからなる劇だったのである。

なぜ彼らが衣装にこだわったか、はわからない。当時は典型的な身分社会、それを手っとり早く示すのが衣装だというのが、一つの理由だろう。「平たい帽子に紺の上着」が徒弟、緋色のマントなら医者、黒は弁護士と、観客はすぐ識別できたろうからだ。衣装をかえ髭をつければ別人という変装の約束事は、ここに胚胎する。またそれ故にこそ、舞台上で羊飼の粗末な衣装を武将の甲冑に着替えたり（『タンバレイン大王』）、王の衣を借物だと叫んで脱ぎすてる行為（『リア王』）が（固定した身分制度からの脱出願望とも絡んで）象徴的な意味をもちえたのであった。

タンバレインに扮した
エドワード・アレン

衣装の重視は、劇場関係者が設備投資の大半をそれに注ぎこんでいるところに明らかだ。台本の値段一本六ポンド（のちの少年劇団の場合は一〇ポンド位）として、ヘンズロウなどは衣装一着にときとして二〇ポンド近くも払っている。台本四ポンドに対し、衣装に六〇ポンド以上を投資した場合（『新流行の源』）すらある。勢い零細劇団は資金繰りに困り、金貸し兼興行師に借金を申込む。これが彼らによる劇団搾取の第一歩となる。

事実、当時の目ぼしい演劇人や興行主は、多少とも衣装に関係して

シェイクスピアの生涯の友、
名優リチャード・バーベッジ

いた。草分けのラステルは例外だが、二〇年代の衣装局員ギブソンに始まり、三〇年代から四〇年代にかけて活躍した「衣装持ち役者《プロパティ・プレイヤー》」フェルステッドは絹染色業者、有名なヘンズロウは曖昧屋を別とすれば染色業と質屋、いずれも衣装と繋がりが深い。バーベッジは指物師だが、妻の実家が仕立屋、白鳥座のラングレーは羊毛検査官、猪頭亭のウッドリフは小間物商、カーテン座のランマンや旧ニューイントン射撃場座のヒックスは女王の私室関係の役人と、衣装に近い。疫病時に役者をやめたダットン兄弟も、衣装の行商と仲買、羊毛検査官と、やはり衣装を食い物にしている。

祝典局員も例外ではない。世紀がかわると、カーカムは出入りの小間物商ケンドルと結託して少年劇団と関係するが、これは三〇年ほど前に局員と業者の間におこったトラブルを避けたかったからだろう。やがて一六三九年、地球座の三株と黒僧座二株を五〇六ポンドで取得してリチャード・バーベッジの後釜に坐ったテイラーに、祝典局員のポストが「名誉職」として与えられる。いぜん日給六ペンスのポストとはいえ、宮廷で不用になった衣装を自劇団用に流したり、その賃貸や売買で副業に精を出せという、局長のありがたい思召しだったに違いない。史家は当時の不景気や徒弟暴動の遠因は外国人労働者ではなく、自由民の副業にあったという。俳優業も当事者にとっては副業、その彼らが副業として興行に携わる者の餌食になる。これが当時の演劇の実態であった。

やがて世紀と王朝がかわり、僥倖により小屋主の搾取を免れた国王一座が独裁の趣きを呈すると、ジョーゼフ・テイラーのように他劇団の俳優たちはこの一座の株の取得を考える。だが、多くは夢が叶わず、興行師の搾取にあい、その興行師がまた祝典局長に利益を吸い上げられる。存在が知られているだけで八〇〇人を超す俳優たちの中で幸運といえたのは一〇〇人たらず、絞れば二〇人前後、これが一攫千金を夢みた彼らの現実であった。「二〇〇人の役者

クリストファー・マーロウ

絹着て、五〇〇人の貧乏人野たれ死に」は誇張であった。

ところで、ものはその基本的性格と関わりなく、他の要因によっても消長する。劇の場合なら、客の眼の肥えと並んで、それは劇という媒体を駆使して己れの主張を伝えうる劇作家の登場であった。しかも、発展に結びつくには、その主張は宮廷、庶民双方に共感を呼ぶものでなければならない。イギリス・ルネサンスの場合、演劇が輿論形成に指導的役割を果たし、それが隆昌化に繋がった奇跡的な時期が一五八〇年代の半ばから一六〇〇年代にかけてであった。

しかし、劇場が国家、宗教につぐ「第三の機関」をつとめるこの時期になっても、批判勢力との対立は止まず、いぜん激烈を極めていた。五九年に『殉教者列伝』が役者を印刷業者、説教師と並べて「法王の三重冠に対抗する三重の砦」と称えているように、その頃まで宗教との関係は良好で、それはいわば演劇の育ての親だった。演劇が自らの利益を追求することで僅かの間にその関係が一変し、八〇年代の声を聞く頃には「信心篤き人々《ゴッドリー》」の偶像破棄《アイコノクラズム》は偶像禁忌《フォービア》へと悪化していたのであった。流行歌と讃美歌はメロディの共有をやめ、酒場での宗教談義は不謹慎と見做されるようになっていた。

にも拘わらず、表向き忌み嫌った劇場に信心篤き人々が詰めかけ、マーロウやキッドの劇に夢中になっている。その辺の事情は、九三年五月外国人労働者の国外退去を求める誹謗文に「タンバレイン」の署名があることからもわかる。彼らはスキタイの羊飼タンバレインこと中央アジアの征服者チムール大帝に異教徒を滅ぼす「神の笞」を認め、親近感を覚えているのだ。彼らはそこに何をみ、何を求めたのだろうか。

一言でいえば、それは暴力への讃嘆であろう。なるほど、征服の手段であるこの暴力は目的に忠実すぎて、いささか機械的な感じが否めない。徹底する余り、「スキタイ風塹遂法《ベイソス》」をおこし、出版登録簿の記載のごとく悲劇ならぬ「喜劇的物語」の印象を生みだすということだ。だが、天上的、地上的いずれとも読める王冠（empyreal diadem）同様、こうした曖昧さはマーロウにつきものの韜晦癖で、彼はそれにより己れの狂気を処理していたのかもしれない。
見巧者なら喜劇的鏡ととりかねないこの劇の暴力に、精神の極度の緊張と激しさをマーロウと共有した改革人間たちは、神の全能の一属性をみ、プロテスタント倫理に通ずる自己投企の徹底ぶりを読みとったのではなかろうか。狂熱的ジッグに癒しを求める心性は、暴力に陶酔する魂と決して無縁ではないのだ。

『タンバレイン』（一五八七）はまた、乳白色の雄鹿を抱えて象牙の橇に乗り、白銀の氷原を疾走する恋人の幻を「言葉によるペイジェント」で現出させた劇である。征服した王を踏台代りに使い、「アジアのたらふく食べた駄馬」として戦車を曳かせる「行動言語」（ピーター・ブルック）に満ちた劇でもある。白、赤、黒三色の旗やテントの使い分けといった、スペクタクル性にも事欠かない。マーロウはスペンサー以上にイメージにみちた詩人なのだ。そして古雅体という視覚的言語を駆使した『牧人の暦』（一五七八）をひっさげてスペンサーが登場したとき、読者が熱狂したのは何故か。聖なるものの純言語性に憧れつつ、識閾下では「イメージあるプロテスタンティズム」に焦がれていたからではなかったか。マーロウの観客たちも同様で、説教家の激しい攻撃に抗して裏から劇を支えたのは、頭では「想像力の抹殺」を志向しつつ、心からは儀式への郷愁を絶ちきれなかったからと思われてならない。彼らは「触知しうる《タンジブル》」宗教を忘れがたき種族だったのだ。マーロウもいっている。「神とかよき宗教があるとすれば、法王のそれだ。そこでは神への奉仕がミサの奉挙《エレヴェーション》、オルガン演奏、合唱、剃髪と、儀式性をもっておこなわれるからだ」と。

キッドの『スペインの悲劇』（一五八七）は、同じく暴力にみちていても、マーロウとは正反対に被害者の悲劇である。マーロウにとっての発想の中心が個人、あるいはそこに仮託された欲望のエネルギーだったとすれば、キッドの場合は家族ないし社会が中心となる。同じ暴力でも、一方が自己拡大の手段、他方は階級の利益や家族の絆を守るためのものといえる。その意味で、マーロウ劇がテーマに普遍性をもつ中世劇に近く、キッドのそれは近代社会劇なのである。息子の復讐に狂うヒエロニモに観客が魅了されるのは、擬似宗教的次元にまで高められた家族の神聖視と、支配

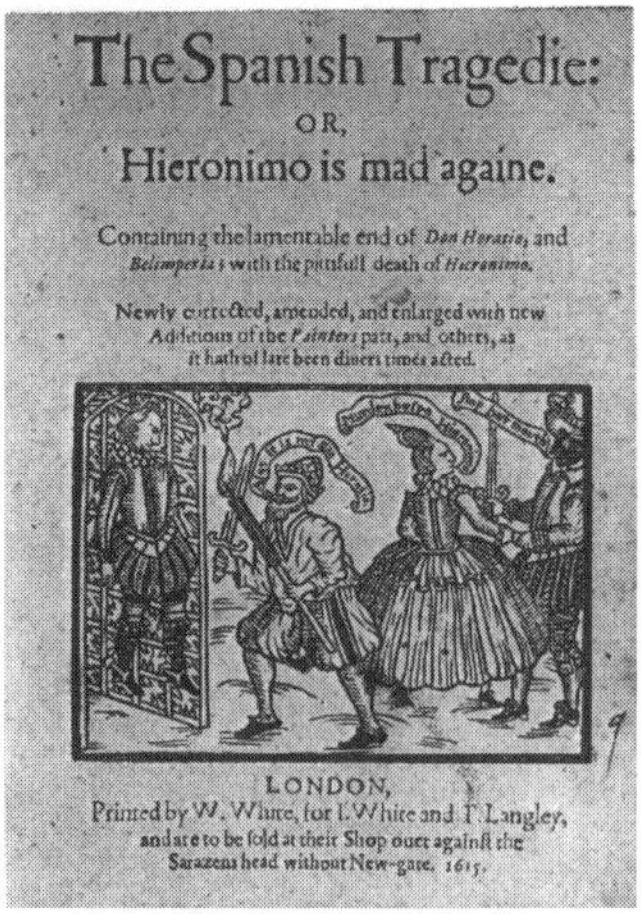
The Spanish Tragedie:
OR,
Hieronimo is mad againe.
Containing the lamentable end of Don Horatio, and Belimperia; with the pittifull death of Hieronimo.
Newly corrected, amended, and enlarged with new Additions of the Painters part, and others, as it hath of late been divers times acted.
LONDON,
Printed by W. White, for I. White and T. Langley, and are to be sold at their Shop over against the Sarazens head without New-gate. 1615.

トマス・キッド作『スペインの悲劇』のタイトル・ページ（増補版）

層に対する（個に目覚めた）新興階級の無言の抗議の故であった。

社会的不正に対する憤りを除いても、『スペインの悲劇』が人気を博す所以は沢山ある。これは闇討ちにあった息子の仇を父親が討つ、『ハムレット』と正反対の劇だが、じつはこれが劇中劇にすぎず、外枠に冥府の神による復讐話がある。劇中劇中劇まで仕組んでめでたく本懐を遂げてみれば、それは神々の恣意の実現に手を藉していたにすぎない。これはじつに不条理な劇なのである。

しかも、この不条理は独り父親のものではない。誰が究極的に「選民《チョーズン・ピープル》」かは足掻いている当人たちにはわからず、その一方で「寝ても復讐を忘れざる神」の眼が遍在する。異教神話の「天国《イリージアム》」とキリスト教の「地獄《ヘル》」が同居するこの劇を評して、ナッシュは「国産の凡庸な者ども」はギリシア神話とキリスト教の区別も知らぬと嘲笑したが、マーロウのフォースタス博士が堕地獄の恐怖を異教的天国への信仰で打ち砕こうとしたように、キッドの場合も混同は苛酷な人間の運命を紛らわそうとしての意識的な試みではなかったか。改革人間たちは、狂うヒエロニモに予定説にふり廻される己れの姿を重ねたに違いない。

しかし、キッドの悪口をいう直前に、ナッシュが書いているように、「時はすべてを喰い尽す《テンプス・エダックス・レールム》。永久に続くものなんてあろうか。」爆発的人気を呼んだリリーの『ユーフュイーズ』（一五七八）が一〇年間に六篇のエピゴーネンを生み（副題の「解剖」は一六四二年までに一九篇）、ハーヴェイに「金蠅がたかった」と揶揄されるが、『タンバレイン』の「息子」が続々と現われ（九三年までに一〇篇）、『スペインの悲劇』もパロディが次々に書かれる（一七世紀までで五九篇の劇で引用）と、輝きを失い、食傷気味になる。自虐も他虐も暴力自体が飽きられたということだ。

だが、一旦人気を博すと路線変更が難しいというのが、劇団経営の宿命だろう。海軍大臣一座の場合が、まさにそうだった。アレンという立役を擁し、マーロウ劇、キッド劇のアクション路線で、彼らはシェイクスピアやバーベッジの宮内大臣一座をリードしてきた。しかし、荒事の人気が翳り、一作平均前年比六シリング減となった九七年、彼らはようやく和事の文芸路線への切りかえを図ったふしがある。九七―八年の一年間だけ借入金の台本購入に占める割合が二〇％台から七五％へと急上昇する。しかも、その内単独作が七一％、個人裁量による購入率六七％とくれば、その意味するところは明らかだろう。経営的感覚に優れたワンマンが路線変更の荒療治に乗りだしたということだ。だが、九八年からまた劇団合議による購入認可の率をふやし、合作による台本の割合を元に戻す。これで勝負はついた。海軍大臣一座の荒事路線への執着は、座付作家シェイクスピアの史劇の時代、喜劇の時代、四大悲劇の時代といった区分に明らかなように、宮内大臣一座がほぼ五年毎に路線をかえていったのとは好対照といわねばなるまい。九六年頃は二劇団の株価は同じ位だった。世紀がかわり海軍一座改めヘンリー皇太子一座になる頃には、それが宮内大臣一座改め国王一座のほぼ半値になっていたといわれる。

しかし、国王一座の勝利は、もう少し別の角度からの再検討を要する。荒事を廃れさせ、和事の心理劇を流行らせた真因は、思いがけぬところに潜んでいたかもしれない。

ルネサンスとは何だったか、に必要充分な答をだすのは難しいが、その一つが自然の理に適う生き方の追求にあったのは間違いなさそうだ。しかし、無知で野蛮な「ゴシックの夜」を一刻も早く明けさせるため、ヒューマニストたちは一時「豊かさの美学」に頼ったふしがある。エラスムスの『豊かさについて《デ・コピア》』を一つの依り拠とする、「雄弁」と「叡智」を同一視し、「誇張と過剰」に「高貴と威厳」をみる考え方だ。そして、ギリシア語の「誇張《ヒュペルボーレ》」に当たる「逸脱《オーヴァリーチ》」こそ、マーロウの文体の特徴であった。いいかえれば、ラブレーの「広場の言語」（バフチーン）が豊かさの美学のフランス版だったとすれば、リリーのユーフュイズム、スペンサーの古雅体と並んで、マーロウの雄渾作、即ち「高揚して朗々と響く言葉」はそのイギリス版だったのである。

しかし、若者文化から始まったルネサンスが円熟するにつれて、豊かさの美学は早晩リアルで理に適った「自然さの美学」に席を譲る宿命にある。もっとも遅くルネサンスを迎え、逸早く近代へとつき進んだイギリスの場合、その転換期が大学才人とシェイクスピアやジョンソンの世代の間、時期でいえば一六〇〇年頃だったのである。

自然さの美学は、ここにおいては「判断力を備えた《ジュディシャス》」識者の見解を表わす。この識者とは、ジョンソンの『バーソロミューの市』や『用材集』によれば、「自然な演技」を愛でる人であり、そうした演技の対極にくるのがタールトンの即興やマーロウらの「大袈裟な演技とわめき散らし」ということになる（実際はマーロウたちも「賢者」を喜ばせる「中身《マター》」のある劇を志向し、「道化芝居」との訣別から出発したのだが、雄渾体の故かタールトンと十把一からげにされてしまう）。自然さ志向はホラティウスに発し、イギリスならロジャー・アスカム、ジョージ・ギャスコインを経てジョン・ドライデンまで続く考えだが、それが豊かさの美学の自己崩壊で顕在化したということであった。

自然さの美学が劇壇を席捲したについては、観客の側からの力添えもあった。信心篤き人々が「ほどほどの熱狂《モデレイト・ズィール》」に目覚める一方、神が不変なれば、人も不変、少なくとも外見と内実を一致させるべしという「不変の美学」を声高に唱え始めたということだ。宗教からの思わぬ側面援助であった。一六〇〇年頃とは自然さの美学が不変の美学に折り重なったときであり、そこに誕生したのがハムレットの役者への訓戒、「自然に鏡を掲げる」リアリズム演劇の提唱であった。世紀の変り目をもって、興行の形態だけでなく、劇の美学も定まったのである。

一七世紀に入り劇が半ば官製化すると、興行師や祝典局長の暗躍が目立ち始める。一方、喜劇役者のアドリブを戒めるハムレットの科白に明らかなごとく、俳優の時代は劇作家の時代へと移行する。「放蕩息子」だった劇作家も、「芝居事でくちはつべき覚悟」（近松門左衛門）を固めつつある。舞台《ステージ》から頁《ページ》、芸能から芸術に道を譲る。〈台本・平易な科白〉から〈即興・大言壮語〉への優位という形で、ことばと像との関係は演劇においても決着をみたのだ。[1]

それを如実に物語るかに、僅かの間に劇の言葉も大きな変化をみせる。無韻詩が次第に散文に道を譲るばかりか、生涯に二二〇もの劇に筆を染めたヘイウッドといった男までが演劇擁護論（一六一二）で「雄弁という美辞麗句」を斥けて「平明さ」を説き、別のピューリタン作家も「平明さこそ……もっとも豪奢な衣装」と書くようになる（一六一四）。清教徒革命だけでなく、「雄弁はあらゆる良識ある社会から、平和と公序良俗に致命的故斥けられねばならない」と説く王立協会の宣言書（一六六七）の姿まで彼方に臨める地点に、演劇は今近づきつつある。それは王政復古を迎えたときには、たんなる社会風俗の提示と化すであろう。

こうした一連の動きは、近代の価値観からは進歩以外の何ものでもない。しかし、「今輝いている完成」（『対蹠地人』）とは享受するだけの、角を矯めた芸術としてのそれだとすれば、宗教に発し、娯楽の部分集合として養われ、観客参加を旨とし、道徳的・教育的役割をも担ってきたイギリス・ルネサンス演劇にとっては、ある種の堕落にすぎぬ事実を忘れるべきではないだろう。

註

（1）だが決着はそう簡単についたわけではない。実際は四〇年の歳月と劇場閉鎖という革命による外圧を必要とした。というのも、自然さの美学への流れが鮮明になればなるほど、それに抗して暗い情念は倒錯した美学をますます尖鋭化させ、デカダンス悲劇の跳梁を許したからであった。

第四章
イギリス・ルネサンス（文学）における国家理性

「国家理性（reason of state）」とは、ルネサンス期に世俗権力が教皇、皇帝といった外なる大勢力、封建諸侯や自由都市といった内なる勢力に抗して、国家という枠組みの中で自己主張するに際しておこなった理論武装の一環で、「国家」はそれ自体存在理由を持ち、ときとして自己生存のために法や道徳、宗教等を超越して行動しうるとする考え方を指す。倫理《エートス》と権力《クラートス》の緊張関係を生みがちなばかりか、「必要」が悪しき手段を正当化したり、現存の権力擁護に傾き易い弊害がある。

だから、この言葉が最初に「支配の確立、維持、拡大の手段に関する学（Notitia de' mezi, atti a fondare, conservare, & ampliare un Dominio）」と定義されたジョヴァンニ・ボテロの書物（Giovanni Botero, Della Ragion di Stato）（一五八九）以来、それは「王侯を喜ばすもの（quod principi placuit）」にして、「通常の法（ragione ordinaria）」の下では考えにくい行為に対して与えられた通り名にすぎず、実体は糖衣で包んだマキャヴェリズムと見抜かれていた。

勿論ボテロをはじめジロラーモ・フラケッタ（Girolamo Frachetta）ら一七世紀前半のイタリアの思想家たちの努力は、国家利益を神の栄光に優先させる「悪しき国家理性（cattiva ragione di stato）」の排除に向けられてはいた。オランダの国際法学者グロティウス（Hugo Grotius）の登場以後は、そこに新たに合理的自然法の概念も加わった。にも拘らず、その後もドイツを除けば「理性」そのものが「主権国家の平等の原則と、それに基づく『国際秩序』のイメージ」にまで高まることは稀で、その語を「古代的段階」(丸山眞男)、つまり国家的「理由」に限りなく近いものに留めたというのが実情だった。

その辺の事情は、辞書の定義に端的に窺える。たとえば『オクスフォード英語辞典(*OED*)』の 'Reason' の II. 5b の項は、この語を以下のように定義する。

為政者ないし政体がとる、純粋に政治的な行動理由、とくに厳密な意味での正義、誠実、公明正大さにいささか欠ける行動を指す(a purely political ground of action on the part of a ruler or government, especially as involving some departure from strict justice, honesty, or open dealing)。

ちなみに、わが国のヨーロッパ語の辞書も、独和辞典を除けば、「国家的理由」を採っているのが多い。(1) とはいえ、人類の歴史の全事象を神意の展開として位置づけんとするキリスト教の「独裁権の要求(der Herrschaftsanspruch)」(エーリッヒ・アウエルバッハ)を撥ねのけた責任をマキャヴェリが一身に担った影響は大きかった。そのため、国家理性の方は同罪とはいえ深手を負わずにすんだといえる。マキャヴェリがたとえばエリザベス朝演劇において無神論者、徹底した悪人として少くとも三九五回言及されるに比して、狭義の国家理性に関わるのは後出のベン・ジョンソンの劇や詩に登場する人物を除けば、三十年戦争時のドイツ演劇における「偽善という丸薬」を調合する藪医者(Meister Ratio Status)等僅かな諷刺的人物に留まるのはその故と思われる。

逆にいえば、この使い勝手のよさが、絶対王政下でこの言葉を重宝がらせた理由であった。人間の生きる力としての「ヴィルトゥ(virtù)」の全面的肯定とか、「必要は法をもたぬ(necessitas legem non habet)」といったプブリリウス・シルス(Publilius Syrus)に発するマキャヴェリ的概念を、無神論者のレッテルを貼られずに論ずる場をこの語が提供してくれたということだ。ボテロの書物が出版後一六〇六年までに伊語版で少くともあと五版を数えたばかりか、地下出版でなく正規のかたちで直ちに独、仏、西、羅語版が出版され、表題にその語を含む書物がイタリアだけで一六三五年までに少くとも後八書姿を現わしたのは、そのことと無関係ではあるまい。

そうした中で、英国だけはなぜか一六二〇年代初めまでは一般に伊語を使うか母国語の ‘policy’ で間に合わせてきた。理由は解らない。宗教戦争がフランスや低地帯ほど激化せず、モンテーニュやリプシウス（Justus Lipsius）が悩んだほど、正義と国家の存立を両天秤にかけずにすんだせいかもしれない。当時同系統の「国家機密（Mystery of State; arcana imperii）」といった言葉が使われていて、新語の必要をさほど感じなかったせいもあるだろう。ちなみに、政治・外交上の秘密を意味するこの語（mystery, II. c）の *OED* の初出（一六一八）によれば、国家機密ないし詭弁（sophisms）とは「危険を避け、ものを当初の状態の儘に保てなくする結果を転ずるために行う密やかな行為（certain secret practices, either for avoiding of danger, or averting such effects as tend [not] to the preservation of the present state, as it is set or founded）」とある（引用文では ‘not’ 欠落）。多少現状維持に偏った定義ながら、外からの批判や干渉を封ずるため（不都合な）実体を神秘のヴェールで被おうとする絶対主義者に固有の言語（absolutist-language）と解せば、そう的外れでもなかろう。

他方、‘arcana imperii’ はコルネリス・タキトゥスの『年代記（*Cornelius Tacitus, Annales*）』に発する。ガルスが皇帝ティベリウスの懐の深さを探ろうとして、逆に裏をかかれ、結果として彼を独裁者にしてしまういきさつを語った件り（二、三六）に、それは現われる。「この提言が想像以上に鋭く国家機密の秘奥に迫り、その実態を解明しようとしていたことは疑いを容れない（haud dubium erat eam sententiam altius penetrare et arcana imperii temptari）。」

この語が英国に入ったいきさつは、一五九〇年代にエセックス麾下のサヴィル（Henry Savile）によるタキトゥスの『歴史（*Historiae*）』の翻訳が一つの契機といわれる。だが、歴史における人間的動機を考察した彼の史書は、セネカの克己主義と抱き合わせのかたちで、ハプスブルグ家圧政下の低地帯やギーズ（Henri de Lorraine, Duc de Guise）

体制下のフランスで早くから読まれ、リプシウスやド・モルネー（Philippe de Mornay）といったかの地の学者と親交のあったシドニー（Philip Sidney）周辺では、一五七〇年代の後半から知られていたらしい。八九年にはタキトゥス普及版ともいうべきリプシウスの『政治六書（*Politicum libri sex*）』（タキトゥスからの引用五四七、キケロ二一七）（英訳九四年）が出版され、その後の一〇年間に一五版を重ねることとなる。国家機密の方が、国家理性より当時の英国の知識人に馴染のある言葉だったに違いない。

とはいえ、ジョンソンなどが無差別に使っているところをみると、両者の間にはさしたる相違があったとは思われない。国家理性が国難に際して、あるいはそれを口実に為政者がとる多分に恣意的かつ超法規的手段の正当化とすれば、それは危機管理に特化された国家機密ともいえるからだ。「よき国家理性（buona ragione di stato）」の確立に尽くした一七世紀初頭の学者たちの指摘を俟つまでもなく、アリストテレスの「工夫（σοφίσματα）」（『政治学』1297a35その他）を含めて、これらは底辺を共有する語なのであった。[2]

そしてイギリス・ルネサンスにおいてこの語がもったさまざまな含意は、それが国家機密の同義語だったところから現われる。‘mysteries of state’ が ‘arcana imperii’ の英訳だということはすでに触れたが、中世後期における教会法学者とローマ法学者の相互影響により、それはさらに本来なかったキリスト教でいう「秘儀、秘蹟（mysteria）」に近いニュアンスをいつしか備え、それに容喙することは神聖冒瀆（sacrilegium）に当たるといった意味合いをもつようになっていた。王権神授説論者のジェイムズ一世が、これに飛びつかないはずがない。そこから、一六一六年星室院演説でいう、「臣下は則を守るべし。君主の絶対的大権に容喙するは法に触れる行為、神の御業を論ずるは無神論にして神聖冒瀆である……と同様に、王のなすことに容喙するは臣下において僭越至極、いたく軽蔑に価することなり」が登場する。

世俗権力を秘蹟の範疇に格上げするこの「半神学用語（lingua mezzo-teologica）」が、国家機密を「神の神秘（arcana Dei）」や「自然の神秘（arcana Naturae）」と連関づける類比的思考と合体して、教会がキリストを頂く神秘的肉体なら、国家も君主を頂く神秘的肉体（Corpus reipublicae mysticum）といった考えを誕生させる。そしてそこまでゆけば、王権神授説に則り、王という単独法人（Corporation sole）を不死鳥のイメージで語るのは、さほど困難ではない。曰く、王は「神とその不滅の威厳（Deo et dignitati suae, quae perpetua est）」にのみ責を負う存在故、「王の威厳（regia Maiestas）」もまた不死、従ってその自然の肉体は滅びても、政治的肉体（corpus politicum）が滅びることはない。他方、不死鳥も個として死んでも、種としてつねに灰から甦える単独法人なれば、不死鳥こそ王の象徴というわけだ。国家機密と不死鳥の意外な結びつき、これはのちにジョン・ダンの詩を論ずる際に鍵語となるだろう。

ジェイムズの演説が示唆するように「機密」には、不適切な関心への戒めと並んで、それが手の届かぬ高みにあるという暗黙の前提がある。そしてこれらはともに、タキトゥスとは別のところに起源をもつと思われる。

まず高みからみると、それはウルガタ聖書の『ロマ書』（XI. 20）、'noli altum sapere, sed time' の誤読に発するとみられている。パウロはキリスト教を奉ずるローマ人に、ユダヤ人を軽蔑する勿れと戒めたわけだが、そのギリシア語 '*μὴ ὑψηλοφρόνει, ἀλλὰ φοβοῦ*' を欽定聖書なら「高ぶった思いを抱かず、むしろ畏れなさい（be not high-minded, but fear）」と訳すところをウルガタは上記のように曖昧に訳してしまった。その結果、四世紀以後 'sapere' が道徳的意味（to be wise）ではなく知的な意味（to know）でとられてしまい、釣られて形容詞の副詞用法だったはずの 'altum' までが名詞（highness）ととられ、結果として、道徳的高慢の弾劾がいつしか知的好奇心への戒めへと変貌してしまう。そして一五世紀末までには、「高みを知ろうとする禁じられた行為への戒め」として定着してしまったというのだ。[3]

ところで、この不適切な好奇心への戒めには、アクタイオン神話というもう一つ別の系譜があり、それはオウィディウスにより文化史の舞台に乗せられた後、二世紀ローマの文学者アープレーユスの『黄金のろば』（Lucius Apuleius, *Metamorphoses*）で定着する。主人公のルーキオスが魔術への興味から梟になろうとしてろばに変わる話だが、彼を戒める小母の家の玄関先に置かれていたのがパロス産の大理石づくりのディアーナと覗きみるアクタイオンの像。

この組合わせは、五世紀アフリカの言語学者フルゲンティウス（Fulgentius）を通して（「好奇心は危険の姉妹故、懲りない面々に喜びともども損失を与えてきた」（Curiositas semper periculorum germana detrimenta suis amatoribus novit parturire quam gaudia）（『神話（*Mythologiae*）』III. iii）中世へ伝えられ、ルネサンスでは履歴不詳のナタリス・コメス（Natalis Comes）により改めて語り直されることとなる（「この寓話により、他人の秘密を知ることは有害故、関係なき事柄に好奇心を寄せてはならぬと忠告されている」（Admonemur praeterea per hanc fabulam, ne simus nimis curiosi in rebus nihil ad nos pertinentibus, quoniam multis pernitiosum fuit res arcanas aliorum cognouisse））（『神話（*Mythologiae*）』（一五五一）、VI. xxiii）。そこからこの神話が英国で市民権を得るには、時間はかからなかった。即位直後（一五五八）の処女王の宮廷余興に早速潜りこみ、白宮殿や無比宮殿の彫刻や碑文として登場する。やがてスペンサーは、アクタイオンならぬ森の神ファウヌスとして、ダイアナこと女王エリザベスの裸身＝国家機密を覗きみようとすることだろう。[4]

纏めていえば、イギリス・ルネサンスにおける国家理性とは、狭義の国家存立のための必要悪に留まらず、タキトゥスに発する国家機密（arcana imperii）、その翻訳にしてキリスト教神学や不死鳥のイメージとも結びついた概念（mysteries of state）にして、さらにそこから派生して、禁じられた高みを知ろうとする行為への戒め、そしてそれがエロティックな表現を与えられたアクタイオン神話等々、さまざまな要素からなる一種の類概念とみることができる。ルネサンス人はやはり、超越的志向のためならアクタイオンの運命も甘受する人種だったのだ。[5]

こうしたルネサンス人の心性と深く関わるせいであろうか、『近代史における国家理性の理念（*Die Idee der Staatsräson in der Neuern Geschichte*）』（一九二四）で国家理性に「呑み尽された」政治人間を「悪魔的《ダス・デモーニッシュ》」と称したドイツの史家マイネッケ（Friedrich Meinecke）は、イタリア本土で一六一二―一三年（ボッカリーニ）、一六二五年（ルドヴィーコ・ツッコロ）頃からこの語が荷担ぎ人夫や床屋の話題に上り、「貴族的スポーツの庶民化」がおこったと指摘する。これが事実だとすれば、世紀の変わり目頃から民衆劇場の演し物の中でその語が使われていたイギリスの方が、この「新流行病」の蔓延に関しては若干早かったかもしれない。それが具体的にどんな扱いをされているか、まずはアクタイオンことエセックス伯のダイアナこと女王の寝室闖入事件（一五九九年九月二八日早朝）に材をとった、ベン・ジョンソンの『月の女神の饗宴（*Cynthia's Revels*）』（一六〇〇）一幕四場を覗いてみるとしよう。

この語（ragione del stato）を口にするのは「心《シン》なし（Amorphous）」、異国を長く旅し、かの地の文物の摂取に憂身をやつしたがため、英国人としての心柱を失くしてしまった宮廷人だ。この男がいかなる人物かは、贅言を費やすより当人に直接語ってもらうがよかろう。

「谺」を追って登場してきた彼が開口一番発するのが、「ミノタウルスでもなければケンタウルスでも、サティロス、ハイエナでも、いや狒々でもありません。たんなる旅人です。」怪しい者ではないから逃げないでといえば済むところを、神話上の動物や珍獣の名を並べたてるこの饒舌。ここからだけでも、この男の頭のつくりが伝わってくる。凝った細部の積み重ねで信憑性を与えようとするやり方で、一七八の宮廷を経巡り、三四五人の貴婦人に愛された（I. iii）の数字の羅列も同列の効果を狙ったものだろう。

この「心なし」は「放蕩もの（Asotus）」が登場するなり、近づきになりたくて仕方がない。いかに名乗りをあげようか、思案に暮れる。

本場のイタリアを離れ、アルプスのこちら側にきたといって、俺様の創意工夫の才が凍てついたわけではあるまい。……スペイン語やイタリア語の洒落た言葉の切れ端で接近《アコスト》しようか。そうしたら、俺様の語学の才はかなり示せるのだが。待てよ、もし言葉に弱い男なら、それは難しい。他の手立ては、と。「国家理性」を持ちだし、序幕《インダクション》としようか。それも高尚すぎて関心がないかも。……ヴェネツィアやパドヴァで見かけたふりをしようか。……お父上はきっと首都のお偉方として、石炭計量検査合格を表わす焼鏝付きの器を使う公正さを褒めようか。迷信的な十字架を引きずり下ろし、代わりに性愛の女神ヴィーナスと男根神プリアポスの像を置いたと持ち上げたら……。それとも壁に寄贈者としてお父上の名が記された病院とか、生前教区教会に贈られた……名前が大きく書きこまれた防災バケツについて話そうか。……いずれ行政官になられると見越して館の前に置かれた、彩色された高札を褒めてもいい。

問答ははてしなく続くが、やがて相手が被るビーバー帽、とくにその素敵なリボンに眼がゆく。途端に「父上のことは置いといて、奴の短刀や所持品について話そう。ありがとサン、ミネルヴァ神よ。」こうして彼は今朝八クラウンで買ったばかりの品をせしめるのに成功する。

いささかくどくなったが、「国家理性」の置かれた文脈と、多少高尚すぎると断わることで逆にすでに観客に理解が及ぶ話題になっているのがわかるだろう。

ジョンソン文学にはその他、若干二六歳ですでに「国事の臭いしかしない（no savour, but of state）」じゅくじゅくに熟れた政治屋（Ripe Statesmen）で、「レモンと玉葱と小便のジュースで（消える暗号文を）書くすべを発見している男（「新入り呼び売り（'The New Crie'）」）とか、料理人がアンチ・マスクとして作る比喩料理（A metaphorical dish）としての寄せ鍋（olla podrida）に肉がわりに入れて煮こまれる、「国家理性（di stato）」にしか興味を示さない男（『アルビオンの帰還を寿ぐネプチュヌスの祝賀余興（*Neprune's Triumph for the Return of Albion*）』（一六二四））といった、さまざまな国事病患者が登場する。しかし、代表格といえば、傑作『ヴォルポーニ（*Volpone*）』（一六一〇）の脇筋の中心人物ポリティック・ウッドビー卿（Sir Politic Would-be）だろう。

ポリティック卿も梁山泊に身を置くのが好きな男だ。名がよく体を表わしていて、（すでに触れたように）'Politic'が'reason of state'の同義語なら、「自称国家理性」、平たくいえば国士志願者といったところか。ヴェネツィア滞在一四ヵ月というこの人真似好きなお喋り（Poll=parrot）勲爵士の相手をつとめるのは、英国を発って七週間という旅行者（peregrine）ペリグリン、赤毛布ながら頭の回転は早く、師匠筋のいかがわしさを見抜き餌食にする素早さはまさに隼（peregrine falcon）。ヴェネツィア人がメロンやいちじくを食する時間まで教示する相手に、そんなことまで国事（a point of state）に関係するんですかい（IV. i）と切り返えす。

この自称策士の国事病は膏肓に入っていて、テムズ川に鯨が上ったと聞けば、スペイン軍オランダ方面総司令官スピノラ（Spinola）の廻し者だと勘ぐり、道化のストーンが死んだとなると、オレンジやメロン、牡蛎や鳥貝を使って世界中の情報を集めていた知られざる間諜だったと宣う。揚句の果ては、狒々とは中国近くの油断のならない民族ではと水を向けられると、じつは黒海沿岸のチュルケス出身のエジプトの元奴隷兵部隊（Mamuluchi）と応ずる。猿だということでキヌザル（marmoset）との何らかの連想が頭を過ったのか。フランスの陰謀に加担し、女に弱いという辺は、当時の四足動物誌などで狒々が山羊に劣らぬ好色動物とされていたことが、フランス人の国民性と短絡的に結びついたせいかもしれない。

この男の知ったかぶりで大風呂敷を広げる性癖は、イスラム勢力に対する当時のヨーロッパの防波堤ともいうべきヴェネツィアをトルコに売る法螺話によく現われていて、生命取りになりそうなところへすぐに脱線してしまう。それでいて憎めないのは、玉葱を使っての検疫装置の発明のように、話が荒唐無稽すぎる上に、喜々とした話し方から稚気が伝わってくるせいだろう。国士気取りのわりに恐妻家だったり、迷信深く、拍車の革を鼠に齧られると、玄関に豆を三粒置くのを忘れない。貧乏で絹靴下を修理に出したり、伊達男の象徴の楊枝を二本しか買わず、一本はオランダ商人と激しく国家理性（ragion del stato）を論じてすぐに噛み切ってしまう。しかも、そうした僅かな出費を、鰯を値切って買ったり、聖マルコ大寺院で小便をした事実ともども書き記すせこさ。おまけに、国家転覆を企てたという（偽りの）罪で逮捕されそうになると、五行に五回も相手をサー（Sir）付きで呼び、助けを求める。主筋の主人公の「狐《ヴォルポーニ》」のような大悪党（Italian vice）ではなく、愚かしく微笑ましい小悪党（English folly）に留まるところが、共感を失わせない原因だろう[6]。

ただ、普通の小悪党とやはりどこかが違う。ジョンソンは父祖の地スコットランド旅行中に詩人ドラモンドを訪ねたとき、一晩中ベッドの上で自分の足の親指を見続けた経験を語っている。その辺りでタタール人とトルコ人、ローマ人とカルタゴ人が戦争するのが見えたというのだ。この異常な想像力と度外れた集中力。サー・ポリティックにも似たところがある。ロンドン塔のライオンの出産話に不吉な前兆を見、ペリグリンが男装の高級娼婦と夫人にいわれると易々と信じてしまう。つまり、策士の度合いが自己催眠の域に達していて、枯れ尾花に幽霊を見てしまうのだ。ジョンソン描く人物がテオプラストゥスからラ・ブリュイエールへと続く性格文学（character writings）に属しながら、そこからつねに逸脱する所以がそこにある。ベルグソン流にいえば、彼（等）は超ロマン的な夢想家にして荒々しい狂信者、理想を追って現実に躓く……大放心家（coureurs d'idéal qui trébuchent sur les réalités.... grands distraits）、つまりドン・キホーテの後裔に当たるということなのだ。そして「国家理性」は、そうした人物に目一杯放心パワーを充電させる格好な概念の一つなのであった。

　だが、飛翔する想像力と等量の自己制御の能力に恵まれたジョンソンは、最後にこの幻視者を罰するのも忘れない。しかも、いかにも国家機密に容喙した人物に相応しい罰し方をとる。普通の喜劇ならへまを犯して身辺に危険が迫ると、犯人はフォルスタッフのように洗濯籠に身を潜めるとか、洋服ダンスや大型のチェストに隠れるが、ここではそうした手段をとらない。等身大の亀の甲羅に進んで入りこみ、見つかって、手足を出して這い廻るようさんざんいびられる。とんだ醜態を曝したこの「とびきり政治的な亀（most politic tortoise）」（V. iv）がこの儘大人しく英国へ帰るか否かはわからない。だが、どこを彷徨おうと、甲羅から頭を出し、国家機密に徒らに容喙するナ（not to stick one's neck out）の教訓だけは頭に叩きこんだことだろう(7)。

　スペンサーにおけるアクタイオンならぬ森の神ファウヌスによるダイアナことエリザベス女王の裸身覗きは、現実のエセックス事件以前に執筆され、詩人の死後出版（一六〇九）された『妖精女王（*The Faerie Queene*）』第七巻で描かれる。この巻の女主人公は「変化」ないし「無常（Mutabilitie）」という名の巨人属の生き残り。天上の支配権をジョウヴから奪い返そうと、「自然」の裁定を仰ぐ。だが、「人の眼がまだ見たことのないもの（that mortall eyes have never seene）」、即ち支配権の交替＝革命を求めた彼女の訴えは、予想通り斥けられて終る。

この女神による裁定の場に定められたのがアイルランドのアーロウ山（Arlo Hill）、スペンサーの館キルコルマン城周辺の連山の最高峰だ。そう決まってから「束の間の……徒らなもの思いに戯れん」（ミルトン）とばかり語り始められるのが、神々の楽園だったこのダイアナお気に入りの山がその呪いで「狼どもの住処、盗賊の跳梁跋扈するところ」となった荒廃縁起、つまりファウヌスによる窃視の物語なのである。「無常」の物語が禁じられた高みを知ろうとすることへの戒めとすれば、この縁起はそれと入れ子ないし上下層をなす関係にある。

ところで、この挿話がオウィディウスが『変身譚』（三、一三八―二五二）で語るアクタイオン神話と異なるところは大きくいって三つ。ファウヌスの窃視が鹿への変身に繋がらず、森の神一族を根絶させないという理由で去勢もされずに、罰として鹿の皮だけ着せられて女神の猟犬に追われ（て生き延び）るところ（七、六、五〇）。またそこで言及されるアクタイオンも、「狩人の姿」のままで噛み殺されたことになっている（七、六、四五）。これが二つ目。残る一つは、窃視があくまで故意になされるということ。

エドマンド・スペンサー

こうした新解釈はナタリス・コメスに拠ったからといわれるが、そうだとしても、要はこうした結末をスペンサーが必要としたからだろう。一体ファウヌスとは何者なのか。ヒントは、彼の行為に「無謀」とか「愚かしく」といった評語が添えられているところ（四二連、四五連）にある。

詩人の出世作『羊飼の暦（*The Shepheardes Calender*）』（一五七九）の「四月」は羊飼の女王ことエリザベス讃歌として有名だが、そこに作者の羊飼コリンは姿を見せない。田舎娘への失恋のためというのが表向きの理由（二六連）だが、真相は「恋を抑える術《ブライドル》」に疎く、「花嫁《ブライド》」になろうとしているロザリンドという仮名の田舎娘こと女王に諫言し、宮廷に伺候できない（失恋）と仄めかしているといったところだろう。

スペンサーは、国際武闘派新教徒の一員として女王とカトリック教国の王子との結婚が許せない。だから、「機密」に触れるのを承知で諫言＝窃視をおこない、変身せずにその儘の姿で流謫＝一種の死に遭った。まことに無謀で愚かしい行為であった。だが、イングランドのアクタイオンとして死んでも、アイルランドのファウヌスとしては後悔という名の女王の猟犬に追われても、その荒野で生き抜かねばならない。彼は今、荒廃縁起を語るに際して、二人の神話上の人物に己れを重ねている。

ではモランナ（川）という名の妖精の侍女を買収してまで焦がれていたダイアナの裸体を覗きみて、ファウヌスはなぜ笑いだす失態を犯したのか。ヒントは、おそらく笑いの後のダイアナの描写にある。

ダイアナは一糸纏わぬ姿で川からでると、相手を包囲して丸裸にする。「恥ずかしさを覚えて」と一言あるが、その後の対処の仕方は処女の恥じらいより為政者の威厳といった方が適切だろう。しかも四二連で「若鮎の肢」、四五連で「美しい四肢」――合わせて七回使うオウィディウスの「乙女の四肢（virgineus artus）」の翻訳――と形容していたのを忘れたかに、一連の処置を丹精こめたクリーム鍋を平らげてしまった獣に復讐心を燃やす乳搾りの「主婦」（四八連）と形容する。つまり、ここのダイアナには処女と為政者と乳搾りの主婦の三つのイメージが与えられていて、互いの間に脈絡はない。いや、あとの二者には「目が眩ん《デアド》だ雲雀」「敢えて《デアリング》」（四七連）と「搾乳場《デアリ》」「搾乳の仕事《デアリ》」（四八連）と音の連鎖から結びつきはみられても、処女云々だけは浮いている。

さりげなくみえて、これは予想以上に注目すべき事柄かもしれない、これまで処女王の定着したイメージといえば、清く溌剌とした乳搾り娘のそれだった。即位以前の一五五五年ウッドストック幽閉中に、宮廷の庭から乳搾りの娘たちが仕事をしながら陽気に歌うのを聞いて、ああいう心労のない生活が理想だと語ったという話に発する。それを『殉教者列伝』を書いたフォックスが伝えたところから一躍有名になり、連綿と世紀を越えて語り継がれたが、世紀末（一五九九）には外国人旅行者の耳にまで入っていたという。

ところが「つねに変わらず（semper eadem）」をモットーとする常春の女王に相応しい肢体がここでは為政者と切れ、後者はむしろデフォルメされた中年の乳搾り女の方と結びついている。

オウィディウスの訳者サンズ（George Sandys）は、自らの版（一六三二）につけた註釈で、アクタイオンの変身を巡ってジューノーがダイアナの母ラトナ（レートー）を叱責したと記し、変身させた理由として「醜さを漏らされるのを惧れたせい」というルキアノスの説をあげる。話が前後するが、一五八九年三巻まで完成した『妖精女王』を献上すべく、ローリーに伴われてスペンサーは女王に拝謁した。そこで彼はどういう印象を彼女について抱いたかはわからない。他方、同伴者のローリーは、水（ウォ（ル）タ―）たる彼に対する女王＝月の女神の覚えがめでたくなくなったのを嘆く詩で、以下のように書いている。

汝が眼に映りしままを記せ、
ありし日の面影ではなく。

スペンサーは今、親友の忠告を実行しているのだろうか。

それにしても、彼はなぜ世紀末ぎりぎりの時点で、改めて国家機密を覗こうという気になったのだろう。というのも、詩の前半（二、三、二一―三一）でブラガドッチオー主従に女王ことベルフィービーの肉体描写をさせたときには、詩の中心にして肉体の中心に当たる二六連に描写がさしかかると、連の最後の半行を空白の儘に留めていた。描い筆がその神々しさをどうして写せようか、と逃げを打つかたちで。それがここではファウヌスに一部始終を覗かせるばかりか、あえて吹きださせてさえいるのだ。どういう心境の変化があったのだろうか。

一言でいえば、スペンサーは妖精女王にはっきり幻滅を感じている。彼女の政、とくにそのアイルランド政策に愛想づかしをしているということだろう。しかも、無常篇執筆直前の一五九八年には、叛乱の余波でキルコルマンの館を失い、イングランドへの帰還を余儀なくされていた。我慢も限界にさしかかっていたということだ。デフォルメされた中年女ダイアナの「一寸したもの《サムホワット》」をみてのファウヌスの好色な笑いは、羊飼国家の女王への呪縛からの解放の笑いであった。スペンサーはこれで臣下《サブジェクト》から主体《サブジェクト》へと飛躍を遂げる。アクタイオンしかみたことがなかったものをみたスペンサーが生き長らえたら、ミルトンの魁として彼は「無常」さながら「みたこともないこと＝革命」への道を邁進していたことだろう。

同じくarcanaに関心があるといっても、ダンの場合は女王の肉体の秘密に関心があったわけではない。カトリック信仰と秘密結婚のため二重の意味で出世街道から外れ、疎外感を味わっていた彼にとって、最後に守るべき己れの恋の世界が国家機密になる。常春のヴェールの下のデフォルメされた裸身ではなく、逆に空虚な己れを神秘化する不死鳥のイメージこそが後生大事になる、ということだ。

「聖列加入（'The Canonization'）」の恋人は、だから冒頭から「お願いだ、黙って放っといてくれ（For Godsake hold your tongue）」と叫ぶ。呼びかける相手（you）は、恋なんぞ神聖視せず、王を、王の顔が刻まれた金貨を拝めと、世俗的栄達を勧める男らしい。それに対して、オウィディウス（『恋歌（*Amores*, II. x）』）流にひたすら恋に生きんとする男が、君が何をしようと自由だ、わが恋にだけは容喙しないでほしい、と多くの王が愛用した「余に触れる勿れ（Noli me tangere）」（『ヨハネ福音書』（二〇、一七））を持ち出して哀願している。これがこの詩冒頭の図式だろう。

こう訴えるのは、いささか戯画化されているとはいえ、白髪が生え、麻痺や痛風の出始めた初老の男。多少年上の設定ながら作者の分身といったところだが、強がるわりには来し方を悔い、溜息や涙をさんざん流している。だらしがないことこの上ないが、何一つ世間に迷惑をかけた訳ではないのだから見過してほしい、これがこの男の理屈なのだ。

第二連に入るとこの男の自棄ぶりはさらにエスカレートし、どうせ俺たち（wee）は蛾にして蝋燭、自ら求めて身を滅ぼすは定めとなる。が、一人称複数の出現を機に視点が内面化し、関心の対象も抱き合っている相手に移る。自己救済の始まりだ。

俺たちは強大な鷲と柔和な鳩、交接により二にして一の中性と化せば、まさに両性具有でつねに一羽しかいない不死鳥（unica semper avis）となるのだよ。抱き合いながら、横に寓意画集《エンブレム》を置き、蛾や不死鳥の頁を開いているかに、男は女に語りかける。どうも理屈っぽい（metaphysical）性愛行為だ。

男はなおも続ける。行為はどうやら済んだらしい。ほら、こうして性的絶頂を味わい死んだはずだが、何一つ変わっていない。いや、不死鳥やキリストと同じく一旦死んで甦ったのだから（We die and rise the same）、信仰でしか掴めぬ秘蹟をおこなった訳だ（prove mysterious by this love）と、情欲が萎えて「頭を垂れた菫（The violets reclining head）」（「恍惚（'The Exstasie'）」）になったせいか、男の饒舌は果てしなく続く。相手は男ダイアナの口から水を吹きかけられて話せなくなった女アクタイオンのように、一言も口をきかない。

永久不滅の王権の象徴たる不死鳥に準えて二人の愛を讃えても、相手が乗ってこないのを知ると、男は焦れてくる。そして、惨めな境遇に再び思いが戻ってゆく。性的死ならぬ現実の死も頭を過る。と、そこでさらに一段と強弁になる。

俺たちは、恋により生きるのは難しいかもしれない。でも、恋故の死は可能だろう。勿論死んでも、黄金伝説や一大年代記にとり上げられるのは無理。でも、偉大なる恋の殉教者としてソネット（一四行詩）という名の「精巧な骨壺（a well wrought urne）」に収まるのは可能かも。そうしたら、それを聖歌として聞いた人々は、俺たちが恋に殉じて聖人になったとわかるはずだ。不死鳥と「つねに変らず」のモットーの下に愛の聖者として骨壺から今甦ったペトラルカとラウラ、その姿を描いたジオリト版『ペトラルカ詩集（*Il Petrarcha*）』（一五四四）の口絵を目の当たりにしているかに、男は語り続ける。新妻相手に、聖ヒエロニムスに咎められそうな激しい口説きようだが（'Nihil

ジョン・ダン

foedius, quam uxorem amare tanquam adulteram'）、それは悔恨（*cf.* 'John Donne / Anne Donne / Vndone'）に裏打ちされた半ば自己説得だからだろう。

だが、「不死鳥の謎（The Phoenix ridle）」(9)を持ちだして幾ら理屈をこねても、空しさは消えない。どう繕おうと互いの肉体以外に愛の隠れ家（one anothers hermitage）はないし、全世界を抽出（extract）しているといっても、見つめ合う眼の中以外に彼らの世界はないのだから。天球図（Maps）で宇宙の中に「厳しい北も沈みゆく西もない、二つのすばらしい半球」（「おはよう（'The Good-morrow'）」）を見つけ、そこへの逃避行を目論んでいたはずの宇宙飛行士ダン（Donne the Spaceman）の辿りついた先きが、互いの眼の中の小宇宙でしかなかったとは。でも、その愛を鑑としたいから聖人として神に仲立ちして欲しい（beg..... A pattern of your love!）と、聖歌を聴いた人々が祈るところで詩は終っている。「聖列加入」が不死鳥や聖者を持ちだすことで、却って惨めな現実を浮彫りにする詩だとすれば、同じ頃に同じくオウィディウス風の主題（『恋歌』I. xiii）に則り書かれたと思われる「日の出（'The Sun Rising'）」は、それほど惨めさを感じさせない。

基本構造は変わらない。永遠の恋を生きるが故に「時のきれはし（the rags of time）」なんぞ知りたくない男が、「お節介な老いぼれ（Busie old foole）」太陽にむかって、朝の光を射し入れるナ、われこそはすべての王（all Princes, I）なれば、と大権を発して禁じている詩だからだ。

それだけではない。東インドの香料と西インドの黄金（both th' Indias of spice and mine）もここにある、と彼女の裸を見ながら嘯く（一体何処をみているのだろう）。なにしろ、われわれは「全世界の縮図（the world's contracted thus）」なのだから、独り者のお前より倍幸わせなのだというところをみると、抱き合ってもいるのだろうか。だが、そこからさらに他の名誉も富もすべて模倣、模造（mimique; alchemie）と強弁が続いても、詩は死後の世界の夢想へは決して進まない。生前から経帷子を纏ったり、詩のなかで死者や亡霊を演じ（「聖遺物」、「埋葬」、「遺贈」、「亡霊」等々）、死と充分馴染んできたはずの男が、ここではあくまで現実の次元に留っている。前作に比して語り手の心理はより安定しているとみるべきだろう。

　さらに大きな相違は、第三連にゆき、この部屋こそ全世界、ベッドがその中心となると、太陽に射しこむべからず、と国王大権により命じていたはずの男が、態度を一変させ、

> ここのわれらに射しこめ、そうしたら世界に遍在することとなる（Shine here to us, and thou art every where）

と語るところだろう。飛躍を恐れずにいえば、ここに見られる、「見るナ（anxiety about being watched）」一辺倒から「見て（longing to be watched）」へのコペルニクス的転換にこそダンの後半生の軌跡があったといえるだろう。

　これは彼が国教会に改宗し、生活が安定するにつれて顕著になるが、やがて大病を機に、「一」に憑かれた男はついに王権の象徴だった不死鳥のイメージを棄てることを決意する。

> あえて断わる必要はないと思いますが、不死鳥は存在しない。唯一無二、この世に一羽だけといったものは存在しない、と考えております。

「自分のものと他人のもの（Meum et Tuum）」の区別立ても彼の裡から消え、他愛が芽生え始める（「誰がために鐘は鳴る（for whom the *bell* tolls）」）。後生大事だった国家機密も、自らの身体＝国家《ステイト》の中に別の王国《キングダム》を築き、陰謀を企む負にして有害な存在へと変わる。

病は私の中に王国、帝国を築き、「アルカナ・インペリイ」即ち国家機密とやらを持とうとし、どんどん進行し、正体を明かそうとは致しません。

説教でそう述べたダンは、それ以前外交使節として大陸に赴く際には、友人に『自殺論（*Biathanatos*）』を預け、「これはジャック・ダンの書物であって、ダン博士の仕事に非ず」と断わっていた。ジョンソンは先きに引いたドラモンドとの対話の中で、博士になったダンは「いたく後悔し、詩の類をすべて破棄したがっている」とも語っていた。改宗が、自足が、「国家機密」や不死鳥を無用の長物となす。不満の徒として生きた前半生を、彼は今「取り消しの詩（palinode）」に化そうとしているのだ。何たるいじましさ。

「新哲学（new Philosophy）」が「中心の喪失（all cohaerence gone）」を齎し、存在の鎖（the Great Chain of Beings）が切れて万物がバラバラに、「万人が……不死鳥（every man.… a Phoenix）」（引用すべて『一周忌の詩（*The first Anniversary*）』より）となったと感じたとき、かつて人間界に君臨した王という名の不死鳥に自らを滑りこませ、王国の幻影で世界と自己二重の崩壊を喰いとめんとしていた男、世界の平坦化、等質化に自ら手を藉すかに横並びになったイメージ群（商船、早春、黒死病、遅刻生、丁稚、狩番、田舎の蟻（＝農夫）等々）を闇雲に無差別に投げつけることで解体されつつある自我の存在証明としていた男は死んだ。

ところで、イギリス・ルネサンスの文学者に自己拡大を正当化する機会を与えていた国家理性が独自の役割を終えたと告げる、上のダンの一連の言葉が発せられたのが一六二一年、丁度王と議会の争いが激しさを加えた年であった。そのときすでに、国王の専有物としての国家理性を象徴する事件、即ちジェイムズの対西政策の犠牲者としてのサー・ウォルター・ローリー処刑（一六一八年一〇月二九日）は済んでいた。

ローリーはかつて『世界史（*The History of the World*）』（一六一四）の中で、マケドニア王フィリッポスがローマに条約破棄される事態に触れ、神々でもそれにかけて誓うと破れないとされる三途の川の水ででも書かれない限り、神聖不可侵の誓約なんぞありえない。ローマが彼を追跡しなかったのは、ローマの必要が彼を野放しにしただけの話、カルタゴとの講和が成りたつや、三途の川は干上った、とベイコン（『古人の知恵（*De Sapientia Veterum*）』）の二つの言葉（「三途の川」と「必要」）を持ちだして、国家理性を擁護したことがある。自らがその犠牲者となった今、彼は王の仕打ちをどう受けとめただろうか。

王位詐称者シムネル事件の背後に皇太后の影を認めるや、すばやく超法規的な手を打ち、事件の拡大を防いだヘンリー七世の国家理性（reason of policy）を絶賛したベイコンのように、王の処置を止むなしと割り切っただろうか。それとも、国家理性のため子々孫々まで神の復讐を招いたヨーロッパ諸国の歴代の王侯のように、ジェイムズの上にもやがて「知者の知恵を滅ぼす（Perdam sapientium sapientiae）」（『第一コリント書』）神の言葉が実現されると信じて、自らを慰めただろうか。あるいは、死は一切の偉大さ、衿持、残忍さ、野心を拾い集めて、「ここに横たわる（Hic jacet）」の二語で覆ってしまうと、攝理史観を超越した強烈なニヒリズムの裡に果てただろうか。わからない。

ただ、『世界史』からは己れの運命をどう捉えたかの見当がつかないとして、意の儘にならない度に「余の大権ないし国家機密（my Prerogative or mystery of state）」をちらつかせるジェイムズの政が、何事も議会に諮るというノルマン王朝以来のイングランドの伝統に背くと考えていたのだけは確かだ。王の特別補助金要請に反対して一つの法案も通さずに僅か三ヵ月で閉じた一六一四年の第二回議会の直後に（獄中で）書かれた『議会の大権（*The Prerogative of the Parliaments*）』（出版は王の死後の一六二八年）のタイトルと、常識に反して献呈先のジェイムズへの何らの讃辞も見られない事実が、彼の思いを雄弁に物語る。いいかえると、彼もまた議会派に立って国家理性をある意味で武器庫に使っているということだ。[10]「国家理性」は一六二〇年頃を境に王の専有であることを止め、イングランドの覇権争いの具となった。

ウォルター・ローリー

そして一六二二年ベイコンが時代の潮目に呼応するかに、初めて英語の 'reason of state' を用いる。そこからこの語からみたイギリスの近代が始まる。いや、そのはずだった。その直後に市民革命が控えていたのも、お誂え向きだった。ところが、実際はそうならなかった。たとえば、ローリーを尊敬して『議会の大権』を踏まえて『共和政の大権(*The Prerogative of Popular Government*)』(一六五八)を書いたハリントン(James Harrington)。彼の「共和国」は、マキャヴェリに近い拡大・増加の政治学の産物であって、主権国家の平等の原則や国際秩序に通ずるものではなかった。その後もイギリスの国家理性は市民相互の契約社会を模索しつつも、帝国主義の尖兵として「通商対抗国への警戒ないし嫉妬(Jealousy of Trade)」(デイヴィッド・ヒューム)に姿をかえ、植民地や海外貿易の拡大に貢献し続けるだろう。

この政治言語が英国で実質的に短命だった理由は多々考えられる。[11] なかでも三十年戦争(一六一八—四八)を機に政治と宗教の分離が決定的になった点が大きい。「高潔(honestum)」と「有益(utile)」という逆方向を目指す二頭立て概念だった事実も、無視できなかろう。これでは「技術(ars)」として一時有用でも、思想としての強度は保てない。反宗教改革時にイエズス会士により編まれたカトリックの世界戦略の一環だった出自も、見抜かれていたに違いない。[12] だが、内乱後の風景を一変させた最大の原因はやはり神聖政治へのアレルギーで、それが「高潔」を切りすて「有益」に一本化させた張本人とみるべきではあるまいか。

他方、文学者によるその語の共有はさらに短く、(ミルトンの『失楽園』(一六六七)を除けば)一六二〇年代ダンとローリーをもって一先ず終焉を迎える。その理由はわからない。だがルネサンスの黄昏に当たるこの時期が「先代の名残」(『フィロタス』)の下限とすれば、それは劇場国家を巧みに演出して国民の団結心を煽ったエリザベス女王の死（一六〇三）とおそらく無関係ではあるまい。いいかえると、その辺りから革命に向けて、国民の間に互いの言葉を理解しようとする意欲が超越志向に憑かれたルネサンス人の心性ともども急速に薄れ、バベルの塔が築かれ始めるということだ。思うに、近代国家とは国民が共通言語を失くしたとき誕生するものかもしれない。

註

（1）だが、ルネサンス期においても「理性」を誤訳と決めつける訳にもいかない。リーパ（Ripa、本名 Giovanni Campani）の有名な『図像解釈学（*Iconologia*）』の一六一八年の大幅増補版に掲載された三枚の図版が、それを物語る。そこで 'Reason' は激情（passion）を表わすライオンに轡をかけた状態で完全に制御している（理性）。他方「嫉妬（Jealousy）」と同じく眼と耳が描かれたペティコートを着た 'Reason of State' の傍のライオンは手綱を外され、左手で一時的に抑えられているだけ。つまり、激情はいつでも 'Ius (right or justice)' と書かれた書物を踏みつける嫉妬深い国家理性に仕える状態にいる、と読むことができる。ルネサンスにおいても、「理性」と「理由」には最低の相互浸透があったとみるべきだろう。

「理性」

「嫉妬」

「国家理性」

(2) 思想史的には「国家理性」と「国家機密」の合体は、ボダン、ジョン・ケース、アムミラートを経て、クラップマール(Clapmar)の『国家機密について(*De arcanis rerum publicarum*)』(1604; 1644)でなされたとされるが、英国における独自の動きはそれより若干早かったかもしれない。

(3) しかし、やがてガリレオやケプラーの登場により、「自然の神秘」が明かされ、知の自足を説くソクラテス的皮肉を含んだモットー、「手の届かざるものに思いを馳せるべからず(quae supra nos, ea nihil ad nos)」が通用しなくなる日が訪れる。類比思考にとっぷり浸ったダンは、「神の神秘」も変質、地獄が消滅、罪への処罰も失せるのではないか、という危惧を抱き始める。イカルスの堕落のエンブレムも、パラダイムの転換につれ、「高きを知るは危険(altum sapere periculosum)」ながら、ホラティウスの(誤訳)「されど敢えて知るべし(sapere aude)」に変わってゆく。だが、そうしたロマン派的心性の誕生はまだ先の話となろう。

(4) こう書いてくると、ルネサンスにおいては好奇心への戒めがアクタイオン神話の取上げられ方の主流に聞こえるが、決してそうではない。正統はむしろペトラルカやブルーノ以来神的な女性に遭遇した後におこるアクタイオンという名の詩人の変身、即ち自らのパッションという名の猟犬に追われ、喰い殺されるところにあった。この系譜はロンサール、ダニエルとソネット連作詩人たちに継承されるが、『十二夜』『夏の夜の夢』『ウィンザーの陽気な女房たち』におけるシェイクスピアもそこに列なる。

(5) 超越的志向を秘めたルネサンス人の典型は、イギリス・ルネサンス演劇においてはマーロウの人物やそのネガ版ともいうべきジェイムズ朝の「栄光に憑かれた悪漢たち」に多数認められるが、彼らは直接「国家理性」と関わらないので、ここでは触れない。

(6) ジョンソンには生まれからくる反骨精神があり、理想の共和国としてのヴェネツィアの神話を、とくにその法体制の厳正さをコンタリーニ(Gasparo Contarini)をはじめ多くの人が賞めると、ホービーやウィリアム・トマスのようにその暗黒面を暴かねばという気になってくる。それが『ヴォルポーニ』の執筆動機の一つだろうが、この精神は往々にして行きすぎる。生涯に八回も何らかの意味で検閲にあった所以だろう。それを生き延びた秘密の一つが、ドン・キホーテ的想像力にあったとすれば、今一つ見逃せないのが彼のさりげない用心深さ。国事病患者に関していえば、「新入り呼び売り」の最後の行（四〇）、「国事に熱狂しないわれわれを責める」に一語（wrong）余計に挟む（That know not so much state, wrong, as they doo）。『ネプチュヌス』でも、国事に夢中な輩が普通とは違ったやり方で（in another fashion）それを享受し、誤ったやり方で理解する（know all things The wrong way）と書く（七六―七七）。それにより、本来の国家理性は諷刺の対象を免れる。この中和作法は想像力の核にまで及び、自己統御のバネが利かない高みまでそれが飛翔するのを妨げる。彼に劇作家としての大成を約束したものこそ、この二つの「不調和の調和」といえるだろう。

（7）なお、ここでシェイクスピアと国家理性の関わりについて一言触れれば、『トロイラスとクレシダ』（一六〇一）の三幕三場に以下の一節がある。

国家の中枢（in the soul of state）には
容喙無用な秘儀（mystery）があり、
その神聖な働きたるや
筆舌に尽くしがたい。

ギリシア軍の知将ユリシーズがテントに引籠もるアキリーズに、トロイ王の娘のことで士気が上らないのだろうと鎌をかける場面だが、どうしてそこまでの情報をと驚く相手に、諜報活動の徹底ぶりを誇る結びの箇所だ。かたちは少し崩れているが、*OED* の初出（一六一八）より二〇年近く前の世紀の変わり目頃から「国家機密」の語をシェイクスピアが知っていた一つの証拠だろう。なお、前後して書かれた『ハムレット』には、「政治屋（statist）」（V. ii）の用例もみられる。他方、若干遡る一五九七年頃に書かれた『リチャード二世』（I. iii）には、追放された息子にゴーントのジョンが語る以下の科白がある。

窮状（necessity）に陥った際には、こういい聞かせることだ（reason）、
そうした状況ほど薬（virtue）になるものはない、と。

ここには 'necessita'、'ragione'、'virtù' と重要なマキャヴェリ的用語が三つも並んでいて、悉く語義がずれている。イギリスにおいては、国家理性の概念をはじめマキャヴェリ（的瞬間）が真に文学者の関心をひきだすのは、世紀末のエセックス事件の後だったかもしれない。だが、国家理性を「利益という理性（...poco altro, che ragion d'interesse）」と極論すれば、「私益（commodity）」をテーマとする『ジョン王（*King John*）』（一五九七？）以前から彼はその実態を弁えていたともいえよう。

（8）但し、骨壺から昇る焔から甦える不死鳥の意匠（device）そのものはフェラーリ出身のガブリエーレ・ジオリト（G.G.F.）書店のもので、モットーともどもボテロの書物の口絵だけでなく、ロンドンの書籍商ジョン・ウルフによるマキャヴェリの『歴史』（一五八七）等の海賊版でも使われていた。霊感の源は親友のヴェネツィア大使ウオットン贔屓のこの書店の意匠一般で、『ペトラルカ詩集』に限る必要はないかもしれない。

ジオリト版『ペトラルカ詩集』（一五四四）の口絵

ジオリト版『国家理性』（一五八九）の口絵

ウルフの海賊版『歴史』（一五八七）の口絵

（9）二にして一、死んで甦える「不死鳥の謎」は、シェイクスピアの通称「不死鳥ときじ鳩（'The Phoenix and Turtle'）」の「彼らは二つにして本質は一つのように愛した（'So they loved as love in twain Had the essence but in one'）」を想起させずにおかない。但し、シェイクスピアの場合は、甦えることはない（'Leaving no posterity'）。つまり、この世から真や美が消滅した儘なのだが、その癖真ないし美を体現した者に骨壺の周りに集い、二羽の死んだ鳥のために祈れと呼びかけているのだから、ややこしい。だが、骨壺への言及といい、祈れという命令といい、やはりダンの詩とつくりは似ている。どうやらダンは、シェイクスピアの作品が最初に発表されたロバート・チェスターの長篇詩『愛の殉教者（*Love's Martyr*）』（一六〇一）を、少なくともその最後につけられたシェイクスピアの詩を含む「同じ主題の下に試みられた詩作品（'Poeticall Essaies'）」を知っていて、そこに霊感を仰ぐか、それへの対抗意識から、「聖列加入」を書いている。一六一八年に出版されたH. G. の寓意画集『王者の鑑（*The Mirror of Majesty*）』の不死鳥の項には、「一羽の不死鳥が生まれ、別の一羽が焼かれる（One Phenix borne, another Phenex burnes）」という、先きの「詩作品」の中の「読み人知らず（Ignoto）」の詩からの引用があるが、H. G. がダンの親友グッディア（Henry Goodyer）の頭文字なら、「読み人知らず」はダンを指すかもしれない。

謎は他にもある。難解なシェイクスピアの「ある政治的状況を踏まえた哲学詩」では、通常男性のはずの不死鳥が女性、きじ鳩が男性になっている。これは、寄稿先きのチェスターの詩がウェールズはデンバイ州ルーウェニ（Lleweni）在の女王の又従姉妹の子にして、一五九五年女王の護衛官（Esquire of the Body）に任じられたジョン・ソールズベリー（John Salusbury）に捧げられている事実と、おそらく無関係ではあるまい。

ジョンは女王の覚えめでたく、詩集が出版された一六〇一年六月に勲爵士にも叙せられている。しかも、秋にはデンバイ州の国会議員選出を巡って、一六〇七年ウォリック州のグレヴィルの場合同様、対立候補と陣営同士の乱闘騒ぎを惹きおこし、女王直々の裁定を仰いでいる。エセックス事件の処理を巡って囂々たる非難を浴びている老いた女王に、到底返せないほどの大恩を感じている状態だ。嫉妬の餌食にされても、アラビア＝ブリタニアの火が弱すぎて再生できずに困っている不死鳥に女王を準え、ヴィーナスの島パポス（ウェールズ？）に赴き、そこできじ鳩こと「真の名誉を体現する郷士（閣下のすばらしき護衛官）（the true Honors lovely Squire）」が保管するプロメティウスの火にともども焼かれる筋書きがソールズベリーないし彼の意を体したチェスターの脳裏に閃いたから、二羽の性は逆になったのではあるまいか。

『愛の殉教者』の謎はまだ残る。その詩がソールズベリーの謝意と同情の産物だったとして、それは何に対するものか。勲爵士への謝意やエセックス事件への同情としたら、ましてや国会議員選出のいざこざに対する謝意としたら、タイトル・ページが告げる一六〇一年度中の出版は難しかったのではあるまいか。そもそもこの詩集はブランドが印刷しフィールドが発行したにも拘わらず、なぜ出版登録がなされなかったのか。急ぎの出版でそんな余裕はなかったとしたら、急ぐ必要はどこにあったのか。内容からみて、チェスターという凡庸な詩人の手になる内輪の出版物でありながら、一六一一年に表題を『大ブリテン年代記（*The Anuals of great Brittaine*）』と改めて再出版されたのは何故か。シェイクスピアの他に、マーストン、チャップマン、ジョンソンと錚々たる詩人たちが「謝礼目当てでなく（No Mercenarie hope）」（!?）寄稿していたせいか。いったい彼らはどういう伝手で、寄稿するはめになったのか。「読み人知らず」がダンを指すのなら、あえて名を伏した理由が彼の秘密結婚から投獄に到る経緯と関係するのか。同じ不死鳥のテーマの下に書かれながら、ダンの詩、シェイクスピアの詩、チェスターの詩の相互関係はいぜん謎に包まれた儘だ。だから、当時の競作や曲り角にきたパトロン制度等について多くの光を投げかけてくれそうにみえるものの、この点についてこれ以上の深追いは慎しむとしよう。

（10）ローリーの国家理性との関係は、一律に論じられない。ヘンリー皇太子に捧げた『国家の金言（*Maxims of State*）』を国家機密の定義から入ったり、真正さに疑問が残る『魂について（*Treatise on the Soul*）』では、人が神を崇めるは「仕える者に報いてくれるから」と身も蓋もないいい方をしている。『世界史』と並ぶ一七世紀の人気作品『息子への忠告（*Sir Walter Raleigh's Instructions to His Son and to Posterity*）』には、結婚は打算、即ち愛より財産を旨とすべしとか、友には「損得勘定に走らぬ、聡明にして有徳の士」を選ぶべし、とポローニアスばりの言葉も散見する。『世界史』でも初めの部分では、歴史を第一原因（神）だけで読みとけるとみるのは「空しい考え」と語る一方で、国家理性といった第二原因は所詮「予め螺子の巻かれた時計」とか「普遍的なるものの源泉から受けとったものを運ぶ導管」にすぎないともいう。捉えがたい。

だが、『世界史』全体を眺めた場合、「攝理の光線を屈折させる何ものも認めない宇宙観」は揺るぎない。歴史の「真実かつ第一の原因」への拘わりが、世俗の歴史を書き進むのを困難にし、予定の三分の一、紀元前一三〇年頃で筆を擱く事態を招いたにも拘わらず、貫かれている。なぜか。答はわりと簡単だろう。十数年に亘り不当にロンドン塔に幽閉され、ヘンリー皇太子が他界して前途に希望を失ってからは、この拘わりにしか私恨私怨の捌け口が、怒りの昇華場所が見いだせないということだ。ベイコンに劣らず、隠蔽と偽装の能力に長けていたローリーが、結果的に国家理性の否定に行きついたについては、ジェイムズとの対決が晩年の彼の人生にとっていかに大きな比重を占めたか、を物語って余りある。

（11）しかしモス（George L. Mosse, *The Holy Pretence*, 1957）によれば、国家理性の宗教版は「蛇（狡猾）」と「鳩（敬虔）」の

表裏一体のかたちでその後も長く（今日までも）生き続けたという。
（12）「国家理性」を宗教を超越した政治理念とみなす見方は、それをマキャヴェリズムのエピゴーネンとして捉える限りは正しい。すでに触れたように、一七世紀の思想家たちの努力が宗教に従属した「良き国家理性」の探求に向けられるのは、その故だろう。だが、祖ボテロの出自を重視すれば、それは多分に疑わしい。
イエズス会士にしてミラノ枢機大司教カルロ・ボロメオの秘書だったこの男は、処女作『知の王宮（*De regia sapientia*）』（一五八三）以来一貫してボロメオの影響下にあり、彼が主導する反宗教改革の磁場の只中にあった。ちなみに一七五七年、シェイクスピアの生家の屋根裏から二世紀ぶりに発見された父ジョンの署名のあるカトリックとしての死を誓う信仰遺言書もボロメオの手になるもので、秘かに祖国イギリスに潜入した神父たちにより持ち込まれた一冊だった。だから、すべてに優先する「国家」は「カトリック国家」と限定つきで読まれるべきであり、適用（application）能力に長けた当時の多くの読者にとって、それは当然の「文法」だったろう。その意味で政治思想家としての彼の立ち位置は、熱烈なカトリック教徒ジャン・ボダンの説いた国家絶対主義の延長線上にあったとみることができるだろう。

＊なお本章は、『北のヴィーナス』所載の「窃視のルネサンス」と一部重複することをお断りしておく。

第三部

シェイクスピアの世紀末

第五章
庶子の力——一五九〇年代後半のシェイクスピア

エリザベス朝演劇に登場する庶子には、つねにどこか暗い影がつき纏う。[1]現実の世界でも、事情は大して変わらない。前近代から彼らは「相続権をもたない息子（filius nullus）」として正嫡子と峻別されていた。だが、その「不正な習慣」に道徳的咎めだてはまだ大して加わっていなかった。

ルネサンスに入り、氏（nature）より育ち（nurture）の優位が説かれ、男性系図から一切の史的・社会的過程を説明するのが困難になると、一時彼らの地位は向上する。ヘラクレス、アレクサンダー大王に始まり、アーサー王、ウィリアム征服王、芸術家でいえばボッカチオやレオナルドと、人々は優れた知性と能力をもった庶子を改めて話題にのせ始める。マーロウ（Christopher Marlowe）はそのリストにキリストまでを加える。[2]また、当時の人なら、口にこそ出さなくとも、エリザベス女王も一五三六年の王位継承法で庶子扱いされ、正式にはそれが解除されていないのを知っていた。己の才覚のみに頼って生きる庶子は、俄かに時代の象徴となったのである。

しかし、数多くの優秀な庶子の存在が知られるにつけ、社会の流動化を嫌う勢力は危機意識を抱き、彼らを罪の子故生来邪悪な性格の持主と決めつける。一六〇〇年前後の庶子の出生率の増加、清教徒の抬頭、教区に庶子の養育を義務づける貧民法の徹底が、この傾向に拍車をかけた。庶子はいつしか娼婦、泥棒、乞食と並ぶ社会秩序の反措定として、七〇篇以上の劇に登場することになる。
『リア王（*King Lear*）』のエドマンド（Edmund）や『空騒ぎ（*Much Ado About Nothing*）』のドン・ジョン（Don John）を考えればわかるように、庶子はどの分野でも登場するが、とりわけ史劇で話題になることが多い。それは史劇が描く権力闘争の中心に正統性の戦いがくることと無関係ではあるまい[3]。嫡出子云々が、劇の見せ場をつくるときもある。たとえば、『ヘンリー六世・第一部（*1 Henry VI*）』のトールボット（Talbot）親子討死の場面。父子ともどもの犬死を避けるべく、その場を去れと説く父に対して、息子は反論して次のようにいう。

ジョン
私の名はトールボット、父上の息子ではありませんか？
それで逃げろと？　あぁ、母上を愛しておられるなら、
操正しい母上のお名に泥を塗らないで下さい
私に私生児か奴隷のような振舞いをさせて。
世間はきっというでしょう、彼奴はトールボットの血筋ではないと、
トールボットが雄々しく踏み留まるのに卑怯にも逃げ出すなんて。
(Is my name Talbot? And am I your son?
And shall I fly? O, if you love my mother,
Dishonour not her honourable name
To make a bastard and a slave of me.
The world will say, he is not Talbot's blood
That basely fled when noble Talbot stood.)

（『ヘンリー六世・第一部』（IV. v・一二—一七）

高貴な父の許から逃げ出せば、トールボット家の正統な血筋を否定して庶子と認めることとなり、それは母の名を汚すことでもある——これが議論の骨子。さらにシェイクスピアはこの場を「正嫡性の神話」に高めるべく、もう一段階の操作をおこなう。ホール（Edward Hall）によれば、ボルドーの戦いには庶子のヘンリーも従軍し戦死したというが、シェイクスピアはそれには一言も触れない。逆にジョンの死体は実際は見つからなかったにも拘らず、父の腕に抱かれてピエタの像を形づくって死んだように描く。[4] 史劇における庶子潰しの典型がここにある。

こうした扱いからいうと、唯一の例外は『ジョン王（*King John*）』のフィリップ・フォークンブリッヂ（Philip Faulconbridge）といってよい。どうして彼だけ肯定的なイメージを与えられたのだろうか。

出典と思しき『ジョン王の乱世』（*The Troublesome Reign of King John*）（以下『乱世』）に初登場したときからそうだったとはいえ、両者のありようは多少異なる。一方がロマンス仕立ての宗教改革劇、役者のアクションでみせる視覚偏重の直解主義（literalism）の劇とすれば、他方はマーロウ登場を文化大革命と受けとめている、科白中心の「作者の時代」の劇になっている。「円熟、芸術性、国際性（maturity, art, internationality）」が新たな価値を急速に持ちつつある演劇風土の中で、「生来の知恵（mother wits）」や「道化得意の下卑た所作（such conceits as clownage keeps in pay）」と並んで、視覚偏重の作劇術の命運も尽きたと判断しての結果だろう。[5]

一例をあげれば、五つ月の扱い（第四幕第二場）。『ヘンリー六世・第三部』（第二幕第一場）における三つの太陽の先例からみて、『乱世』同様二度目の戴冠式直後のジョンの背後から五つ月を登らせるのは造作なかったはずだ。だが、シェイクスピアはその手は使わず、ヒューバート（Hubert）の科白で済ませてしまう。あまつさえ、同時期に書かれた『夏の夜の夢（*Midsummer Night's Dream*）』の中で職人たちに月の出について暦を持ちだして調べさせ、直解主義への嘲笑に追い討ちをかける。シェイクスピアの科白劇への道は、相当自覚的なものだったとみてよいだろう。[6]

こうした劇の基本性格に応じて、庶子のありようも自ずと変わる。『乱世』の庶子は脇役で中世風の新教徒の騎士だが、『ジョン王』の彼は世代交替劇の主役ながら要約困難な多面体になっている。しいていえば、賭けを生きる若者といったところだが、そこにさまざまな人生が投影されている。なかでも興味深いのは、作者シェイクスピアとの重なりだ。

『ジョン王』の庶子は、『乱世』のように夢で己の素性を知って財産を棄てるわけではない。祖母エリナー（Eleanor）に田舎のお大尽で終わるか身一つの貴族（Lord of thy presence）の道を採るかと尋ねられて、次のように応ずる。

庶子
弟よ、ワシの土地を取るがよい。ワシは運に賭ける。
お前は瓜二つの顔のお陰で年収五〇〇ポンドを手にしたわけだ。
(Brother, take you my land; I'll take my chance.
Your face hath got five hundred pound a year;)
（『ジョン王』I. i. 151-52）

この五〇〇ポンドに注目したい。この金額は三度触れられるから耳に残るが、『乱世』の額は「年収二〇〇〇マルク（*2000 markes revenew every year*）」とある。なぜ数値を変えたのか。

『ジョン王』を一五九五〜六年の作とすれば、当時シェイクスピア父子は紋章の再申請の真最中。その草稿の一つの下部欄外に、シェイクスピア家は「五〇〇ポンド相当の土地、家屋と財産の持ち主（Landes & tenementes of good wealth, & substance 500li」とある。[7] シェイクスピアは今紋章申請可能な経済状態にあるばかりか、他人の劇の表題にあえて「W・S」と書かれる人気作家になりつつある。だが、自分は賭けの人生を選び、故郷を出奔したばかりか、学歴もない、文字通り裸一貫の男だという意識が心の奥底にいぜん存在し、それが庶子への自己投影に繋がったのではあるまいか。

とはいえ、両者の直接の関わりはそこまで。賭けの人生を選んだ庶子は、劇内外で他の多くの人物にも重ねられている。たとえば、劇中の志願兵。即ち、「血の気だけ多く、向こうみずで、世襲財産叩いて軍服に身を包み、荒稼ぎ目当てに乗りこんでくる」と仏側の使者に評される連中だ。『乱世』のように「その他大勢の度胸の坐った者ども」といわず、*OED* 初出（II. 9）の 'voluntary' を使ったのは、マローン（E. Malone）がいうように、エセックス（Essex）率いるカディス遠征などに参加した生命知らずの若者を念頭においてのことだろうか。(8)

劇の外でいえば、長子相続制の煽りでロンドンでの徒弟奉公を余儀なくされた郷紳階級（gentry）の次男坊・三男坊とも重なるだろう。まだある。賭け云々とは無関係とはいえ、活発で頭の回転の速いこの皮肉家は、法学院の学生や宮廷人とも多くの共通点をもつ。(9)

いや、観客の代弁者に留まらず、劇の見方を提供するコメンテイターでもある。英仏両国の王が朗々たる無韻詩で己の立場を正当化せんとするとき、すかさず半畳を入れて整ったリズムを乱し、彼らの大言壮語の空疎さを浮かび上がらせる。

ジョン王
イングランドの王冠が王の証にならんとでも？
ならんというなら、証人を連れてこよう
一万五千の倍のイングランド産の——
庶子（傍白）庶子その他を含めての話だ。

ジョン王
　その生命にかえても余が肩書を証すためにナ。
フィリップ王
　それと同数の由緒正しき兵どもが――
庶子（傍白）庶子もいるのを忘れるナ。
フィリップ王
　面と向かってその主張の不当さを暴き立てる。

KING JOHN
　Doth not the crown of England prove the King?
　And if not that, I bring you witness,
　Twice fifteen thousand hearts of England's breed—
BASTARD（aside）Bastards and else.
KING JOHN
　To verify our title with their lives.
KING PHILIP
　As many and as well-born bloods as those—
BASTARD（aside）Some bastards too.
KING PHILIP
　Stand in his face to contradict his claim.

（『ジョン王』 II. i. 273-80）

このように、庶子を劇中人物兼観客の代弁者兼解説者として、劇は三幕三場の途中まで進んでゆく。すでにカトリック国フランスだけでなくプロテスタント国イングランドも打算（commodity）で動くだけで、いずれにも宗教的正義なしと判明している。しかも、ローマ使節パンダルフ（Pandulph）の登場で打算のため成ると思われた和睦は脆くも崩れ、両国が矛を交えることとなる。その結果、嵐による仏艦隊の敗走により一まずイングランドが勝利を収め、アーサー（Arthur）が囚われの身となってしまう。ジョンがアーサー殺しを巡ってヒューバート（Hubert）を唆す動きが、エリザベス女王とディヴィソン（Davison）の間のスコットランド女王メアリ殺害を巡る動きと重なり、仏艦隊の四分五裂がスペインの無敵艦隊の敗走と重なるとすれば、いつしか観客が一〇年たらず前に経験した現実が劇世界に近づきつつあるということになる。(10)

そこで庶子は修道院取り壊しの命を受けて、一旦姿を消す。息子アーサーのため孤軍奮闘してきたコンスタンス（Constance）も彼が敵の手中におちたのを悲しみ、髪掻きむしりながら退場してゆく。同様に、エリナーも仏王フィリップも、つまり打算とかけひきからなっていた前半世界の主役たちは、ジョンを除いてすべて舞台から姿を消す。庶子の退場から暫くして訪れる三幕の終わりをもって二部構成の前半の終了とみてよいだろう。

五百行に及ぶ不在の後で彼が再登場する頃には、劇はいつしかイングランドに不利な展開をみせ、貴族の離反についで仏軍上陸の知らせを持って使者が訪れている。追討ちをかけるように、昇天節（Ascension Day）の昼までにジョンが王冠を法王庁に返上するという予言者ピーターを牢に連行したヒューバートが戻ってきて、五つ月の出現とそれに纏わる不吉な世間の噂を告げる。アーサーの死（の虚報は流れても、実際に）は未だしといえ、前半の終わりでパンダルフが仏皇太子に予言し、英国侵入を唆していた「かつて知らない変化」がすでに訪れ始めている。

後半の進行を簡単にいえば、二つの予言のうちピーターの予言はあたり、パンダルフのそれは外れるかたちで進んでゆく。なぜか。アーサーの不慮の死で「この国の生命、正義と徳」がアストラエア（Astraea）さながら天国へ飛びたち、「主失った誇り高き王国」が存亡の危機に立たされるものの、新しい何かが動きだした結果だ。ピーターの予言を受け入れるかたちでジョンが王冠を一旦返却し、ローマに忠誠の誓いをたてる。これで昔より領土保全の祝日だった昇天節の精神が動きだし、パンダルフの仲裁をひきだし、結果的に仏軍との和睦の道筋が整ったというわけなのだ。(11)

だが、その過程を円滑ならしめたのは、ジョンのように神意をうけるのではなく、むしろ促すかたちでジョンの主権が「強奪されたもの（wrested pomp）」と知りつつ、国を救うため「俺は王の許へ行く（I'll to the King）」と敢然と立ち上がる庶子の賭けの精神ではあるまいか（「万物の支配者（sway of motion）」「打算」を自嘲混りに「わが主人」と呼んでいた前半からみると、ハムレットなみの変身だ！）。危急存亡の秋《とき》には領土保全が王権の正当性に優先する、とみるシェイクスピアの本音が垣間見られる瞬間でもある。庶子が地霊（genius loci）と重なる瞬間といってもよい。五幕に入り、その彼が対仏徹底抗戦を叫び、ジョンにより「当座の舵取り（the ordering of this present time）」に認ぜられてゆく。(12)『乱世』には見当たらない幾層もの解釈を許す言葉だが、ドーヴァー・ウィルソンはここで初めて庶子が「劇の主人公」になったという。世代交代が完成し、領土保全を第一義に据える新しい王権への希求がほのみえだしたといってもよいだろう（しかも、領土保全を齎した必要条件がジョンの恭順＝国際協調路線であり、若者の祖国愛が充分条件に留まるところに、シェイクスピアの宗教的信条が覗いているかもしれない(13)）。

ところで、その恭順が導いた領土保全の動きの中で、もっとも効果的なのは貴族帰還のニュースだろう。庶子再登場の直前、仏軍上陸、皇太后の死と暗い知らせが矢つぎ早に届いたとき、「恐ろしい時の女神よ、そのスピードを止めて下され……余が不満を抱く貴族どもの機嫌を直すまで（Withhold thy speed, dreadful Occasion ... till I have pleased my disconted peers）」（IV. ii.）と、ジョンはフォースタス博士並みの独白を口にしていた。そして一呼吸おくと、アーサー死すの虚報で離散した貴族の許へまず庶子を遣わし、その後を伝令に追わせ、アーサー生存が判るとさらにヒューバートまで知らせに走らせていた。彼にとってもっとも怖いのは、貴族の離反なのだ。その彼らが戻ってくる。

それは国にとってもジョンにとっても何よりの朗報だったに違いない。

だが、その契機を今わの際の仏貴族メルーン（Melun）の告白に頼るやり方は、頂けない。仏側に加勢した英貴族は戦後皆殺しの上財産没収というルイスの陰謀は、『乱世』では予め舞台化されていたからショックに響かないが、ここでは唐突すぎる。メルーンの変節理由のうちヒューバートとの友情も、この劇はおろか『乱世』にも与えられていない。領土保全の神意が動きだし（英軍が自国内で退却すると、太陽までが愛国心故か沈むのを嫌がり、西の空を赤面させる徹底ぶりだ！）（V. iii.）、若者が国を守る気概を示せば書きたいことは尽きたといわんばかりの杜撰さだ。後半俄かに劇が拙劣になる所以だろう。

拙劣といえば、古い世代唯一の生残り、ジョンの死の扱いも同様だ。『乱世』と違って毒殺は仄めかされるだけ、舞台化されることはない。理由は夛々考えられるとして、要はシェイクスピアがすべてを曖昧に止めておくことで、『乱世』の作者以上に宗教改革劇から遠ざかろうとしているせいではあるまいか。

反面、後半の担い手たる若い世代は、敵味方をこえて好意的に描かれている。心情溢るる雄弁でヒューバートの冷酷さの「変装」を解かせるアーサーが筆頭ながら、顕著なのは『乱世』では陰謀家だったルイスの凛々しい若者への変身ぶり。パンダルフは前半戦いに負けて落胆する彼にイングランド攻めを説くに当たって、「この年老いた世界であなたはいかにも若々しく初々しい（How green you are and fresh in this old world!）」（III. iv.）と切りだしていた。その彼が第五幕第二場ではパンダルフに休戦を勧められて怒り心頭に発し、我知らず「私はローマの奴隷だというのか（Am I Rome's slave?）」と気色ばむ。それを聞いた庶子が今度は「怒り心頭とはこのこと、あの若僧いいこというぜ（By all the blood that ever fury breathed, The youth says well）」と応ずる。敵乍ら天晴れというわけだろう。若者間に一種の連帯を感じさせる科白だ。

若者の連帯を巡っては、もう一つ重要な場がある。『乱世』にあったアクション中心の四つの場を省いたにも拘わらず、シェイクスピアが唯一加えた第五幕第四場、庶子とヒューバートが闇の中で誰何し合う場面だ。リンカーンの砂州で大量に兵を失った庶子は、祖国同様極限状態にある。漆黒の闇は、その表象といってよい。その中で二人の若者が王危篤とともに貴族帰還の知らせを共有する。それを聞くなり庶子は、神は試練だけでなく逃路をも与えて下さるとばかり感激して、コリント前書十章十三節を口ずさむ。『ハムレット』の衛兵同士の誰何と違って、若者の団結が築く新しいイングランドの夜明け近しを感じさせる。纏めていえば、これは若い力に肩入れしつつ古い世界の幕引きをはかる劇なのである。

では、なぜ一五九〇年代後半にそうした劇を書いたのだろうか。それには二つの理由が考えられる。演劇史的な理由が一つ、今ひとつは政治的なそれだ。前者からみてゆくとしよう。

すでに触れたが、エリザベス朝演劇における最大の事件はマーロウ登場だった。その意義は古典的美学の導入によるゴシック演劇の革新に留まらない。人間の情念の英雄的冒涜的解放とそれが秘める陶酔的エネルギーは、戦闘的ナショナリズムへの転用が可能とはいえ、一歩間違えば体制を揺るがしかねないところまで演劇をおしあげてしまった。生かさぬよう殺さぬように馴致するには外からの適度の抑制が必要だが、その役割を担ったのが御用劇団女王一座であり、とりわけ『乱世』だった。つまり『乱世』からして『タンバレイン大王（*Tamburlaine*）』対策用に書かれた劇なのであった。

それは『タンバレイン』を真似て二部形式をとるばかりか、「読者諸賢に」の断り書き、この劇は「雄々しきキリスト者にして同胞」を主人公とする故、「スキタイ人タンバレインという異教徒を歓待して拍手を送った者なら、同じ好意を寄せて歓迎してほしい」に明らかだろう。

だが、『乱世』の作者が誰であれ、この才能溢るる劇作家はジョン・ベイル（John Bale）とは違って宗教改革劇では飽きたらず、王位簒奪の罪やアーサーの死の責任を自覚した暴君にジョンを造型してしまった。

神よお加護を、苦しい、ジョンよ死ね、これこそ汝の犯したいまわしい罪に下された天罰……
アーサーの突然の死の責を負っての地獄落ちだ……
激怒と圧政にみちみちた人生を振り返ると
こんな奇妙な死に方をしても誰も哀れんでくれんわい。

(Help God, O payne! dye John, O plague
Inflicted on thee for thy grievous sinnes. …
I must be damned for Arthurs sodaine death. …
My life repleat with rage and tyranie,
Craves little pittie for so strange a death.)

（*The Troublesome Reign of King John*, Pt.II. II. viii. 1040-63）
（『乱世』第二部二幕八場一〇四〇—六三）

『ジョン王』も女王一座を継いだ御用劇団宮内大臣一座の劇だが、九〇年代後半の二大劇団制による共存共栄を旨とする活動の中で、海軍大臣一座が『タンバレイン』を復活させ（九四年八月二三日）、ついで『ヘラクレス一部・二部（1 & 2 *Hercules*）』、『韃靼王第一部・二部（1 & 2 *Tamar Cham*）』と同種の劇を九六年一一月までに三六回も上演してしまった。宮内大臣一座としては、苦しい経営の中で対抗するには『乱世』の改作による他ないと判断したのではあるまいか[14]。

しかし、『タンバレイン』に対抗するには己の罪を自覚した王をもってきたのでは弱すぎる。虚構人物故自由度のきく庶子を主人公として、庶民性溢るる国民的英雄として提示するに限る——座付き作家はそう判断したのだろう。しかも、それにはハル（Hal）王子を主人公とする『赫々たる勝利（*Famous Victories*）』という手本が身近にあった。

この劇ないしその書き直しはやはり九五年一一月から九六年七月にかけて一三回も海軍大臣一座で上演され、人気を博している。残るは史劇としてどう独自性を出すかだけだ。

史劇とは定義が難しいが、共同体が団結を保つために必要とした堕落と贖罪の儀式を、聖体劇に代わって国家規模でおこなおうとしたとき誕生したジャンルととりあえずいえるだろう。だが、新教徒の「聖者伝（Legenda Aurea）」ともいうべきフォックス（John Foxe）の『殉教者の書（*Book of Martyrs*）』が存在する以上、ハルものの人気が証明しているように、受難劇にする必要はすでになかった。とはいえ、聖体劇の終焉から一世代足らず、民衆のなかにイングランド自体の堕落と贖罪の儀式をみたい気持ちは、どこかに残っている。古い「打算」の世界の堕落ぶりと若い世代の賭けの精神によるイングランド自体の救済のパターンには、彼らの要求を充たすものが潜んでいたのではあるまいか。『ジョン王』という『タンバレイン』対策用の世代交替劇は、『乱世』を元に、『赫々たる勝利』を雛形としつつ、聖体劇の精神に立ち帰る姿勢から誕生した史劇ということができるだろう。

しかし、それが執筆動機のすべてなら第一・四部作の時点から可能であって、一五九〇年代後半まで俟つ必要は無い。そうなったについては政治的理由も絡んでいた。

シェイクスピアが『タンバレイン』への対抗策として彼なりの史劇を模索していた頃はすでにエリザベス女王の晩年、その演劇的提示は彼女の後継者選びとも切り離せない面を持っていた。『ジョン王』執筆が九五・六年頃とすれば、数年前に当たる九三年二月に下院議員ピーター・ウェントワース（Peter Wentworth）はタブーを破って後継者問題をもちだし、九七年の死まで獄に繋がれる身となったが、これが再燃のきっかけだった。すでに女王は五九歳。問題が緊迫度をますなかで、一旦燃え上ると鎮火が難しい。まずR・ドールマン（R. Doleman）の偽名でイエズス会士パーソンズ（Parsons）が『次期英国王位継承問題を考える（*A Conference About the Next Succession to the Crowne of England*）』で応ずると、カンスタブル（Constable）、ハリントン（Harrington）、ヘイワード（Hayward）、ウィルソン（T. Wilson）らが今度はパーソンズに噛みつくかたちで応対が続く[15]。

議論の中心は、ヘンリー八世の遺言の扱いにあった。エリザベスが子なくして逝った場合、次の王権は長幼の序からいってヘンリーの姉妹のうち姉のマーガレットの嫁ぎ先「ステュアート系統」にゆくか、その子孫がカトリックで外国人ということもあって、ヘンリーが希望したように妹メアリーの嫁ぎ先「サフォーク系」に落ちつくかが焦点だった（だから、遺言の効力が認められたら、ウェントワース（Wentworth）らの主張するスコットランド王ジェイムズの目はなくなってしまう）。他方パーソンズは両系統とも非正嫡と決めつけ、正統な王権は五四〇年前のウィリアム征服王の娘コンスタンスにまで遡ると主張した。その血がアーサーの母（別の）コンスタンスの再婚先ブリッタニー系の流れを汲むかたちでスペインの王女イザベラに辿りつくというのが、議論の骨子だった（が、これは国内の大多数のカトリックものめない提案だったし、シェイクスピアがコンスタンスを寡婦のままで途中退場させたのは、ブリッタニー系を認めぬとする彼なりの意思表示だったかもしれない）。

ジャーナリズムなき時代の「政治問題検討のための思索ないし抗議の手段[16]」としての演劇はつねにヒントの提供を期待されたが、シェイクスピアが出したのが『ジョン王』と第二・四部作といえよう。だが、『ジョン王』で提示されたヒントは、かなりユニークなものだった。

素手でライオンの心臓を
引き抜く獅子心王

「遺言」と「正統性」が問題の核になっている状況を睨んで、シェイクスピアはフォークンブリッジ家の家督争いから始める。兄弟の父が、兄フィリップは獅子心王リチャード（Richard Coeur de Lyon）の庶子故、家督は弟ロバートにゆくべし（教会法の考え方）の遺言を残したというのだ。それに兄が反撥して裁定に持ち込まれたわけだが、ジョンが出した答えは予想に反して、婚姻制度の下で生まれた子は誰の子種であろうとすべて嫡出子、従って家督は兄にゆくべし（市民法の考え方）というものだった（ちなみに『乱世』では遺言は登場せず、軍配は弟に上がる(17)。その一方で、ジョンは顔の酷似からフィリップを兄リチャードの忘れ形見と認知するかと思うと、（二幕に入って）アーサーとの王位争いでは兄の遺言をもちだし、アーサーを（エリナーは）庶子呼ばわりする。導入劇《インダクション》というべき出だしから、すべてを支配するのは御都合主義で、遺言や正嫡子云々は後継者問題では本質的意味を持たないかに劇はつくられているということだ。

次にあるべき君主像が問題になるのは、アルジェ（Argiers）城壁前の英仏両軍の口上合戦。「権力をもち、議会の承認をえていても、正統性なき事実上の王（de facto king）」と「正統性あれど外国人にして幼く力なく、敵国並びに法王庁の後楯仰いでいる権利上の王（de jure king）」のいずれが国王により相応しいか、両陣営は夫々己の主張を城壁上の市民に訴える（その際途中から科白の頭書きが「市民」からヒューバートに変わる理由は不明ながら、市民が王侯選びに介入する危険に気付いての「政治的配慮（political decorum）」の結果だろうか）。だが、直前の両軍の戦い同様、「いずれが隠れたる王（rex absconditus）か」を巡る決着はつかない(18)。そしてビュリダンの驢馬さながらの選択不能の心境は、両軍を挟んで市民と対峙するカーテン座の観客の偽らざる気持ちでもあっただろう。無理もない。この対立項は「本国人にして権利なし」「権利あれども異邦人」と捻れているし、そうでなくとも、物事はそう簡単に理屈だけで割り切れるものではない。だから、シェイクスピア自身も、ジョンの主権が「強奪されたもの」と明言した上で、庶子をあえてそこへ赴かせるのだろう。ことによると、これは「あるべき君主像」を巡る単純な問題設定の愚を説く場かもしれない。

そして幕切れ近くアーサー、ジョン双方の死により対立項が消えたところで、突然降って湧いたように第三の候補者が現れる。ジョンの息子ヘンリー三世だが、彼はヘンリー四世に対するヘンリー五世同様、（ジョンという）簒奪者ながら「王冠を戴いた王」の正嫡子故王としては「より大きな正統性」をもつ。従って、今度は王の資格ではなく、誰がいつ推挙するかという政権誕生の道筋が問題になる。

『乱世』のように王位継承をテーマとする劇でなければ（尤もアックストンは外国籍の王に反対する劇とみるが(19)）、

話は簡単だ。任命はジョンの生前におこなわれ（その方が彼も安らかに死ねるだろう）[20]、提案者は実力者の貴族ソールズベリー（Salisbury）で問題はない。庶子は彼ら貴族への牽制の気持ちをこめて一致団結を説けば済むだろう。だが、ジョンとエリザベスの重なりの大きいシェイクスピア劇ではそうはいかない。女王が後継者指名を忌避している以上、推挙は当然ジョンの死後になる。提案者としては庶子が最適だろう。何しろ彼は庶民性を備えた一介の愛国者に留まらない。庶子は庶子でも最後の正統な王獅子心王のそれなのだ。ヘンリー二世と「麗わしのロザモンド（fair Rosamond）」の庶子ソールズベリーより適任なのは、いうまでもない。しかも、彼はジョンにより「当座の舵取り」に任じられたばかりか、彼の死後貴族たちに「国の事実上の指導者（de facto leader of the nation）[21]」に推されてもいる。事実上一国を握るのは彼なのだ。

そして、現実の世界でパーソンズやヘイワードがエセックスに王位継承に関わる本を捧げたのも、彼を似た存在と見做してのことだったのであるまいか。即ち、彼こそが「現在の評価においても将来の期待においてももっとも偉大（Magnus ... es, &presenti iudicio, &future temporis expectatione）」（ヘイワード）であり[22]、彼以上に「こうした重要問題に関与ないし影響力をもつ人物は見当たらない[23]」（パーソンズ）からだ。

九五年一一月に、以前からリチャード二世に擬せられ神経質になっていた一五〇〇［エリザ］が一〇〇〇［エセックス］にパーソンズの「危険な賞讃」を含んだ本をつきつけ、釈明を求めたのも、やはりエセックスに関する世評を知悉してのことだったに違いない[24]。好戦的愛国者たる庶子には、エセックスとどこか重なるところがある。パーソンズの本が物議を醸す状況下で王位継承を隠れたテーマとする劇をみたカーテン座の観客のなかには、庶子とエセックスをダブらせて観ていた者がいても不思議はなかろう。

作者、観客、さらには地霊ないし領土保全の救世主とこれまでさまざまな存在に重ねられてきた庶子が、終盤へきてエセックスにも近づくとなれば、興味深いのは「エリザベスへの祈り（a prayer for Elizabeth）」と称される終い口上の力点が、『乱世』と違って一致団結ではなく、「やっと貴族たちが戻ってきた（Now these her princes are come

アイルランドへ遠征する
エセックスの勇姿

home again)」とばかり、貴族の帰還に置かれている点だ。後半部が彼らの離反と帰還を軸に展開していた以上当然ともいえるが、一国の存立の鍵を貴族が握るとみるこの見方は、九五年頃から王権との緊張関係を極限まで押し進めたエセックスの持論の反映とみれなくはない。彼は九九年二月、アイルランドへの出発の一ヶ月前、自宅での紋章院の聴聞会で次のように述べたという。「貴族こそが王侯の下位部分にして頭を乗せる双肩、……彼らなくして官僚は非難浴び、民衆の叛乱を招くは必至……」[25]。そしてイングランドは「貴族が戦争の指揮をとっていた頃が最強だった」と中世回帰に傾く。この貴族観は、「玉座と民衆の間の踊り場」(グレヴィル)、「王と民衆両天秤を支える棹」(セイ・アン・シール子爵)(Saye & Sele)より数段跳ね上がった見方といわねばなるまい[26]。

そう思ってみると、「これら女王の貴族(these her princes)」の表現も面白い。「ノーブルズ(nobles)」を「プリンシズ(princes)」で表わす用法の初出(II. 7b)が一七〇七年とすれば、百年以上早くここでは貴族と王侯の同列化の訴えが、エリザベスへの祈りのなかに置かれていることになる[27]。

一五九〇年代後半のシェイクスピアは、予想以上にエセックス一派と深いつながりのなかにいるのではないか。エセックスがアイルランドへ「追放者(exile)」として赴くと女王に書き送ったように[28]、『お気に召すまま(*As You Like It*)』の「陽気な公爵(humorous duke)」も「追放」の身でダブリンならぬアーデンの森で宮廷を構えている。だが、彼は復権が叶うものの、エセックスの方は『ヘンリー五世(*Henry V*)』の「コーラス」の期待通りにはいかず、めでたき凱旋はおろか帰国の願いも聞き届けられない。にも拘わらず、軽率な帰国を敢行し、それが因で失敗に終わる叛乱を企て、断頭台の露と消えてしまう。だが、その叛乱の景気づけに上演したのが、神に油塗られた王が公の場で人気のある貴族に王冠譲り渡す劇であり、依頼に劇団に赴いた使者にはノーサンバランド（Northumberland）伯とホットスパーの末裔も含まれていた。[29] また別の劇『ジューリアス・シーザー（*Julius Caesar*）』では、頑固で世嗣のない独裁者が、お気に入りの若者に殺されてゆく。どれも、エセックスの識閾下の願望を白日の下に曝したような劇だ。

九〇年代後半のエセックスは、明らかにおかしい。王冠を狙っていたと叛乱後の弾劾裁判でライヴァルのセシル（R. Cecil）は述べたが、[30] 女王に殴打された際詫びを入れたらと説く友人に「君主とて誤ることがないのでしょうか。臣下が間違った仕打ちをうけることはありえないのでしょうか（What, cannot Princes err? Cannot subjects receive wrong?）」と反問する態度が、最晩年の彼の挑戦的態度を物語って余りある。[31] だからその気持ちが周囲に伝染して、トマス・ハリオット（Harriot）のように「王冠をつけた王の面前でさえ……民衆の忠誠心を奪いとったものだ（I did pluck allegiance from men's hearts … even in the presence of the crowned king）」『ヘンリー四世・第一部（*I Henry VI*）』（III. ii.）を抜書きしようとしてエセックスと女王の関係を念頭に「彼は女王の面前でも……やりかねない（he may … in the presence of ye Queene）」（傍点筆者）と誤記してしまうのだろう。[32] シェイクスピアはそういう殺気だった環境のなかにいる。何らの影響も受けなかったとしたら、嘘になろう。

シェイクスピアの史劇は、絶対王政の中央集権化の過程を描き、讃美する劇と長いこといわれてきた。だが、よくみると、御用劇団の劇ながら、『ジョン王』などはエリザベスの後継者選びとの関係で、むしろ強力な中央集権化に反対し、若さと庶民性、何より愛国心を備えた貴族を舵取りに重用する政権、王の国籍や正統性、遺言といったものに囚われず領土保全を第一義とする政権への期待を滲ませた劇であり、そこへ向けての狼煙だったといえなくもない。

その期待がエセックスの死で取り返しのつかないかたちで萎んでしまう。土地財産を棄てるばかりか、古い泥舟のイングランドを救おうとした『ジョン王』の庶子の二つの賭けは成功したが、エセックスに賭けたシェイクスピアの夢は挫折に終わったということだ。「上昇志向」（I. i.）が通用した時代も終わりに近づきつつある。そう考えると、エセックスの失脚とほぼ軌を一にして宮内大臣一座の『佳人への警告（*A Warning for Fair Women*）』の導入劇で「悲劇」によって「喜劇」とともに「史劇」が退場させられるのも、賭けの精神に代わって情実が罷り通る新しい時代の幕開きとともに、シェイクスピア劇において庶子が再び「アウトサイダー」に戻ってゆくのも、何がなし解る気がしてならない。

註

＊ *King John*と*The Troublesome Reign of King John*のテクストはA. R. Braunmuller（ed.）, *The Life and Death of King John* (Oxford U. P., 1989)とGeoffrey Bullough (ed.), *Narrative and Dramatic Sources of Shakespeare*, Vol. IV (R. & K.P., 1962)所載のものによる。

（1）エリザベス朝演劇における庶子一般については、Alison Findlay, *Illegitimate Power: Bastards in Renaissance Drama* (Manchester U. P., 1994), Peter Laslett, Karla Oosterveen, and Richard M. Smith (eds.), *Bastardy and Its Comparative History* (Harvard U. P., 1980)その他に負っている。

（2）Paul H. Kocher, *Christopher Marlowe* (R & R., 1962), p. 28.

（3）Phyllis Rackin, *Stages of History* (Cornell U. P., 1990; Routledge 1991), p. 185.

（4）*Hall's Chronicle* (1809; AMS, 1965), p. 229; Bullough, *op. cit*., III, p. 73.

（5）この辺は一部Peter Womack, 'Imagining Communities: Theatres and the English Nation in the Sixteenth Century', David Aers (ed.), *Culture and History, 1350-1600* (Wayne U. P., 1992) に負っている。

（6）女王一座のliteralismについては、Scott McMillin and Sally-Beth MacLean, *The Queen's Men and their Plays* (Cambridge U. P., 1998) の第六章を参照。

（7）C. W. Scott-Giles, *Shakespeare's Heraldry* (J. M. Dent and Sons, 1950), p. 38.

（８）John Dover Wilson, *King John* (Cambridge U. P., 1936), pp. 112-13.

（９）*Cf.*, Emrys Maldwyn Jones, *The Origins of Shakespeare* (Oxford U. P., 1977), pp. 244, 252 & 246.

（10）E. A. J. Honingmann (ed.), *King John* (Methuen, 1954), pp. xxvii-xxx; Lily B. Campbell, Shakespeare's "Histories" (The Huntington Library, 1947), pp. 388-90. その他。

（11）昇天節と領土保全の関連については、John Brand, *Popular Antiquities of Great Britain* (1848-49; AMS, 1970), I. pp. 197-98. *Brewer's Dictionary of Phrase and Fable* (Cassell, 1952) の 'Bounds, Beating the' の項（p. 134）も併せて参照。

（12）マリー・アクストンがアーサーの死で王の「二つの肉体」は分裂し、幕切れで継承されるのは「無に等しい王冠（cipher-like crown）」にすぎない (*Cf.*, Mary Axton, *The Queen's Two Bodies* (Royal Historical Society, 1977), p. 110 というのを受けて、バークハートがこの劇の幕切れは 'an interim solution' にすぎないという意味でこの語を使っている（*Cf.*, Sigurd Burckhardt, *Shakespearean Meanings* (Princeton U. P., 1969), pp. 134 &141）。なお次のウィルソンの言葉は、Wilson, *op. cit.*, p. 177.

（13）Jeffrey Knapp のいう 'Christian supra nationalism' も、いわんとするところは同じだろう。*Cf.*, *Shakespeare's Tribe* (The Univ. of Chicago P., 2002), pp. 101 & 139.

（14）二大劇団制におけるレパートリーの相互参照については、たとえば、Roslyn L. Knutson, *The Repertory of Queen's Company 1594-1613* (The U. of Arkansas P., 1991）, Chap. II や Scott McMillin, 'Shakespeare and the Chamberlain's Men in 1598', John Pitcher and S. P. Cerasano (eds.), *Medieval and Renaissance Drama in England,* Vol. 17 (Rosemont Publishing & Printing Corp., 2005) が参考になる。

（15）王位継承問題については、Joel Hurstfield, *Freedom, Corruption and Government in Elizabethan England* (Jonathan Cape, 1973), Chap. 4, F. J. Fisher (ed.), *The State of England Anno Dom. 1600 by Thomas Wilso*n (Camden Miscellany, XVI) (Camden Society, 1936), Robert Lane, '"The Sequence of Posterity": Shakespeare's *King John* and the Succession of Controversy",' *SP*., Vol. 92 (1995), pp. 460-81 等に負っている。

（16）Axton, *op.cit.*, p. ix.

（17）Leah Scragg, *Shakespeare's Alternative Tales* (Longman, 1991), p. 37.

(18) Philip Edwards, *The Threshold of a Nation* (Cambridge U. P., 1979), p. 117 and Lane, *op.cit*., p. 478.

(19) Axton, *op.cit*., p. 108.

(20) Bullough は、*King John* の主人公は戴冠式のセレモニーがないから、'dies without consolation' とあえて註をつけている。*Op.cit*., p. 149.

(21) Braunmuller, *op.cit*., p. 269. V. vii. 97 note.

(22) John J. Manning (ed.), *John Hayward's The Life and Raign of King Henrie IIII* (Royal Historical Society, 1991), p. 6.

(23) Qtd. in Campbell, *op.cit*., p. 77.

(24) Arthur Collins, *Letters and Memorials of State* (1746; *AMS*, 1973), p. 357.

(25) Qtd. in William H. Dunham, Jr., 'William Camden's Commonplace Book', *Yale University Library Gazette*, 43 (1969), p. 151.

(26) John Gouws (ed.), *The Prose Works of Fulke Greville, Lord Brooke* (Oxford: Clarendon P., 1986), p. 113. 'William Fiennes, Viscount Saye and Sale's Letter to Lord Wharton in 1659', qtd. in Richard C. McCoy, *The Rites of Knighthood* (U. of California P., 1989), p. 159.

(27) *Cf*., Braunmuller, *op.cit*., p. 269. V. vii. 94 note.

(28) 'Essex's Letter to Queen Elizabeth noted on 30 August, 1599', qtd. in Juliet Dusinberre, *As You Like It* (Thomson, 2006), p. 162.

(29) E. K. Chambers, *William Shakespeare*. II (Oxford U. P., 1930), p. 325.

(30) 'Robert Cecil's arraignment of Essex (Feb 13, 1601)', qtd. in *Calendar of State Papers Domestic, 1598-1601* (1869; Kraus Reprint, 1967), p. 554.

(31) 'Essex's Letter to the Lord Keeper Egerton in July, 1598', qtd. in *Lives and Letters of the Devereux, Earls of Essex*, Vol. 1 (John Mùrray, 1853), p. 501.

(32) Hilton Kelliher, 'Contemporary Manuscript Extracts from Shakespeare's *Henry IV, Part 1', English Manuscript Studies, 1100-1700*, 1 (1989), p. 156.

第六章　『十二夜』考

変装（Disguise）は古来有効な策略として、数多くの物語に登場してきた。家人に身許秘すためオデュッセウスは乞食の姿で帰宅したし、ヤコブは晴着と子山羊の皮で兄エサウになりすまし、かすみ眼の父を欺き祝福を受けている。演劇においても、これは筋の発端、展開、解決いずれにも利用できる有用な手段として、重宝されてきた。付髭一つで他人という約束事の故にイギリス・ルネサンス演劇では特に愛用され、シェイクスピアの死（一六一六）までに現存するだけで二〇〇以上（全体の半分近く）の劇に使われている。

変装劇ではないが、混乱をひきおこす点で双生児劇も似た機能をもつといえる。これから問題にする『十二夜（*Twelfth Night, or What You Will*）』（一六〇一）は、難破した女主人公が死んだ（はずの）双生児の兄になりすますことでアクションが展開する、双方を兼ねた劇である。（この劇の執筆を遡ること数年前の一五九六年夏、シェイクスピアは男女の双生児の息子の方、ハムネットを一一歳で亡くしている。死んだはずの兄が甦える状況設定には、おそらく多大な個人的感慨が籠められていたことだろう。）

変装劇、双生児劇はともにローマ新喜劇に起源をもつが、混乱やナンセンス感が倍増するにも拘らず、そこでは二つを兼ねた劇が見当らない。何故か。

よくは解らないが、ローマ劇では舞台は街頭に限られている。一方、社会が若い女性の自由な外出を禁じているから、自由民の子女の恋愛を描けない（だから、テレンティウスの『義母（*Hecyra*）』のように主人公が若妻でも、彼女が登場することはない）。話の中心は遊女との恋、近松の世界のように金が絡み、「狡智な奴隷（servus callidus）」が活躍して老人を欺き、若い世代の勝利を導く。（元自由民だったから正規の結婚が可能といった）遊女や奴隷女の身許判明が最大の関心事になる世界では、変装故男と思われて女に惚れられ、そこに双生児の兄が折よく登場し、縺れを解くといった話は、そもそもお呼びでなかったに違いない。

ルネサンスになると、ようやく変化が訪れる。中世は聖女伝や変装して旅する女性を扱うロマンスの栄えた時代、そうしたものに親んだルネサンスの若者は、娼婦や遣り手婆だけでなく若い女主人公の活躍もみたくなっている。彼らの欲求と（若い子女禁制といった）古典喜劇の約束事との間に折合いをつけるに、変装は大いに役立った。やがて変装劇はイタリア・ルネサンスで流行を呼ぶが、それに弾みをつけたのが地中海文明だった。この地域は古来商業が栄え、闘争本能旺盛、競争原理が支配していた。物語でも複雑にいり組んで、欲望を全面的に肯定する類が好まれる。そうした話の集大成が『デカメロン（*Decameron*）』（一三五三）に他なるまい。

自己中心的で馴染のないものへの警戒心や反撥が強いこうした共同体では、笑いも自ずと防禦機構の一環となる。トマス・ホッブズのいう「弱者に対する強者の優位を示す快哉の気持（glory）」だ。後世それを体系づけたのが、ベルグソンの『笑い（*Le Rire*）』（一九〇〇）といえるだろう。

変装劇と双生児劇の合体はイタリア・ルネサンスにおいて初めて成立する。それには古代人への忠誠心に加えて競争心が与った。「この時代がギリシア・ローマの学問をはるかに凌駕する」（ベイコン）自負が少なからず関ったということだ。そしてその競争心に道を拓いたのが、社会規範が否認するものにカーニヴァル期限定で免罪符を与えんとする社会の爛熟だった。最初の変装劇にして双生児劇『カランドラ〔リア〕（*Calandr(i)a*）』（一五一三）は、こうして誕生した。

作者はビビィエナのベルナルド・ドヴィチ(一四七〇―一五二〇)。『宮廷人の書(*Il libro del Cortegiano*)』(一五二八)で討論者の一人として『デカメロン』の三日目六話(騙して貞操奪う話)と七日目七話(夫を欺いて間男する話)の優劣判定を命じられ、自由意思による姦通という理由で後者に軍配を上げた枢機卿(Bk. II, chaps. 44-95)、余りの辣腕故朋友のレオ一〇世に毒殺されたと噂される男だ。題名は、『デカメロン』(8.3&6, 9.3&5)に登場する信じ易さ故友人のからかいの対象となる人物(カランドリーノ)の異綴(カランドロ)から。

話の中心は、彼の妻フルヴィアの浮気。夫がいくら愚かでも、その眼を盗むのは容易ではない。だから、双生児の妹の安否を尋ねてローマにきた愛人のリディオを女装させ、妹の名サンディラを名乗らせる。が、それが因で女と思いこんだカランドロに惚れられることとなる。シドニーの『アーケイディア(*Arcadia*)』(一五九〇)における、変装のピロクリーズを巡る王バシリアスと王妃ジャイネシアの三角関係に似て、ロマンス好みの話だ。

厄介なのは、兄に詐称されたサンディラの方もじつはローマで男装して兄の名を名乗り生きていること。おまけに、彼女は買いとられた商人の女婿に所望されている。これが人物関係の基本構図。

ここから、互いの異性装に絡んで事件が頻発することとなる。男と思って前触ったら、何もなかった。「私の鞘に短剣を戻して(che se li renda il coltel della guaina mia)」(IV. 2)といかさま祈祷師にフルヴィアが頼みこんだり、主人夫妻が別々にリディオ宅に押しかけている留守に、女中が女主人を真似て恋人を屋敷に連れこんだり。ところが鍵をかけた途端別の召使が帰ってくる。あわてて開けようとするが、うまくいかない。「穴に鍵つっこもうとしてるんだけど、……穴がつまっていてダメ(Io mi alzo per metter la chiave nella toppa... il buco è pieno.)。」(III. 10)こういう艶笑譚が続いた揚句、ついに浮気現場に踏みこまれそうになり、兄妹一瞬のすりかわりで難を逃れるといった始末。

だが古典劇同様舞台はまだ街頭に限られているから、こうした離れ技も、リディオ邸での夫婦鉢合わせの次第も、召使たちの対話や当事者の後日談のかたちでしか語られない。兄妹の一二年ぶりの再会も、とっさの気転でなされたすりかわりへの礼に先行されていて、大した感動を呼ばない。おまけに結末は、兄が妹の養家の娘（劇中には姿を現わさない）、妹は兄の情事相手の息子と結ばれるというもの。相手方の同意すら明らかでないが、兄妹はいたって満足している（Oh! felici noi!）。いかにも快感原則の支配を強調する終り方だ。

『カランドラ〔リア〕』では、双生児と変装の結びつきは筋を徒らに複雑にし、ヘドニズムを増すだけの次元に留っている。だがそうした『デカメロン』の演劇版の性格が逆に受けたらしく、一六世紀末までに二六版を数え、騙されて性の悦びに目覚める貞女ルクレツィアを描いたマキャヴェリの傑作『マンドラゴーラ（*La Mandragola*）』（一五一八？）の一五版をはるかに凌駕している。変装して好きな男に仕えるとか、相手の新しい恋人への使者をつとめる女主人公の登場までには、さらに二〇年、シエナの文芸クラブ「雷のごとく愛に打たれて（Accademia degli Intronati）」が自作自演した『騙された人々（*Gl' Ingannati*）』（一五三一／三二）を待たねばならない。

イタリア北部の都市モーデナに住む資産家の娘レーリアは、昔の恋人フラミニオが忘れられない。折りしもその男の召使死去の知らせを聞き、男装してファビオを名乗り、自らを後釜に売りこむのに成功する。彼（女）は二週間ほどで信用をえて、相手の新たな恋人イザベラへの使者を任されるまでになるが、皮肉にも彼女に惚れられてしまう。つくりは『十二夜』そっくりだ。だが、「自分以外の女性に彼を享受させせない（che se tu non godi, altri nol gode?）」と誓い、使者ながら二人の不仲を策したり、つれない女は諦めるようフラミニオに諫言する。揚句のはては、昔の恋人のことは名も聞きたくないといわれ、「忍耐も祈りも無駄だった（Non ti è giovata la pazienzia, non i preghi…）」と前半で表舞台を去ってしまう。

一方、イザベラの気のなさはファビオのせいと、二人の会話を立ち聞きした別の召使に知らされたフラミニオは、彼らを殺してやると息巻く。だが、すぐさま行動に出る気配はない。三幕以後はローマの掠奪で攫われたレーリアの双生児の兄ファブリツオが登場し、さっそく妹と間違えられるかたちで彼が主役となって展開する。これは『十二夜』の出典の一つ『アポロニウスとシラ（*Apollonius and Silla*）』（一五八一）の後半が、シラの双生児の兄シルヴィオと交り妊娠した裕福な未亡人ジュリナを中心に話が進むのと同断だろう。

『騙された人々』の物足りなさは、レーリアの恋が劇の中心にこないだけではない。古典喜劇に似て親の世代が健在で、レーリアの意思と無関係に娘の（イザベラの父親との）結婚をとり決めたり、（男装の情報を握っていたのが裏目にでて）突然出現した兄ファブリツオを妹と混同して（女と知らずレーリアを恋い焦れる）イザベラの部屋に閉じこめたりと、アクションに大きく関わる点にある。こうして好きあっている（はず）の男女におこるべきことがおこる。

おまけに、レーリアの恋の成就は、自らの努力や忍耐の賜物ではない。裏切者の召使ファブリツオことレーリアを成敗せんと、彼女が隠まわれている（はずの）乳母の家にフラミニオが勢いよく乗りこんでくる（V. 2）が、乳母に巧みに躱されて、逆に彼女から恩知らずな男に棄てられた「誠実な恋人の悲恋物語」を聞かされる。それがレーリア（と自ら）の話とは思わず、そういう貞女を棄てた男は「騎士の風上にもおけん（Io dico che costui non può esser cavaliere; anzi è un traditore）」と叫んでしまう。つまり、レーリアの「嬉しくて死にそう（Io muoio d'allegrezza）」な結末は、乳母の「これ以上ないペテン」に相手がかかった結果か浅薄な騎士道精神とやらのお蔭か、俄かに決め難いこうした状況のなかで、二人の床入りの様子を乳母の娘が無邪気に語るところで、劇は実質的に幕となる。ロマンティック・コメディ——女性主導で結婚で終る喜劇——という名の新酒は、まだ艶笑喜劇という古い革袋に入ったままといわねばならないだろう。

とはいえ、新趣向もみられる。レーリアの男装（しての失踪）を知った父ヴィルジニオは、乳母（にして内妻）のクレメンツィア相手に、ジェシカの家出を知ったシャイロックさながらわめき散らす。世間に顔向けできん、子供には後指さされ、年寄りにはバカにされ、「雷のごとく愛に打たれて」には喜劇に仕立てられる、と（III. 3）。楽屋落ちというか、メタ・シアター意識はすでに芽生えている。

変装は他人になりすまして思いの丈を述べるに適した趣向だが、その豊かな鉱脈にもすでに『騙された人々』一族は気付いている。(1) ミラノ人ニッコロ・セッキの手になる『騙し（*Gl' Inganni*）』（一五四七）、『利子（*L' Interesse*）』（一五八一、上演一五四七年以前）、デッラ・ポルタ『チンツィア（*La Cintia*）』（上演一五九一年以前）には、ドラマティック・アイロニーに溢れる会話が展開されている。『騙し』から一例をあげれば、娼婦を諦めて思いを寄せる若い女性に乗りかえてはと、主人にして惚れた男（ゴスタンツォ）に男装のルベルトことギネヴラが語りかける場面。

G・その女はどこにいるんだい。／R・すぐ近くですよ……。／G・どうして解ったのさ、その娘が僕を好きだと。／R・しょっちゅう恋心を話してくれますので。／G・その娘を僕が知ってるかい。／R・私を御存じのように、よく御存じです。／G・若い娘かい。／R・私の年恰好で。

そういいながらも、ギネヴラは一年間主人が娼婦に貢ぐための金策に奔走する。状況認識において絶対的優位にある観客を存分に楽しませる、変装が生む劇的アイロニーも、どうやらシェイクスピアの独創ではなさそうだ。

こうした会話がいかなる経緯でシェイクスピアの財産となったか、は解らない。似たシナリオをもつコメディア・デラルテによる一六世末のイギリス公演が記録されていない以上、その過程を深追いしても、所詮空中楼閣を築いて終るだけだろう。ただ、ミドル・テンプル法学院の学生が『十二夜』観劇後に『騙し』にもっともよく似ていたと記していたように、当時イタリア喜劇に精通した知識人が少なからずいたのは確かだ。彼らから何らかの情報をえ、ときに現物に当ったと考えるのが筋のよい推論かもしれない。丁度モリエールが友人から聞いた、コメディア・デラルテのナポリ公演の僅かな科白から、二週間ほどで傑作『人間嫌い（*Le Misanthrope*）』（一六六六）を書き上げたように。

変装劇、双生児劇の変質は、アルプスの彼方の山だしの人々（tramontani）がゴシックの夜（ラブレー）を抜けだし、ヨーロッパ史の表舞台に登場するにつれておこってくる。ピッコロミーニ、フッテン、ポッジオといった人々に野蛮

(base, vile, barbarous) と蔑まれようと、この森の民には生真面目さと文化の揺籃地から距離をおく賢明さ (das Pathos der Distanz) (ニーチェ) が備わっていた。

文化の空間的 (時間的) 移動は諸々の「文化変容 (acculturation)」を伴う。文化がアルプス越えをしたとき、それは喜劇の関心の変化を齎した。カトリーヌ・ド・メディシスの輿入れを通して文化的にもっとも近いはずのフランスでも、プラウトゥスの『黄金の壺 (*Aulularia*)』に材をとりながら、『守銭奴 (*L'Avare*)』(一六六八) を書くに際してモリエールは老人の性を描かない。まして、そこからさらに「荒れた深い海 (la fera mar prionda)」(ベルナール・ド・ヴァンタドゥール) を渡ると、変容は一段と拡大する。何より目立つのが、喜劇精神の内向化。大陸喜劇のように、人間の愚かしさを皮相で機械的な欠陥とみて笑いとばす (laugh at) ことをせず、夫々が傷つき易い内面で演ずるドラマと捉え、それに共感をもって寄り添おうとする (laugh with)。だから、新しく誕生する社会も決して古い社会の屈服、妥協の産物ではない。両者の間に何らかの和解、継承がある。人間の欠陥を複数の視点から捉え、嘲り (ridiculous) より楽しさ (ludicrous) を求める、笑いの構造の変化だ。そしてルネサンスという不寛容な時代に、これはとりわけシェイクスピアという劇作家に備わっていた特性であり、やがて彼がつくりだした「虚構の狭い論理をはみ出す」「規格外れの人物」(テーヌ) は、フィールディングやディケンズに継承され、ユーモアの誕生に繋がるだろう。

共感の笑いは、劇のつくりにも及ぶ。初期の『間違いの喜劇 (*The Comedy of Errors*)』(一五九一?) でシェイクスピアは『メナエクムス兄弟 (*Menaechmi*)』に材をとり、双生児を二組にふやし、混乱を四倍にしてプラウトゥスに挑んだ。だが眼先が複雑になり不条理感が増しただけでは、北方人にはどこか物足りない。無事兄弟再会の後弟が住むシラクサへ兄も移り住むに際して、エピダムヌスにもつ土地、家屋、奴隷はおろか、「買い手がついたら (si quis emptor venerit)」妻まで競売にかける『メナエクムス』の終り方も、彼には忍びがたい。原作にはいない父や母を登場させ、全体を死と甦りの民俗劇的伝統に包みこみ、一族再会の歓びにかえる。これこそがあるべき喜劇の姿と信じて。(2)

いいかえれば、シェイクスピアの場合文化変容の最深層に、人間と自然との間の親和力を信じ、劇を自然のリズムの再現とみるアニミズム的自然観が横たわっている。そこでは嵐は慈悲深く（Tempest kind）、「時」は人間界の縺れを解いてくれ（O time, thou must untangle this, not I）、自然はたとえ人が誤っても、正しい方向に曲がり、助けてくれる（nature to her bias drew）。それはやがてベイコンやベン・ジョンソンに代表される機械的自然観と鎬を削り敗れてゆくが、それについてはいずれ改めて触れる機会もあるだろう。

シェイクスピア喜劇の最高傑作『十二夜』も、『間違いの喜劇』同様執筆時から法学院での上演が念頭にあったと思われる。プラウトゥスに材をとったのは、知識人の観客が念頭にあった故だろう。だが、それにしては劇のつくりが職業作家らしく、杜撰で省エネだ。プラウトゥスでゆこうと決めた途端に、『間違いの喜劇』で使った『メナエクムス兄弟』の舞台エピダムヌスが浮かび、それがあるアドリア海のイリリア地方へと連想が飛ぶ。すると、それがプラウトゥスの劇でマッシリア（マルセーユ）と並んででてきていたこと（Massiliensis, Hilurios）（II.i. 235）、文法学校のテクスト『変身譚（*Metamorphoses*）』ではそこが老カドムスが妻と流れつく先であり（IV. 7）、同じく教科書だったキケロの『義務について（*De Officiis*）』（2.40）では海賊で有名だった（Bardulis Illyrius latro）こと等が芋蔓式に想い出される。こうしてマッシリア生まれの兄妹が難破して、海賊で名高いイリリアの港に流れつくあらすじができ上がる。残るは直接の出典たる『騙された人々』にみられた老人の色恋沙汰をすべてカットし、クリスマス期の無礼講で置きかえるだけ。いよいよクリスマス期の終りを告げる一月五日の夜を祝う（かたちの）劇の幕開きだ(3)。

『騙された人々』の系譜に連なる劇として『十二夜』のユニークなところは、変装を利用して思いを伝える演劇的趣向を、騙しや誤解の添えものに使うのではなく、「秘めた女心」のテーマの核心に据え、心理劇の完成に導いたところにある。

『十二夜』の内面のドラマは、二幕四場で最初の山場を迎える。

イリリア公〔伯〕オーシーノは、女伯爵オリヴィア姫を見染めて以来神話の猟師アクタイオンのように鹿にかえられ、自らの「欲望」という猟犬に追われる身だ。父と兄を亡くした姫は、七年間喪に服す口実で、公の愛を受け入れようとはしない。彼は今漂流後男装してシザーリオと名乗る小姓を、姫の許へ恋の使者として遣わそうとしている。彼(女)は仕えて間もないが、公の寵愛著しいばかりか、一度目の使いを任された際に(I. v)傍白で漏らしたように、彼女自身も秘かに彼に思いを寄せている(Whoe'er I woo, myself would be his wife)。さらに厄介なことは、男装の凛々しさで姫の心をとらえてしまい、主人は愛せないがその言葉を彼がどう取ったかを伝えるためなら再び訪れてもよい、との許しをえている。

二度目の派遣に際して、オーシーノは改めて口上指南にとりかかる。姫を「つれなさの女王(sovereign cruelty)」と呼ぶなど宮廷恋愛風の恋人を装っているが、「でも、愛せないといわれたら」とシザーリオに問われて「そんな答は受けいれんナ」と即答するところをみると、かなり身勝手な恋人らしい。

「なるほど、そうですか、でも受けいれて戴かねばなりません」と、小姓はやおら反論する。もし殿が姫を愛しておられる強さで殿を慕う娘がいて、「好きになれんナ」といわれたら、どうします?「そのときその娘は諦めざるをえないではありませんか(Must she not then be answered?)。」

反語疑問にたじろいだ公爵は、いいくるめようとして遂に本性を顕わす。女の愛は感覚的欲望にすぎぬが、ワシの真の愛は海のごとく貪欲だ。だから、拒否されてはならんのだ、と。この理屈に合わぬ理屈を振り廻すところをみると、彼は女性崇拝主義(das Frauendienst)どころか同属偏愛主義(chauvinism)の信奉者だったらしい。

相手の居丈高の態度にも怯まず、小姓はなおも続ける。「え丶、でも私は知っております。……女も男と変わらぬ愛を抱きます」と、苦しい胸の内をとぎれとぎれに語りだす。「父に一人娘がおりました、/そう、たとえば私が女の身なら/殿に抱くであろう気持で/男を愛した娘が…… (My father had a daughter loved a man, / As it might be, perhaps, were I a woman, / I should your lordship.) /でもその愛を決して口にせず/……苦しみが薄紅色の頬を/枯らすに任せておりました/……納骨堂の忍耐の像さながら/苦しみつつも微笑を忘れずに (She sat like Patience on a monument, / Smiling at grief)。」

語りの迫真性に、初めて自己以外に関心を示すオーシーノ。「で、愛のため死んだのか。」この問いに彼(女)は答える。

私が今父の家のすべての娘、
いいえ、兄たちを含めても——でもまだわかりません。
さあ殿、かのお方の許へ参りましょうか。
(I am all the daughters of my father's house, / And all the brothers too; and yet I know not. / Sir, shall I to this lady?)

秘すれば花の美学の、シェイクスピア喜劇における最高の見せ場だ[4]。

二幕四場は、実質的にはこのシザーリオの言葉で終る。「無言の愛が書いたものを読むすべを身につけて(O learn to read what silent love have writ)」(「ソネット二三番(*Sonnet* 23)」)の願いが当のオーシーノに伝わったか否かは、聴き手の判断に委ねられる。しかも、彼はその後最後の長丁場まで姿を見せない。「無駄のない職人技」を誇るシェイクスピアのことだ。これ以上二人の関係を書かないのは、公爵の一瞬の沈黙から忍耐の像の話が消しがたい刻印を彼の心に押したと判断してのことだろう。

忍耐の女神(チェーザレ・リーパ『図像学』(1593)より)

他方、同性同士のオリヴィアとシザーリオの愛は不毛を運命づけられている。だが、紆余曲折を経て思わぬ副産物を生んでゆく。

二人の出会いは一幕五場、主人の恋の使者としてシザーリオが姫の邸を訪れるときに始まる。その関係は秘すれば花と正反対に騒々しい。

あっさり袖にされる主人が不憫でならないと彼（女）がその旨を漏らすと、すかさず「ではあなたならどうなさる？」の問返し。

　そんじょそこらの振られ男のように、柳の冠かぶってしけこむなんて真似はしません。
　御門の前に柳の枝の小屋掛けをして／邸の中のあなた様に呼びかける／……真夜中まで大声で（思いの丈を）歌いまくり／……岡めがけてお名を呼び（hállow）／大気中のおしゃべり女に「オリーヴィア」と叫ばせ／お名を崇めましょう。

若者らしい強引なやり方だが、じつは「叫ぶ」に仕掛けが施されている。たんに「大声でわめく（hallóo）」のではなく、「ソネット一〇八番」（Even as when first I hallowed thy fair name）同様、「主の祈り（hallowed be thy name）」を踏まえて、谺という谺に御名を讃えさせるというのだ。

　ここまで神さながらに、しかも陽気に崇められたら、オリヴィアも悪い気はしない。相手の最後の半行（But yóu should píty mé）に「うんとおやりになってみて（You míght do múch）」と続けて、弱強五歩格一行を二人で完成させる。しかも次の瞬間、躊躇を伝える不完全な韻文で、「お家柄は（Whát is your párentáge?）」と続ける。彼女は疫病の早さでこの男女《ヒック・ムリエル》に対して恋に陥ったばかりか、すでに結婚まで考えている！

　だが、そこから先は、当然のことながら、一歩も進まない。

　二度目の訪問時（三幕一場）、さっぱり埒があかず業を煮やした姫は、陽の沈む西（にある左側の扉）を指して、「お帰りはあちら、真西の方角（There lies your way, due west）」という。だが、退席しようとする相手をぎりぎりのところで「待って（Stay）」と呼びとめ、‘you’を親しみを表わす‘thou’にかえて問い質す。

「お願い、教えて、私のことどう思っているかを（I prithee tell me what thou think’st of me）。」「御自分を失くしておられるのではないかと／もし私がそうなら、貴方だって同じでしょう／御明答、私は私ではありません（That you do think you are not what you are. / If I think so, I think the same of you. / Then think you right: I am not what I am.）。」

オリヴィアはたんに自分が好きか、と尋ねている。だが、「無駄な溜息」（II. ii）をつかせたくないシザーリオは、五回連続で現われる'think'という主観を表わす動詞の乱反射を巧みに利用して、はぐらかす。「自分を失くす」とは、「身分忘れて下々の男に惚れる」「あろうことか女に恋する」「常軌を逸している」——どうともとれる曖昧な反応だ。だが、結婚が頭を離れない相手は、「なら、貴方だって今よりましな身分でしょう?」と身分に拘り聞いてしまう。他方、話の流れをジェンダーの問題にとったシザーリオは、ここぞとばかりじつは私は女と白状する。夫々の意志と機知がスクラムを組んだ各行対話（stichomythia）が相手をゴールラインまで押しこむことは、絶対に不可能だ。

少しして、彼（女）は改めて自分以外のどんな女性も自分がもつ真心の所有者（mistress）になれないと、四重否定（no woman... nor never none）で自分は女と仄めかす。だが、秘すれば花の場で「父の唯一の娘」の謎がオーシーノに通じなかったと同様に、ここでもすでに「半狂乱（a most extracting frenzy）」（V. i）になっているオリヴィアにはその仄めかしが伝わらない。

三幕四場、シザーリオとの別れ際に、オリヴィアはあなたのような悪魔に誘われるのなら、魂が地獄に堕ちても構わないとまでいう。ニコレットが一緒なら、地獄堕ちも辞せずというオーカッサンの心境だ。『不思議の国のアリス』のチェシャー猫ならずとも、「皆が狂っている（They're all mad here）」といいかねない劇中で、やはり彼女は飛び抜けて過激な言動に走る。

だが、結果的にはこれが幸いする。邸の前で見かけたシザーリオの双生児の兄セバスチャン——（あとで改めて触れるように）この男も無事イリリアに流れついている——を同じ服装故シザーリオと取違え、邸内に引きずりこみ、「未来の言葉による婚約（Sponsalia per verba de futuro）」を迫る。相手は訳のわからぬままに、想像力にかけて受諾する（Let fancy still my sense in Lethe steep）。[5] 暴挙ながら、それがなければ男一（二）人、女二（一）人で二組のペアをつくる空しい試みが半永久的に続いたと思うと、これこそが狂気のもつ本質的創造性の周縁でおこった事件、いや奇蹟（wonder）というべきだろう。

これは四幕の終りの出来事だが、その頃には脇筋も行きつくところに行きついている。

十二夜の祝いはキリスト教が異教から引継いだ農耕神サトゥルヌスの祭に多くを負うが、脇筋はとりわけそれを直接的に反映して、主としてどんちゃん騒ぎからなっている。オリヴィア邸で叔父サー・トービーの肝煎りでお頭の弱い求婚者サー・アンドルー、ときに道化のフェステを混えて連日夜遅くまで繰り拡げられる酒盛り、「黙れ、この野郎（Hold thy peace, thou knave）」の尻取り歌の高歌放吟、大陸風ダンス（「教会へは行きはガリアルダ、帰りはコランテ、歩く姿はジッグ調、オシッコするときにゃ便壷《シンク》めがけてシッシ、シッシッシの五拍子《シンク・ペース》」の披露は、その類といえる。

こうした「場所柄、身分、時刻を弁えぬ」騒ぎようは、当然執事マルヴォーリオの咎めるところとなる。日頃人生の楽しみ（cakes and ale）を嫌うピューリタンの日和見主義者に痛めつけられているトービーたちも、おとなしく引下がる気は毛頭ない。早速侍女のマライアの提案で仕返しを考える。女主人の筆跡に似た恋文を道に落とし、彼女に惚れられているとこの自惚れ屋に思いこませる。それを脇から見物して楽しもうという魂胆だ（II. iii）。

計画は大成功。オスの七面鳥よろしく「尾羽根おったてて（How he jets under his advanced plumes）」伯爵になった妄想を執事は一くさり演じて、植込みの陰から野次を飛ばす一行を大喜びさせる（「ペルシャの王様に何千ダカットの年金やるっていわれても、この楽しみだけは止められん」）。そればかりか、文面にあった通りの黄色いストッキングと十文字の靴下止めという女主人がもっとも嫌がる格好でその前に現われ、手紙の指示通り、ニヤニヤ笑いを披露、遂には周囲に狂人扱いされて（「オシッコとって占い婆に診て貰って」）、地下牢に閉じこめられてしまう（II. v & III. iv）。

一方、嵐は優しく潮水も辛くなかったお陰で、セバスチャンも海賊船長ともども無事イリリアに漂着している。

彼は独り父の知人オーシーノの館へ向かうが、これまで何かと世話をやき、「崇拝」に似た気持を抱く船長が密かに後を追う。

その過程で彼らは別々にトービーが仕組んだ、シザーリオとアンドルーの決闘騒ぎに出会う。だが、二人はそれが互いを「剛の者」に見立てて、臆病者同士を怯えさせて楽しむ「もう一つのお祭り騒ぎ（More matter for a May morning）」（III. iv）とは知らない。だから、あるいはシザーリオをセバスチャンと間違え、あるいはセバスチャンがシザーリオと間違えられて、騒ぎに巻きこまれてゆく。その結果瓢箪からでた駒がオリヴィアとセバスチャンの解逅なのだが、トービーたちもセバスチャンに頭を割られる羽目になる。

要するに、四幕までのこの劇は、（のちに触れるマルヴォーリオ苛めの場を除けば）概ねトービーの説く「悩みごとは人生の敵（care's an enemy for life）」（I. iii）の哲学に支えられた、フロイトのいう快感原則の劇化といったつくりになっている。勿論主筋と脇筋に温度差はあるが、報われざる愛の悲しみが（道化の活躍のせいもあって）農神祭的楽しみを損うことはないし、ばか騒ぎも喜劇の枠に収っている。全体がハレの日の最後を祝うに相応しい、絶妙のバランスを保っているといえるだろう。

そして劇は五幕に突入してゆく。

この長丁場最大の見せ場が兄妹の再会――十二夜に相応しい顕現《エピファニー》――にあるのは、いうまでもない。それをいかに感動的にみせるかが、劇作家最大の腕の見せ所になる。そのため、シザーリオを窮地に追いこみ、待望の再会をたえず遅延させ、ヴァイオラという本名だけは最後まで伏せたりと、彼は手のこんだ焦らしをおこなう。

理由は簡単だ。再会が一二年あるいは四年ぶりといったイタリア劇と異なり、ここの別離は長く見積って三ヵ月、実際は数日かも知れない。本来なら、儀式自体が仰々しく映るところだが、それをあえて感動的にみせるには、心理的時間を稼ぐ他ないと、判断してのことだろう。そこでいよいよ再会。

もし君が女なら、他はすべて問題ない以上、
ボクの涙が君の頬に流れおちるにまかせて
いうだろう、「よくぞ生きていてくれた、溺れたヴァイオラよ、と」。

「生まれはメッサリーン、父の名はセバスチャン／兄もやはりセバスチャンといいました」と、すでに二幕一場で兄の口から聞かされていた二人の素姓が、今度は妹の口から語られる。上の科白はそれを聞きながら、眼前の人物が妹でないとすればそれは男のなりだけ、と期待をこめてセバスチャンが放った詰めの一手だ。そこで初めて明かされる妹の本名。それを知りうる唯一の人物にいわせることで、セバスチャンの正体をもヴァイオラに知らせる寸法だ。アリストテレスが四度も触れた（『詩学』一一、一三、一六、一七章）、姉イーピゲネイアによる「難破した」弟オレステース「認知」に似た、名前による確認だ（『タウリスのイーピゲネイア』七九五―八二六）。その後、父の額に黒子があったと、今度はローマ新喜劇に似た、父の身体的特徴による身許の追確認へと話は進む。

これで兄妹の再会はなった。直後には二組合同の結婚まで決まる（オリヴィアへの思いが叶わなかったオーシーノは、シザーリオを取り巻くことの真相が明らかになると、「幸運な難破への仲間入り（have share in this happy wreck）」を早速願い出ていたのだ）。だが、劇はその前後から突然トーンを変える。

シザーリオ（とオリヴィア）の婚約情報に絡み、一時険悪さを見せるオーシーノとオリヴィアの破局については、悲喜劇的構成の常套手段故触れないとして、まず指摘されるのがセバスチャンに頭割られた決闘騒ぎの後始末。傷の手当てを巡って仲間割れがおこり、トービーが（年に四〇〇〇ポンドも巻きあげていた）金蔓のアンドルーを怒鳴りつける。「手前がオレ様の面倒をみるって――笑わせるネエ、この阿呆の鶏冠野郎のゴロツキ、このうらなりの薄らトンカチ奴が（Will you help? An ass-head and a coxcomb and a knave, a thin-faced knave, a gull?）。」トービーが嘘をいっ

ているのではない。正直すぎて虚構の壁に穴があき、流れ込んだ冷え冷えとした現実の風が、祝祭ムードを吹き払ってしまうのが問題なのだ。

この捨て科白を残してトービーが、そしてアンドルーが去ると、その後彼らは二度と舞台に姿を現わさない。侍女のマライアも不在だ。新情報ながら、トービーと結婚した由。だが、それが大団円の場に居合わせない理由にならないとすれば、身内の祝福者揃って不在は劇作家の意図だろうか。

身内といえば、執事の扱いも注目される。ヴァイオラが晴れて「主人の女主人（your master's mistress）」と呼ばれた直後、訴状で正常さが確認され出牢したマルヴォーリオが、（贋）手紙のせいでひどい目にあったとオリヴィアに恨み言をいう。だが、「もろもろの傲慢かつ無礼な仕打ち」の仕返しにこの「筋書き（device）」が編まれたとオリヴィア家の傭人に説明され、彼女自身からは自ら訴え、自ら裁くよう突き放されると、立場も弁えずに目出たい場から憤然と退席してゆく。「皆に仕返ししてやるから、覚えてろ（I'll be revenged on the whole pack of you!）」と啖呵を切りながら。

そして最後は、道化が歌う、天地開闢以来「毎日ヘイホウと風と雨（A great while ago, the world begun with hey, ho, the wind and the rain）」のルフランをもった、呑んだくれないし好き者の歌（『リア王（*King Lear*）』（一六〇五？）の三幕二場で歌われるのは、これの替歌）。オーシーノを魅了した、古きよき時代の無邪気な恋の歌とはまるで違う、（シェイクスピアの人生観の反映ととられることも多い）ペシミスティックな歌だ。十二夜だけでなく、メリー・イングランドの終りをも暗示する強い無常感でめでたい舞台を包みこむ。

加えて、マルヴォーリオ苛めの問題もある。彼のような「興殺ぎ人物《キル・ジョイ》」は喜劇の隠し味として必要不可欠な存在だ。それ故、祭りの他の参加者からは当然敬遠される。おまけに、彼は仕掛けられた罠を運命と信じ（'Tis but fortune, all is fortune）、己れの台本に従い自己錯誤を生きる傾向がある。ジョンソンの「気質人物《ヒューマーズ》」さながらに、一旦放心パワーが充電されるや周囲は何一つ見えず、野次も耳に入らない。いかにも虚仮《シャーデンフロイデ》にされ易い存在だ。

とはいえ、異常なほど正気な彼に悪魔祓いを施すその後の展開は、トービーが漏らすごとく、いささか行きすぎた感がある（I would we were well rid of this knavery）。法学院の十二夜の行事として残る愚者の祭典（Feast of Fools）の一環とはいえ、人間を小道具扱いして（propertied me）暗室に押しこめ、ピュタゴラスの輪廻転生を認めるまで出さぬといたぶるのは、喜劇的効果を損ないかねない。私利私欲に動いてよさそうなヴァイオラにすら卑怯な真似（uncivil）をさせずにきたシェイクスピアは、この辺から「悪魔にも礼節を尽くす（use the devil himself with courtesy）」（IV. ii）のを忘れかけている。

『十二夜』の大団円には、本来あるべき祝祭の雰囲気が欠けている。シェイクスピアはめでたい喜劇を書いても、隠し味のように最後は必ず別の視点を覗かせて終る、単一（uniform）ではなく統合型（unified）の劇作家だ。『お気に召すまま（*As You Like It*）』（一六〇〇）でいえば、最後にジェイクイーズを隠者の許に去らせる。しかし『十二夜』は、冷や水の浴びせ方が尋常でない。ロマンティック・コメディとして最高によくできていて、最後にきて突然暗い、アイロニカルな喜劇にかわる。なぜか。

イギリス・ルネサンスの不幸は、宗教改革やナショナリズム抬頭と時期が重なったせいで、さまざまな捩れを生んだところにあった。「万事イタリア風（After the maner of Italie）」を目指す一方で、「イタリアかぶれのイギリス人は悪魔の化身（Englese Italianato è vn diabolo incarnato）」とみる偏見も後を絶たない。軽便な芸能への希求が職業演劇の誕生を促したと思いきや、北方人の生真面目さがピューリタンを中心に人々を反劇場主義（anti-theatricalism）へと駆りたてた。

さらに大きな不幸は、遅れが焦燥感に繋がり、徒らに古典墨守に走り、見極めなく自国の古来の美風をすてる一方で、安易な近代化で妥協したところにあった。それは独学の大教養人ベン・ジョンソンにおいても例外ではない。彼にあっては、三一致に則り、市井の人々を諷刺的に描くことが即喜劇であった。そしてそういう（本来地中海型の）

喜劇が世紀末不安に煽られて流行する中で、槍玉に上げられたのが三一致を守らぬロマンティック・コメディだった。

ジョンソンはシェイクスピアが推して劇団に招き入れた男だが、それを恩義に感ずる気持はさらさらない。入団後の二作目、『みな癖が直り（*Every Man Out of His Humour*）』（一六〇〇）で早速シェイクスピア好みのロマンティック・コメディ批判にとりかかる。三幕一場、聖ポール大寺院中廊での人々の狂態を長々と見物した後で、劇中批評家連（Grex）の一人穏健派のミティスが「時代に密着した劇」は作者の身に危険が及びかねない。「公爵が伯爵夫人に惚れ、夫人は公爵の息子、息子は夫人の侍女が好きになる交差求婚劇（cross-wooing）」の方がよかったのではという。それに対して著者を代弁する賢者コーディタスが、喜劇は須らくキケロのいう「生の模倣、習俗の鑑、真理の像（imitatio vitae, speculum consuetudinis, imago veritatis）」に徹すべし、と窘める個所がある。

また二幕一場では、騎士道を愛するパンターヴォロが狩りから居城に着くやいなや、決って侍女と城門で交わす会話が披露される。

さて御女中、そなたの主人の年齢は／はあ、殿と似たり寄ったりのところで／して、お顔立ち、いや体つきは／体つき、顔立ちとも殿によく似たお方にござります。

こうした遊びは、『騙された人々』族の劇的遺産のまったくの茶化しではないか。シェイクスピアは、がぜん挑戦意欲を掻きたてられた。それがミティスのいう交差する人物関係を三者の円環追跡劇にかえ、そこに「誰か女性を好きになったことがあるのか、／いささか／どんな女なんだ、相手は／殿のような顔立ちの／……齢は／殿の齢恰好で……／ダメダメ。老けすぎる」（II. iv）といった劇的アイロニーに富む科白を配して『十二夜』が書かれたもう一つの理由だろう。

だが、そうした彼の意気込みや自信とは裏腹に、ジョンソン以外の劇作家たちもロマンティック・コメディに魅力を感じなくなっている。代表格がジョン・マーストン。人物像、筋、用語すべてにおいてシェイクスピアの模倣から出発し、『十二夜』直後にはその副題「お好きな題を（*What You Will*）」を自らの新作（一六〇一）のタイトルに剽窃した男が、そこでは正反対の劇を志す。即ち、出典のイタリア作家ドッディ（D'Oddi）の『生きていた死者たち（*I morti vivi*）』（一五七六）の二つのプロットのうち、『十二夜』に近い方——盗賊に攫われた娘が姿かえて生きていて、昔の恋人が女主人と結婚すると知ってそれを勧め、身をひこうとする話——は棄て、未亡人に失恋した男が腹いせに、彼女の難破した（はずの）夫の替玉をデッチあげ、再婚の邪魔をしようとするが、その夫が帰還して大騒ぎになる話の方を採る。

そればかりか、マーストンは替玉を二人にして混乱を増そうとさえする。そうしておいて、本物と贋物にオウム返えしに同じ言葉を話させるから、誰も見分けがつかない。「自然の写し鏡（natural perspective）」のような双生児を同時に登場させても、必ずしも身許確認には到らないと、『十二夜』の認知場面を揶揄するかのようだ。さらにいえば、ここでは確認の決め手が名前はおろか誕生日や父の額の黒子でもない。航海前夜に夫婦が交わした睦言と妻の胸の黒子になっている。ロマンティック・コメディは、完全に換骨奪胎されたといわねばなるまい。

ロマンティック・コメディの賞味期限を信じて『十二夜』の執筆にとりかかったものの、諷刺全盛の時代の体質がシェイクスピアの想像力を蝕ばみつつある。

その証拠の一つが『十二夜』の直前に書かれた『ハムレット（*Hamlet*）』（一六〇一）の三幕二場、ハムレットによる旅役者への忠告のかたちをとったリアリズムの提唱。「自然に鑑（鏡）を掲げる」、即ち、「正しいものは正しい姿に、愚かしいものは愚かしい姿のままに写しだして、生きた時代の本質をありのままに示す」とは、『癖が直り』でコーディタスが述べていたキケロの喜劇観そのものではないか。

続いて、劇場中を敵に廻しても「見巧者だけは悲しませるべからず」というが、そこでいう「見巧者（the judicious）」とは（それが羅英辞典の cordatus の訳語の一つであってみれば）コーディタスのような人物が念頭にあるとみてよかろう。シェイクスピアはジョンソンに、狭い意味でのリアリズムの軍門に降りかけている。

それもそのはず、ここで忠告を受けている旅役者とは、都ロンドンでの諷刺劇上演で今をときめく「鷹の子連」こと少年劇団の人気に蹴落され、都落ちを余儀なくされた成人劇団になっている。諷刺劇の流行に乗らなければ、シェイクスピアの劇団にも明日はない。そうしたことが陰に陽に作用した結果が、(どこかジョンソン批判を忍ばせる)マルヴォーリオ苛めのいきすぎであり、五幕での突然の進路変更でなかったか。

ペシミズムが浸透する革命の世紀の入口に立って、「若さは永遠に続かず」「楽しみはいつしか悲しみに」の道化の言葉通り、ロマンティック・コメディの命脈は尽きた、とシェイクスピアは断ぜざるをえなかった。そして、クリスマス期が十二夜で終焉を迎えるように、『十二夜』で喜劇時代の幕を閉じた。

それから四〇年、マルヴォーリオの復讐なって、オリヴィア邸の外の世界でもピューリタンによる劇場閉鎖(一六四二)を迎えている。だが「人は過度の現実に耐ええず(human kind Can not bear very much reality)」(T・S・エリオット)、そのまた約二〇年後の一六六〇年、王政復古とともに劇場が再開された。しかし、そこで上演された喜劇は、かつての有心的(アニミズム的)自然観に根ざしたファンタジーの世界にはほど遠い、汎ヨーロッパ型の写実的風俗喜劇になっていた。

註

（1）『騙された人々』の系統図

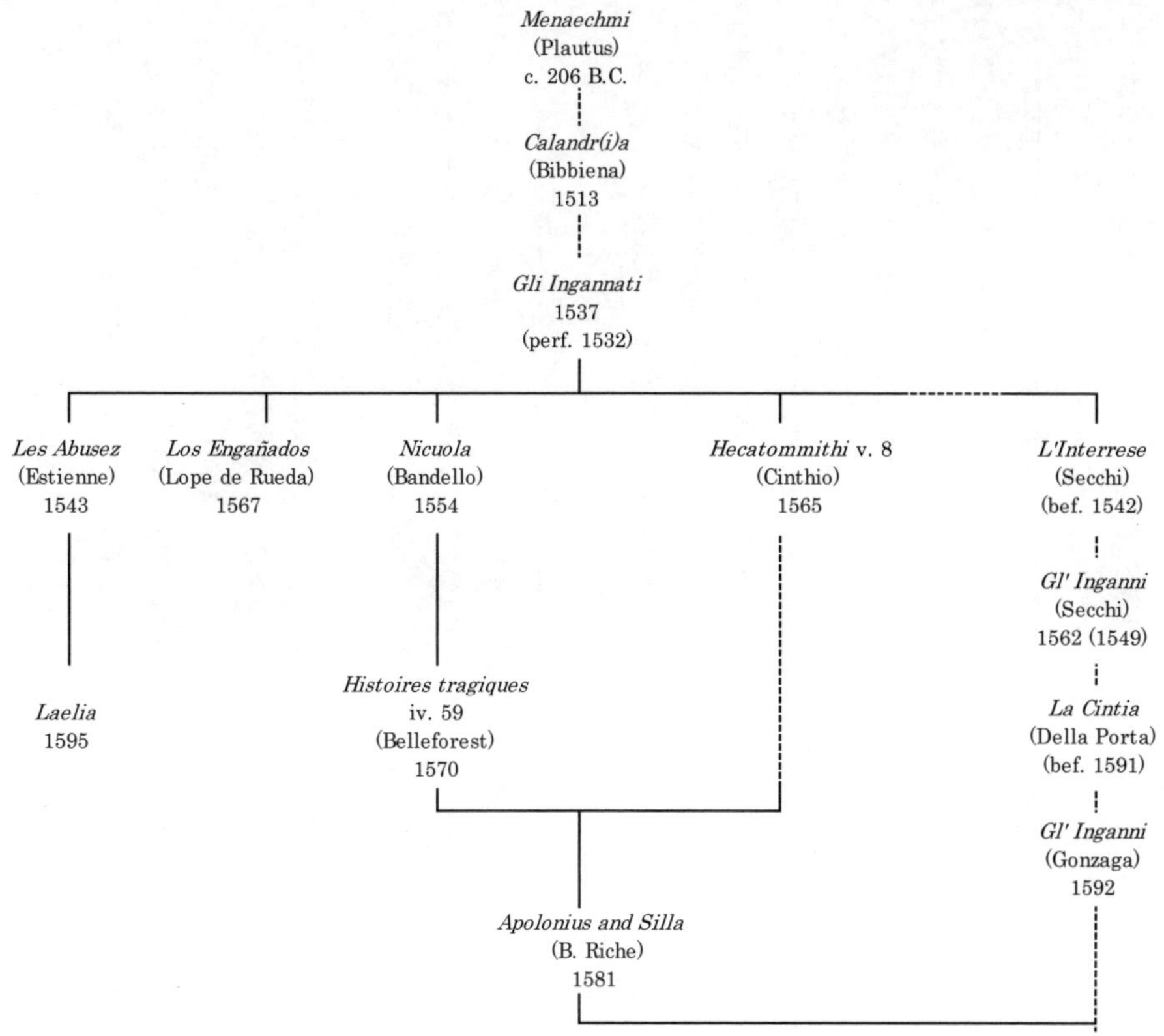
Menaechmi
(Plautus)
c. 206 B.C.
Calandr(i)a
(Bibbiena)
1513
Gli Ingannati
1537
(perf. 1532)
Les Abusez
(Estienne)
1543
Los Engañados
(Lope de Rueda)
1567
Nicuola
(Bandello)
1554
Hecatommithi v. 8
(Cinthio)
1565
L'Interrese
(Secchi)
(bef. 1542)
Gl' Inganni
(Secchi)
1562 (1549)
Laelia
1595
Histoires tragiques
iv. 59
(Belleforest)
1570
La Cintia
(Della Porta)
(bef. 1591)
Gl' Inganni
(Gonzaga)
1592
Apolonius and Silla
(B. Riche)
1581

（2）シェイクスピアのロマンスにおける家族のモチーフの重要性は、たとえば、『十二夜』の直前に書かれた『お気に召すまま』に端的に窺える。藍本のロッヂの『ロザリンド（*Rosalynde*）』では、侯爵と簒奪者、ヒロインと女友達の間には肉親関係がなかったが、シェイクスピアでは兄弟と従姉妹になっている。『間違いの喜劇』でも、プラウトゥスには見受けられなかった妻の妹ルシアーナが登場し、姉の生き方を批判しつつも相談に乗っている。

文化変容一般についていえば、『メナエクムス兄弟』では娼婦がエロティウムという名を持ち、二、三、四幕に一場ずつ登場するが、妻の方は無名で四幕まで登場しない。一方『間違いの喜劇』ではエイドリアーナという名を与えられ、全部で五場に登場し、二六〇行の科白を話す。また食客が姿を消すだけでなく、娼婦とエフェソスのアンティフォラスの関係も大幅に抑えられ、シラクサの弟のルシアーナへの恋の告白がそれに代わるかたちになっている。

新教徒国の劇としては「新床より婚約優先」も重要で、『十二夜』の出典の一つ「アポロニウスとシラ」でもオリヴィアに当たる妊娠した未亡人を弁護する際に、作者は女性読者に「口頭での誓い（the professed faith）」を彼女がえていたと、少くとも三度繰り返している。

（3）ところで、法学院の知識人はいざ知らず、民衆劇場の舞台でこの劇を観た観客は、ヴィーナスさながら海から上ってきた若い女性の口から「イリリア」という言葉を聞いたとき、どういう場所を思い浮かべたであろうか。アドリア海沿岸の一小都市国家、イタリア風、トルコ風、ギリシア風が行きかう、通商と文明の十字路と正しく理解できたのは、ごく僅かだったのではあるまいか（エリザベスの軍資金を援助した存在としてラグーサの商人グチェティック（Nicola Gucetic）の名が近頃言及されるが、ロンドン子にどの程度馴染があったかは、今のところ不明だ）。多くは兄が往ったとされる極楽浄土《イリージアム》との音の近さで、あるいはラテン語形（Illyricum）が抒情詩《リリック》を含む事実も手伝って、ロマンスかお伽の国を連想したのではあるまいか。実際その女性が男装して恋の使者をつとめるとき、相手方のチビの侍女がお伽話で姫君を守る巨人よろしく女主人の前に立ちはだかるのをみて、「お願いです、お嬢さま、その巨人を宥めて下さい」とおどけるのは、そうした文脈を意識してのことだろう。ここには他にも、目的なしの旅（mere extravagancy）とか、助かっても故郷へ帰る意志をまったくみせないとか、この文脈で考えないと理解不能な行動が多々みられる。

もっとも、こうした側面が強調されると劇は説得力を欠くが、そうした危険にも作者は気付いている。トントン拍子に話が進む際には、「嘘っぱち（improbable fiction）」といわれかねないと、先手を打っている（III. iv）。

かつて勇敢な処女王が君臨したイリリアは、さらにもう一つの「エリジアム（Elizium）」、即ちエリザベス治下の「幸福な島（Insula Fortunata）とも重ねられている。助かった兄セバスチャンが恩人の海賊船長と落ち合う場所が、ロンドンの南の郊外に実在するエレファント亭という旅籠になっているのが、その一例だろう。その他劇中には当時の習俗が瞥見されるが、『西行きだよう！』の水夫の客寄せの声とか、「聖ベネット教会の鐘」とか、グローブ座周辺への言及が目立つ。

郷紳階級の兄妹が貴族階級と結婚したり、姪と結婚して伯爵位を狙う、自称郷紳階級の執事の野心を、叔父の勲爵士が阻むといった劇の展開は、こうした文脈で考えると俄然生臭くなりうる。だが実際には、その生臭話が海の変容（sea-change）によりお伽話へと昇華され、実害のないかたちになっている。

なお、無礼講の藍本はこれまで見つかっておらず、シェイクスピアの創作とみなされている。

（4）この作り話も、忍耐の像もともに『騙された人々』に負っている。前者はすでに触れた「誠実な恋人の悲恋物語」を姉の話に置きかえたものだろうし、忍耐云々はそこの「序」が説く二つの教訓（ammaestramenti）の一つ、恋の成就にはよき助言とともに「いかに長きに亘る忍耐が必要か（quanto... vaglia una longa pazienzia）」を像に具現化したものだろう。他方、悲恋物語が「この上ないペテン」により「嬉しくて死にそうな」結末を生んだように、姉の話も結果的に二人の結婚への伏線になったとすれば、これももう一つの教訓、「恋における偶然と幸運（il caso e la buona fortuna nelle cose d'amore）」の一例といえるかもしれない。シェイクスピアは、「序」を含む『騙された人々』を、ルートやかたちは問わないとして、知っていた可能性がある。

さらに死を選ぶ姉についていえば、先に触れた『ロザリンド』に、アリンダ（『お気に召すまま』のシーリア）がサラディン（オリヴァー）に惚れたとき、軽蔑されたら黙って死を選ぶ、「女で何より尊いのは、恋心を隠し、慎ましく死につくことだから（there is nothing more precious in a woman, than to conceal Love, and to die modest）」と自らにいい聞かせる箇所がある（Bullough, p. 280）。「秘めやかな恋」は、エリザベス朝の女の美学だったのかもしれない。

（5）三幕一場の冒頭、シザーリオと道化が言語論を交わす、六五行ほどの半ば独立した箇所がある。言葉を弄びすぎた結果言葉が嘘っぱちになり、筋の通った議論ができないというのだ。ベイコンがいいだし、やがて光と熱だけの明晰な言語を求めて王立協会の設立（一六六七）へと結実する動きに添った発言だが、それが子山羊（キッド）の手袋さながら言葉をコロコロひっくり返えすことに生き甲斐を感じ、ときに一作で二五〇以上（平均七八）の地口（パン）をものしていた「言葉の毀し屋（corrupter of words）」(III. i）の発言だというところが興味深い。シェイクスピアも「言葉のもつ変化の妙（Nothing that is so is so）」より「誤たざる言語（That that is is）」を、文学言語より科学言語を時代が要求しつつあるのを認めたということだろう。にも拘らず、人生の節目で理性や感覚より想像力を重んずるここのセバスチャンの発言から判断する限り、彼はまだ言語の拠ってたつ魔術的淵源（that is and is not）への信仰を失くしていない。

第七章　シェイクスピアのトロイ幻想

一

ヨーロッパ文明が正確にいつ頃から自らの始源を求めだしたかは、寡聞にして知らない。しかしルネサンスまではギリシアをよく知らなかったがため、東方に出自を求める際にはいつしかトロイ戦争まで遡り、そこに展開される物語に起源の神話を見出そうとしたらしい。いや、プルタルコスによれば、ギリシア人であったアレクサンダーもアキリーズの子孫を僭称し、東方遠征に当たってトロイを訪れたばかりか、遠征時にはつねに『イリアス（*Ilias*）』[1]を持参して短剣とともに枕の下に置き、のちにはペルシア王ダリウスから奪った貴重な筐の中に大切に保管していたという。

アレクサンダーをつねに意識していたローマ人カエサルも負けてはいない。ルーカーヌスの創作かも知れないが、彼のトロイ歴訪はユリウス家由縁の地巡りの趣きを呈していたという。

共和制ローマに断末魔の苦しみを与えた張本人としてのカエサルを描くルーカーヌスの筆致がこうなら、帝国の西漸（translatio imperii）――最強の帝権は漸次西へ移動するという歴史の捉え方――の正当化としてアエネーアースのローマ建設の過程を描かんとするウェルギリウスのそれはもっと露骨な形をとり、その書はたちまちローマ人の国民叙事詩に祀りあげられ、独裁者による帝国支配の理論的支柱となる。

『アエネーイス（*Aeneis*）』における帝国概念は、第六巻主人公がクマエのシビラに伴われての冥界下りの折、父アンキーセスの口からアウグストゥスの治下黄金時代が再来する予言を受けるところに発する。その予言とは、神とせられるユーリウス（・カエサル）の後を継ぐ彼は、その昔サトゥルヌスが統治した地ラティウムに黄金の時代を再建し、その帝権の拡張は……ガラマンテースの棲む国（北アフリカ）とインドの向こうまで届くであろう、というもの。同じウェルギリウスの「第四牧歌」ではまた、その黄金時代の先触れとしての正義と敬虔の処女アストラエア＝ヴィルゴ（Astraea=Virgo）の再臨が謳われる。

クマエの予言の告げる、最良の時代がやってくる。
偉大なる世紀の秩序がふたたび始まる。
いまや乙女は帰り来りサートゥルヌスの王国が戻ってくる。（四―六）

ルネサンス期に入ると、帝国理念の西漸はさらに進み、カール五世が推し進めた「キリストの平和（pax Christiana）」に基づく世界帝国復活の幻影を経て、海を渡ってイギリスに飛火し、エリザベス女王という牧者の下での羊飼国家（The Shepherd Nation）像を生む。これには女王が黄金時代の甦りを告げるアストラエア、即ち処女王であり、中世の史家モンマスのジェフリー以後ブリテン島の始祖と目されたブルートがアエネーアースの親戚筋に当たるトロイの出身者であるといったいきさつが与った。かくてローマに似て、ロンドンもまた新生トロイ（Troy novant）、いやこちらこそが宗教改革を経た正真正銘のトロイ・ノヴァントと称せられることとなる。

黄金時代の復活を告げる処女王の帰還と宗教改革を強引に結びつける帝国の主題の宗教的利用は『殉教者列伝（*Acts*

and Monuments、通称 *The Book of Martyrs*)』の著者ジョン・フォックスの説く選民思想（Elect Nation）に結実し、その息のかかった国際武闘派（The International Militant Protestants）にイギリス主導の形でプロテスタンティズムの大義を海外に拡大する動きを生んでゆく。四海に君臨する大英帝国の世界制覇とは、その世俗版に他ならない。

宗教改革を経てルネサンスを迎えた「遅れてきた青年」イギリスにとって、帝国理念の祖としてのトロイ像はかくも魅力だったが、シェイクスピアにとってもそれは例外でなかった。

初期の悲劇『タイタス・アンドロニカス（*Titus Andronicus*）』の終り近く、娘ラヴィニアを凌辱し、漏らされるのを惧れる余り、舌だけでなく（文字すら書けないようにと）両手まで切断したゴート族の女王タモラの二人の息子をタイタスが殺し、その肉パイを母親に供する。それが血腥い惨劇の始まり。彼は事情を説明直後タモラを刺殺。彼女の夫のローマ皇帝がすかさず復讐に出て、タイタスを刺殺するや、今度はタイタスの息子ルーシャスが皇帝を刺殺。ここでひとしきりもみ合いが続くなかで、護民官のマーカスが上舞台に駆け上り、ローマの団結を訴える。それに答えるかたちで（Q_1では）ローマの一貴族がローマ自らが破滅の因となる内乱の傷を「われらがトロイ、われらがローマ（our Troy, our Rome）」に与えてはならぬと叫ぶ（V. iii）。

『タイタス』の二つ折版抜き書き帳の左下余白にヘンリー・ピーチャムにより描かれた一幕と五幕の合成ペン画。

トロイを脱して西へ移動してローマを築いたイニーアス（アエネーアース）をわれらが祖先と呼ぶところに窺えるように、この男のなかではシノンが言葉巧みにトロイ城内に持ちこんだ（トロイの）木馬という「滅びの因（the fatal engine）」が何の迷いもなくゴート族の絡む血の饗宴へと平行移動して重なるらしい。

『タイタス』の平行関係は他にも及ぶ。ローマ史でルキウス・ユニウス・

ブルートゥスがタルクィニウス親子を追放して共和制を樹立してローマを救うように、『タイタス』では追放されていた息子のルーシャス（＝ルキウス）が最後に皇帝になることでローマを救う。またそのルーシャスは、ブリテン王国最初のキリスト教徒の王と同名でもある。そうした事情も、英国人にとって「帝国の西漸」の理解を容易にした一因かもしれない。

さらに、四幕三場には、オウィディウスの『変身譚（*Metamorphoses*）』（I. 150）を踏まえた「アストラエアは地上を去りぬ（Terras Astraea reliquit）」の言葉すら瞥見される。皇帝の弟殺しの濡れ衣を着せられた息子の命乞いに差し出した自らの片手が息子の首ともども送り返されてきたのをみたタイタスが正気を失い、先端に正義の女神の帰還を懇願する手紙をつけた矢を天に向けて放つところだ（IV. iii）。劇中に西漸のテーマは生きている。

とはいえ、気になる点がないではない。ウェルギリウス流の転移の主題は大枠に生かされているとはいえ、一五九〇年代初めの（両手切断や眼球摘出が多出する）セネカ風悲劇の流行に倣い、主力はすでに凄惨な場面と荘重で整った「嘆き」、この二つながらの創出に置かれているという点だ。たとえば、狩りからの帰り途変りはてたラヴィニアを認めた叔父マーカスは、呼びとめるなり二十数行に亘って朗々と問いただす。

いってくれ、いとしき姪よ、どこの荒くれ者の非情な手が
大鉈を振るってバッサリと（lopped and hewed）お前を丸裸にしてしまったのか
両の枝を切り落とすことで……。

そして無言の訳に気付くなり、急ぎつけ加える。

何と、ものがいえんのか

温い血が真紅の川となり
風に煽られた泉さながら
薔薇色の唇から溢れたり引いたりしている。(II. iv)

両の腕を刈りとられた(trimmed)姪の姿から受けた衝撃を、ペトラルカ風の嘆きで化粧を施し(trimmed)、凄絶な美にかえることで異化しようと、マーカスは今必死に踠いている。

それ以上に興味深いのは、ここでタモラの息子たちの「スカッとする楽しみ(trim sport)」(V. i)の犠牲となった女性の名が、建国の母ラヴィーニャのそれであること。ローマ原人によるサビーニ族女性の掠奪・凌辱、軍神マルスによるロムルス、レムス兄弟の母、巫女のイリア凌辱、ルクレチア凌辱、そして『トロイラスとクレシダ』の前口上が触れる「凌辱されたヘレン(The ravished Helen)」と、ローマ帝国、いや一般に王国や帝国の消長が凌辱と決して無関係ではありえぬとでもいわんばかりに。シェイクスピアにとっては、帝国の起源といった公的なテーマは已れの理解の及ぶ私的・人間的次元に引き下すことによってしか扱えないのだ。そこに彼の限界と栄光がある。

テーマの矮小化は、ウェルギリウスのテクストのオウィディウスによる「汚染」を伴っていた。マーカスは今触れた嘆きを語るに際して、神話的背景として引用に続けて、姉の夫テレウスにより凌辱され、舌を切られ(燕ないし夜啼鳥に変身し)たピロメラの話(『変身譚』(VI. 412-562))を持ちだす。同様にラヴィニアは四幕一場で本の同じ個所を示して凌辱されたことを周囲に知らせた後、口にくわえた杖と丸太のような両腕で砂の上に「凌辱―カイロン―ディミートリアス(Stuprum-Chiron-Demetrius)」と記して犯人を明かす。

復讐としてその二人をタイタスが殺し、肉パイにして母親に食べさせる話も、ピロメラの話の後半、つまり妹を不幸に陥れた張本人が(妹の織った布から)夫と知った姉プロクネが、息子イティスを殺して夫の食卓に供した箇所に基づいている。『タイタス』の骨格が(最後はゴート族を巻きこむかたちでルーシャスが皇帝に就くから)ウェルギリウス流の「テュートン族に到る帝国の転移（translation imperii ad Teutonicus）」からなるとしても、肉付けはほぼオウィディウスに拠り、結果として劇はメロドラマ性を帯びたものになっている。(2) やはり帝国の概念に対するシェイクスピアの立ち位置は、時代の趨勢と多少ずれている。

それは、アエネーアースと似た功績により「敬虔な（=Pius=pious）」の称号を与えられた主人公タイタスの描写からも窺える。

タイタスが受けた称号に程遠い人物ということは、劇の冒頭凱旋直後の行動からも直ちに明らかになる。ゴート族との（トロイ戦争に似て）十年に及ぶ戦争でプライアムの五〇人の子供の半数に当たる二五人のうち二一人を失ったタイタスは、女王タモラとその息子たちを捕虜に従えて戻るなり、新たに犠牲となった「同胞の霊を弔うべく（Ad manes fratrum）」タモラの長男を切りきざむことを決意する（hew his limbs; Alabus' limbs are lopped）。タモラは生命乞いをするが、彼は受けつけない。連行される息子を見送りながら彼女は啖呵を切る、「あゝ、酷い仕打ち。何が信心深いだ（O cruel, irreligious piety!）」。後程残った彼女の二人の息子がタイタスの最愛の娘を犯し、同じように切りきざむのは、彼女の復讐とみてよいだろう（*cf.* Even for her sake am I pitiless）。(II. ii)

長丁場の一幕一場はその後彼を皇帝にという民意を無視してタイタスが先帝の長男を推し、受諾した彼がラヴィニアを妃に所望、タイタスが快諾するかたちでトントン拍子に進むかにみえたが、そこで突然問題が生ずる。タモラを献上された新皇帝がすっかり魅了されて気が変わる一方、皇帝の弟が「他人のものは奪うべからず（suum cuique）」のローマ法を楯に、ラヴィニアとはいい交した仲だと主張、連れ去ろうとしてタイタスと諍いになる。彼の息子たちも父親に叛旗を飜えし、二人を逃がそうとするが、その息子の一人を彼が切り殺す。「ローマでワシの邪魔をする気か（barr'st me my way in Rome?）。」この瞬間タイタスは暴君と化すばかりか、家族愛に燃えたアエネーアースと似ても似つかぬ存在となる。

彼の独善的性向は、自覚されることなく最終場における娘の殺害まで続く。彼は凌辱され異形の姿になった娘の恥を雪ぐだけでなく、汝の父の悲しみもともになくすため（with thy shame thy father's sorrow die）という口実で娘に手をかける。タイタスはアエネーアースの精神的後継者であるのは確かとして、劇の重点はすでに帝国のテーマから悲劇に移ってしまっているばかりか、その端緒も神々（ギリシア）や運命の歯車（中世）ではなく、主人公（の性格）（ルネサンス）に発するものになっている。

二

帝国の主題は、その後も最晩年の植民地帝国のあり方を問う『あらし（*The Tempest*）』まで続いてゆく。（勿論メアリ女王による独裁を経た「帝国」の概念は、王権と貴族や議会による二頭立て混合政体（mixed monarchy）に実質変化しているけれども）。

だがシェイクスピアにとってのトロイは、帝国理念の祖がそのすべてではない。転移（translatio）の因となった崩壊、プライアムの死やヘキュバの嘆きそのものが、ギリシア悲劇を知らなかった彼のような当時の文学者[3]にとって、悲劇の祖型と映ったのではあるまいか。

だからシェイクスピアもトロイ戦争に触れる機会があれば、逃さずに何らかのかたちで言及する。今扱った『タイタス』でいえば、長子が生贄に連れ去られるのを見送るタモラに、残った息子の一人が希望を失わずに待つようにと慰める。

　昔神々がトラキアの暴君に対する痛烈な復讐を
　その幕舎で遂げる機会をトロイの王妃にお与えになったように
　ゴート族の女王タモラにも似たお恵みを

お与え下さらんことを。（I. i）

これは、信頼して末息子を預けたトラキア王が、金に眼が眩んで殺害したのを知ったヘキュバが、トロイの女どもの力を借りて王の両眼を抉りだしその傷口をかき廻したというオウィディウスの凄絶な記述（『変身譚』一三、五四五―七五）を指している。シェイクスピアはさすがそうした場面を演ずるのは、『リア王（*King Lear*）』で（二幕四場のリアの科白や）直前のグロースターの科白にヒントをえたかに、次女の夫コーンワル公が三幕七場で末娘の夫フランス王と内通した廉でグロースターの片眼を踏み潰し、もう片方は抉出するまで控えるけれども。

デンマークの王子ハムレットがエルシノアを訪れた旅役者に、忘れられない熱のこもった科白の一例としてイニーアスがダイドーに語ったプライアム殺害の場をあげ、それをひとくさり語ってくれと所望するのも、まさにこの悲劇の祖型としての文脈においてのことといえる。(4) その一節を、マーロウの『ダイドー（*Dido*）』（一五八五―六）における似た語りと比べつつ見てみよう。ちなみに、ピラスとはアキリーズの息子、ネオプトレモスの別名、父の仇を討たんと復讐心に燃える獰猛な若武者を謂う。

躍りいでたるは、暗き心を
黒き（sable）鎧に身を固めたる荒武者ピラス……
恐ろしき顔はさらに不吉な紋色に彩られ、
頭から爪先まで今や赤（gules）一色、それが
父の血、母の血、娘、息子と染め分けられ、
燃えさかる街の炎に焼かれ……
……憤怒と猛火に炙られて

固まった血糊で一回り嵩をまし
地獄の使者ピラスが紅玉のごと血走った眼で
追い求め彷徨う相手は老王プライアム。（II. ii）

名調子と叫ぶポローニアスの間の手を挟んで、老王との対決へと熱弁は続く。ピラスは程なくギリシア方へ切りこまんとしている王を見つける。王は寄る年波で愛用の（antique）刀の扱いも侭ならず、相手に届かずしてとり落とす有様。一方ピラスは歴然たる力の差にも拘らず、逸る気持と怒りの念が強すぎて、かえって刀が宙を打つ。だがそのピューッという恐ろしい太刀風に老王はよろめき倒れる（But with the whiff and wind of his fell sword The unnerved father falls）。

他方マーロウの方はといえば、ゼウスの祭壇の前に妻へキュバともども伏す王を見出したピラスは、生命乞いする相手の胸元に乗っかり、不敵な笑いを浮かべてその腕を切り落とす。すかさずへキュバがその顔に飛びつき「眼に爪でぶら下り、一瞬でも夫の生命を長びかさんとする（in his eyelids hanging by the nails, A little while prolong'd her husband's life）」が、兵士が来て宙に投げとばす。それをみるや、手がないのも忘れて王が（どうやって?）刀を振り廻そうとするものの、むしろわが身を傷つけてドウッと倒れる（Forgetting both his want of strength and hands: Which he disdaining whisk'd his sword about, And with the wound thereof the king fell down）」。

「ない腕でもった刀で自ら傷つけ倒れる」あるいは「爪で眼にぶら下り、生き長らせようとする」と、「太刀風だけで相手を倒す」。滑稽さないしグロテスクさにおいては前者に軍配が上がるが、措辞や語法の古さ、劇の他の部分との均合いという点では、シェイクスピアの方がより自覚的に不自然といえそうだ。

その後シェイクスピアは、王が倒れたのに感じて心ないはず（senseless）のトロイの宮殿が瓦解するさまに続いて、語りはヘキュバへと進む。

あ、誰か（who）顔を被いし王妃が
涙で焔をかき消さんとて裸足姿で右往左往、
かつて王冠を戴きし頭におくは一枚の布切れ、
数多の子を産み痩せさらばえし腰を包むは
ローブならで恐怖の余り纏いし毛布の切れ端――
誰か（Who）この運命のなさりようをみたら、毒づき
謀叛心を露わにしない者があろうか。
いや神々とて（the gods themselves）楽しげに
悪意をこめてピラスが夫を切り刻むとき
彼女が見せた悲しげな表情をみたら、
突然彼女が声の限り叫ぶさまは（The instant burst of clamour）
人の世のありようにまったく無関心でない限り
天に瞬く星晨をして涙させ
神々にすら同情心を覚えさせたことだろう。

感窮まって顔色かえ、涙まで浮かべている役者をみて、ポローニアスがそこまでとひきとる。熱弁のさまは「誰か」の繰り返しや統語法の乱れ、つまり後半の条件節の主語（the gods）と結題部のそれ（The instant... clamour）がくい違って意味が通じにくくなっているところからも窺えよう。

のち程第三独白でハムレットはこの語りに改めて触れ、「顔は青ざめ、目には涙、顔をひきつらせ声は嗄れ」とポローニアスに輪をかけたかたちで復唱するから、彼も大いに心打たれたとわかる。だから、悲しむだけの正当な理由（cue for passion）をもたない役者がこれだけの演技をみせるのに、己れが行動にでないのは臆病なのか悪党なのか、あるいは嘘つきかと自問自答し、そこから役者を使って王の良心を探ろうという算段になるのだろう。

となると、役者の大仰な語りにはそれなりの劇的機能があったことになるが、それをこの科白だけから抽きだすのは多少無理と思われる。

というのも、ヘキュバについて語られる十数行のうち、直接関わるのは夫が切り刻まれるのをみて金切声をあげたという一行のみ。大半は身分の余りの変わりように当てられている。プライアムについては滑稽ないしグロテスクな行為自体が充分に語られていたのに比して、彼女の悲しみには具体的な肉付けが乏しい。というか、それは歴史が積み上げてきた彼女についての諸々の逸話が、この語りと融け合って総合的に聴き手の裡に形成したものではないか。そんな気がしてならない。

Ｔ・Ｓ・エリオットは『ハムレット』が「明るみに引きだして検討し、芸術作品に高める」ことのできないい材料からなる、つまり気持（emotion）が表現（expression）をつねに上廻り、事柄の連鎖（a chain of events）とか「客観的相関物（objective correlative）」に欠ける劇――とはいえ、ここにこの劇の謎と魅力の大半が潜むのだが――と評したが、それはこんな些細な一例からもいえるかもしれない。

この役者の場には、さらに問題がある。こうした古風な語りを「大衆には猫に小判（caviere to the general）」とシラッと言いきるところ。しかも自分よりずっと目利きの斯道の達人たちが、「しまりがあってよく書けている（with much modesty and cunning）」と口を揃えて絶讃するとつけ足す念の入れよう。さらに味をひきしめる薬味も気取りもなく、素直で技巧的というより自然な書きぶりと手離しの褒めようだ。「薬味云々」は当時流行の諷刺劇を念頭においた発言だろうが、「気取り」や「技巧的」は向こう受けを狙った大仰な科白や駄洒落を指しているかもしれない。

役者への忠告は、劇中劇直前の三幕二場にも現われ、一口にリアリズムの提唱といって片づけられない問題を含むので、一緒に論ずることにしたい。

そこでもやはりハムレットは「大袈裟な科白廻し」や「ヘロデ王顔負け（out-Herods Herod）」の大仰な演技を戒める。あとになると喜劇役者のアドリブをも攻撃し、そうしたものは「オツムの空の客」を喜ばせるだけ。「満席のそんな客の評価より一人の具眼の士（the juditious）」の意見の方が遥かに貴重なのだ（the censure of which... o'erweigh a whole theatre of others）と宣う。

「自然に鏡（鑑）をかかげる」もこの文脈で現われるが、本来楽屋落ちに属するこうした話をどうして持ちだすのか、よく考えると腑に落ちない。というのも、直後に演じられる劇中劇がやたらに古臭いばかりか、ハムレット自身が登場してきた殺し屋に、「見えを切るのはいい加減にして早く始めろ、さあさあ復讐を求めて大鴉がしきりに鳴いているゾ」と野次を飛ばす始末。言行不一致も甚しい。

三幕二場の忠告の最後は、眼のない客（barren spectators）を喜ばすため台本にないものまでアドリブで喋り、劇の肝腎な個所（necessary question of the play）を蔑ろにする喜劇役者批判へと収斂する。だが、それ以上に気になるのは、このようにアドリブに頼る喜劇役者、当時のいい方に従えば即興の才（extempore wit）を売りにする輩には手厳しい半面、見巧者に対しては卑屈といえる態度をとるところだ。それは先きに引いた劇場中の有象無象と一人の具眼の士を不等号で結ぶところに明らかだが、ハタからみて哀れと思える媚の売り様だ。しかもここで説くリアリズム演劇——美徳がいかに美しく、蔑りの対象がどんなに醜いか、今の世のありの侭の姿を蠟形にとってみる——とはどうやらキケロのいう「生の模倣、習俗の鑑、眞理の像」の焼き直しとわかってみれば、具眼の士の正体とは盲目的ともいえる古典崇拝主義者ということになろう。

その意味でこのウィッテンベルグの大学生は、劇が古典的規則に則り、「王と道化の併存（mingling kings and clowns）」さえなければ満足なのであって、今日の眼からみて古臭く不自然にみえる『ゴーボダック』のような劇を「詩の目的に適う」としたシドニーと大して逕庭はない。

さらにいえば、即興を嫌い、台本への忠実さを要求する点で、ハムレットはシェイクスピア自身と重なる点をも多分にもっている。だが同時に彼らは、「確かに私は自らの野蛮さ加減を白状せねばなりません。私はパーシー家とダグラス家の争いをうたった勇壮な古謡を耳にすると、必ず喇叭の音が醸す感動以上に血湧き肉躍ってしまうのです」と正直に告げたシドニーと同じく、古来土着の演劇がもっていた「雑多なもの（gallimaufry）」に心惹かれてもいる。だから、『ハムレット』や（ハムレット作の）劇中劇のように何でもありの劇を書くのだろう。

なるほどシェイクスピアは女王の師傅アスカムのような知識人ではない。だから一六〇〇年も前にキケロにアティクス宛書簡（Lib. iv, Ep. 16）で、イギリスは「極端に貧しく、野蛮そのもの（extreme beggerie, and mere barbarousnes）」といわれたことなど知る由もない。だが一介の演劇人として世の中の動きが野蛮の超克に向かっているのは察知していてそれに添わねば自らの生業が立ちゆかなくなると感じている。だから背伸びしてかけ声だけでもそうした姿勢を貫こうと、必死につとめている。

ところが、『ハムレット』執筆と前後してそんな古典志向に水を差し、悲劇の祖型をトロイ伝説にみる見方そのものに修正を迫る事態が訪れる。一六〇一年初めにおこったエセックス事件だ。

インテルメッツオ

第二代エセックス伯ロバート・ドヴルー（Robert Devereux）（一五六六—一六〇一）は中流貴族の出ながら、一五七八年母が若き日の女王の結婚相手と目されたレスター伯と再婚、その養子になったのが幸いして、晩年の女王の寵愛を独占した宮廷人・軍人である。眉目秀麗にして騎士道的ヒロイズムの提唱者、対スペイン強硬派の大立物、庶民人気は絶大だが、愛他主義と自己拡大癖の見分けがつかない厄介者でもある。おまけに実務型の「セシル王国

（Regnum Cecilianum）」に抗して一切を仕切ろうとする野心が強すぎて、ついには女王の裁定にまで異を唱え、平手打ちに喰らうと刀の柄に手をかけるところまで激昂してしまう。そしてとりなしてくれた友人に、次のような手紙を認めることとなる。

君主とて誤ることがないのでしょうか。臣下が間違った仕打ちをうけることはありえないのでしょうか。世俗権力とは無限の権威なのでしょうか。お赦し下さい、閣下、どうぞお赦しを。私にはそうした考えがどうしても承服できないのです。

その男が一五九九年叛乱の収まらぬアイルランドに総督として乗りこむこととなる。一六世紀末の一時期珍しく政治の世界に近づいていたシェイクスピアは、『ヘンリー五世』五幕のコーラスで彼に賛辞を送る。「いとも慈悲深きわれらが女王陛下の将軍が、やがてアイルランドから剣先きに叛徒を串刺しにして御帰還遊ばすでしょう。」

しかしその期待は見事に裏切られる。過去最大の兵力と資力を注ぎこんだ遠征に失敗したばかりか、エセックスは独断で叛乱軍と休戦し、あまつさえ許可なしで勝手に帰国してしまう。当然彼に蟄居の命が下る。

宮廷との一切の接触を絶たれて一年以上、僅かな側近と続々と集まる不平分子の群れに煽られてエセックスはセシル一派（やローリー）が彼の失脚とイギリスの再カトリック化を企む君側の奸と決めつけ、一六〇一年一月七日ついにクーデターを敢行する。(5) しかしロンドン市民の反応は冷ややかで、すぐに撤退を余儀なくされ、あえなく失敗に終ってしまう。ロンドン塔に監禁された彼は司法長官クックやかつての腹心フランシス・ベイコンの取調べを受けた後、同年二月二五日大逆罪で処刑。エセックス事件は、ここに終りを告げた。

エセックス一派はクーデター決行の景気づけに、シェイクスピアの劇団に『リチャード二世』の再演を依頼している。ヘンリー・ボリンブルックことのちのヘンリー四世によるリチャード二世の退位と殺害を描いた劇だ。折衝に当たった彼の同輩は、「古い劇で長い間上演されていない故、客足は望めない」と遠回しに断ったものの、「正規の報酬に加えて四〇シリングの賞与を出すといわれ、やむなく上演に踏みきった」とのち程証言している。一派が上演に拘わった理由は明白だ。「生ける死屍」と化した女王を弱き王リチャードに重ねる見方が、巷間に広まっていたということだろう。いや、女王自身の耳にまでそれは届いていた。

事件のほとぼりも冷めぬ一六〇一年八月、ロンドン塔王室記録保安係ウィリアム・ランバードはグリニッヂ宮殿の女王私室を訪れ、御命により編んだ公文書目録（Pandecta Rotulorum）一式を献上した。さっそく目通しした女王はリチャード二世の時代にさしかかると、傍らのランバードに「私はリチャード二世です。存ぜぬはずはあるまい？」と問われたという。「そんな邪しまな結びつけは、かつて陛下がもっとも寵愛された不埒な男の思いつきといいふらし（determined and attempted）にすぎませぬ」と相手が答えると、「神を忘れる者は恩人をも忘れるもの。この悲劇は街頭や屋内で四〇回も演じられたそうナ」と宣ったという。

斬首されたエセックス
（17世紀のバラッドより）

クーデターのその後に簡単に触れれば、シェイクスピアのかつてのパトロン、サウサンプトン伯は、死刑の宣告をうけたものの『リチャード二世』のオーマール公さながら母親の必死の嘆願で一命をとりとめ、女王の存命中は（愛猫ともども）ロンドン塔に幽閉された。しかしシェイクスピアの劇団は、不思議と何の咎めも受けなかった。それどころか、エセックス処刑の前夜に御前公演まで打っている。「直きに舞台から国政の場へと移さんとしている悲劇（that tragedie which... soon after [his lord=Essex] should bring from the stage to the state）」を上演したにも拘わらず。

だから、見方によってはこのクーデターは、些細な一過性の事件と映らなくはない。だがそのじつ、これは社会と心性双方の深層部において、中世と近代の分水嶺を画する一大事件であった。

エセックスは往生際が悪く、最後へきて企ての責任を側近と妹（シドニーの永遠の恋人ステラことペネローペ・リッチ）に負わせようとした。それが立ち所に民衆の知るところとなり、彼らはエセックスに幻滅しただけでなく、華やかな騎士道文化の幻影から覚めた。一七世紀に入ると、『ヘンリー王子の矢来（*Prince Henry's Barrier*）』（一六一〇）でジョンソン描く魔法使マーリンがいくら声高に騎士道文化の復活を叫ぼうと、それは決闘の大流行に形骸化して残ったにすぎなかった。

これから王立協会設立（一六六七）にかけて、「この時代がギリシア・ローマの学問を凌駕する」（ベイコン）から「人類は至福状態に近づきつつある」（トマス・スプラット）へと未来志向が一気に加速し、人々が古代に規範を仰ぐことはなくなるだろう。民衆は変わり身が早いから、その過程で容易に過去と訣別しうるが、知識人は簡単に古い思考形態と感受性の柵から抜けだせない。そのため中心の喪失（All Coherence Gone）の悲哀をたっぷり味わうこととなる。ジェイムズ朝のデカダンス演劇とは、まさにその産物といってよいだろう。

ではシェイクスピアはどう振舞ったか。彼はいち早く政治から撤退する。先きに引いたベイコンの「大反逆宣言書」の頭韻を踏んだ文言を逆にして使えば、「国政から舞台へ（from the state to the stage）」と急ぎ回帰する。そしてトロイ・ノヴァントの精神的カオスの只中に取り残された己れの崩壊感覚を、トロイ戦争に托して表わそうとするだろう。『トロイラスとクレシダ（*Troilus and Cressida*）』（一六〇一）[6]の登場である。

三

シェイクスピアの再出発は、トロイ伝説というヨーロッパ文明最大の共通遺産を「幻想」として絶ち切るところから始まってゆく。[7]とはいえ、似た疑問を抱いた作家は、彼が最初ではなかった。程度の差こそあれ、チョーサーがまず名乗りをあげた。『名声の館（*The House of Fame*）』で館の鉄柱に描かれたホーマー（Omer）やダーレス、ティトゥス（Tytus=Dictys）ら六名に触れるとき、彼は以下のように書いている。

そして彼ら各々は、喜こばしいことに
トロイを持ち上げるに忙しかった。
それほどその名声は重ければ、
遊び半分にそれを支えるは不可能。
だが、眼を凝らしてみると、
彼らの間に多少嫉み心があるのがわかった。
或るものはホーマーは嘘つきで、
詩のかたちで話を盛り上げ、
総じてギリシア人には甘すぎる、
あれは嘘っぱちにすぎぬといった。（三、一四七一―八〇）

これはおそらくダーレス等トロイ贔屓の作者の本音だっただろう。

控え目なチョーサーにしてこうなら、不遇の生涯を送ったアリオストはもっと率直だ。『狂えるオルランド（*Orlando furioso*）』（一五一六、一五三二）は、ギリシア人を勝利者に、トロイ人を臆病かつ怠惰（vile ed inerti）に描いたのはホメロスの仕業に他ならず、イニーアスより敬虔でアキリーズより強く、ヘクターより残忍（fiero）な人間は沢山いたろうに、彼らの卓越した評判（questi senza fin sublime onori）は子孫が詩人たちに相応の施しをしたからだと述べた後で、「真相が隠されていないのを望むなら、いっそすべてをひっくり返えしてみることだ（E se tu vuoi che ’lver non ti sia ascoso, tutta al contrario l’istoria converti）と、（月世界まで「オルランドの正気（senno d’Orlando）」を探しにアストルフォを案内してきた）福音者ヨハネにいわせている（三五、二七）。中世の諸々のトロイ物語に接してきたルネサンス人には、ホメロスの評価はあまり芳しくなさそうだ。

そのせいか、トロイ幻想を絶ち切るに当って、シェイクスピアはホメロスへは赴かない。一六、〇〇〇行近い長大な詩で僅か一行しか触れられていないプライアムの息子の一人トロイラスをクローズ・アップし、その中世起源の悲恋物語で代用しようとする。「メネレーアス—ヘレン—パリス」の三角関係に「トロイラス—クレシダ—ダイオミーディーズ」のそれを重ねた方が、「因をただせば、淫売がひきおこした間男騒ぎ」（『トロイラスとクレシダ』II. iii）がより多面的に捉えられると考えたからだろう。同時にそこにはシェイクスピアの個人的事情、『ソネット集』で赤裸々に語られる「色黒の女性」と「若き貴公子」と自らの三角関係に解決の糸口を見出したい思いも働いていたかもしれない。

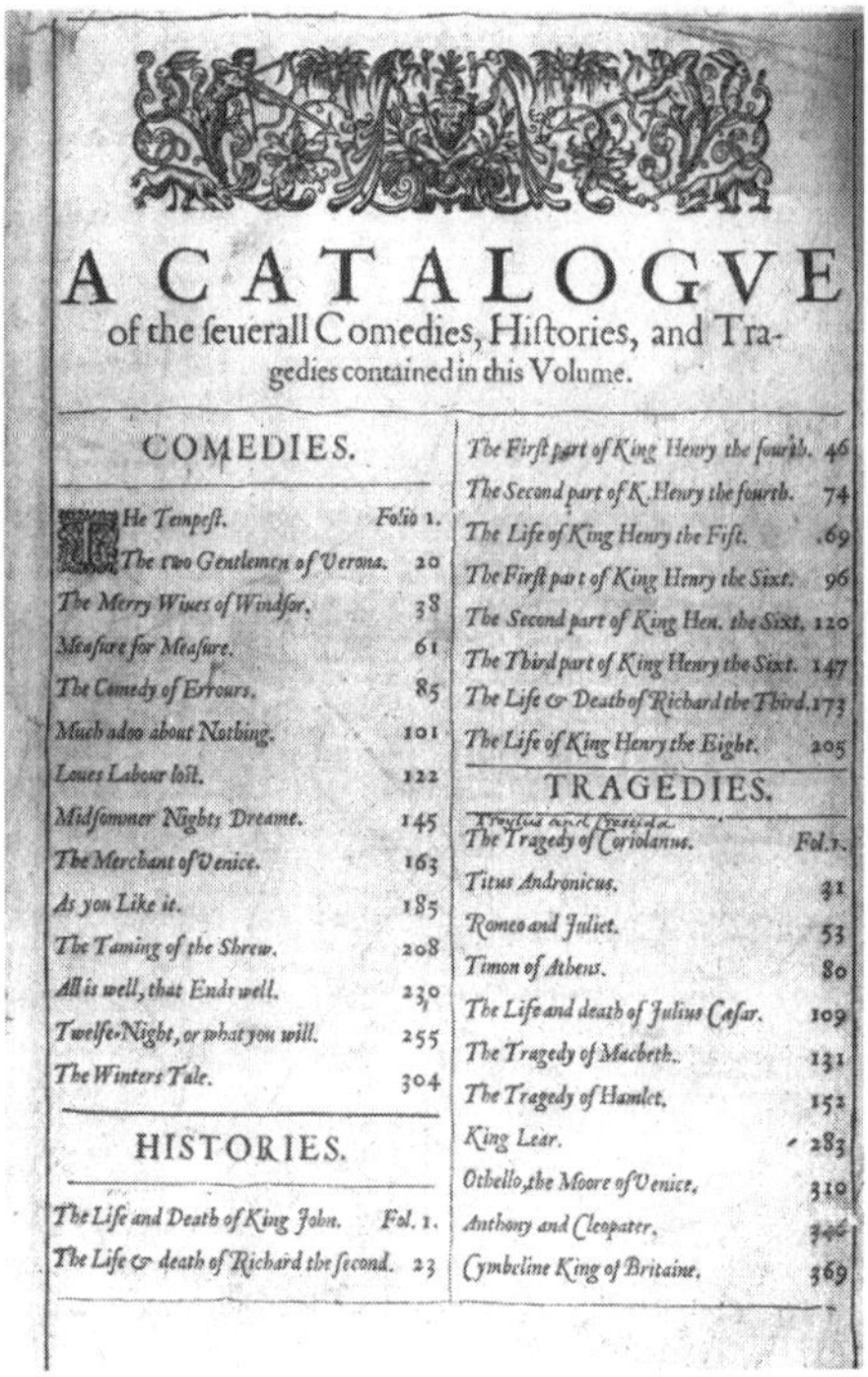

A CATALOGVE
of the seuerall Comedies, Histories, and Tragedies contained in this Volume.

COMEDIES.

The Tempest.	Folio 1.
The two Gentlemen of Verona.	20
The Merry Wiues of Windsor.	38
Measure for Measure.	61
The Comedy of Errours.	85
Much adoo about Nothing.	101
Loues Labour lost.	122
Midsommer Nights Dreame.	145
The Merchant of Venice.	163
As you Like it.	185
The Taming of the Shrew.	208
All is well, that Ends well.	230
Twelfe-Night, or what you will.	255
The Winters Tale.	304

HISTORIES.

The Life and Death of King John.	Fol. 1.
The Life & death of Richard the second.	23
The First part of King Henry the fourth.	46
The Second part of K. Henry the fourth.	74
The Life of King Henry the Fift.	69
The First part of King Henry the Sixt.	96
The Second part of King Hen. the Sixt.	120
The Third part of King Henry the Sixt.	147
The Life & Death of Richard the Third.	173
The Life of King Henry the Eight.	205

TRAGEDIES.

Troylus and Cressida	
The Tragedy of Coriolanus.	Fol. 1.
Titus Andronicus.	31
Romeo and Juliet.	53
Timon of Athens.	80
The Life and death of Julius Cæsar.	109
The Tragedy of Macbeth.	131
The Tragedy of Hamlet.	152
King Lear.	283
Othello, the Moore of Venice.	310
Anthony and Cleopater.	346
Cymbeline King of Britaine.	369

『第一フォリオ』の目次にペンで追加された『トロイラスとクレシダ』。右の欄の「TRGEDIES」の一行目。

チョーサーはクレシダの「心変わり（slydyng of corage）」（V. 825）を万物を支配する無常（mutability）のせいとみなし、「高貴な心（core gentile）」から赦すトロイラスを造型したが、ヘンリソンの『クレシダの遺言（*The Testament of Cresseid*）』以後定着した彼女の文化表象、「（不実を働いたため）癩病やみに落ちぶれた淫売（lazar kite of Cressid’s kind)」(『ヘンリー五世』(II. i) の下では、それは叶わぬ相談だ。むしろ自己諷刺との絡みで、一人芝居に興ずるトロイラス像の方が自然だろう。

　トロイラスの滑稽感は、たとえばクレシダがボッカチオやチョーサー描く未亡人ではないが、トロイラスの夢想する「お堅いだけのおぼこ娘(stubborn-chaste)」(I. i) でないことが、次の場の彼女と叔父パンダラスのあけすけな会話からすぐわかる冒頭のつくりからいえる。

　もっとも顕著に窺えるのが、パンダラスの仲立ちで二人がめでたく結ばれるところ。身分の違いもあり、結婚する気はトロイラスには元よりない(あったら、アンテナーと引換えにギリシア方へ赴くと決まったクレシダを、「仕方がない(No remedy)」の一語で諦めたりはしないだろう)。にも拘らず、パンダラスという証人の前で手を取り合いキスをするという、ウェブスターの『モルフィ公爵夫人』がみせる「現在の言葉による結婚(per verba de presenti)」と見紛うかたちで取引(bargain)を成立させる。しかも、己れの純情さを楯に(as true as truth's simplicity)相手にも永遠の貞節(to keep her constancy in plight and youth)を要求し、終いには自らを真の恋の聖典(truth's authentic author)に見立て、未来の純な恋人が詩の最後に「トロイラスのように真実に」と加えるだけで、その詩は神聖なものと化す、と手離しだ。(III. ii)

　それに比べたら、クレシダの方が大人でずっと陰影に富んでいる。二度「奥へ入りましょうか(Will you walk in, my lord?)」と床入りを促すかと思いきや、(万が一子供ができたらパンダラスが引きとると約束するにも拘らず)自らキスをせがんだことを恥じて「今日はこれでお別れします」と言ったりもする。そして「私にはあなたの許に留りたい自分がいて、それは他人の慰みものになろうとしている不実な自分なの」と鋭い自己分析をみせる。バーナード・ショウがシェイクスピアの描いた「実在性のある最初の女性(the first real woman)」と評した所以だろう。

　一人芝居は祭神より祭儀を重んずる偶像崇拝に陥りがちだが('Tis mad idolatory To make the service greater than the god)(II. ii)、今し方パンダラスが二人の愛の成立に商取引の言葉を用いたところに明らかなように、それは愛の物象化、女性の商品化にも通じている。クレシダという「真珠」を手に入れるためパンダラスという貿易商（this sailing ≒ selling Pandar）（I・i）を必要としたせいか、トロイラスは（そして同じくヘレンという真珠を手にしたパリスも）愛を売買の言葉（buy, sell）で語る（IV. i; IV. iv）。ギリシア方へ寝返ったクレシダの父親（カルカス）も同様で、わが娘を買い戻す（buy）と表現する（III. iii）。純愛（?）とプラグマティズムが苦もなく両立するところに、この劇特有の位相がある。

売買には市場価値がつきものだが、それはトロイ側の作戦会議の席ではっきりする。（II. ii）

一幕一場でヘレンを巡って争うなんて両軍ともバカの骨頂（Fools on both sides）と広言していたトロイラスは、ここでは勇気と名誉心（Manhood and honour）をもちだし、返還に猛然と反対する。留めるコストに見合わないというなら、「ものの値段なんて評価次第（What's aught but as 'tis valued?）」と有名な科白を吐き、名誉と市場価値を易々と合体させる。兄のヘクターがいうように、ものには本然的価値もあり、市場人気とのバランスをとるのが道理や用心（reason and respect）なのだが、そんなものは雄々しさを失くすだけという彼の論理には通用しない。

その彼がいやでも理性を口にせざるをえない時が訪れる。五幕二場、クレシダのダイオミーディーズとの逢引きを覗き見するところ。

「放蕩者のギリシア人（merry Greeks）」のなかに投げこまれた彼女は、トロイラスとの堅い約束にも拘らず、不安と一切の成行きを正当化する性格故に（それに物語を三日間の出来事に短縮したのも手伝って）、すぐに保護者のダイオミーディーズに靡いてしまう。

トロイラスさん、さようなら。一方の眼はまだあなたをみているけど、
もう一方の眼（もう一人の私（the other eye=the other I）は心とともにみている。

心がみている対象は明示せず、逆に「眼に支配される心は堕ちるもの（Minds swayed by eyes are full of turpitude）」と堕ちる対象を女性一般（poor our sex）に拡大して女性蔑視（misogyny）の文脈におき、しかも格言化することで、クレシダは現実肯定主義者としての自己救済を果たす。

現実をつきつけられたトロイラスは、ここでようやく理性を持ちだす。彼はまず五行に亘って演繹的に自らのクレシダ像を披瀝し、それに則れば眼前の女はクレシダではないという。しかしどう繕っても、現実は動かない。遂に彼は本音を漏らす。

え、、ややこしい。

一つの命題が正と反の二つの論拠を提出するとは！
二重の権威というやつで、理性が自らを否定しつつ理性たるを失わず、
理性ならざるもの（loss）がすまし顔で理性面をしている。
これはクレシダであってクレシダではない。

これは中世と近代の間を生きた多くの知識人の心象風景に拡大できると同時に、女性不信に絞れば、シェイクスピアの世紀末に固有な風景でもある。たとえば「ソネット一三七番」の自己否定。

汝盲目の愛の神よ、私の眼に何をした、
ちゃんとみているのにみていないなんて……
私の眼はこれをみていながら、これでないというとは。

あるいは、「一四七番」の理性が権威を失った状態。

私の理性は私の愛の医者だが
処方箋を守らないのに肚を立て
私の許を去ってしまった。……
理性が見放した以上、回復の見込みはない。

先走ったいい方をすれば、この女性不信あるいは性への嫌悪（「性行為とは恥を忍んで精力を労費するもの……求めるも狂気、手に入れても狂気、行為の前も最中も後も激しく燃え、行為の間は至福そのものながら済めば悲しみの極み」）（一二九番）からやがてシェイクスピアは生む性としての女性（器）呪詛（帯から下は悪魔の領域、そこには地獄がある。真暗闇、硫黄の燃える穴がある。……悪臭、糜爛、臭くてたまらん……）（『リア王』四幕六場）を経て、単性生殖願望へと向かうだろう。

俺たちは、女の手を藉りずに子供をつくれんのか。（『シンベリン』二幕四場）

話を『トロイラス』に戻せば、クレシダとダイオミーディーズの濡れ場の目撃でかなり正確な状況認識に達したかにみえるトロイラスだが、奪った片身の袖を兜につけて翌日出陣するとダイオミーディーズが誓うのを聞くと、「竜巻の勢いで怒り狂う剣を奴のド頭めがけて打ち下してやる」と凄み、「たかが淫売のために竜巻まで持ちだすことはなかろう（tickle it for his concupie）」と（傍白で）サーサイティーズに野次られる始末。難解な個所ながら、トロイラスが「トロイの阿呆（Trojan ass）」（V. iv）と地口をなす描かれ方だ。(8) その少し前では、互いに母がある以上クレシダの所業を信じないといって、あれが世の母親とどう関係するのですかい、と案内役のユリシーズにも反論されていた。トロイラスの青臭い幼児性は最後まで抜けてはいない。F_1が悲劇に分類しようと、チョーサーの作品とは違って悲劇性が感じられないように主人公が造型されているのは確かなようだ。

トロイ伝説への幻滅は、恋愛だけに留まらない。騎士道のあり方についてもいえる。最たるものが、ギリシア方の「右腕にして主柱」(I. iii) たるアキリーズの描き方。対戦中に剣を取り落した際に「待った」をかけて助けてくれたヘクターに「貴様流の騎士道 (thy courtesy)」と屁理屈をいい、逆に相手が「待ってくれ、武装を解いている (Forgo this vantage)」と頼む際には、その言葉を無視して情容赦なく殺してしまう (V. vi)。あまつさえ、馬の尻尾に死骸をくくりつけて戦場を引きずり廻す(9)。そこには英雄らしさの片鱗も見られない。

尤もそれは『イリアス』にも語られていることで(「第二二歌」)、シェイクスピアの独創ではない。だが、『イリアス』では冒頭からペレウスの子アキレウスの「怒り」——女奴隷の所有を巡る総大将アガメムノンとの確執——が明示されている。それに反して、女王を戴く国では臣下との間にそうした痴情の縺れがおこりようがないから省かれ、漠然と「統帥権 (The speciality of rule)」の無視に置きかわっている。ホメロスと違って神々の介入——いわゆる怪力乱神——が見られないせいもあり、それがひきこもりをはじめアキリーズの行動全体を不必要に不可解に見せている。

中世以後の伝統では、彼にはさらに許せぬ点がある。ユリシーズらは、プラトンやエラスムスの言葉を引き合いにだし、「人間の力倆とは、他人に示すことではじめて認められるもの (no man is the lord of anything,… Till he communicate his parts to others)」とか、「時 (老人) は忘却への施しものを入れた忘恩という大きな頭陀袋を背負っている (Time hath… at his back, wherein he puts alms for oblivion, A great-sized monster of ingratitude)」(III. iii) といった言葉でアキリーズの説得に当たる。だが首を縦に振らないばかりか、ひきこもりには重大な理由があるといいだす。すかさずユリシーズが、「アキリーズ君、君はプライアムの娘に惚れているという噂だが」と切りこむ。まったくの初耳だが、出典の一つであるキャックストンがヘクターの一周忌の休戦中、アキリーズがトロイを訪れ、寺院で妹のポリクシーナを見初めたと書いていた。そうしたいきさつまでギリシア方の諜報機関に筒抜けとは、アキリーズはもとより観客も知らなかった。

「えっ、知っていたのか?」とアキリーズは驚くが、ユリシーズは得意げにいい放つ。「国家の心臓部には――口外厳禁ながら――秘密の調査機関(a mystery)があり、その働きは神聖にして筆舌に尽くしがたい。そこが、君のトロイとの交渉の一部始終を掴んでおる。」神秘めかしてはいるが、秘密警察に痛めつけられてきた観客には、何を指すかは即刻了解されたことだろう。ここで劇は、また一段と深く世紀末のイギリスと重なってくる。

演劇史的にも、このユリシーズの科白には重要な意味がある。エリザベス朝演劇の本質は象徴演劇で、付け髭一つで他人という約束事と観客が全知全能という二つの前提の上になりたっていた。それが常設劇場ができて一世代を経た世紀末頃から、よりリアルで意外性にとんだ劇を求める観客の要望をうけて乱れだす。デカダンス化、演劇の衰退はそこより始まる。

『トロイラス』に話を戻せば、物足りなさはアキリーズの驚きがジョンソン劇と違って劇の転換点と結びつかないところにある。一切の動向が把握されていたと知って、重い腰を上げると思いきや、ヘキュバから「約束を守るように」の手紙を受けとると、アキリーズは再びぐずりだす。本当に出陣の決意を固めるのは、「稚子」のパトロクラスの死の知らせを受けてから。しかも、その後の戦場での卑怯な振舞いは、すでに触れた通りだ。『トロイラス』におけるアキリーズは、徹頭徹尾「堕ちた偶像」として描かれている。

では、「トロイの礎石にして支柱(base and pillar)」たるヘクターはどうか。彼は沈着冷静な人格者と思われがちだが、必ずしもそうではない。作戦会議では理性や道徳律を持ちだして弟のトロイラスに反論するものの、最後には豹変し(volte-face)、「全員かつ夫々の名誉(joint and several dignities)」を楯にヘレン留めおきに賛成してしまう。中世騎士道の信奉者の地金がでたというところだが、そもそも彼は一幕三場で戦争の膠着状態を利用して思い人のための一騎打ちをギリシア側に提案していた。一五八九年、ポルトガル僭主ドン・アントニオに同情してのリスボン攻めが失敗とわかったとき、エセックスは城門に矛を突きたて、「わが思い人エリザベス女王のために一騎打ちに応ずる者はおらぬか」と、城内めがけて大音声で呼ばわったとされる。その時代錯誤をどこか思わせる愚行だ。検閲を恐れてか、ここでは「英国のアキリーズ」ことエセックスの愚行はヘクターに横滑りしている。(10)

愚行といえば、立派な武具に眼が眩み、身につけたギリシア兵をあやめると、今日の仕事は終ったとばかり戦場で勝手に武装を解くヘクターの一人合点も戴けない。（プライアムのように）太刀風で倒れたギリシア兵に「立ち上がって生きよ」（V. iii）と諭す態度は天晴れながら、武人としては「馬鹿正直（Fool's play）」（V. ix）で「情けという悪徳（a vice of mercy）」の持主という批判を免れないかもしれない。アキリーズほどではないにしても、トロイ方の英雄もやはり脱神格化されている。

それでは、木馬の計を案じてギリシア方を勝利に導いたユリシーズ（ギリシア名オデュッセウス）はどうか。このトロイ戦争最大の功績者も、ホメロス以後は話術と奸智が強調されることが多く、この劇でもその点は変わらない。むしろ特筆されるべきは、「デグリー（degree）」即ち序列＝秩序の熱心な唱導者にして、その矛盾をも問わず語りに口にする方だろう。

一幕三場、ギリシア方の作戦会議でユリシーズは、トロイが七年にも亘る攻防でまだ落ちないのはギリシア軍内の統帥権の乱れ、つまり身分や序列の無視によると、長広舌をふるう。

序列をとり去り、その弦を乱せば、
どんな不協和音がでるか、お聞き下され。
……
力が正義となり、正邪の別がなくなれば、
その絶えざる争いを裁く正義も亡びます。

そうそれば、すべては力に帰し、
力は我欲、我欲は衝動に屈し、
そして衝動という名の狼は
我欲と力の後楯をえて、
必ずや万物を餌食にして、
最後には己れをも喰らうにいたるでしょう。

その少し前でも彼は、序列こそ国家の統一と安寧（unity and married calm of states）を保証するといっていた。ところがすぐ続けて、「デグリー」とは一切の偉大な計画を導く階であり、それが揺さぶられると企て自体が頓挫する（sick）といい、少し後では、この「デグリー」の無視こそ登ろうとしつつ互いの足のひっぱり合いをさせる張本人だともいう。つまりこの語には動的、静的二つのイメージがあり、「下への一歩」という語源（de-+gradus=step）からみて昇降に関わる動的なものが本来で、「序列」といった固定したイメージは派生的なものとわかる。ユリシーズも、神（王）を頂点として無生物に至る万物の序列、「大いなる存在の鎖（the Great Chain of Beings）」が革命の世紀を迎えて流動化しつつあるばかりか、本来流動的なものと肌で感じていたからこそ、「序列」をいやが上にも強調しているのだろう。

そのユリシーズを悪賢い「雄狐」（V. iv）と呼ぶのが毒舌家のサーサイティーズ。ギリシア方だけでなく、劇中一切の気取りを取除くが、その下向きの眼は鬼気迫る域に達するときがある。たとえば、パトロクラスをアキリーズの男淫売と罵る際の病名の羅列。

南イタリアの腐れ病よ、疝気よ、脱腸カタルよ、腎臓結石よ、脳卒中よ、中気よ、ただれ目よ、肝臓肥大よ、喘息よ、膿で脹れ上った膀胱よ、坐骨神経痛よ、手の痛風よ、不治の骨痛よ、皮癬よ、自然に背いたそういった化物に十重二十重にとりつかれればいいさ。（V. i）

上演では、「中気よ」以下は「そういった病」（F）に纏められることが多いが、それでは作者のトロイ戦争への嘔吐感は半減してしまうだろう。

その眼からみたら、戦争の発端となったヘレンの駆落ちやクレシダの変心を含めた人の世の出来事一切がどう映るかは、他言を要しない。

オ×××（lechery）、オ×××、この世にあるはいつも戦さとオ×××だけ、その他は何一つ流行らぬとみえるワ。えいっ、どいつもこいつも地獄の悪鬼か瘡（A burning devil）にとっつかまってしまえ。（V. ii）

そのせいではなかろうが、劇のエピローグを担うのは、（いつどうしてそうなったは語られず仕舞だが）瘡に悩むパンダラス。サーサイティーズの上の独白と並んで頽廃ムードの基調をなす「オゥ、オゥ、からハッ、ハッ、ヒィーッ！（O! O! to Ha, ha, he!）」の卑猥な唄を劇の要（III. i）でヘレン相手に披瀝する男だ。

トロイの敗色濃厚のなか、戦場から戻るトロイラスに出くわしたパンダラスは話しかけようとするが、クレシダの不実のとばっちりで相手にして貰えない。一人舞台に残った彼は、「このパンダー（女衒ども）の広間にお集まりの、女の肉を商っておられる皆さん」と、劇場と娼窟を同一視するかたちで並み居る客に語りかける。

片眼がまだ潰れていないんだら、どうぞこのあっしに同情して泣いておくんなさい、泣けぬならせめて呻き声なりを出してくださいましな。あっしのためでなくとも、疼く骨の痛みのために（Though not for me, yet for your aching bones)。

シェイクスピアの同時代人ナッシュは、テムズ南岸のウィンチェスター主教管区、娼窟や劇場がひしめくこの界隈で最古参の組合を「同業者組合の曾祖母、トロイ・ノヴァント（売春宿の）女将連（this great Grandmother of Corporations, Madame *Troy-novant*）」と呼んだ。建国者ブルートがイニーアスの曾孫（a great grandson）なら、逆に組合の曾祖母はトロイ直系ということになろう。トロイ幻想から醒めた一六〇〇年頃のシェイクスピアにも、爛熟した性の帝国が西漸したトロイ最大の遺産と映っていたかもしれない。

註

（1）ヨーロッパとアジアを隔てるヘレの海ないしダルダノスの海は、狭いところで僅か一キロ少々、ヨーロッパ側のセストスに住む「ヴィーナスの巫女」ヒーローを見染めたアジア側の町アビィドスに住む若者リアンダーが、彼女が翳す松明の明りを目印に泳いで渡り、愛を確かめあえた距離だ。トロイは両大陸を隔てるだけでなくエーゲ海とマルマラ海を経て黒海に通ずるこの通商上の要路のアジア側の東口近く、アナトリアの丘の中腹に立つ天然の要害であった。

青銅時代の末期、紀元前一三〇〇年頃から一〇〇〇年近くにかけて、この地は土地の支配や貿易を巡ってミュケナイ人やヒッタイト人の攻撃の対象となり、少くとも二度大火に見舞れた。要塞を崩した「トロイの木馬」こと地震にも町は何回となく襲われたらしい。

ギリシア神話は娘ヘレンの名を高からしめるためゼウスがヨーロッパとアジアの間に戦争を仕かけたと語るが、元を質せばパリスによる誘惑も、ミュケナイ人が自らおこなった挑発行為の正当化にすぎなかっただろう。『イリアス』とは、何世紀もの間にトロイが見舞われたであろう少くとも二度の大戦争を、文学的自由度を行使してホメロスという口誦詩人（の集団）が前八世紀までに一つに纏めあげた叙事詩（の環の一つ）、それも一〇年目におきた僅か五〇日間弱の出来事に限った物語（だから木馬の一件もまだおこらず、トロイも陥落していない）といえるだろう。

　但しこの劇ではキャックストン（一四七四）に従い、戦争は七年目に設定され（一、三、三）、『イリアス』（二二巻）では一〇年目に死ぬヘクターは劇中で殺されるものの、その一周忌に始まるアキリーズとポリクシーナの恋はアキリーズのひき籠りの理由に使われるなど、時間軸に混乱がみられる。

（2）五幕に入って修道院の崩壊や「法王のインチキ儀式（popish tricks and ceremonies）」に触れることで、ゴート族によるローマ帝国の滅亡に次ぐ二度目のゴート人＝ゲルマン民族による（宗教改革という名の）ローマの圧政と堕落からの解放のテーマを、シェイクスピアは改めて想起させようとしているのは確かだろう。二人の凌辱犯の血を盥に受ける行為も、聖体拝領のパロディーを意図したものだろうし、その限りでは「転移」のテーマは最後まで機能しているといえる。

ただ「ピロメラがうけた以上の仕打ちに対するプロクネ以上の復讐」（V. ii）やアーロンの蠅を殺すように喜々として犯した悪事の告白のすさまじさの前で、それが色褪せてみえるのも事実だろう。一例が「殉教」。ラヴィーニアの場合は、『殉教者列伝』との絡みで、「両手切断（lop and hew）」から読みとれた殉教との連想が、凌辱犯処刑（martyr you）では逆に殉教という言葉自体が宗教的文脈をすっかり失くして、たんなる「手足切断」に堕しているところからも、それはいえるだろう。

（3）エリザベス朝演劇とギリシア劇の関係は今後の研究課題ながら、シェイクスピアはエウリピデスの『ヘキュバ』などは知っていて、先に扱った『タイタス』などで参照したともいわれている。だがセネカ劇で古典悲劇の原型は充分足りるとイギリスでも大陸でも考えられていたため、ギリシア悲劇は飜訳されることも少く、余り注目されなかった。シドニーも『詩の弁護』で悲劇の定義をセネカの『オイディプス』の「苛酷な統治で君臨する暴君は、彼を恐れる人々を恐れ、恐怖はその造り手に戻る（*Qui aceptra saevus duro imperio regit, Timet timentes, metus in auctorem redit*）」（七〇五―六）でお茶をにごす始末。その結果セネカ劇は（ナッシュ流にいえば）「丸々行毎、頁毎使いものにならなくなるまで血を絞りとられる」ことなった。少くとも、ギリシア悲劇にもっと親しんでいたら、エリザベス朝悲劇はあれほどまでに煽情的かつ暴力的で修辞の勝った劇にはならなかったと考えられる。

（4）シェイクスピアとマーロウというエリザベス朝演劇を代表する二人の劇作家が図らずもトロイ炎上からプライアムの死という同じ場面を扱うばかりか、『ルクリース凌辱』や『タイタス』の最終場のローマ貴族を含めてそれらすべてがイニーアスのダイドーへの語りに依拠している事実が、シェイクスピアだけでなくエリザベス朝人一般にとって悲劇概念の核が『アエネーイス』第二巻により形成されたことを物語って余りある。そしてそれは当代最初の本格悲劇『ゴーボダック王（*Gorbosuc*）』（一五六一）の三幕一場冒頭（一—二八）からすでにいえるだろう。

（5）蜂起の直接のきっかけは経済事情、一六、〇〇〇ポンドからの借金をかかえ、そのうち五、〇〇〇ポンドの返済期限を間近に控えた前年一〇月三〇日、最大の収入源であった甘口ワイン農場の賃貸契約を女王により最終的に打ち切られたことによるといわれている。

（6）この劇ではマーストンの『アントニオとメリダ（*Antonio and Mellida*）』（一五九九—一六〇〇）やジョンソンの『へぼ詩人（*Poetaster*）』（一六〇一）に似て武装した前口上が登場し、「台本や上演の出来映えに自信過剰（で悪口への逆襲）のためではない（not in confidence Of author's pen or actor's voice）」とその出立ちについて断わりを入れるが、それが却って当時の劇界を賑わせた劇場戦争（the War of Theatres）ないし詩人戦争（Poetmachia）との関連を想起させずに措かない。

初期資本主義の波に洗われて急速に経済発展を遂げつつあった世紀末のイギリス社会はさまざまな問題を抱えていたが、高齢化した独身の女王の継目相続がそれを一気に顕在化させた。法外な高利や地代の高騰だけでなく、新たに出現した都会の悪弊や人間の根源的堕落、そうした問題を中世的な嘆き（complaint）でなく激烈な諷刺（satire）のかたちで攻撃の対象にさせたのは、古典に明るく自らの知力を誇示し、出世の糸口にしたい若い宮廷人や法学院生の衒気だった。

一五九九年六月七日、カンタベリー大主教、ロンドン主教の命で目ぼしい諷刺詩が没収、焚書にあった後、その精神を諷刺喜劇として継承したのが、復活したての少年劇団だった。学識と才能のある若い劇作家を抱えた彼らは、成人劇団や（学のない）職業作家に喧嘩を売るかたちで自らを認知させようと図った。それが「戦争」にまで発展したのは、既存の劇団もそれを劇界を活性化し、全体の収益を上げる絶好の機会と捉えたからだった。その辺の事情は、『諷刺家打擲

(*Satiromastix*)』（一六〇一）の終口上でさかんにホラスを野次る観客へのタッカの次の科白に窺えよう。

> そんなにブーイングしたらどうなるか。わかっているんですかネ。ホラスが復讐心をなくしますよ。むしろ野次らないと署名捺印して誓うことですナ。そうしたら奴の方でも反撃の劇を書く気になるし、その結果皆さんのお楽しみも増えるってもんだ。

シェイクスピアも宮内大臣一座もこの戦争との関わりをさまざまに説かれてきた。だが武装した前口上の存在から「戦争」と無関係とはいいがたいとしても、モデル問題をはじめ立ち位置が微妙で、半ば八百長の内輪喧嘩との関係についてそれ以上確定的なことはいいがたい。

悲劇（F_1）、喜劇（Q_2の「読者諸賢へ」）、史劇（Q_1とQ_2）と分類さえ定まらないとはいえ、執筆動機が「戦争」以上に具体的に辿れるのはむしろ海軍大臣一座との関係だろう。この一座の一五九八年三月一〇日時点の小道具一覧表に「脚付巨大馬一点（a great horse with his leages）」とあるから、興行師ヘンズロウの『日記』の九六年六月二二日に新作（‘ne’=new?）として登場し、二四シリング稼いだ『トロイ（‘troye’）』という劇では、滅亡の直接因となった木馬の入場が描かれたものと思われる。今に残るその劇のプロット断片には生憎木馬の場が見当らないが、トロイの女王ポリクセナとアキリーズの恋の場や、「乞食を従えたクレシダ（Cressida Wth Beggars）」の場があるから、少くともそれはトロイ戦争全体を網羅的かつ挿話中心に描いたといえそうだ。彼らは九九年四月には『トロイラスとクレシダ（*Troyelles & Cresseda*）』、五月には『アガメムノン（*Agamemnon*）』とその後も矢継早やにトロイものを上演している。すでにネタ不足の一六世紀末の劇界にとって、一五九八年にチャップマンの『イリアッド七書』が翻訳、出版されたこともあり、トロイものは客を呼ぶ絶好の演目だったと思われる。

ライヴァル劇団の興行的成功をみて、宮内大臣一座も座付作家に対抗作を依頼する。だが彼は直前の『ハムレット』ですでにプライアム殺害に触れたばかりか、『ルクリース凌辱』でも絵画的手法（エクプラシス）を駆使して、プライアムに香油を施し、ピラスを呪い、炎上するトロイの火をその涙で消してしまっていた（一四六四—六八行）。そうした状況で、シェイクスピアは相手劇団に（いかなる劇かは不明ながら）『トロイラス』があるのも手伝って、同名の劇で対抗しようと決めたのではあるまいか。武装した前口上は、客寄せのためになされた「戦争」へのかたちだけの参戦だったと思われる。

（7）これは、たとえば『トロイラス』執筆の前後で「トロイ」「プライアム」「ヘキュバ」への言及が極端に減る（それぞれ四三対一、二四対二、九対二）ことからもいえるだろう。

（8）ちなみにこの斜視で不具の毒舌家は、一五五〇年代の間狂言（*Thersites*）では蝸牛相手に大立廻りを演ずる臆病者で大法螺吹きとして登場する。その片鱗はヘクターに戦場で出くわした際に（V. iv）ちらりと見せるが、ここでの普段の役廻りは『イリアス』（第二巻）同様肺腑を抉る言動を弄する劇中批評家に留まっている。

（9）ホメロスではヘクターの死骸は戦車にくくりつけられるが、ここではキャックストンが語るトロイラスの死骸と混同されている。

（10）当時の作家は検閲に敏感で、グレヴィルはエセックス事件の直後『アントニー』の原稿を破棄し、ダニエルは事件の四年後でも『フィロタス』に事件とは無関係という「弁明」をあえてつけている。なおジェイムズは一六〇三年の即位後被私権剝奪者に一種の恩赦を施すが、にも拘らず（最初から何の科も受けなかった）『トロイラス』の上演が一六〇九年まで控えられたのは、劇団が時の最大の実力者ロバート・セシルに忖度してのことだったと考えられている。また一騎打ちの提案自体は、『イリアス』の第七巻に触れられているが、アテネ（トロイ方）とアポロン（ギリシア方）の合意によるもので、しかも思い人を賭けたものではない。

第八章
三人のブルータス――シェイクスピアと共和制

一

いつの時代でも人々の究極の関心事は幸福にあったが、ルネサンス人はそれを個人のレヴェルというより国家の単位で考えようとした。たとえば、サー・トマス・モアの『国家の最良の形態とユートピアの新しい島について（*De optimo rei publicae statu deque nova insula Utopia*）』（一五一六）[1]。彼はそこで、アリストテレス以来久方ぶりに人間の幸福を「政治的人間《ポリス》」の最大の課題として扱おうとしたのであった。

ルネサンス人は、社会体制に結びつけて人間の幸福を論ずるに当たって、範をローマに仰いだ。王制、共和制、帝制と三形態を経験したばかりか、文明がすでに完結して過去のものとなっているところが、参考にし易かったと思われる。

これら三つのなかで、マキャヴェリ[2]は共和制を最良と看做し、絶対王政に理論的根拠を提供したジャン・ボダン[3]は、王制こそ最良とした。

モアは共和制というか一種の共産制を夢想したが、一六世紀イングランドの主流は、「混同政体（mixed constitution or state)」を是とした。[4] 平たくいえば、議会君主制だ。サー・トマス・スミスはさらに曖昧に、国民性にもっとも合致する政体が適切（fit and proper）といったが、[5] いわんとするところは混合政体と大差なかろう。

イングランドにおいても、しかし、世紀末が近づくと変化が訪れる。混合政体が最良と信じつつも、世嗣のない女王の後継者が見通せない。カトリック信者で混合政体を認めない君主が継ぐ可能性を排除できない。この不安が針を大きく共和制へと傾かせる。

折りしも、宗教戦争に明け暮れるフランスの現状を踏まえて、大義名分があれば暴君弑殺が許されると説く書物『反僭主論』（一五七九）[6] が、ユグノー教徒のモルネーやランゲにより書かれる。イングランドでも、彼らと関係深かったシドニーやエセックスといった人々の間で秘かに人気を呼んだ本であった。一五九〇年代中葉、後継者問題が真剣に取沙汰されるなか、シェイクスピアも彼なりに真剣に考えたふしがある。

通称『反僭主論』、正確にいえば『僭主との対決を巡る暫定判決（*Vindiciae, Contra Tyrannos*）』の作者の偽名はケルト人ステファノス・ユニウス・ブルートス、ローマの王制を廃して共和制を敷いた男の名（Lucius Junius Brutus）を踏まえたものになっている。

このローマ人がシェイクスピアの作品に登場するのは『ルクリース凌辱（*The Rape of Lucrece*）』（一五九四）の最後、それまで装っていた愚鈍さ（brutus）を突然脱ぎすて、ルクリースの胸元から血まみれの短剣を抜きとるや、悲嘆に暮れる彼女の一家眷族にタークィン［タルクイニウス］王家の追放を誓わせる場面だ。[7]

シェイクスピアは触れないものの、リウィウスによれば、この男は他にも英雄伝説を残している。タークィン一族が追放後財産返還を求めてローマに使者を遣り、密かに王権の復活を狙う事態がおこる。その陰謀に、ブルートスの二人の息子も加わる。発覚後、いまや共和国執政官をつとめる父親は、じつの息子に死刑をいい渡す。処刑の間中人々の眼は父親に注がれるが、「父親の悲しみがみてとれた」とリウィウスは記している。[8]

ところが、プルタークでは父親は顔色一つ変えず処刑を凝視したとなり、その態度を「人々は褒めることも貶すこともできな」かったと続く。他のところでは、子孫のマルクス・ブルートスの「柔和で洗練された気性」と相容れない、「天性冷酷な」男だったとも述べている。[9]

同郷の先輩フィールドがノース訳『プルターク英雄伝』の第二版（一五九五）の出版元だったから、この人物評を共和制樹立に賭けるブルータ［ト］スの執念に生かすのは容易だったと思われるが、そうはならない。『凌辱』の出版が先行するからとはいえ、他にも理由があったと思われてならない。

肝腎なのは、ブルータスの音頭で抜身の剣にかけて復讐を誓った人々が、「タークィンの忌むべき罪を公けにするため」遺骸を運びだし、ローマの街中を練り歩くことに決めたと書きながら、その詳細を語らない理由。なぜ詩は、「タークィンの未来永劫の追放」を告げて僅か二行で終ってしまうのか。

一つには、チョーサーの『善女伝（*The Legend of Good Women*）』の影響。そこでも、死骸の練り歩きは触れられるだけ。「その日を最後に、ローマの町から王が消えた」（一八六九―七〇）と続けて、そこで実質的に終ってしまうから、それを踏襲したといえる。

ダニエルの『ロザモンドの嘆き（*Complaint of Rosamond*）』（一五九二）など、「嘆きの文学」の流行も無視できないだろう。[10]つまり、関心はあくまでルクリースの悲しみにあり、それが契機となった体制の転換にはおかれていなかった、ということだ。

シェイクスピアの詩に触発されて書かれたとされる[11]トマス・ヘイウッドの同名の劇『ルクリース凌辱』（出版は一六〇七年）でも、ブルータスによる民衆挑発の様子は描かれない。「集った人々にその無実の傷をみせよ」（二五三七―八）という命令はなされるものの、直後に舞台奥からの「大喚声と太鼓とトランペットのファンファーレ」のト書きがくるだけ。

そもそもこの劇はタイトルこそ詩の人気に便乗しているものの、つくりはタークィン夫妻によるローマの正統な王．「セルヴィウスの劇冒頭での殺害に対する神の復讐（God's vengeance for the initial murder of Servius）」[12]を追うかたちになっていて、凌辱を中心に据えたものではない。

だが、藍本の一つ、オウィディウスの『祭暦（*Fasti*）』の二月二四日の項には、「口開いた傷が曝され（volnus inane patet）」、ブルトゥスは叫びを上げてローマ市民を集めたとある（八四九―五〇）。だから、この詩でも書こうとすれば書けたはずだし、演説を使って歴史の変わり目を描くのは、『ジューリアス・シーザー』で明らかなごとく、劇作家にとってはやりがいのある仕事だったと思われる。現に、この詩から遅れること八五年ほどして書かれたナサニエル・リーの『ルーシャス・ジューニアス・ブルータス』（一六八〇）では、ブルータスが一〇六行に亘って演説をぶって聴衆を巧みに誘導するさまが描かれる。[13] それをシェイクスピアは、おこなわない。なぜ彼はあえて己れの技量を封ずる挙にでたのか。

思いきって、搦め手から攻めるとしよう。

シェイクスピアのルクリース像で他と違うのは、彼女の人柄だ。タークィンが去った後、夜明けまで千行以上に亘ってピアノの五指練習さながら嘆きを繰り返していたのが、夫や父が到着した後は、予め復讐を誓わせると（一六八八―九〇）、タークィンの名をやっとの思いで絞りだし、胸に短剣をつき刺してしまう。その間僅か五行。「のちの世の女たちに……赦しを求める権利を与えぬ」（一七一四―一五）よう、貞女の鑑を演ずることにのみ汲々としている。

藍本の一つ、ハリカナッソスのディオニュソスのように、父親にローマ中の名士を呼び集めるよう頼むわけでもなければ、[14] ベタートン夫人演ずるリーのルクリースのように、女房自慢にタークィンを自宅に招いた夫に恨み言を述べるでもない（一三五一―五五）。ひたすらわが身を恥じて、死に急いでいる。

こういう女性なら、自らの遺骸が見世物にされるのを肯んずるだろうか。勿論死人に口なしで知る由もないが、ヒントならなくはない。

それから一〇年少々の歳月を経て、似た状況でクレオパトラが漏らす反応だ。彼女は、侍女のアイアラス相手にシーザーの凱旋式のための見世物にされる屈辱を、以下のように語る。

卑しい職人どもが
油じみた前掛けをして物差しや槌を片手に
わたしたちを担いで見世物にするのだよ。(15)
（五・二・二〇九―一一）

ついで彼女は、「薄穢い三文文士どもがわたしたちを種に調子外れの小唄をつくる」と述べるが、似た感想ならす

でにルクリースが吐いていた。

弁士《オラター》は、私の汚名とタークィンの恥辱を
合体させて己れの弁舌を飾りたてる。（八一五―一六）

これはリウィウスやオウィディウスにないシェイクスピアの独創とされる個所だが、そこで潜在的君主制擁護者（「私は追放された君主の召喚を要求します」（六四〇））ルクリースは、共和制樹立のため弁士ブルータスによりこの不祥事が巧みに利用されるのを予め拒んでいる。とすれば、遺骸が見世物にされるについても、似た感慨を抱くのではあるまいか。(16)

『ロミオとジュリエット』の最後も、傍証に掲げられる。劇の藍本では、太守がジュリエットの死骸をロミオのそれと並べて「万人にみえるよう壇上高くに安置すべし」の指示を与えている。(17)シェイクスピアでは、そうした発言は一切見られない。

のち程改めて扱うが、アントニーはシーザーの亡骸を衆目に曝してアジ演説をおこなう。ハムレットの死骸も壇

上に安置される。だが、シーザーは暗殺された男性政治家、ハムレットの場合は「武人として（like a soldier to the stage)」の断り書きがついている。それに対してルクリースは凌辱され自害して果てた人妻、その亡骸を猟奇的な眼に触れさせることは、改めて集団屍姦の場を提供するに等しい。幾ら千載一遇の機会とはいえ、大義名分のために女性の凌辱された肉体までを政治利用するブルータスという人物を、熊いじめの熊をはじめ弱者への同情を忘れなかったシェイクスピアが全面的に肯定していたとは考えにくい。[18]

なるほど、ヘイウッド劇とは違って、ここのブルータスは凌辱者と決闘して相討ちで果てる訳ではない（二八六八＋SD）。生き延びて共和制を樹立する。つまり、「天帝に刃向う裏切者……王への反逆者（Traytors to heaven. . . Treason to Kings)」（二五五七—五八）で一括りにされてはいないということだ。その限りでは、この時点のシェイクスピアは、極端な体制主義者ヘイウッドとは異なり、共和制への理解と同情は充分残している。[19]

とはいえ、ブルータスという共和政体と不可分に結びつく名をシェイクスピアはどこか批判的に見ている。これだけは確かなようで、それは先祖のジューニアス・ブルータスと比較してプルタークが高い評価を下したマーシャス［マルクス］を眺めたときに、さらに明らかになるだろう。[20]

『ジューリアス・シーザー』の最後でアントニーは、他の策謀者は「偉大なシーザーへの嫉み心から」ことをおこしたが、ブルータスだけは「国家を慮る誠実な心と国民全ての幸わせを願う気持」（in a general honest thought And common good to all）から仲間に加わった。「彼こそ真の人間だった」と讃える（五・五・六九—七五）。この評価に観客も異存はないだろう。[21]

同時に彼らは、ブルータスはアントニーらに敗れるべくして敗れたという感じをも抱いたのではあるまいか。その敗因がどこから現われたか、シーザー亡き後の彼の演説とアントニーのそれを比較しながら追ってみるとしよう。

ブルータスは、聴衆に清聴を願ってから「ローマ人たちよ、同胞たちよ、愛する友人諸君（lovers）よ」と切りだす。聞き手の私的な顔（友人諸君）より公の顔（ローマ人）を優先させる訴えかけだ。そしてことに及んだ「大義（my cause)」を話すからと改めて清聴を命じてから、「わが高潔さに免じてわが言を信じ、信ぜんがためにわが高潔さを充分顧慮していただきたい」(三・二・一四―一六)と独善的で殆んど意味のない同語反復をおこなう。はっきりいえば、高潔さの自画自賛だ。その上で、「シーザーを愛さなかったのではなく、ローマをより愛したから」と対句で殺害理由を述べる。そしてシーザーは市民を奴隷にしようとしたが、自分は「自由なローマ人」からなる祖国を愛するが故に殺害を企てたと敷衍する。私情より共和制への愛を優先させたため挙にでた、というわけだ。

次にくるのが、聴衆を巻きこんだ稚拙な三段論法。ローマ人でなく奴隷でありたいと願う、国を愛さない者がいるか。いたら、独裁を願う野心家を殺した以上、その人に罪な真似をしたことになる。そこで一服おいて、聴衆の「いないぞ」の声を受け、「ならば、誰にも罪は犯していない」と結論づける。

その過程で使われるのが、「粗野な故にローマ人であるのを願わない」等々「粗野」を意味する一連の形容詞(‘base’, ‘rude’, ‘vile’)。「野蛮(barbarous)」こそ見当らないが、ルネサンスの啓蒙家たちが中世的野蛮超克のために盛んに用いた修飾語だ。つまり、アスカムがゴシック的韻律(the barbarous and rude Ryming)撤廃を巡って使った有名な比喩を使えば、「人間として小麦のパンが食べられる」のに、シーザー暗殺に不賛成な者は「豚と一緒にドングリを食べたい」輩だといっているに等しい。『新しい宿屋』の不評に腹をたて、同じ比喩(Say that thou pour'st'hem wheat, / And they would Akornes eat)を使って世間に悪態をついたジョンソンと大差ない思い上がりだ。[22]

ブルータスは自らを祀りあげる一方、聴衆を知識人さながらに見上げている。だから、蒙を啓かれた存在なら、シーザー暗殺に賛成して当然と本気で訴えることとなる。何たるエリート主義！　ここにあるのは学者の身勝手な論理であって、政治家の心情ではない。

アントニーなら、こうはならない。彼はまず「高貴なローマ人たちよ」と呼びかける。同じローマ人でも、「高貴な生まれの《ジェントル》」という形容詞がついている。プルタークが「一切の不品行ならず者の群れ」と記した相手に対してだ。[23]そして一呼吸おいて改めて「友人諸君、ローマ人たちよ、同胞諸君、お耳を拝借願いたい」と、ブルータスとは反対に私的な顔を頭にもってきて語りかける。

しかも、殺害に及んだ「大義」を伝えるから静粛に聞くようになどといわず、「お耳を拝借」とくる。つねに低姿勢で、相手を持ち上げる。「民衆の支持（people's suffrages）」（『タイタス・アンドロニカス』四・三・一八）が最優先と肝に銘じている政治家の姿勢が、ここに覗いている。

彼は、民衆とはヒドラのように多頭の怪物で、付和雷同型の典型故彼らの心を漏れなく把むには手近なもので懐柔するのが一番と心得ている。だから、各市民に七五ドラクマずつ与え、庭園を遺贈する旨のシーザーの遺言を読み聞かせ、民衆の間に哀悼の念が沸き上ったところで生々しい傷痕を示し、彼らを暴徒と化すのに成功する。

その過程で効果的だったのが、二百行に亘る演説の間に十一回も挟まれる、ブルータス一派が「人格高潔な士《オノラブル》」だという言葉（と「しかし（而るに）……そして（But（Yet）. . . And）」の構文）。ブルータスのシーザー評とそれへの反証をあげては、この言葉で締括る。

貧民たちが泣いたとき、シーザーもともに涙しました。

…………

而るに、ブルータス君は申します、彼が野心に燃えていたと。

そしてブルータス君は高潔な男であります。

（三・二・九二―九五）

ブルータスの十八番を逆手にとってのこの褒め殺しの効果を、アントニーが予めどこまで計算していたかはわからない。だが、この過程が執拗に繰返されると、それは確実に聴衆の間に「高潔」なる言葉の化学変化をおこす。そして遂に「奴らは謀叛人だ、高潔な士なんかであるもんか」という言葉を引きだすこととなる。

ここに到ればあとは簡単、自分がブルータスのような雄弁家《オラター》だったら、シーザーの傷口一つ一つに口を与え、ローマの石をすら蜂起や叛乱へと駆りたてるのだが、と煽るだけ。こうして見事彼はブルータス一派の追落しをやり遂げる。ブルータスは己れの言葉に裏切られたのだ。

繰り返せば、アントニー型の政治家にとって大切なのは、必ずしも大義名分ではない。その重要性は当然としても、それ以上の大事は民衆の支持をえられるか否か、にある。だから、煽動するにしても、自らがどう動くかより民衆が乗るかどうか反応を確める方が先決というのだろう（三・一・二九三—九四）。

さらにいえば、この型の政治家にとっては国庫を潤おし、民衆と苦楽を共にし、彼らを幸福にする、あるいはその幻影を与えることが、共和制の死守より肝腎と映る。体制保持のため勇を鼓し、死をも辞せずというのは、取るべき道、あるいは真の勇気、名誉ある生き方といえるのか、アントニーは若干の疑念をもっているということだ。フォールスタッフは、勇気とは何とか生きようとする分別であり、戦場で脚を接げない名誉なんてたんなる言葉であり空気にすぎぬといったが(24)、その実利主義に一脈通ずる現実感覚がアントニーにはあり、シェイクスピアもそうした「老獪な策謀家（A shrewed contriver）」（二・一・一五七）を必要悪として是認するところがあったように思われてならない。

とすれば、それとの対比において、ブルータスが二七行もの長きに亘って繰返す、ことをおこなうに当っての誓言不要の主張（二・一・一一三—六九）、その潔癖さの意味が改めて問われねばならない。彼はどうしてああまで固執するのだろうか。

一幕三場嵐の夜に、シーザーが「不気味で恐ろしい存在」に変わり、ローマは今その「圧政下にある」とキャシャスは語ったが、それらの様子はなぜか劇中では描かれてはいない。元老院は明日シーザーを王にする噂があるとキャスカがいっても、一幕二場ルーパカル祭日の場で観客が耳にするのは、アントニーの捧げる王冠を三度斥けるシーザーの姿をみて民衆が上げる歓声のみ。そしてブルータス自身も、これまでのところシーザーの「感情が理性を支配」した例を知らない、と認めていた。ただ、「そうなる可能性は否定できない（So Ceaser may）」。だから、危険な蝮は孵らぬうちに殺すが一番という「理屈をつけよう（Fashion it thus）」（二・一・三〇）、という訳なのだ（一・三・一五八）。可能性（may）に基づきことを運ぶ演繹法は、企て全体に及ぶ。たとえばキャスカは、陰謀は「罪（offence）」、卑金属と認めている（一・三・一五八）。ただ、ブルータスを賢者の石として使えば、金にかえうると信じている。他方、キャシャスは、ブルータスという「高貴な金属（honourable mettle）」でも、陰謀加担という卑金属に「変質しうるかもしれない（may be wrought）」と、一縷の望みをかけている（一・二・三〇八—〇九）。これは、あやふやな錬金術的賭けの精神の上になった劇なのである。

この可能性を蓋然性に高め、必然性にかえる働きをするのが、ブルータスを冒す高潔さの自家中毒症状といえる。ブルータスの症状の一端は、すでに引いた同語反復の民衆への釈明に現われていたが、極めつきは四幕三場、キャシャスが不浄な金を貯めこむと責めながら、その金の無心に及ぶところ。しかも、理由が何ともふるっていて、喧嘩腰の応対とはいえ、あれほど憎んだシーザー級の鈍感さに達している。

ぼくはほら高潔という鎧に身を固めているだろう、

…………

だから、穢いやり方で金をつくれないんだ。

(For I am armed so strong in honesty . . . . . .

For I can raise no money by vile means)（四・三・六七—七一）

こういう男が相手なら、その心に忍びこむのは、さほど困難ではあるまい。「高潔な話題」を持ちだし、高貴な《ノーブル》人柄と立派な先祖に触れれば、「死の恐怖より名誉を愛す（I love The name of honour more than I fear death)」（一・二・八九）位の言葉を抽きだすのは容易だろう。

　まさにそうした手口で、キャシャスはブルータスを自由に遠隔操作することに成功する。彼はその際、自分は友人に「お座なりの誓言」で友情の安売りはしないと述べたが（一・二・七三―七四）、その言葉が早くもブルータスの裡で血肉化したらしい。例の誓言不要の長広舌は、その顕われといってよいだろう。

ブルータスの操り人形化ないしは卑金属への変質は、想像力の汚染からも窺える。

二幕一場には今扱ったもののあとに、じつはもう一つ、「生贄を捧げる者」と「屠殺者」を峻別すべしというブルータスの科白が控えている（二・一・一六一―八二）。そこで論じられるのが、アントニーを殺害対象に加える是非。加えるべしと主張するキャシャスに対して、そんなことをしたら、頭を切り離した上で四肢まで解体するようなもの、とブルータスは強硬に反対する。シーザーの前足一本の値打ちしかないものは、野放しにしておいても実害はない、というわけだ。正論に聞こえるが、彼の想像力の裡ではシーザーはすでに解体されて肉屋の店頭に吊るされている。

　話はさらに行為を必然（necessary）とみせる方策に及ぶ。そこでブルータスが持ちだすのが、ボリングブルック張りの体裁の繕い方（『リチャード二世』五・六・三四―四〇）。狡猾な主人さながら、「心」をして下僕の「手」を犬さながらにけしかけ（stir）、狂暴な振舞をさせておいて、あとで叱りつけるやり方。屠殺のイメージは消えるものの、「心《ハーツ》」は「雄鹿《ハーツ》」に通じ、そこに下僕として猟犬まで登場することで、新たに狩猟のイメージが現われる（二・一・一七四―七六）。いずれにせよ、デズデモーナ殺害時のオセロウに似て、ブルータスの想像力はすでに病んでいる（『オセロウ』五・二・六四）。

　想像力の病ないし汚染がもっとも顕著に現われるのが、シーザー暗殺の場。シーザーの妻カルパーニャの悪夢が適中し、シーザーの身体から流れでた血の海の中にブルータスの提唱で暗殺者たちは「二の腕まで」浸し、剣を血塗る（三・一・一〇五―七）。宗教儀式の趣きを添えようという計算だろうが逆効果で、叔父が父殺しの犯人とつきとめた際のハムレットのように、生血を啜るとまではいわないが、信じられないほどに野蛮さを増している。彼らはこうして観客の共感を失う。ポープがこの提案をキャシャスとキャスカに割振るのも、故なしとしない。

アントニーは、暗殺者たちが所詮ローマという森の大鹿を狩る「猟人」であり、その肉を解体する「屠殺者」にすぎぬと、すぐに見抜いた(三・一・二〇四、二五五)。この明白な事実が、当事者にはわからない。いや、じつは気づいていている。だから、マクベスのように、怖ろしき仕事は思い立ったときから行動までの間は「悪夢」(『マクベス』一・三・一三八—四一)だとブルータスはいい、陰謀の恐ろしい形相を隠してくれる暗い洞窟が見当らぬと嘆くのだろう(二・一・六三—六五、八〇—八一)。

だが、己れを屠殺者と素直に認めたくない。すべての問題は、そこに胚胎する。誓言無用といい張り、生贄と屠殺の区別立てに拘わる。いや、シーザーの葬儀手順を巡るアントニーへの妥協や民衆への居丈高な弁明まで含めて、ブルータスの不可解な言動の背後には、この後めたい気持があったと思われてならない。

この後めたさが、シーザー殺害で頂点に達した。世間が最後の審判日さながらに大騒ぎしていると聞かされると、ブルータスは君主の意向を問うかに、恭々しく運命の女神に後何日生き長らえられるか、日数を尋ねる(三・一・九八—一〇〇)。罪の意識と死の覚悟が覗く一瞬だ。弱気を察知したキャスカが、殺害はシーザーの死の恐怖を除いてやったのだから、むしろ感謝されて然るべきと助け舟を出す。なるほど、「死も慈善というわけか」とブルータスは応ずるものの、心は上の空の儘だ。

それでもすでに触れた狩猟者さながらの野蛮な血の誓いをあえて提唱し、自らを奮いたたせようとするが、効果はない。血に手を浸したキャシャスが、「この厳粛な場面(this our lofty scene)」が将来未知の国々、未知の言語により幾度となく演じられることだろう(一一二—一一三)と、美化とも相対化ともつかない楽屋落ちのかたちで行為の正当化をおこなっても、ブルータスは乗ってこない。その度毎に、ポンペイ像の足下に横たわるこの「土くれ(dust)」が「戯れに(in sport)」血を流すことになるのだろうナ(一一四—一一六)と、殺害とその犠牲者はおろか演劇行為そのものまで遠景化し、貶めたいい方で応ずるだけ。そうする以外立直るきっかけが捉めないのだろう。

改めて、キャシャスは、われわれはその都度「自由の志士」として讃えられるとつけ足しても、ブルータスは無言の俣。大仰な芝居仕立てに辟易したデシャスが、「そろそろ参りましょうか」（二・一一八）と引き取る始末。周囲の興奮のなか、ブルータスの心の動揺は消えない。

とはいえ、彼の裡に悔恨の念が湧くことはないし、一派の行動を世直し（redress）（二・一・五八）と捉え、タークィン一族の追放に重ねる彼の態度に、何らかの変化が訪れるわけでもない。彼はやはり確信犯なのだ。むしろ奇妙なのはその先、それだけ共和制存続に情熱を注いでいても、シーザー殺害後の実務にはまったく関心がない点だ。国の将来像がどこにも議論されていないのが、それを裏づける。彼はあくまで夢想家に留まっている。だから「公共善（the general good）（一・二・八五）」を唱えるわりに、共和制そのものが内向きの理念でしかなく、己れの高潔さや一族の名声の維持装置に留まる印象を拭えない。

フィリッパイの戦場での会見の折、アントニーはブルータスを評して、「邪剣を揮いつつ正論を吐く（In your bad strokes, . . . you give good words）」（五・一・三〇）と語った。至言とはいえ、実父かもしれぬシーザーの股間を刺した事実などは、あえて伏せられている。[25] 亡霊を登場させたりして、復讐劇の枠を提示する一方、敗北は戦況誤認といった、人間に固有な自己流の解釈癖の結果という読みも残している（一・三・三四―三五、五・三・六六―六七）。挙行の究極の動機になったと思われる「近頃胸中で争う幾つかの感情（Vexed. . . Of late with passions of some difference）（一・二・四〇）」も、遂に明かされず仕舞で終っている。そもそも妻ポーシアの死に対してすら、己れの感情を圧し殺したままだ。

シェイクスピアは、正義なら王殺しも赦されると信じて挙にでたブルータスという男、あの『僭主論』の著者の再来を、できるだけ肯定的に描こうとしている。その一方で、「平和、解放、自由」（三・一・一一〇）を叫び、ローマ共和制の中興の祖たらんとして崩壊の因となったこの男の、政治家としての資質への疑問が拭えない。己れの美学に拘わり大事をなさんとする誠実さの裏にあるエゴイズム、あるいは潔癖さに潜む鈍感さ、高潔という免罪符だけで民衆の支持を集めうると考える楽観主義、こうしたものが気になって仕方がない。

この男が唯一絶対の政治信条としてその堅持を掲げる共和制の実態も、おそらく引掛っていたはずだ。シーザー弑殺後キャシャスは早速官職の割振り(the disposing of new dignities)(三・一・一七八)を口にし、実際ポストを金で売ってもいるらしい(sell and mart your offices for gold)(四・三・一一)。他方、アントニーの陣営でも、四幕一場をみる限り、戦争犯罪人の処分、シーザーの遺産分配額の値切り、レピダスという驢馬の扱いを巡って、駆引きが絶えない。つまりここにあるのは、体制を問わず政治につきものの醜い姿だ。

共和制は、本当に死守すべき政治体制なのか。もしそうとすれば、それは誰のためか。そうした問題を稿を改めて追ったのが、『コリオレーナス(*Coriolanus*)』(一六〇八)という劇に他ならない。

二

『コリオレーナス』へ赴いたとき何より驚かされるのは、「貴族(patricii)」と「平民(plebes)」間の対立の激化だろう。『ジューリアス・シーザー』では共和制を保つためシーザー暗殺を企てるといっても、ブルータスたち貴族階級内の出来事であって、階級を跨ぐものではなかった。その点で、僭主への抵抗が許されるのは貴族や官僚だけ、しかも圧政の初期段階に限られるとした『僭主論』の主張が、忠実に守られている。(26)

平民のありようも違っていて、一張羅を着こんでシーザーの凱旋を見に集まったのは、個々別々の「怠け者たち」であって、棍棒を手にした叛乱分子の群れではなかった。それが、この劇の場合は違う。武装した民衆の群れがいきなり登場してくることで、幕開きから舞台に緊張が走り、険悪な空気が漂う。

彼らが立ち上った目的は「勇猛さと傲慢さが拮抗する」民衆の敵ケイアス・マーシャス、のちのコリオレーナスを倒し、「穀物を言い値で手に入れる」にある。彼らは「お偉方の飽食分(what authority surfeits on)」と「お余り(the superfluity)」を求めて、未曾有の飢饉のなか決起したという訳なのだ。

だから、町の「向こう側」の喊声を聞いてキャピトルの丘へ急ぐ彼らをつかまえて、貴族の代表メニーニャス・アグリッパが、飢饉は神々のせいで貴族の責任ではないと説得に当っても、彼らは聞く耳を持たない。返ってくるのは「戦争が俺らを食わなかったら、奴らが食い殺す」というカニバリズムの言葉に託した貴族への憎悪だけ。これでは、いくらメニーニャスが「胃袋が食物を独り占めするようにみえても、じつは後で他のものに分け与えるため」という有名な胃袋の話（一・一・九三―一五二）を持ちだして協調を図っても、完全に納得させるのは無理だろう。つまり、ここまでは暴徒のいうことに分がある。

ところが、マーシャスが登場して、「疥癬野郎」「野良犬」「襤褸切れども」「鼠」と罵りだすと、彼らはとたんに生彩をなくす。メニーニャスにはそれなりに反論していた民衆は、マーシャス相手には口を噤んでしまう。それのみか、対ヴォルサイ戦の知らせが入るとすっかり怖じ気づき、退散しようとして、「畏れ多き暴徒諸君、勇気が芽吹きだされたようですナ（your valour puts well forth）」（一・一・二四八）と皮肉られる始末。からっきし勇気はなさそうだ。そして戦争の間に、「形《なり》は人間でも、心は鵞鳥」（一・五・五―六）「猫をみた鼠さながらの怯えよう」（一・七・四四―四五）をみせる一方、戦利品掠奪にかけては「屑拾い（movers）」の執念をみせることで、凱旋時には往時の輝きをすっかりなくし、後景に退く。

ヴォラムニアと対面するコリオレーナス（リウィウス『ローマ史』（1549）の欄外におそらくニコラス・ユーダルにより描かれたペン画）。

代わって二幕以降、ヴォルサイ族の首都コリオライを滅した武勲によりコリオレーナスの名誉称号《アグノーメン》を与えられたマーシャスと直接対決するのが二人の護民官。劇もここで大きく性格をかえる。即ち、創作時の切実な社会問題、「中部《ミッドランド》一揆」（一六〇七）を踏まえた政治劇になるはず――だから護民官制度の樹立も、プルタークのように戦争報酬への不満からではなく穀物騒動時に移されていた——が、同じく政治劇でも護民官とコリオレーナスとの権力闘争を中心に据えた劇に変質してしまう。見えにくいが、これがこの劇の第一の方向転換といってよいだろう。

民衆側の主役の交代は、しかし、二幕から唐突に始まるわけではない。すでに一幕一場、護民官の最初の登場時にすでに暗示されていた。ヴォルサイ人蜂起の知らせが入った直後、マーシャスが「これで黴臭い在庫の余りを一掃できるゾ」と憎まれ口を叩いたところへ、選出されたばかりの護民官が貴族や元老を従えるかたちで、あたふたと登場してくる。それをみるなり、マーシャスが叫ぶ。「これはこれは。最長老のお出ましだ (See, our best elders)」(一・一・二二四)。

マローン以後護民官でなく議員先頭に「正常化」されたト書もあるが、退場の際コミーニアスに「どうぞお先きに。当然ですから (Right worthy your priority)」(一・一・二四五)と将軍の一人ラーシャスが序列をあえて強調するところをみると、ここは「作法《デコーラム》」ないし序列の乱れをさりげなく指摘した二つ折版のト書きが正しいとみるべきだろう。

颯爽と登場した二人の護民官——マキャヴェリのいう「ローマ共和国の完成者」(27)——の名は、シシーニャスとブルータス。このうち、ルーシャス・ジューニアス・ブルータスはこれまで話題にしてきた同名の貴族との血縁関係はないだが、ハリカナッソスのディオニュソスのいうように、「ブルータス」が政治的イメージ強化のためあとで自らつけたしたものとすれば、一層深く共和制と結びついた人物名といえるだろう。(28)

役者はこれでひと通り揃った訳だが、ヴォルサイ人との新たな戦いの知らせが届くことで、コリオレーナスと護民官との対立は一先ずお預けとなる。両護民官の人為や魂胆も、この場でははっきりしない。それが明らかになるには二幕一場、プルタークにはない、シェイクスピアの独創とされる場だが、対立をより鮮明にするためか、ト書きが珍しく名前だけでなくあえて肩書を併置したものになっている。

登場してきたメニーニャスと二人の護民官は、マーシャスについて話をしている。護民官の一人シシーニヤスが『集会の書 (*Ecclesiasticus*)』の言葉(「動物は同類を愛する」)(一三・一五)を踏まえて、マーシャスが嫌いな理由を述べる。

友人でないから、といいたいのだろう。

すかさず同じ書の「狼と子羊の共通点とは」（一三・一八）を捩って、「狼が好きな動物は？（who does the wolfe love?）」とメニーニャスが問いかえす。曖昧な問で、'who' を主語にとって、「狼を好きな動物は？」とも「狼好きな動物なんているものか」と反語的にもとれるが、返ってきた答は予想通り子羊。メニーニャスが、食べるためだナと応ずる。「飢えた平民が高貴なマーシャスを貪り喰うように（to devour him, as the hungry plebeians would the noble Martius）。」一幕一場の終りで、「今度の戦争が奴を喰い殺せばいい（devour）」（一・一・二五六）といっていたブルータスの科白を、立聞きしていたような反応だ。食べるためなら、類を異にするものを好きになっても構わない、といいたいらしい。狼＝平民、子羊＝マーシャスと、常識に反する図式がここでも劇の展開を暗示するようで興味深い。

少し進んで、改めてメニーニャスが尋ねる。「貴公ら二人が恵まれているわけでないが、マーシャスとて豊かといえない悪癖って何だろう？（In what enormity is Martius poor in that you two have not in abundance?）」（二・一・一五―一六）まるで判じものだが、'poor' を 'rich' にかえ、'not' を省けば、いわんとするところは明白になる。マーシャスが高慢の罪に大量に冒されているというのなら、お前たち二人も同類で、

役立たずな癖に、高慢かつ粗暴で
短気な一組のお役人、
即ちローマきってのバカ（二・一・四一―四三）

といったところだろう。実際彼らは独りでは何もできない子供のようで、つねに組んで行動し、話すときも交互か一緒、単独は珍しい。ただ、ローマきってのバカはまったくの見当違い、彼らの権力への執念は凄まじく、手にした権益は絶対に離さない。その辺のありようは、マーシャスことコリオレーナスの小凱旋式（ovation）のあと残った二人

の会話から明らかになるだろう。

彼らはコリオレーナスの執政官就任を何とか阻止せねば、と勢いこんでいる。彼が執政官に就任なんてことになったら、

俺たちの職務は
奴の力が及ぶ間は開店休業だからナ
(Then our office may
During his power go sleep.)（二・一・二一八―一九）

彼らは、コリオレーナスとの対立を政治権力のぶつかり合い、と捉えている。すでに引いた彼の科白（一・一・二〇七）に使われていた「力（power）」という、劇中で三八回も頻出するこの語が、ここにも現われる所以だろう。

彼らは、コリオレーナスの権限を無効にする方策を必死で考える。執政官任命は元老院の職掌とはいえ、民衆の認可（voices）を不可欠の条件とする。だが、粗衣に身を包み、傷痕を民衆にみせて賛意を求めるなんて芸当は、プルタークとは違ってここの誇り高く独自さに拘わるコリオレーナスには無理な相談で、そうなれば「願ったり叶ったり」、

間違いなく、奴の身は破滅、
さもなければ、われらの権威が地に墜ちる。
(So it must fall out
To him, or our authority's for an end.)（二・一・二三九―四〇）

そのため、彼らは民衆を煽かして、一旦与えた「認可」の取消しに成功する。何というしたたかさ。彼らの得意げな様子は、民衆を騒擾に巻きこんだアントニーに勝るとも劣らない。

さあ、やれやれ（Now let it work）。遂に立ち上がったな、いたずらっ子《ミスチーフ》め、
どこなりと、好きなところへ行くがいい。
（『ジューリアス・シーザー』三・二・二五一—五二）

やらせておこう（let them go on）。
騒動をおこすなら、今だ、
待ってたら、収拾がつかなくなる。（二・三・二五一—五三）

そして次には、コリオレーナスの短気につけこもう、と呟く。
三幕ではついに下剋上は一段と進み、ローマは分裂の危機に直面している。衆を頼む護民官は、己れが身につけた権威の衣を見るに耐えないほどにひけらかし（prank them in authority Against all noble sufferance）、貴族の意向には轡をかませることで主客転倒がおこっている。

奴らが元老なら、
あなた方は平民だ。
(You are plebeians / If they be senators)（三・一・一〇三—四）

そして三幕の終りまでには、元老たちまでが護民官の高貴さを認め（三・一・三二九）、市民たちが彼らの加護を神々に祈る事態が訪れる。「神よ、われらが高貴な護民官を守りたまえ。（The gods preserve our noble tribunes）」（三・三・一四三）

「民衆の代表（The multitudinous tongue）」のはずの護民官が、いつしか貴族になりかわり、神々の加護を受ける身となる。イデオロギーを問わず、人間の本能的欲望のもっとも尖鋭化したかたちとしての権勢欲。それが発揮されるさまを、シェイクスピアはブルータスら護民官を通して冷静に眺めている。[29]

彼にはおそらく、政治（家）に対する幻想はない。政治体制への幻想も、おそらくないだろう。共和制も意匠こそ違い、王制や帝制と本質的に変わるものではなく、すべて関係者の権力維持装置にすぎない。ほぼ半世紀後に、イギリス史上初めて誕生する共和国護国卿（Lord Protector）オリヴァ・クロムウェルが実地に証明してみせるように。彼はおそらくそう思っている。

それはとも角、こうして成立した護民官体制の「法」に楯突いた廉で、コリオレーナスは「体制転覆者、国家の敵（a traitorous innovator, A foe to th' public weal）」（三・一・一七六―七七）の名の下に、国外追放に処せられる。

冒頭で触れた君主制のイデオローグ、ジャン・ボダンは、共和制の欠陥として凡庸な者が自らの権益保持のため徳を抑圧しがちだと述べ、一例として「狂気じみた護民官が演説でいいたい放題悪口を並べたてて脅し、最良の市民を死や追放へとおいやる（the furious Tribunes with their turbulent Orations, to threaten death or banishment to the best citizens）」場合を掲げた。[30] まさにその予言が的中した感じだ。護民官たちも、さすが気が引けたか、コリオレーナスの追放を見届けると、次のように呟く。

こちらの力は充分見せつけてやった。

片がついた以上、少し大人しく振舞おうじゃないか。（四・二・三―四）

ブルータスのこの科白は、いわば彼らの勝利宣言といってよいだろう。前半部の実質的終了だ。護民官に焦点を絞れば、後半部の幕開きは四幕六場、ローマの市場の場からということになる。後半に多いシェイクスピアの創作になる場の一つだ。

町はいたって平穏、お祭り気分が漂うなか商売人は鼻唄まじりで仕事に励しんでいる。プルタークはコリオレーナスへの処分を巡って「大変な不和と騒動がおこっていた」[31]と書くのと裏肚だが、じつはコリオレーナスが赴いた先、仇敵オフィーディアスの館で展開した直前の四幕五場で、「中風病みの平和」を呪う召使たちの会話から、ローマ攻めの近きを観客はすでに聞いていた。そして実際、六場のローマの広場で、「コリオレーナスがいないお陰で、ローマは無事安泰」とブルータスがいった途端に按察官が飛びこんできて、ヴォルサイ人侵入の噂を告げ、続いて登場する第二の使者がオフィーディアス＝コリオレーナス「連合」の破竹の進軍ぶりを物語る。これで、護民官の運命は暗転、以後彼らの力はその礎ともいうべき投票権（franchises）同様、錐穴にまで縮小されてゆく。

四幕六場の長閑さ（や前後の場との喰違い）はどうやら、筋の急変《ペリペティア》を効果的にみせるための工夫だったようだ。コリオレーナス出陣の知らせに恐れ戦いて、早速メニーニャスが護民官に嫌味をいいだす。「立派な真似をなさいましたナ」「何もかも台無しだ」等々。堪りかねた護民官は、口を揃えて「われわれのせいにしないで下さい」。（四・六・一二七）

急を聞いて駆けつけた市民たちも、責任逃れに忙しい。「気の毒といったんだ。」「本心じゃなかった。」「追放はよくないといったんだ。」長い間口を噤んでいたブルータスが、ようやく口を開く。

この噂が嘘だったら、

財産半分やってもいい位だ。
(Would half my wealth Would buy this for a lie.)(四・六・一六八—六九)

護民官は、実入りのよい職でもあるらしい。

護民官への嫌がらせは、これで終らない。メニーニャスはローマの廃墟に「立派な記念碑(a noble memory)」が建つよ程度で済ますものの、民衆は「自ら選んだ役人(people's magistrates)」にとことん手厳しい。何らかの朗報が届かない限り、ブルータスを市中ひき廻しの上、「寸刻みに切り殺す(give him death by inches)」(五・四・三九)と誓う有様。これではまるで大逆人扱いだ。シェイクスピアは自らの独創になるこの挿話で、民衆の身勝手さや残酷さとともに、コリオレーナスが大逆人ならそれを宣告した護民官も同罪といわんとしているのかもしれない。

いずれにせよ、護民官はコリオレーナスを深追いしすぎてしまった。その結果、彼らは今オフィーディアスの至言を藉りれば、「権利は権利に躓き、力は力に敗れ(Rights by rights falter, strengths by strengths do fail)」(四・七・五六—五七)、コリオレーナスの復讐はおろか民衆の離反まで招いてしまった、というわけなのだ。「何たる歴史の皮肉(*cf.*, So our virtues lie in th' interpretation of the time)」(四・七・四九—五〇)。

国家存亡の秋に当たって護民官の権威が失墜したとすれば、貴族の側にもさまざまな変化が訪れようとしている。前半では、護民官制度を認め、コリオレーナスの怒りを買っていたのは、ハト派の貴族だけだった。コリオレーナスの追放を黙認したのも、彼自身が憤慨していうごとく、そうした「臆病な貴族ども」だっただろう。

一方、リウィウスによれば平民の出というせいか民衆に理解があるとはいえ、[32] まだ前半のメニーニャスはいざ喧嘩となれば「もっとも威勢のいい護民官の一人や二人やっつけてやる」(三・一・二四三—四四)、と意気込んでいた。ところが、コリオレーナスの追放後は、護民官シシーニャスによれば、「めっきり親切になった」というのだ。それだけではない。ヴォラームニアの説得が功を奏してローマ攻めが解除された知らせを受けたとき、すでにリンチにあってか行方知れずのブルータスに代わって、彼はシシーニャスと「馬鹿の一組」を形成してヴォラームニア一行の帰還歓迎に出向いてゆく。(33)タカ派の貴族と護民官の間にも、秘かな雪解けが進んでいるらしい。

これは、奇妙にみえても、ある意味で当然の成行きかもしれない。護民官は治安維持に関わりがありそうで、じつは「軍人ではない（no soldiers）」（四・七・三二）。そういう彼らにとって、有時の際に貴族は何かと頼もしい存在に違いない。三幕一場の終り、流血の惨事がおこりそうになったとき、シシーニャスはメニーニャスに「民軍の将校（people's officer）」（三・一・三三三）になってほしいと懇請していた。その事態が訪れようとしている、ととれなくはない。やがて、アルジェノン・シドニーが名門貴族の出で、革命軍に身を投じてゆくように。

他方貴族の側も、コリオレーナス追放後のローマの変化を敏感に察知している。平穏無事な日常を有難いと思っている。メニーニャスの愛想のよさは、貴族が感じている敗北感（*cf.*, make his friends Blush）の裏返しに違いない。つまり、彼らとてオフィーディアスのいうように、今後は何事も「民の欲するところを見定めて進まねば」（五・六・一五）の思いが強いはず、ということだ。それには、民情に詳しい護民官との連携は何かと好都合といえる。

しかしなかには、そうした歴史の水平化の方向が読めない貴族も、いぜん残ってはいる。たとえば、先の対ヴォルサイ人戦の指導官の一人コミーニアス。妻子より自らの生命より国を愛すと宣うが、事大主義的で、ネーデルランド遠征時のレスター伯ロベート・ダッドレーやアイルランド遠征時のエセックス伯に似て、指揮官としての適性を欠く。その故か、「ローマを焼き尽くす劫火」と化したかっての部下は、上司の嘆願にまったく耳を藉さない。

その男が、三幕一場でコリオレーナスの言動を巡る大騒動を鎮めようとして、大声で叫んでいた。オクスフォード版だけコリオレーナスに割振るものの、大方の版は二つ折版に従い、彼に帰する科白だ。人民支配は、

　市をぺしゃんこにするだけ、
　屋根を土台にくっつけて、

今整然と建っているものを
瓦礫の山と化すだけだ。
(That is the way to lay the city flat,
To bring the roof to the foundation,
And bury all which yet distinctly ranges,
In heaps and piles of ruin.)(三・一・二〇四—〇七)[34]

貴族を無視した政治は、家を瓦解させる。これは、アルジェノン・シドニーの大伯父フィリップ・シドニーが貴族階級を動物界という建物を支える大梁で、それがなければ、たちどころに家が彼らの肩に落ちてくる(The great beams gone, the house on shoulders light)[35]と謳っていたのと一脈通ずる考えだ。この貴族階級に共通する使命感を、フィリップの親友グレヴィルは、「玉座と民衆の間の中二階(brave half-paces between a throne and a people)[36]」といい表していた。

話を『コリオレーナス』に戻せば、民衆や護民官の狼狽ぶりからみて、貴族の重要性は再認識されたかにみえる。だが、実情はそうではない。自負に見合う「策と力と防備」(四・六・一三五)がないばかりか、彼らも同じく恐怖の念に駆られている。執政官不在(?)の上に、貴族までが弱体化し、護民官という名の指導者を敵に回した民衆だけが徒らに力をつけつつある一種の無政府状態、これがコリオレーナスの復讐に恐れ戦く劇中のローマの姿なのだ。

貴族の地盤沈下は、コミーニアス、メニーニャスによる二度に亘るコリオレーナス説得失敗に象徴されている。幾ら声涙共に下る嘆願をしても、祖国への怨念から「翼ある」「孤独な竜(a lonely dragon)」(四・一・三一)となり別世界(a world elsewhere)(三・一・一三二)へ飛びたった男には通用しない。武が最高の美徳だったはずの都市国家は、コリオレーナスを欠くと意外に脆かった。尚武の精神の衰退が嘆かれていた一七世紀初頭のイングランドに似て。

ローマが火の海と化さなかったのは、偏えに女性たちの力による。「祖国の力が極度に弱まり、国土の保全と安泰が女どもの双肩に掛ってしまった」[37]が、それが結果的に幸いした。彼女たちが「執政官、元老や貴族、いや市全体に匹敵する」（五・四・五三）大働きを演じ、タークィン撃退日に優る喜ばしい知らせを齎したからだった。だが、それは必然的に劇の変質を伴っていた。

五幕三場、追放されたときの粗末ななりとは大違い、「アレクサンダー大帝用特注」といった中央の大椅子にヴォルサイ人の豪奢な服装でコリオレーナスが居住いを正している。父以上に愛していたメニーニャスには多少の譲歩をしたが、これ以上政府からであれ親友からであれ、ローマからの使節や哀願一切に耳を藉すつもりはない、と断言した矢先に、母の一行がみすぼらしい身なりで登場してくる。四幕六場、ローマの平穏な日々の営みのなかに突然齎されたヴォルサイ人侵入の知らせに似て、絶妙なタイミングでの登場だ。

一行の姿に驚き、「今し方おこなったばかりの誓いを破らせようというのか」（五・三・二〇）とコリオレーナスが口走る辺りから、科白は内面の声とだんまりの解説を兼ねた傍白にかわる。

頼みがあっての参上とのことながら、これだけはと心に誓ったものを守り通しても、それまでを拒絶と看做さずに願いたい、と逆に嘆願するところをみると、息子の腰はすでに引けている。

「そんな馬鹿な、それは認めません。」それじゃ、何も頼むなというのと同じこと。と相手の言葉を遮ることで、母の猛烈な反論ないし哀願は始まる。ヴォラームニアは、息子を甘言で釣り、世辞をいい、嬲り、威嚇し、唆し、恐喝する。凡そ考えうる一切の手を使って翻意させようという寸法だ。もっとも効果があったのが「今までの親子の間の敬意や義務のあり方が間違っていたかに」親が子の前に跪く動作と死という言葉だろう。それを何度も繰返した揚句、この男は息子を客体化してローマ人ではないと止めを刺す。シェイクスピアがプルタークに付け足した科白だ。

この男の母親はどうやらヴォルサイ人、

妻はコリオライの住人で、子供が似ているのは
他人の空似らしい。さあいかせて（give us our dispatch）。
（五・三・一七九—八一）

ヴォルサイ人に哀願は無用、思い切ってばっさりやってあの世へ送りこんで。「いかせて」には「暇乞い」に加えて、それだけの含みがある。そして最後に捨台詞。ローマが火の海になるまで、もう何もいいますまい。でも、「そのときには、少々いいたいことが残っているけれど」。そう、末期の呪いの言葉が。こうまでオリュンポス山に凄まれたら（in supplication）、もぐら塚としては全面降伏より手はあるまい。そしてこの劇の執筆と前後する一六〇八年九月、シェイクスピアの母メアリが死んだ。

この巧みな比喩が伝える圧倒的なスケールの違いが、実生活の反映か否かはわからない。が、劇中のコリオレーナスは、戦う前から役者の違いを自覚していた。すでに触れた通りだ。だから戦わずして勝負がついた印象をうけるのだが、それにはもう一つ別の理由も重なっている。頑なな態度がじつは演技に他ならない、というそれだ。

嘆願に訪れた妻が口を開くときから、愛しさの余り彼は言葉を失っている。

大根役者さながら今俺は
演ずる役を忘れ、科白すら上の空
大恥をかきそうだ。
(Like a dull actor now
I have forgot my part, and I am out
Even to a full disgrace.)（五・三・三九—四一）

いや、己れは阿呆な平民の子《ゴスリン》とは違って、本能の命ずるままの生き方は絶対にしない。天涯孤独、独立不羈の男らしく毅然と振舞うゾ（stand As if a man were author of himself）（三・二・一五―一六）と自らを励ます。が、肝腎な語法が仮定法だという事実がグロスター公リチャード（I am myself alone）（『ヘンリー六世・第三部』五・六・八三）の直接法と違って、彼の強がりが仮りの姿にすぎぬと告げている。

そもそも、この男には演技が不得手なことを以って己れの最高の美質と誤解する、ピューリタン的性癖があった。だから、三幕二場で、執政官になるためには民衆とのいさかいを避けて暫くの間大人しくしていて欲しいという母親に、「むしろ僕らしく地で芝居をせよといって下さい（Rather say I play The man I am）」（三・二・一五―一六）と喰ってかかったのだろう。

その彼が演技をする不自然に遂に耐えられなくなった。死ぬとき呪いの言葉をかけてやるとまでいわれて、金輪際口をきいてやらぬといわれて、ようやく「泣き虫坊や（boy of tears）」は己れの演技の「不自然さ」に気づき、「怒りと復讐の熱い思いを冷い理性で冷ます」（五・三・八五―六）必要性を悟る。

彼は思わず駆けより、母親の手をとる。が、長い沈黙の間に、己れの豹変ぶりへの照れも加わってか、親不孝（this unnatural scene）を大根役者の精一杯の演技で詫びたい気持ちが再び襲いかかる。彼は咄嗟に、親子のだんまりを天の神々が見下して苦笑している舞台に重ねてみる。「精一杯自分らしくない振舞いを」（三・二・二〇―二一）という母の助言が皮肉にもかたちをかえて実現した瞬間だ。

　　　　　御覧なさい、
天が開いて、神々がこの不自然な光景を見下して
笑っておられるじゃありませんか。

（五・三・一八四―八六）

いずれにせよ、母の介入、嘆願で、ローマ人によるローマ攻めという「母の子宮を踏みつけにする（tread）」（五・三・一二三―六）「不自然な」事態は回避されたのだ。

だが、これですべてが解決したわけではない。コリオレーナスはすでにヴォルサイという名の新しい世界の住人でもある、二重国籍の人間なのだ。だから、ローマ人との和睦は、ヴォルサイ人国家への裏切りに当たる。しかも、ローマを一度裏切った以上、いわば「飛切りの謀叛人（the traitor in the highest degree）」というわけだ。ローマの子宮を踏みつけにしなかったが故に、新たな祖国により踏みつけにされねばならない。シーザーさながら惨殺されたその死体の上に、オフィーディアスが立つ。貴族三がそれを制止して叫ぶ。

死体を踏みつけにしてはならぬ（Tread not upon him）。（五・六・一三四）

だが、これは、詩的正義（poetic justice）だ。己れの真昼の影を踏む（treads）ことすら軽蔑していた（一・一・二五八―五九）高慢な男が、その首を踏みつけにする（tread）はずだった（一・三・四七―四八）男に逆に踏みつけにされるのは。同時に、文学的次元ならぬ人間的次元での因果応報でもあった。

ローマと和睦して意気揚々とコリオライへ戻ったとき、コリオレーナスは「あなた方の兵士」（五・六・七一）として帰還した旨自慢してみせた。彼は身に振りかかる危険をまったく察知していない。その鈍感さは、母との和解時にすでに始まっていた。お母さん、あなたはローマのために見事な勝利を勝ちとられた。でも、そのため息子を大変危険な目にお会わせになったんですよ、いいですか、おわかりですか。そしてつけ加える。

よしんば、命取りまではいかなくともね。
(If not mortal to him)（五・三・一九〇）

彼の見通しは甘い。しかも、自らの下手な芝居に酔っている。オフィーディアスが芝居の出来に感動した旨告げると、ホッとしたせいか涙顔を照れてか、有頂天になって叫ぶ。

ねえ、君、そうなんだよ、僕が鬼の眼を憐れみで
濡らす姿なんて、めったに見られぬ光景だろうからね。
(And, sir, it is no little thing to make
mine eyes to sweat compassion)
（五・三・一九五―九六）

この瞬間に彼の死は、見物席の神々により決定づけられた。

三

コリオレーナスの死は、劇的必然性をもつ死であった。同時にそれは、母に騙されてローマを救うためでの死でもあった。彼は三幕二場でも、よし騙されなかったとしても、やはり「どうぞ御勝手に」「好きになさい」（三・二・一二五、一三〇）と凄まれて民衆に不承不承傷をみせに出かけていった。戦時に策略を用いるのが不名誉でないと同じで、平和時だって「策略と名誉が手を繫ぐ（it（i.e. policy）shall hold companionship in peace With honour）」のがどう

して恥なの、と捲し立てられて。

ここでも母は、「双方に高貴な慈悲を示す（a noble grace to both parts）」（五・三・一二一）条件を持ちだす。そんなものがありえず、ましてや息子の死と引換えにならぬと充分承知しながら。だから、息子が条件をのみ、仲介役を買ってでた瞬間から、その死を予測してヴォラームニアは無言を通すのだろう。

ところが、母の言葉を後生大事に心を鍛えてきた息子の方では、双方に都合のよい平和（convenient peace）（五・三・一九二）がありうると錯覚してしまう。だから、一瞬「くるならこい（let it come）」と死を覚悟したようで、すぐに希望的観測に押流されてしまう。そして別れに際して、再会を約束するかに一行に「じゃじきにネ（Ay, by and by）」と手を振るのだろう。孤独な竜は母に騙されて、再び「坊や」に戻った。この体たらくを、神々が見逃しにするはずがない。その死は必然にして、アンチ・クライマックスへと格下げされてしまった。

いわんとするところの整理を兼ねて、改めて母子和解の瞬間に戻ってみよう。啖呵を切って立上った母の許へ息子が駆寄り、手をとって泣きじゃくる。その前後の一分から一分半も続く長い長い沈黙。どんな言葉より雄弁な身振り（*cf.*, Action is eloquence.（三・二・七八））、この間に彼は母子融合の始源的空間へと遡行する。たとえその母が怒りを食べ（四・二・五三—四）、息子に人としての優しさを与えてこなかった母親とはいえ（三・二・一三二）。双方の万感の思いが交錯する沈黙だ。だが嗚咽とともにコリオレーナスが口を開くとき、彼はすでにかなりの立直りをみせ、自嘲混りに己れの悔悛の姿を一幅の活人画として捉えるメタ演劇的視座を獲得している。二度目に所有格（my）づきで母に呼びかける頃には、抗言口調すら加わるだろう。

だが、母の手をとってのこの長い沈黙の間に、[38]劇は決定的変貌をとげる。それまでの緊迫した重苦しい雰囲気にかわって、今や一種の浄福感が舞台を支配している。そこにおいては、息子の抗言さえ甘えと聞こえなくはないだろう。権力闘争劇から、『コリオレーナス』は家族の和解をテーマとするロマンス劇へと、悲劇の尻尾を残したままで改めて大きく旋回してしまったのである。

プルタークにとって、コリオレーナスは祖国のために働き、敵方に投じた後自国に害を与えた将軍として、とくにその行動を左右した傲慢さと名誉心の故に関心があったとすれば、シェイクスピアの場合はそうではない。それ以上に、彼が「肉親の情愛と義務の絆（All bond and privilege of nature）」（五・三・二五）から「祖国を容赦」した事実、ドラマの軸が国家から家族というその核に移るところに興味をもっただろうということだ。プルタークとは異なり、女たちによる嘆願行が共和制樹立に功績のあったプブリコーラの妹、「ローマの名月」ヴァレーリアではなくコリオレーナスの母ヴォラームニア主導の下になされる点に加えて、ブルータスのリンチ話が絶妙なタイミングで母の凱旋直前に置かれるところに、作者の意図がはっきり窺える。

カッシーラーのいう「国家の神話（The Myth of the State）」ならぬ「家族の神話」は、シェイクスピアにおいては、この辺り、即ち一六〇〇年代半ばに始まる。他方、共和制への愛想づかしは、家族への回帰ないし遁走に若干先行するかたちで世紀末から始まっていた。

シェイクスピアは、『ジョン王』や『リチャード二世』辺りから弱い継承権しか持たない男による王位簒奪、それが功を奏した際の貴族を中心とする共和制といったものに興味を示し始める。『ヘンリー五世』では、彼としては珍しく、エセックス伯への期待を露にした。勿論不安もあったろうし、それが『シーザー』として結実したとみれなくはないが、運悪くそれが一六〇一年のエセックス事件で的中する。部下にすべての責任を押しつける伯の態度に、共和制への夢も騎士道倫理への憧れも、ともに無慙に潰えた。政治の世界からの撤退だ。

かくて、エリザベスの死をうけて一六〇三年ジェイムズの新王朝誕生に到るわけだが、この絶対王制は意外と演劇人を好遇した。王自らがシェイクスピアの劇団のパトロンになるばかりか、疫病が長期に亘り関係者の生活が苦しくなった折には、一時金の下賜までおこなう。まさに芸能の御用化だが、経済的基盤の弱い関係者には必ずしも不都合な処置には映らない。逆に、政治体制は個人の幸福に直結せずという思いに駆りたてる。

いや、ときにはそれがさらに嵩じて、ユリウス・ブルートスのように息子の死に耐えてでも、マーシャス・ブルータスのように実の父のしかも股間を刺してまで、果たして共和制に守るべき価値ありやの疑問を生む。あるいは、ティベリウス帝下の人間に次の発言をさせたジョンソンさながらの心境にまで、彼を導いたのではなかろうか。

自由がいくら望ましいといっても、
ああした王冠の下の方が生き易そうだ。
（Wished liberty
Ne'er lovelier looks than such a crown.）
（『シジェイナス（*Sejanus*）』、一・四〇八―九）(39)

加えて、共和制の要というべき護民官に関していえば、なぜか彼は以前から批判的に眺めていたふしがある。たとえば、『タイタス・アンドロニカス』の三幕の冒頭、二人の息子が濡衣を着せられて刑場へ引かれてゆく場面。タイタスは地にひれ伏して、彼らの命乞いをおこなう。護民官は、それを無視して通りすぎる。行ってしまったと二度まで告げられても、彼は訴えをやめない。無駄とわかっても、訴えずにおれない。わしは、小石たちに告げているのだ。小石の方が護民官より親切だからナ、と彼はいう。

小石が藻《ウィード》ならぬしい法服《ウィード》を身につけたら、
ローマ随一の護民官が出来上るワ、
……
石はものいわぬ、人を傷つけもしないが、
護民官はその舌で死刑をいい渡す。（三・一・四三―四七）

シェイクスピアが生涯を通じて護民官に厳しかった理由は、わからない。出自からみて同情的であって然るべきなのにそうはならず、正反対になってしまう。上昇志向の強い人間に特有の、同族嫌悪だけで片づけられぬ複雑な事情をそこに感じてしまう。

しかもこの頃、この謎を解く鍵にはならなくとも、『コリオレーナス』執筆の動機の一つになったと思われる、護民官が絡む騒ぎに似た事件が、シェイクスピアの周辺でおこっていた。一時枢密院まで巻きこむ大事になりかかった、ウォリック州上級国会議員フルク・グレヴィル選出引延し事件だ。[40]

グレヴィル家は、父の代に当たる一五八六年以降四度に亘って、国会議員職を独占してきた。しかも、スペイン軍がアイルランドに侵入した今、海軍省主計局長の重責にある彼の再選は急務だ。「何らの偏った党派的な目論見ないし企てなしに」「家柄、識見、国家への功績、女王陛下のめでたき思召しに鑑みて、火急的速やかに滞りなく選出をおこなうべし。」[41] 痺れを切らした枢密院は、そうした主旨の命令を一六〇一年一〇月七日付でウォリックシャー知事のサー・トマス・ルーシー宛に送っている。

どうしてこうした拗れが生じたか、詳細は不明ながら、グレヴィルが当時ものした『君主制論（*A Treatise of Monarchy*）』[42] からその理由の一端を窺うのは、困難ではない。

貴族階級を国家を支える中二階とみなす、すでに引いた考えに明らかなように、彼はコリオレーナスさながらに、国会議員の資格は民意ではなく出自と功績が決める、と信じている。「最高立法府は……貴族からなり、……もっとも眩く輝く者だけが議席をうるに値する（The supreme synods . . . composed of nobleness. . . where they that clearest shine. . . worthily deserve a place)。」というわけだ。[43]

しかも、かっては「知事が州独自なやり方を採らず」、民衆に彼らなりの自由を認める「主権という罠（those shrapes of majestie)」など与えなかった。[44] それが今やどうだ。護民官を楯に、民衆は選挙に容喙し始めている。

護民官こそ彼らが誇る人民の擁護者
失くした一切の支配権《ルールズ》を取り戻さんとて
しきたり《ルール》など無視してなったおかしな《ヘテロクライト》役人、
宗教の愚弄者にして法と義務を脅かす暴君、
外に燃える薪なければ、
内に焔と化す油を探す火の粉。（六三八）

知事や市長を護民官と呼んでいることもあって、グレヴィルの描く世界はコリオレーナスの考えと重なる。反護民官的ポーズまでそっくりだ。一切の抵抗勢力や民主化の指導者を「民衆の護民官（Tribuni Plebis）」と貶めて呼ぶジェイムズ以後の慣しは、ここでも生きている。そして、護民官に当たる当時のストラットフォード市長は、シェイクスピアの友人リチャード・クワイニー。その三男坊は、やがてシェイクスピアの次女と夫婦になる間柄だ。

シェイクスピアは、この引延し事件を知っている。一六〇一年九月二日にクワイニーは二度目の市長に選ばれ、国会議員選出延期願が枢密院宛に送られたのが同月二八日、その間の同月八日に、彼は父ジョンの葬儀にクワイニーとともに聖三位一体教会に出向いている。[45] グレヴィルの長詩は知る由がなくとも、事件の顛末や人間関係の方は、聞き知っていないはずがない。知っていて、そこにヒントを仰ぐかたちでほとぼりがさめた頃を見計って、母の老いや死、穀物騒動に合わせて書いている。選出引延ばしの先頭に立ったであろうリチャードが、事情を知ったら気分を悪くすることなど、おそらくお構いなしに。

もっとも、現実にはその心配はまったくなかった。その後リチャードは、ルーシーに泣きつかれてか、枢密院の意を汲むかたちでことを丸く収め、グレヴィルの五回目の選出はなった。同年のクリスマスに、グレヴィルは市長一行を屋敷に招いている。「何方のために貴下たちが御尽力なされたか」、また「わが主の方はその愛にかくも価したのは何方さまだったか」お互いに知るために、と執事の手になる招待状は述べている。[46]

しかも、『コリオレーナス』執筆よりはるか以前に、リチャードは他界していた。

一六〇一年のストラットフォードでは、グレヴィル一族が絡む事件が、もう一つおきている。フルクの従弟ミルコートのエドワードがおこした囲い込み事件だ。一五九〇年以来この地の荘園主だったとはいえ、エドワードの勝手なやり方に腹を立てた町民たちはクワイニーを先頭に共有地に乗りこみ、垣根を壊した。

当然騒動となり、町民たちは訴えられる。市場営業税取立に絡む悶着もあり、九月にクワイニーが二度目の市長に選出されたとき、エドワードは拒否権を発動した。ストラットフォードは一五五三年以来の国王特許状による自治体とはいえ、かっての荘園領主は教区牧師や文法学校教師の任命権と並んで、市長拒否権を残していた。[47]

幸い事件は、クワイニーや書記トマス・グリーンの尽力で、司法長官クックの介入するところとなり、町側の勝訴に終った。だが、「刀で結着をつけねば（we shuld wynne it by the sworde）」と意気込んでいたエドワード側に、恨みは残った。翌年五月、エドワードの家人たちの喧嘩に巻きこまれるかたちで、クワイニーは頭を割られ（had his heade grevouselye brooken）、ひと月足らずで他界した。[48]

一六〇一年頃のグレヴィル一族に関わるこれら二つの事件から察するに、『コリオレーナス』におけるシェイクスピアの立ち位置は『君主制論』のフルク・グレヴィルにきわめて近い、ということになる。この詩の存在を知る由もないとすれば、近すぎるといってもよいほどだ。また、民衆に寸刻みにされる護民官に頭を割られた親友クワイニーが何らかのヒントを与えたとすれば、囲い込みに関する立場はエドワード・グレヴィルと大差ないといえるかもしれない。いいかえれば、クワイニーなどと正反対にシェイクスピアは護民官＝市長や市民の立場を離れていつしか体制化して、守成派の立場に立ちつつある、といえるだろう。

この立ち居地と父の死による家父長としての責任感は、深いところで通底していたように思われる。

一五九〇年代の後半から、シェイクスピアは紋章佩用の申請をし、新屋敷を購入した。紳士に相応しい暮し向きとそのための箔をつける試みだが、一方は二、三〇ポンド、他方は銀六〇ポンドと、要したのはたいした金額ではなかった。

それが父の死後は、桁が一つ違ってくる。一六〇二年には三二〇ポンドで土地を買占め、〇五年には四四〇ポンドで十分の一税徴収権を買取った。当時の彼の頭はおそらく、ハムレットが手にした髑髏の往時のように、差押え証書、承諾書、和解譲渡証書、二重証人、譲渡完了証書といった書類がびっちり詰まった状態だったに違いない（『ハムレット』五・一・一〇四―六）。彼はロンドンで稼いだ金で、家父長らしく子孫に美田を残さんと、今懸命になっている。だが、実生活上のシェイクスピアが守成派の立場に廻ったといって、それは劇場人としての彼に何らの影響をも及ぼしてはいない。これが面白い点だろう。シェイクスピアは、人格の分裂を平気でおこす前近代人なのだ。

一六〇七、八年のミッドランドの穀物騒動に触発されて『コリオレーナス』を書いたところからもわかるように、彼は民衆の窮状に理解がないわけではない。よくわかっている。だから、劇として必要とあれば、リアに「栄華に耽る者ども」に、雨嵐に身を曝して貧しき者たちの辛さを味わえ、そうすれば、

余ったものをふり落して彼らに与え、
天のより正しさを示すことができる
（That thou mayest shake the superflux to them,
And show the heavens more just.）（『リア王』三・二・三五―三六）

といわせ、グロスターには、暖衣飽食に身を置き、天意を蔑ろにして他人の不幸を顧みようとしない罰当りどもに御力をただちに知らしめて下さい。そうすれば、

公平にものがゆき渡ってダブつきはなくなり、
各々が足るを知るでしょう
(So distribution should undo excess,
And each man have enough.)（『リア王』四・一・七〇―七一）

と語らせるのを厭わない。だが、そういうときのリアはすでに狂気に冒され、グロスターは目を抉られ、ともに「別世界」の住人になっていた。

ところが、「辛い浮世の拷問台」（『リア王』五・三・三一五）に耐えて生きていかねばならないシェイクスピアには、平等主義を貫くのは難しい。こつこつ稼いで蓄財するしか術はない。そうして手にした金を元手に有利な利殖に励むか、あるいはそれを恒産にかえる。それが当時の庶民にとって考えうる唯一かつ最良のたつきの道だっただろう。だから、シェイクスピアも何の矛盾も疚しさも感ぜずに、同じ道を歩むこととなる。その過程で買占めによる穀物の価格高騰で非難を浴びようが、気にしない。(49) ひたすら麦芽を退蔵し、欲しがる醸造業者に高値で売りつける。一六一四年に郊外のウェルカムの土地の囲い込みが問題になった際には、已れが買取った十分の一税の徴収権料に損失がでないように手を打つと、後は反対運動に対して洞が峠を決めこむ。(50) エドワード・ボンドの『ビンゴ（*Bingo*）』（一九七三）で、「どっちつかず」に庭でゆっくりしていて欲しいという推進派のウィリアム・クームの頼みに、

僕は安心が欲しいだけ。今更改めて、先の貯えなんてできない相談だからね。(51)

と劇中のシェイクスピアが答えるように。

その一方で、翌一五年九月には、反対運動の主導者トマス・グリーンの日記に、弟のジョンが「W・シェイクスピアは……私がウェルカムの囲い込みに我慢ならなかった、と語っている（W Shakspeares tellyng J Greene that I was not able to "he" beare the encloseinge of Welcombe)」という謎の一行が現われる。(52) もし間接話法（he）にすべきを直接話法（I）にしているとすれば、シェイクスピアは、大した偽善者ということになる。

『コリオレーナス』と前後して書かれた『アテネのタイモン（*Timon of Athens*）』の第八場（あるいは三幕三場）に、タイモンの借金申込みを断わる男の巧みな言訳を聞いて、遣いの召使が呆れ果てて漏らす科白がある。この旦那は、立派そうに振舞って悪事をおこない、非道をおこなうために美徳の手本を並べてござる（How fairly this lord strives to appear foul! Takes virtuous copies to be wicked）。まさに「自分のことしか考えない愛情（politic love）」だ、と。(53) 劇場人と生活人を使い分けるシェイクスピアは、まさに立派な「政治家」だったといえるだろう。

そうした自愛にのみ長けた男にも、死だけは平等に訪れる。だが、そこでも一悶着がおきていた。

死ぬ二ヵ月前の一六一六年二月、次女のジュディスが葡萄酒商のトマス・クワイニーと結婚する。頭を割られて死んだ旧友リチャードの三男坊だ。ところが、三月二六日トマスが結婚前につき合っていた女性が分娩中に嬰児ともども死ぬ事件が発覚し、性的不品行を主として扱うが故に「淫ら《ボーディ》な法廷」の異名をもつ教会裁判所で裁かれることとなった。

死の近きを予期したシェイクスピアは、一六年一月に、弁護士を呼んで遺言書を作成していた。ところが、女婿の不祥事が発覚する一日前、彼は改めて弁護士を招いて、文言を改めさせる。「一、余は女婿に遺贈す（bequeath unto my son-in-l[aw]）」を「娘ジュディスに」と書きかえさせたのだ。一五〇ポンドが直系卑属にのみ相続され、恥知らずの女婿に渡らないための「限嗣的（entailed）」条件をつけて。(54)

そろそろ纏めに入るとしよう。

モアやマキャヴェリ、ボダンといったルネサンスの思想家たちが人間の幸福を古典古代以来久しぶりに現世の政治形態と結びつけて考え始めたのは、時代の功績だった。なかでもモアは、イングランドの毛織物産業の隆昌化とともに一六世紀の初め頃から目立ち始めた囲い込みの弊害を、ユートピアをはじめさまざまな国の知見をもった「並外れた男（vir eximius）」ヒュトロダエウスに託して、小食の羊が大食になり、人間まで喰らうと表現した。畑や住居を破壊するだけでなく、怠惰や贅沢を生み、公共の害になるというのが、「より市民向けの哲学（philosophia civilior）」を志向するモアからみて、囲い込みの何より我慢のならない点だったに違いない。

彼はそこから、公共福祉への道は一切の平等（rerum. . . aequalitas）にしかなく、不平等な分配（maligna rerum distribatio）こそが貧困を生む原因であり、余剰物資に溺れるより必需品にこと欠かない（quanto potior esset illa conditio nulla re necessaria carere, quam multis abundare superfluis）生活が遥かに重要なのだ、と考察を深めてゆく。(55) ここにあるのは、『コリオレーナス』で問題にし、『リア王』でみてきたことと、大差ないと映る。

だが、どこかが大きく違っている。弁護士からロンドン市長を経て大法官まで登りつめた大知識人モアにとって、私有財産を認めない共産主義が彼の考えた社会のあり方の終着点だったとすれば、友人に不義理をしても己れの投資を守り、そうして残した資産を遺言書を書き直してでも直系卑属に伝わるよう心を砕くほぼ一世紀後の生活人にとっては、共和制はあくまで出発点、あるいは直きに捨て去られるべき選択肢の一つでしかなかったということだ。生活人の強みであり、限界だろう。

いいかえれば、一七世紀を迎えて革命の跫が近づきつつあるにも拘らず、共和制にシェイクスピアは何かしっくりこないものを感じている、ということになろうか。三人のブルータス像が与える胡散臭さは、それと無縁ではなかろう。彼は体制に内在する非人間性、独善的なエリート主義、とりわけ中核を担う者を冒す権力志向といったものが気になって仕方がない、ということだ。

他にも理由がある。「民衆の請願に一、一応えていたら、貴族の力は弱まり、権威が失墜してしまう」（一・一・二〇六―九）と思わず本音を吐いたコリオレーナスに似て、シェイクスピアにも時代がよくみえている。民衆主体の共和制に舵を切れば、世界が馴染のない方向に進む不安を拭えない。それがコリオレーナスを頑迷固陋な民衆の敵に留まらせたとすれば、シェイクスピアという孤独な竜の方は沼沢地ならぬ「敵の力の及ばない空間」（バシュラール）に身を潜めることとなる。[56] 家族の神話の誕生だ。

　とはいえ、シェイクスピアにとっての家族とは、「時の翼ある戦車」が近づくにつれ、一七世紀の詩人たちに募った小さきものへの偏愛、あるいは広場恐怖症《アゴラフォービア》の一変種だったと安易にいい切れないところがある。[57] この劇後半の対立構造はローマとコリオレーナス一家ではなく、意地と情愛の葛藤を踏まえたヴォルサイ人国家対ローマになっている。[58] 主導権はすでに家族が握っているとはいえ、その家族はアリストテレスのいう国家の雛型の側面をまだ残している。すでに触れたように、ヴォラームニアは母親にしてローマそのものなのだ（五・三・一二三―六）。近代以降の家族即「世間の嵐からの避難所」とそこが大きく違うところだろう。[59] 結果として劇は、主人公の分裂した「忠誠と反逆」（丸山眞男）の物語の趣きを呈することとなる。悲劇の尻尾を残したロマンス劇と書いた所以だ。

　だが、『コリオレーナス』ではまだすっきりしたかたちで辿るのが無理とはいえ、巨視的に劇作家としてのシェイクスピアを眺めたとき、彼は逸早く避難空間としての家族観へと越境しようとしている。そしてその際の家族とは、当時退行型知識人の間に流行した「トポフィリ（場所への愛）」と多くを共有していたのも事実だろう。

　シェイクスピアのような慎重な生活人は、懸命にしかし類型的にしか生きられない。疎外感を味わったとき、モアやミルトンのようにそれをつき破る信念の一歩、冒険の一歩が踏みだせない。むしろ、ひたすら一身の安寧だけを願ってしまうということだ。だから、モアのような人物をみたら、ベイコンのようにこの腐敗した世の中では「善良すぎて役立たず（Tanto buon che val niente）」と観じてしまう。[60] 最善政体を巡る議論に接しても、モンテーニュのように『ユートピア』のような「人為的になされたすべての政体についての記述は……実行に移すに不適当（toutes ces descriptions de policie, feintes par art, se trouvent . . . ineptes à mettre en pratique）」と断じ、[61] ピエール・シャロンのように「空中楼閣（castle in the air）」と看做すこととなる。[62]

為政者と民衆の間の協調関係の危機に、気づいていない訳ではない。ウォリック州を中心に燻り続ける一揆の余燼や住民の窮状、選挙制度や囲い込みへの不満をも知悉している。だが、実際に筆を執る段になると、一七世紀初頭の生活人一般の史的想像力を超えてまで民衆に寄り添うことはできず、家族の神話へと赴いてしまう。

シェイクスピアのような、懐の深い言行不一致型の劇作家が対象の場合、歴史を「逆撫で（against the grain）」する読みは、慎重の上にも慎重でなければなるまい[63]。

註

（1）テクストは、J. H. Lupton (ed.), *The Utopia of Sir Thomas More* (Oxford U. P., 1895) を使用。

（2）テクストは、Machiavelli, *The Chief Works and Others* (tr. Allan Gilbert) (Duke Univ. P., 1958, 1989), Vol. I を使用。

（3）テクストは、Bodin Jean, Knolles Richard, John Adams, *The six bookes of a commonweale* (Impensic G. Bishop, 1606) を使用。

（4）混合政体については Markku Peltonen, *Classical humanism and republicanism in English political thought 1570-1640* (Cambridge U. P., 1995) その他を参照。

（5）Thomas Smith, *De Republica Anglorum* (Da Capo P., 1970), p. 19.

（6）テクストは George Garnett (ed.): *Stephanus Junius Brutus, the Celt Vindiciae contra Tyrannos* (Cambridge U. P., 1994) を使用。

（7）テクストは Colin Burrow (ed.), *William Shakespeare: The Complete Sonnets and Poems* (Oxford U. P., 2002) を使用。

（8）Livy, The Early *History of Rome* (tr. R. M. Ogilvie) (Penguin Books, 1960), p. 110.

（9）河野与一訳『プルターク英雄伝』（岩波書店、昭和三一年）二巻五三頁、一一巻二二九頁。

（10）K. Duncan-Jones & H. R. Woudhuysen (eds.), *Shakespeare's Poems* (Thomson, 2007), p. 48.

（11）Thomas Heywood, *The Rape of Lucrece* (ed. A. Holiday) (The Univ. of Illinois P., 1950), p. 37.

（12）Irving Ribner, *Jacobean Tragedy* (Methuen, 1962), p. 69.

（13）テクストは、John Loftis (ed.), *Lucius Junius Brutus* (U. of Nebraska P., 1967) を使用。

（14）Ian Donaldson, *The Rapes of Lucretia* (Oxford U. P., 1982), pp. 169-70.

（15）テクストは G. B. Evans (ed.), *The Riverside Shakespeare* (Houghton Mifflin, 1974) を使用。

（16）ルクリースやユニウス・ブルータスの性格その他については、一部 Ian Donaldson, *op. cit.* に負っている。

（17）W. Painter, *The Palace of Pleasure* (Dover, 1966), III, p. 120.

（18）この辺りまでの考察は、Eric Nelson, 'Shakespeare and the best state of a commonwealth', David Armitage, Conal Condren and Andrew Fitzmaurice (eds.), *Shakespeare and Early Modern Political Thought* (Cambridge U. P., 2009), pp. 253-70 に一部負っている。

（19）Heywood, *op. cit.*, pp. 27-29 & C. C. Huffman, *Coriolanus in Context* (Associated U. P., 1971), pp. 38-41.

（20）なお、『ジューリアス・シーザー』にはもう一人、アルビーヌスのあだ名《アグノーメン》をもつデシャス［デシマス］・ブルータスが登場する。シーザーの寵愛を恣にし、彼の第二位の相続人とされながら、マーシャスが首謀者と知り、「喜んで参加を承諾した」（河野訳、前掲書一一巻二四二頁、九巻一七五―六頁）人物。劇中ではカルパーニャの夢のせいで外出を渋るシーザーを、元老院から王冠を授ける予定と言葉巧みに連れだすが（二・二）、背信行為を何の躊躇もなしにおこなったいきさつが今一つ把めないので、ここでは扱わない。

（21）テクストは David Daniel (ed.), *Julius Caesar* (Thomas Nelson and Sons, 1998) (The Arden Shakespeare) を使用。

（22）Roger Ascham, *English Works* (ed. W. A. Wright) (Cambridge U. P., 1904), p. 289; 'Ode to Himselfe, ' ll. 11-12, G. B. Johnston (ed.), *Poems of Ben Jonson* (R. & K. P., 1954), p. 298.

（23）Daniel (ed.), *op. cit.*, p. 343.

（24）*1 Henry IV*, 5. 4. 119-21; 5. 1. 131-35. 以後『コリオレーナス』を除くすべてのテクストは、G. B. Evans (ed.), *op. cit.* を使用。

（25）河野訳、前掲書、九巻一七八頁。

（26）Garnett, *op. cit.*, pp. 57-63, p. 168 & p. 170.

（27）Machiavelli, *op. cit.*, p. 201.

（28）R. B. Parker (ed.), *Coriolanus* (Oxford U. P., 1994), 1. 1. 224 note. なお、この劇の本文はすべて、この版によっている。

（29）ここの護民官に一六〇六年頃御用達商人を巡る王特権に異を唱えた下院議員を重ねる議論がある。王がそうしたうるさ型の議員たちを「民衆の護民官」呼ばわりしたのは事実として、この劇の護民官も共感をもって眺められてはいない。*Cf. The Political Works of James I* (ed. McIlwain) (Harvard U. P., 1918), p. 299, W. G. Zeeveld, “Coriolanus’ and Jacobean Politics”, *MLR*, 57 (1962), pp. 321-34, & Thomas Birch, *The Court & Times of James the First* (1848; AMS, 1973), I, p. 60.

（30）Bodin et al., *op. cit.*, p. 705.

（31）G. Bullough, *Narrative and Dramatic Sources of Shakespeare* (Routledge & Kegan Paul, 1964) V, p. 528.

（32）Livy, *op. cit.*, p. 141.

（33）*Cf.*, 5. 4. 62 note (p. 349)

（34）似た科白をマーシャス（一・一・二一五）や元老官一（三・一・一九九）も吐いている。

（35）Sir Philip Sidney, *The Countess of Pembroke's Arcadia* (ed. J. Robertson) (Oxford U. P., 1973) , p. 258.

（36）John Gouws, *The Prose Works of Fulke Greville, Lord Brooke* (Oxford U. P., 1986) p. 113.

（37）*Shakespeare's Plutarch* (ed. J. B. Spencer) (Penguin Books, 1964), p. 352.

（38）一七世紀中葉の医師にして非言語コミュニケーションの先駆者ジョン・ブルワーは、ここの手のとり方が「義務と敬愛」を表わす「交錯した両手指の間に相手の手を強く押し揉みするやり方（chirothripsia）」だったのだと推測している。*Cf.*, *Chirologia* (1644; AMS, 1975), pp. 118-19.

（39）テクストはP. J. Ayers (ed.), *Sejanus His Fall* (Manchester U. P., 1999) を使用。

（40）この事件の顛末については、主としてRichard Wilson, ‘Against the Grain: Representing the Market in Coriolanus’, *The Seventeenth Century*, 6, no. 2 (1991), pp. 111-48に負っている。

（41）*Acts of Privy Council*, n. s. (ed. J. R. Dasent), Vol. 32, p. 248.

（42）テクストは、Fulke Greville, Lord Brooke, *The Remains* (ed. G. A. Wilkes) (Oxford U. P., 1965) を使用。

（43）Stanza 325 (*Ibid.*, p. 116).

（44）Stanza 297 (*Ibid*., p. 109).
（45）E. I. Fripp, *Master Richard Quyny* (Oxford U. P., 1924), p. 182.
（46）*Ibid*., pp. 189-90.
（47）S. Schoenbaum, *William Shakespeare* (A Compact Documentary Life) (Oxford U. P., 1977), p. 33.
（48）Mark Eccles, *Shakespeare in Warwickshire* (U. of Wisconsin P., 1963), pp. 98-99.
（49）Cf., Schoenbaum, *op. cit*., p. 241.
（50）*Ibid*., p. 283.
（51）Edward Bond, *Bingo* (Eyre Methuen, 1974), p. 7.
（52）S. Schoenbaum, *William Shakespeare Records and Images* (Scolar P., 1981) pp. 57 & 73. なお、文中の "he" はその綴りで始まる何らかの言葉を書こうとしていてやめたらしく、無視して構わない。
（53）*Timon of Athens*, III. iii. 31-34.
（54）遺言書替えについては、Leslie Hotson, *I, William Shakespeare* (Jonathan Cape, 1937) その他を参照。
（55）これらの引用については、Lupton (ed.), *op. cit*., pp. 51, 98, 106, 300 & 305.
（56）ガストン・バシュラール（岩村行雄訳）『空間の詩学』（思潮社、一九六九年）、三三一頁。
（57）M. H. Nicolson, *The Breaking of the Circle* (Columbia U. P., 1960), pp. 168-69.
（58）アリストテレス『政治学』（山本光雄訳）（『アリストテレス全集』15）（岩波書店、一九六九年）一九頁。
（59）*Cf*., Christopher Lasch, *Haven in a Heartless World: The Family Besieged* (Basic Books, 1977).
（60）Francis Bacon, *Essays* (J. M. Dent & Sons, 1906), p. 37.
（61）M. Montaigne, *Essais III* (Gallimard, 2009 et 2012), p. 251.
（62）Peter Charron, *Of Wisdome* (n.d.; Da Capo P., 1971), p. 197.
（63）Walter Benjamin, *Illuminations* (Schocken Books, 1968), p. 259, & Terry Eagleton, Against the Grain (Verso, 1986).

第四部
ベン・ジョンソン

第九章
ベン・ジョンソンとイギリス演劇の変質

ベン・ジョンソン（一五七二―一六三七）という劇作家を考えるとき、つねに念頭に浮かぶ二つの事柄がある。(1) 一つは『ドラモンドとの対話』に現われる。

ジョンソンは一六一八年徒歩でスコットランド旅行に出かけ、同年冬から翌年春にかけて約三週間エジンバラの南郊外ホーソンデンに住む富裕な詩人ウィリアム・ドラモンドの屋敷に滞在した。『対話』とは、その際ドラモンドがジョンソンから聞き書きしたものの死後出版（一七一一）を指す。「シェイクスピアは技《アート》に欠けていた」という御託宣で有名だが、後世コールリッジにこんなものを出版したのはドラモンドにとってむしろ「不名誉だ」といわしめたこの書物のなかで、(2) ジョンソンは次のように語っている。

ベン・ジョンソン

> 彼〔ジョンソン〕はプラウトゥスの『アンピトルオ』のような芝居を書こうと目論んだが、やめてしまった。読者に同一人物

と思わせるにたるほど瓜二つの人間を見つけられないと思ったからである。(3)

ところが、われわれはシェイクスピアの『十二夜』とか『間違いの喜劇』とは、まさにこの『アンピトルオ』やプラウトゥスの別の劇『メナエクミ』に立脚した、双子の活躍する劇なのを知っている。「経験の背後にある、現実と幻影、覚醒と眠りの間の世界」に対する信仰において、何と両者は対照的であることか。(4)

もう一つは、『用材集』に見出される。

これは、ジョンソンのいわば読書時のメモで、彼の死後おそらく遺著管理者のケネルム・ディグビー卿により集大成され、一六四〇年版の『作品集』に初めて集録されたものである。そこの五二二行目に以下の一行がある。

人はその顔をみればわかる。(5)

これもまた、シェイクスピアとの相違を痛切に感じさせる。『マクベス』のダンカン王は叛乱をおこしたコーダーの領主の処刑の知らせを聞くと、

ないものだな、
顔付きから心の造作を知るすべというものは
(一幕四場)

と述懐した。劇は、その言葉が終るか終らぬうちにこれから謀叛をおこすこととなるマクベスが登場し、彼の勲功を王が絶讃する方向に進んでいく。そこに何ともいわれぬアイロニーがあるのだが、この場だけでなく、「人の心は顔

からはわからぬ」というのは、見かけと実体という形でシェイクスピアが終生追い続けたテーマではなかったか。ここにおいてもまた、同時代に生きた二人の劇作家の相違はあまりに明らかだ。

その他、劇に対する劇作家自身のあり方ないし姿勢も、両者の資質や演劇史的意義を考えるに当って重要だが、これは論を進めるにつれ次第に解きほぐされていくだろう。

ジョンソンとはいかなる劇作家で何を目論んだ人なのか、矛盾にみちたその強烈な個性はどこから生まれ、演劇に何を齎したのか、以下はこのイギリス演劇最大の改革者についての一考察である。

一

ジョンソンの幼少期についてはほとんど何もわかっていない。出生地はロンドンかその近くだろうが、正確にはわからない。ドラモンドに語ったところによれば、父祖の地はスコットランド、父方の祖父は「紳士」の身分だったが、ヘンリー八世の御代にイングランドにきて出仕したという。父の代になったメアリの時代にすべての土地財産を失った。

この父はエリザベスの御代になってからどうやら「謹厳実直なる福音書の僕」になったらしい。だが、一五七二年、ジョンソンが生まれる一ヵ月前に世を去った。ジョンソンの作品に一貫して顔をだす強い父親像への憧れは、ここに胚胎する。そして、おそらく二、三年の内に母親が煉瓦工と再婚し、一家はチャリング・クロス近くの「雄鹿の角通り」に住むこととなった、とフラーは伝えている。(6)

のちにジョンソンが筆禍事件で処刑されそうになったとき、密かに毒を送り、自らもそれを仰いで死ぬつもりだったと釈放後息子に語った(7)この母は、ポーシャさながら「ローマ風賢夫人」の典型と呼んでよいだろう。その母を敬愛していたのはこの挿話を自ら披瀝しているところから察しがつくとして、継父とその職業を愛していた様子は、どこからも窺えない。父の職業に「耐えられないので低地帯にいった」と語っているものの、その当の職業が「大工だったか煉瓦工だったか」とドラモンドが覚束無い書き方をしている以上、明言することすら避けていたかもしれない。オランダへ出向いたとは志願兵になったことを意味しようが、「じきに戻った」とはいえ生命を的に戦おうと一旦は決意したのだから、煉瓦工への嫌悪はやはり尋常一様ではなかった気がする。(8) やがて彼は興行師ヘンズロウの下で台本合作者になるが、いくら気乗りがしなかったとはいえ、モルタルを踏む生活からみれば、天国と思われたのではあるまいか。(9) 彼の場合、終生変わらぬ上昇志向の背後には、継父の職業への嫌悪感がつねに潜んでいたように思われる。

彼はまた『対話』のなかで若い日の女狂いについても正直に触れ、生娘よりも既婚の女性の方を好んだといい、嫉妬した夫、妻の不貞をむしろ喜んだ夫の例などを挙げている。(10) 彼はこの自らの体験を生かして『みな癖を出し』のカイトリーや『みな癖が直り』のデリーロといった人物を創造するわけだが、この人妻趣味(?)に幼少にして母を義父に奪われた精神的外傷《トラウマ》をみ、義父への復讐を読みとろうとする批評家もいる。(11) あながち穿ちすぎた見方とばかりはいえないだろう。

ドラモンドに語ったところによれば、実父の死の次は「貧乏な育ち方をし、ある友人(彼の師ウィリアム・カムデン)から学校へあげて貰った」と続いている。この奇特な出資者が誰だったかを巡っては意見が定まらないが、学校の方は当時カムデンが教頭を務めていたウェストミンスター校と、大方の見方は一致している。ジョンソンはのちには寸鉄詩の形でカムデンに謝意を述べ、そこで「自らの学芸百般」(12) ことごとくを彼に負っていると語っているから、間違いはないだろう。フラーには、ウェストミンスター校へ行く前に、聖マーティン教会付属私立学校へ通ったともある。

フラーはまた、ジョンソンがその後「別の職業」に就く前に「法規上は」ケンブリッジの聖ジョンズ・カレッジ学寮に入学したものの、学資が続かず断念した、と書いている。だが、これは「伝説」に留めおき、一五八八年頃から九五年頃までは、志願兵になった一時期を除き、その「別の職業」=継父の仕事に従事していたとみるのが穏当だろう。その間に、おそらく九四年一一月頃に、アン・ルイスという「じゃじゃ馬だったが貞節な」女性と結婚し、九六年には長男ベンを儲けている。

となれば、ジョンソンの正規の教育は一六歳位で終ったことになる。『対話』にある、大陸から帰還後におこなった「かつてのような勉学」とは、どうやらフラーが語るような、きわめて特殊な形をとったと考えた方がよいのではあるまいか。フラーはいう、「リンカーン法学院の新しい建物の建設工事に携っていたとき、彼は手にはこて、ポケットには一冊の本を忍ばせていた」[13]と。

ウェストミンスター校と自らの精励恪勤に加えてオクスフォード、ケンブリッジの両大学から名誉博士号を贈られるところまでジョンソンを導いたものとして忘れてならないのは、天性の記憶力だろう。『用材集』には、次のような箇所がみられる。

若かりし頃、私は自分の書いたものはすべて繰り返えすことができたし、四〇すぎまではそうだった。その後は、しかし、大分だめになってしまった。でもこれと思う限られた友人たちのもので、覚えておこうとした書物や詩は丸ごと、まだそらでいうのは可能である。[14]

ミルトンが『快活なる人』でシェイクスピアの「野性の調べ」を褒め称え、それとの対比において特に一八世紀以後ジョンソンの学識も過大評価されてきた嫌いがある。ともすれば、彼もハムレットやウェブスターに似て、『詩華集《フロリレジア》』といった抜き書き帳を使っていたかもしれない。[15] 事実、『用材集』そのものは、その種のものとして彼が企図してせっせと書きためていたものなのだ。にも拘らず、書斎の焼失を嘆いた詩「ヴルカヌスへの呪詛」や『用材集』に明らかなごとく、彼の「水症的な《ハイドロプティック》」知への欲求と記憶力は当時としても超人的というべきだろう。生涯を貫く自己矜持の根幹は、己れの学識への絶対的信頼にあったのは、言を俟たない。

ベンがいつ頃から役者になろうと決意したか、正確にはわからない。だが、結婚したのが二二歳、まだ修業中の身であり、それが七年間の奉公中は独身と定めた掟に抵触する以上、自ずと煉瓦工組合や父との絶縁を意味したとすれば、存外決意は早かったかもしれない。いずれにせよ、シェイクスピア同様早婚であり、転職も身を固めてから、ともすれば子供ができてからというのは、興味深い。錬金術の霊薬《チンクチャー》ならぬ学芸の心得《チンクチャー》がありながら生活の覚束無い者にとって、役者稼業から劇作家というのはもっとも手っとり早い転職の道だったのであろうか。

しかも、ジョンソンの場合時期も幸いした。

一五九二年から四年にかけて、イギリスはペストに見舞われた。九二年夏から猛威を振るいだしたこの度の流行は、幸いなことに年間死亡者こそ一万人台に抑えられたというものの、暑さのため長びいたのが演劇興行にはまともに響いた。九三年一月二八日に出された枢密院のお達し以後、九四年六月までロンドン周辺での上演はすべて禁止された。(16)

熊いじめに並んで演劇が観光の目玉になりつつあった当時のイギリスでは、一〇〇〇人以上の役者たちが一〇〇以上のグループをつくって活躍していた。その内でロンドン周辺で常時上演できたのは四つか五つのグループ、人数にして一〇〇人未満だったと思われる。ペストの流行はこの連中にもっとも大きな打撃を与えたのである。彼らはドサ廻りを余儀なくさせられただけでなく、罹病したり経済的に困窮したりで、経営が立ちいかなくなってしまった。その結果、それまで一〇年間位指導者的地位にあった女王一座をはじめ多くの劇団が消滅するか、ロンドンに立ち戻れない地方劇団になり下ってしまったのである。

大いに乱れた劇壇地図は、ペストの収束とともに再び塗りかえられる。大同団結と分裂をこの間幾度となく繰り返していた彼らは、ロンドンにあっては海軍大臣一座と宮内大臣一座に分かれて落着き、あぶれた者たちがダービー伯一座とか女王一座を再結成し、都落ちしていく。二大劇団制の確立であり、演劇の本格的隆盛化の新たな一歩であった。ジョンソンは、願ってもないこの時期に劇界入りを果したのである。

ジョンソンが関わったのは、第三の劇団ペンブルック伯一座だといわれている。確証はない。推測だけだが、やがて筆禍事件をおこす『犬の島』がこの劇団の上演作品であったのをはじめ、幾つかの理由が挙げられる。なかでも有力なのは、デッカーの『諷刺家打擲』（一六〇一）で、タッカ隊長がジョンソンと目されるホラ〔ティウ〕スに向かっていう科白だ。

お前は粗末な皮のコートに身を包み、大道を芝居道具を積んだ大八車と並んでのろのろと歩き、役者どもに仕えてヒエロニモの役を演じたことなど、すっかり忘れているとみえるな。(17)

ロンドンに登場してくる一五九七年以前からこの劇団（ペンブルック伯一座）は存在し、そしてそれが旧ストレインジ卿一座と何らかの関係があるとすれば、そこの演《だ》しものだった『スペインの悲劇』の上演を許可されていた、あるいは地方公演のときなど無断で上演した、と考えられるからである。

ジョンソンは容貌魁偉で知られた男である。大きく逞しいだけでなく、醜くすらあった。「あばた面のむくつけき男」とか「左右の眼の位置が違う」とデッカーなどにからかわれるのは、その故であった。(18)だから、シェイクスピア同様、一寸見には役者向きとは思われない。だが、反面、独学で身につけた並外れた学識と記憶力があった。当時のグラマー・スクールは音楽や古典の勉強をかねた演劇上演に力を入れていたから、芝居気もそこそこにはあったろう。それに、負けず嫌いだっただろうから、鼻っ柱だけでなく腕っ節も強く、腕もたったことだろう。オランダでも両軍見守るなかでの一騎打ちで首尾よく勝ちを収め、「見事な武具《オピカ・スポーリア》」をものにしているし、やがて些細なことから同僚の役者を殺して獄に繋がれることにもなるだろう。フェンシングの技術に練達であるのを要した当時の役者の条件を、彼は備えていたのであった。

にも拘らず、性格からいったら役者向きでないのに変わりはない。ジョン・オーブリーも、教え手としては優れていても、「決してジョンソンはうまい役者ではなかった」と書き記している。[19] だから、彼自身一刻も早く劇作家への転職あるいは兼職を望んだのではあるまいか。いや、ペンブルック伯一座を選んだというのも、結成ないし再結成間もなくで、台本が不足していると見抜いての上だったかもしれない。事実、一座が筆禍事件の煽りで解散し、九七年一〇月目ぼしい面々が海軍大臣一座に出戻ったりひきとられたりしたとき、彼らが手土産（？）として持参した八篇ほどの台本には碌なものがない。[20]

ただ不思議なのは、この夜逃げの後白鳥座小屋主ラングレーが役者を相手におこした訴訟によれば、二月末から七月末の僅か半年たらずの興行でラングレーが「少なくとも一〇〇ポンド以上」[21]と、ばら座の小屋主にして海軍大臣一座の一種の胴元ヘンズロウに大して引けを取らない稼ぎをあげている点だ。三〇〇ポンド分も役者たちに衣裳代を肩代りして漕ぎつけた公演ならなおのこと、早目に元手を回収しようとしたら、たまには際物を上演するか、他の劇団の当り狂言に類するものをやらせるしか術はないだろう。そして、そういう注文は新手の台本書きならもっとも頼み易い。ジョンソンがこの時期にこの劇団に所属する駆けだしの台本書きだったとすれば、『犬の島』のようなすぐ上演禁止になるような劇に筆を染めるか、あるいは気が進まぬままにすでに認められた先輩作家の真似をするかしか、たつきの道はなかったのである。

シェイクスピアの『ヴェローナの二紳士』の結末にそっくり依存した『事情一変』がペンブルック伯一座により上演された記録はない。しかし、彼がこの劇団から劇界に入ったとすれば、そこを考えるのがやはり筋のよい推断というものだろう。ジョンソンはまたプラウトゥスの『捕虜』と『黄金の壺』という古典二作を下敷きにする点でも、『間違いの喜劇』を書いたシェイクスピアに、密かに挑戦している。その上で、恋の助太刀を頼まれた男たちを次々に裏切らせたり、失恋男、盗難にあった守銭奴、息子を失くした父親三人三様であるべき嘆きを同じ決まり文句《セット・スピーチ》でやらせるというように、先輩作家のロマンス的筋立てに、半ば見えない批判の鉄槌を打ちこんでもいる。

さらにその上で、主人公の守銭奴を「奇人《ヒューマー》」にまで仕立て、馬糞の中に隠した金が盗まれてはいないか、確かめるため他人の爪の垢を嗅いだり、四つん這いになって汚物をどけさせたりもする。「陽気な靴屋」というやはり他の劇団で当りをとっていた人物を登場させ、難解な言葉の誤用で笑いをとるようにもさせている。[22]

いいかえれば、ジョンソンはここで他人の作品を換骨奪胎しているばかりか、己れの資質を手探りしつつあるということだ。それが失敗ならいざ知らず、結果は吉とでた。プラウトゥスの原作よりこちらの方が面白いという寸鉄詩が書かれたり、当時の詩華集にここから多くの引用が採られるようになる。[23] ジョンソンはようやく前途に一筋の光明を見いだしたと思ったのではあるまいか。

二

興行師ヘンズロウの出納簿ともいえる『日誌』には今日では解明不能の記載が多いが、その一つに、次のようなものがある（第二十四葉）。

ベンジャミン・ジョンソンから受領
一五九七年以降の株〔として〕

一五九七年七月二八日受領……三シリング九ペンス。

第二三四葉には、同じ日に現金で四ポンド、自分か自分の代理人が要求したときに返済するという条件で、エドワード・アレンとジョン・シンガーを証人として役者ジョンソンに貸しつけたという記録もある。[24] これはどう解釈すべきなのだろうか。

ペンブルック伯一座でやっと芽がでた台本書きが、海軍大臣一座の胴元とどうして渡りをつける必要があろう。しかも、『犬の島』筆禍事件を口実に、ロンドン市長が枢密院にロンドン周辺の劇場閉鎖の訴えをおこなったその日に。この訴えは、ペンブルック伯一座に役者を引き抜かれて公演が立ちいかなくなった海軍大臣一座の意を体して、ヘンズロウが後ろから糸を引いてのことだったのだろうか。そして、ジョンソンは自らの逮捕、拘禁を含めて事件のなりゆきをヘンズロウからすべて聞き知っていて、出所後の身のふり方を考えていたのだろうか。

答はあくまで謎であろう。だから、「株」が何を意味するかを含めて（というのは、株主になるための出資金としては、これは実際話にならないくらいの少額であるばかりか、その後補填した記録も現われないからだが）、普通演劇史家はこれに触れようとしない。だが、ジョンソンの生涯の軌跡を考えると、いくら不自然さがつき纏おうと、これはやはり鞍替えを念頭においての布石だった、と考えておきたい。但し、将来の事件の展望をどこまでもっていたかは問わない。それは議論の本質ではなく、「別の職業」から遠ざかる、より安定した生計の道の確保だけが肝腎だった。そんな風に思われるからである。

とに角、一〇月八日に釈放されたジョンソンは、ペンブルック伯一座が実質上解散に追いこまれ、白鳥座が閉鎖されたこともあって、ヘンズロウの許へ走った。同年暮れの三日に、ヘンズロウはある芝居の筋をクリスマスまでに書くのを条件に、彼に二〇シリングを貸し与えている。

その後、『日誌』には九八年秋までに二度（九七〔八〕年一月五日と九八年八月一八日）、ジョンソンの名が現われる。とくに二度目はポーター、ヘンリー・チェトルとの合作の執筆だが、その合間に単独で『みな癖を出し』にもとりかかっていたらしい。それができ上ると、世話になっている海軍大臣一座ではなく、今度は宮内大臣一座に持ちこんだ。仁義より生活の安定をとる彼の上昇志向は、ここに明らかだろう。

ジョンソンの肩をもったいい方をすれば、彼は一応海軍大臣一座の将来を見通していたかもしれない。文芸路線への切り替えの失敗を見届けてから、軌道修正をした可能性もある。(25) だが、翌九九年秋、（『みな癖が直り』の上演を巡る諍いが絡むとはいえ）今度はその宮内大臣一座と仲違いし、より実入りのよい少年劇団につくように、基本姿勢はつねに一貫していたように思われる。

ジョンソンの場合問題を厄介にしているのは、劇作家として認知されて以来、とくに九八年頃から、この上昇志向がいろいろと合理化され始める点である。

のちにドラモンドに対し、オランダ戦役で「見事な戦利品」を収めたと、『イリアス』か『アエネイス』にでてくる勇将ばりのイメージで語っていたことについては、すでに触れた。ところがそのすぐ後で、『みな癖を出し』が上演中の九八年九月二二日、かつての同僚役者ゲイブリエル・スペンサーを殺した、と述べる際には、「決闘」という紋章佩用者でもあるかの表現を使う。ジョンソンは文によって階級を超えたと思っている、少なくともそういう自己イメージを築き、それに近付こうとしているのである。

この志向は殺人容疑の入獄騒ぎで一時頓座する。即ち、ラテン語を読めるという「聖職者の特権」を利用して死刑を免れ、親指にタイバーン刑場を意味するTの焼鏝を押されて出所してからというものは、一時あんなに嫌っていた煉瓦工に戻ろうと真剣に対策を講じたようである。[26]だが、その殊勝な気持も一年とは続かなかった。無理して親方株まで手に入れながら、再び劇作家稼業に戻っていく。「詩人」という職業につこうとして、彼はまた元きた道を改めて辿り始めるのである。

しかも、この度の挑戦は前回とは比べものにならないほど尖鋭化していた。海軍大臣一座のために合作しながら宮内大臣一座のために「諷刺喜劇」と銘打った『みな癖が直り』を書いたとき、これはまったく新しいジャンルの劇だったばかりか、自己イメージもこれにより「詩人」に向けて確実に一歩近付いたのであった。

この尖鋭化がどこから現われたか、その拠ってくるところは、正確にはわからない。『みな癖を出し』が『事情一変』ほどの評判は呼ばなかったにせよ、今をときめく宮内大臣一座の劇を書いたことで一段と社会的に箔がついたと考えたのだろうか。だが、九八年に出版されたミアズの『知恵の宝庫』で、すでに当代を代表する悲劇作家に祭り上げられているのに、『癖を出し』以前の作品についてはそれらが合作だったせいか意に充たなかったせいか、彼自身は生涯を通じて（作品《コメディズ》の半分は印刷されなかった[27]と述べている以外は）沈黙を貫いている。となると、理由はそれだけではなさそうだ。ヒントはどうやら『癖が直り』につけられた献辞にあるらしい。

「わが王国における学芸と自由のもっとも高貴な苗床たる法学院へ」という献辞において、彼は「某がこの詩を執筆しておりました際に、貴下の団体の諸賢と友人関係を結びおり……その方々は立派な生き方の見本を示して下さいました」と謝辞を述べている。[28]オーブリーが語るところによれば、当時ミドル・テンプル法学院にいたリチャード・ホスキンズの息子が後にジョンソンとの養子縁組を望んだとき、彼はとんでもないと断り、舎弟よばわりしてくれるだけで本望だ、だって、「ぼくは君の父君の息子なんだから。ぼくを磨いて下さったのは、お父上なんだよ」といったという。[29]どういう経緯によるかは不明として、法学院の面々に「養子入り」し、洗練された生き方を学ぶことで自らの出自を抜けだしたという思いこみが、彼の意識をかえたのである。

諷刺喜劇を創作したについては、別の事情が控えている。

一五九九年六月一日、カンタ〔ベリー大主教〕ジョ〔ン・ウィットギフト〕とロンドン〔管区主教〕リ〔チャード・バンクロフト〕の連名で、ホールの諷刺詩をはじめ十数篇の同種の詩が名ざしで禁書とされ、主教の下へ提出の上焚書という布告が出された。[30]デイヴィス、ギルピン、マーストン、ハリントンと、九〇年代に諷刺詩に手を染めたのは、当時の知識人の代表たる法学院の学生並びに出身者が多かった。諷刺喜劇というジャンルの誕生には、どこか「父」たちの精神を受け継ごうとする気負いが隠されているのは確実である。

だが、直接原因がそこにあったのは疑いないとして、「諷刺」という捉え方が演劇ないし広く文学一般に登場してくるには、さまざまな要因が絡んでいる。まず、社会的な面から眺めるとしよう。

一六世紀後半をほぼ覆いつくすエリザベスの治世がイギリスの黄金期であったのはいうまでもないとして、文運の未曾有の隆昌化とは別に、社会的、経済的にはいろいろな問題を抱えこんだ暗い時代であり、とくに女王の晩年とも重なる九〇年代においては、それは一種の世紀末的現象を呈してた。

一五七九年女王は四五歳で二〇位若いあばた面のフランス皇太子アランソン公と見合いしたのを最後に、結婚話は跡絶えた。世継ぎが望めぬどころか、九〇年代も半ばを過ぎれば、すでに好きなダンスさえ踊れなくなっている。髪は抜け、歯ははれ、ろくに食事も摂れなくなっている。[31]にも拘らず、王位継承者は決まらない。「宗教の国王帰属主義」が定着している国では、国民の間に不安は募る一方だ。

加えて、女王を支えてきた人々が老齢化し、ウォルシンガム（九〇年）、ハットン（九一年）、ドレイク（九六年）、バーリー（九八年）と次々と他界していく。国家の舵取りもままならない。

経済問題も深刻だった。

七六年アントウェルペンの陥落以後、世界経済の中心はロンドンに移っていた。世界の富は集中し、それにつれて商人、貴族たちも群がってきて、町は膨張し、奢侈産業は成長したが、インフレも盛んになった。物価は四倍、人口は五倍近くになったが、賃金はせいぜい倍どまり、これが八〇年代ですでに一万人以上の浮浪者を生みだしていた。[32]ロンドンという町では、一方にあくどい商人の搾取といかさま商売、他方に貧者の群れと、初期資本主義経済の悪弊がもろに吹きでていたのである。

そこに、天候不順が追討ちをかけた。九四年までの異常な暑さがペストを蔓延させたと思ったら、その後二、三年は逆に悪天候が続いた。飢饉が到来し、『癖が直り』のソーディドーのような悪徳商人が相場を左右し、後にシェイクスピアの『コリオレーナス』の冒頭にみられるような、穀物騒動が各地で勃発した。

女王が宮廷人たちに無制限に与えた数々の特許も、経済の悪化に拍車をかけていた。

これにさらに、天動説を覆した「新学問」が齎した存在論的不安が加わる。ブルーノとの論争を終えたオクスフォードの大学人たちも次第に頭を切りかえ、ハムレットも地動説を受けいれたらしい。

人間が己れの既成の尺度では計れないこうした事態に直面したとき、心は自ずと諷刺に向かう。とくに対象が恐怖と魅力を併せもてばもつほど、しかも、これまで己れの尺度に充分自信をもっていた知識人であれば尚のこと、自嘲とないまぜになった形で諷刺意欲が高まる。人類が久方ぶりに生みだしたメガロ都市での旺盛な経済活動は、古えのローマに似て諷刺文学を生みだす充分すぎる土壌を提供していたのである。

ジョンソンの文学は、シェイクスピアと異なり、中世的農村文化の遺産ではない。諷刺という形をとった、市民的商業文化の最初の産物である。これはいくら強調してもしすぎることはないが、それはまた演劇や文学の流れからも要請されるところであった。

演劇はどの社会でもほぼ宗教儀式の世俗化から始まっている。テーマ自体は神から人間へといつしか下ってくるのだが、その人間の運命が個別化される過程のどこかで参加の劇から娯楽ものへとすり変わっていく。エリザベス朝演劇が登場してくるのは、その辺りである。まだ人間の運命は王侯貴族についてのものが一般的とはいえ、悲劇でいえば次第に「家庭化」され、小市民を対象としたものに移りつつある。喜劇でいえば、大陸とは精神風土が異なるせいか、笑劇が意外と根づかず、古典ロマンス、中世ロマンスに根ざしたものが次々と上演されている。演劇の批判者ゴッソンの口をかりれば、歓楽の王宮、黄金のロバ、アマディス物語、円卓物語と「ラテン語、フランス語、イタリア語、スペイン語で書かれた淫猥な喜劇が、ロンドンの芝居小屋の飾りつけのため乱獲されている」有様なのである。(33)

演劇の隆昌化は、また見巧者という存在を招きいれる。興行である限り、目先の新しさをも必要とする。興行として成功させようと願ったら、台本の形式、内容両面での整備が必要になると同時に、演しものに変化を与える努力も欠かせない。一六世紀末というのは、ハムレットがいうように、見巧者が出現し始めていると同時に、心理的掘下げが一応行きつくところまでいき、時代の精神風土に合った新趣向がでてきてもおかしくない時期でもあった。都市環境に眼を向け、人間の心ではなく人々の奇矯な行動を外側から皮肉な眼で眺める劇の登場は、いわば演劇史の展開からみても必然であった。

諷刺とは直接繋がらないものの、ジョンソン劇を考える上でここで是非触れておかねばならないことが、もう一つある。それは、今述べた演劇の形式面での整備に関係する。

ジョンソンは古典劇の法則性を尊び、それを無視したシェイクスピア劇のようなものを批判していたのは、よく知られている。たとえば、『みな癖を出し』の前口上では『ペリクリーズ』や『冬物語』のように人間の一生を扱ったり、『ヘンリー五世』のように口上役の手招きだけで海を越えてしまったりと、時や場の一致の無視されるさまを、宙づりの神や花火といった子供騙しの装置ともども槍玉に上げて非難している。

続いて彼は、喜劇とは「人々の実際の振舞いや言葉」で時代の姿をあるがままに映し、人間の愚かしさを楽しむためのものだという、キケロに帰せられている定義を述べるが、こういう定義や法則無視への批判はすべてシドニーに発している。即ち、九五年に出版された彼の『詩の弁護』をジョンソンが拳々服膺したところに、それは現われる。『癖を出し』の前口上そのものが、「シドニー主義の明確なコラージュ」だったのである。(34)

いいかえると、これはジョンソンも、野蛮《バーバリズム》の超克を旗印にラブレーのいう「ゴシックの夜」を抜けだそうとしたヒューマニストたちの系譜に列なることを意味している。パーシー家とダグラス家の物語といった古謡を耳にすると感動を覚える自己の「野蛮さ」を自覚しながら、シドニーは古典様式を無視した「雑種劇《モングレル》」を非難し、母国語の純化に努力したが、ジョンソンも同じ視点からものを眺めているのは、僅かな例を挙げるだけで充分だろう。

たとえば、『ヴォルポーニ』の献辞には、道化や悪魔をみたがる観客を非難して、「ああいう古色蒼然たる野蛮主義の遺物」云々といい、『文法論』の冒頭では、

　　われわれはわが国の言語を粗野と野蛮な意見から解放し

と述べる。その一方で『用材集』では、古典盲従を戒めるリチャード・マルカスターばりの主張を堂々と述べてもい

的野蛮の超克の路線上で、演劇論を展開していたのは、余りに明らかだろう。[35] ジョンソンが、エラスムスからシドニー、ロジャー・アスカム、マルカスターと続くゴシック的暗黒、スコラる。

ところが、その啓蒙主義的演劇論がもろに現われる『癖を出し』の前口上が、一六〇一年の四折版には現われない。一六年の『作品集』に収録されるに際して、舞台をイタリアからイギリスに移したのと時を同じくしてつけられたらしい。ジョンソンの演劇論が生の形で現われるのは、『癖が直り』の三幕六場の終りで、解説「組《グレックス》」の一人コーディタスが、キケロの説として喜劇の定義を述べるのが最初だろう。[36] 彼が諷刺の舌鋒のみならず、ヒューマニスト的理論家の側面を鮮明にし始めるのも、『用材集』を書き始めるのも、法学院に仲間ができ、劇作家として箔をつけた時期と重なっているのである。

彼がシドニーにうけた影響はこれのみに留まらない。『癖を出し』の最後に女王を登場させる趣向も『五月の貴婦人』にヒントをえたかもしれないし、ペンブルック伯一座に関係したのも、後にこの一族にパトロンを求めようとするのも、ともすれば、オランダへの武者修業もすべて、シドニーへの敬愛に発していたかもしれない。ソネットの流行とデコーラム無視だけは批判したけれども。[37] ただ、これらは推測の域をでるものではないとして、この頃からにわかに高まるホラティウス熱がシドニーに発するというのは、どうやら確実と思われる。シドニーは『弁護』のモットーに「私は下劣なる俗衆を憎む。而して之を遠ざく」とホラティウスの『詩歌《カルミナ》』第三歌第一節の冒頭の一行を掲げたが、ジョンソンはまさにこの精神を体したような言動をこの頃から具体化させるからである。古典への言及を劇中にふやし、終口上ではエリート観客を希求し、さきの引用に明らかなように、自らの劇を詩といいくるめる。[38] そしてついに「試し書き」ではホラティウスばりに抒情詩との訣別を宣言し、[39]『えせ詩人』では「イギリスのホラティウス」として自らを劇に登場させるに到る。エリート集団とつき合い、自分と境遇の似た古典詩人をシドニーを通じて発見することで、ジョンソンはついに一介の台本書きから劇詩人へと自らの祀り上げに成功したのであった。

三

ジョンソンは『癖が直り』を「コミカル・サタイヤー」と名づけたが、これは劇の形をとった諷刺、つまり、ジャンルだけかえた諷刺詩という意味である。(40) 彼の生涯を振りかえると、結婚してから職をかえたかと思うと、指に犯罪歴を押される身でありながら、獄中でわざわざカトリックに改宗するといったように、自ら退路を絶って好きで生きにくい状況をつくりだしているふしがある。結果としてはそれをバネにさらなる飛躍を遂げるわけだが、ジョンソンという人間の不可解なところだ。今回の企ても、世話になった人々への弔合戦（？）といった趣があるとはいえ、やはり暴挙というべきだろう。

ところが、それが幸いした。逮捕騒ぎを免れるため、何重にも防禦を固めた。その結果、彼は己れのドラマつくりの基本といったものを発見するのである。

ジョンソンは最晩年「さまざまな気質の和解」の副題をもった『磁石夫人』の執筆に際して、自分は「この種の研究」を『癖を出し』で始めたから、この劇で円環を閉じたいという旨の発言をしている。(41) 自己イメージに照らしたときに、『癖を出し』こそ出世作であるばかりか処女作でもある、そして、この研究分野は自分が開拓したのだ、彼はそんな風に思いこんでいたのではあるまいか。

だが、人間の複雑な行動を気質という生理学的原理まで還元し、それを喜劇仕立てで扱おうと最初に企てたのは、じつは彼ではない。ヘンズロウ工房の同輩チャップマンである。

ジョンソンがまだヒエロニモ役を務めながら地方巡行をしていたであろう一五九六年春頃、ロンドンではチャップマンの『アレクサンドリアの盲乞食』が大人気を博していた。ヘンズロウの『日誌』によれば、この劇は当時『フォースタス博士』につぐ公演回数を誇ったが、それに気をよくしてチャップマンは九七年五月、次作『気紛れ陽気の一日』をも「気質」路線でものし、やはり評判をとった。

ただ、チャップマンとジョンソンの「気質」の捉え方は明らかに違う。二作目には憂鬱、嫉妬、偽善を体現した人物が現われるものの、チャップマンの場合「自己愛と気取りにより生みだされ、愚行に養われた化物」というよりは[42]、どちらかといえば、一作目の主人公が変装の下におこなうような、うまく説明のつかない奇矯な行動すべてをその名で括ってしまおうとする趣が強い。

また、ジョンソンの二つの気質劇でも、その意味するところは若干異なるようだ。『癖を出し』では、嫉妬深い亭主、えせ詩人、臆病軍人、頭の弱い伊達男と、自惚れとか気取りに冒されているといっても、程度が軽い「愚行」に留まっている。ところが、『癖が直り』では虚栄心の強い騎士、貪欲な穀物商、きざな宮廷人、町女房、宮廷の女性と、気質の生みだす愚行というより階級が孕む悪徳という含みが強くなっている。シェイクスピアやギャスコインは喜劇の題材を人間の冒す愚かな「誤ち《エラーズ》」や「思い違い《サポーゼズ》」にみたが、シドニーの「ありふれた誤ち《コモン・エラーズ》」を踏まえてジョンソンが「当世風愚行《ポピュラー・エラーズ》」に限定する過程で、何かがおこっている[43]。人間を社会的存在としてより細かにカタログ化しようとする意志と、下向きの眼の強化といったところだ。そして、それはこの言葉が現われる前口上があとでつけられた『癖を出し』からではなく、『癖が直り』、つまり、彼が諷刺劇というジャンルを自覚した辺りから始まっているとみてよかろう。

ローマ新喜劇風の『癖を出し』と諷刺劇『癖が直り』の相違は、劇中の裁きのあり方に一層はっきり現われている。親をだし抜いての結婚話と愚行の陳列がうまく噛みあわないきらいはあるが、ドタバタの末最後に決着がついてみれば、『癖を出し』の後味はさほど悪くはない。罰せられるのも、機知を巡らしてあれこれ画策した召使いではなく、えせ詩人と臆病者という、ジョンソンが終生嫌った二人が中心だ。

ところが『癖が直り』の方は、愚かしさの認識のさせ方からして荒っぽい。首つり未遂をやらせるかと思うと、密会の現場に亭主を送りこんだり、罪のない犬を殺してみたり、矯正者自身が人物紹介にあるように、嫉み心に冒されているが故に残酷だ。

おまけに、諷刺の尻尾をつかまれるのを恐れて、最後はその男に自己矯正させる。しかも、女王が突然宙づりの神として現われることで、汚物に流れを塞止められていた市中の河川がテムズにより浄化されるように、彼の暗き思いが一掃されるという、前代未聞の形を採ろうとする。(44)

矯正者の自己矯正、これがまず諷刺性を咎められないために巡らした第一の策だ。その上で、作者の分身ともいえる破壊的な男の言動を劇全体の主張とつかず離れずの関係におき、しかも、万が一のときには責任逃れができるように、作者の公的な顔ともいえる狂言廻しとダブらせつつも、一応の区別はする。

こういう芸の細かさをみせておいて、その上さらに解説役に「一組《グレックス》」を登場させ、劇中の事件にコメントし、観客反応を先取りし、見方を強要することで、諷刺的意図のなさを徹底してわからせようとする。劇はその結果きわめて自意識の強い、一種のメタドラマと化すのである。

念のためいえば、諷刺劇とは人間の愚行をサディスティックに暴露する劇の謂であって、理想の劇、理想の詩人の不可能性を自嘲まじりに書いたものの謂ではない。ただ、ジョンソンの場合、予防線を張り巡らす過程で、結果として社会における詩人の理想の姿を追い、その実現不可能性の認識を浮かび上がらせてしまったのである。

とはいえ、詩人と社会との関わりのテーマは、諷刺劇と銘打たれた三つの劇それぞれにおいて異なる。とくに、『月の女神の饗宴』と『えせ詩人』の場合は、少年劇団の手になるものであり、しかも後者はいわゆる劇場戦争という詩人同士の諷刺合戦に関係したものであるが故に、『癖が直り』とは同日の談ではない。ただ、作品に枠を嵌め、鑑賞の手引きを同時に提供するというやり方、作者の分身ともいえる人物による裁きがなされるという点において共通する。そして、諷刺という行為により有力者の愛顧をえようとする――虫のよすぎる――企てが水泡に帰した点においても。『月の女神の饗宴』の題扉は、ホラティウスからの引用でその間の事情を雄弁に告げている。「貴顕が与え渋るものを、役者が提供してくれる」と。

諷刺劇と銘打たれた最後の劇『えせ詩人』の四折版には、舞台では一度しか語られたことがないという、いわゆる「弁明的対話」がつけられている。そこで「作者」と名乗る人物は「大鼻《ナストゥ》」と「鼻たけ《ポリポスス》」を相手に劇場戦争のいきさつを語るが、最後に「喜劇のミューズ」が自分には縁起が悪いとわかったから、「試してみようと思う／悲劇の方がより親切かどうかを」といっている。(45)

アマチュア（マーストン）にはもっと真剣にやれ、プロ（デッカー）にはもっと高尚になれ、と勝手なことをいって喧嘩を売っていた自分に愛想がつきたというより、おそらく何らかの身の危険を察知してのことだろう。目糞鼻糞を笑う類の喧嘩が、予想外にうけて、復活間もない少年劇団の懐を潤した。『錬金術師』三幕四場でいうように、劇場は今や作家を求めている状況にある。とくに役者に金のかからぬ少年劇団は法外な額を支払っても、人気作家を確保しようとやっきになっている。(46)これ以上戦争を過熱させて、ペンブルック伯一座や白鳥座のように劇団や劇場を解散や閉鎖に追いこませたら、元も子もない。劇団の財産である『癖を出し』の台本を勝手に出版して以来、芳しくない宮内大臣一座との関係も改善しておいた方がよかろう。詩人の良心を守りつつ最大の利潤をあげるには、どの劇団とも等距離を保つのがもっとも賢明だからだ。ジョンソンは珍しく弱気になったというか、まっとうな考えを巡らしたのではあるまいか。そして、その思惑は見事的中した。ジョンソンはその一座から悲劇『シジェイナス』の執筆を依頼されることとなったのである。

この依頼がどうしてなされるに到ったかは、わからない。彼は少し前に（一六〇一、一六〇二）ヘンズロウに頼まれて『スペインの悲劇』の加筆訂正をおこなったが、(47)そこに含まれていたと思われる子をなくした親の嘆きが好評だったのかもしれない。長女や可愛がっていた少年俳優の死から間もない時期の執筆とすれば、これも頷けるところだ。この『スペインの悲劇』の復活が『ハムレット』に対抗したものなら、海軍大臣一座が打とうとしている残酷な『せむしのリチャード』に人気を奪われないように、今度はその同じ作者によりよい条件で似た劇を書かせたらどうだろう。おそらくそんな相談が宮内大臣一座の幹部会で決まり、その意を体してジョンソンは、ティベリウス治下のローマ帝政期に舞台をおいた『シジェイナス』を書くのである。

もっとも、残忍な劇というのは劇団側の希望の大枠にすぎず、どういう材料を使ってどう捌くかはジョンソンの裁量に任されている。ジョンソンは、若き生命を徒らに散らすシジェイナスの狂気じみた野心に、愛する者を失った悲しみと、彼らを放っておいて死なせてしまった自らへの自責の念を投影しながら、書こうとした。主人公の野心を通して側近政治の弊害を浮かび上がらせ、自らを重用してくれなかった女王への恨み節をも忍ばせながら。また、恐怖政治に対するゲルマニクス一族の無力な抵抗に、文にしか頼るもののない已れの姿をダブらせるのも忘れずに。

ジョンソンが古典様式の枠を無視した『ヴォルポーニ』という壮大な悪の世界に関心を寄せたのは、『シジェイナス』の執筆が契機だっただろう、とアン・バートンはいう。(48)つけ加えるとすれば、『シジェイナス』と次作の『東行きだよお』がまたまた逮捕騒ぎをひきおこしたり、おこしそうになったことへの反省だ。耳や鼻を削がれたり、子煩悩な母にまた毒を盛られたら叶わないと思ったのだろうか。プリニウスやペトロニウスに加えてルキアノスを愛読し、「間接的な《オブリーク》」諷刺の仕方を学んだのも大きかったかもしれない。(49)とに角、ここで彼はいわば一皮剝けたのである。だが、諷刺の仕方は変わっても、劇の構造は大して変わらない。『バーソロミューの市』から『新しい宿屋』辺りにかけて多少の逸脱はみられるというものの、基本的には同一構造が生涯を通じて貫かれているといっても過言ではない。「癖」をもった人物やまぬけの直線的な陳列である。諸々の人物を幕尻近くで一ヵ所に集めたり、四幕から五幕にかけてドンデン返しを喰わせたりもするが、これについては今は触れない。

この基本構造は、騙したり、からかったりする、あるいは、常軌を逸した行動を笑いとともに矯正するには、それぞれを離しておいて絡ませないに限るという、プロットや劇的効果の要請による、とひとまずは考えられる。『ヴォルポーニ』でいえば、瀕死の老人とふれこみの男の遺産を狙って、まずヴォルトーレ（禿鷹）が現われ、それが「去ったと思うと、今度は老いぼれの大鴉（コーバッチオ）」が訪れ、さらにはコルヴィーノ（小鴉）、少しおいてウッドビー夫人と、その順序で登場する。これはいわば肉食動物が腐肉に喰いつく順番だが、（だから、五幕一場でヴォルポーニが死んだという偽情報が流された際も、一番にやってくるのはヴォルトーレというわけだ）、『錬金術師』では逆に頼みごとの軽い順番に、ダパー、ドラガー、マモンとくる（とはいえ、最後に登場する狂信的ピューリタンたちが最も関わりが深いわけではないのだけれども）。

「気質もの」と違って、これらの劇では登場人物たちに共通する欲望空間がヴォルポーニの家とかフェイスことジェレミーが召使いを勤める家（『錬金術師』）、あるいはスミスフィールド（『バーソロミューの市』）、モロースの家（『エピシーン』）と、限られていることにも関係する。

というより、彼らは共通の欲望によってそこでたまたま触れ合うにすぎず、本来が孤独の群像だから、といった方がより正確だろう。[50] そのよい例が『癖が直り』のファンゴソといった学生で、伊達男の宮廷人ファスティージアス・ブリスクがしゃれた姿で現われると、叔父と話していたことなど上の空、正確に同じものをつくるには幾らかかるかの金勘定に没頭する。一方、叔父のソグリアードの方ではロンドンでの楽しみごとに気をとられ、甥の非礼が大して気にならない（二幕三場）。また穀物の値段の高騰しか頭にない父親のソーディドーは、舞台上に誰がいようとお構いなし、天を仰いで雨が降る徴候のみを探している（一幕三場）。

そもそもジョンソンの劇では家族関係すらないか、崩壊している場合が多い。ヴォルポーニの家が典型で、彼は妻子がいず、居候と道化たち、すべて血縁関係のないものと同居しているにすぎず、逆にいえば、だから遺産相続が問題になるわけなのだ。のちの『新しい宿屋』などは、家族が一堂に会している、しかもその多くはかなり長い間一つ屋根の下に暮していたにも拘らず、互いにわからなかったという、何とも奇妙な状況に劇が依存している。

ジョンソンについてのもっとも重要な批評書の一冊をものしたバリッシュは、この世界の特徴を文体論から導き、シェイクスピアに比して「因果関係《コーザリティ》」を表わす言葉が極端に少ないという。[51] たとえば、ハムレットは亡霊に会うと、無知で自分を破裂させないでくれと頼み、僅か一八行位の科白を話す間に疑問詞を六つも連ねるが（一幕四場）、それとすでに挙げたソーディドー一家の刹那主義的な生き方を比べたら、相違は一目瞭然だろう。

ジョンソンの世界の人物を考えるとき、孤独に加えて彼らが巨大すぎる欲望や情念につき動かされているせいか、シェイクスピア劇の人物とは正反対に経験により何も学ばないということも、同時に注目に価する。時間が何の意味ももたないジョンソン劇のアクションとは、いうならば、人間の不変性確認の儀式なのだ。だから、コーバッチオやコルヴィーノが獄に繋がれず、遺産にありつけそうな新たな口がみつかれば、彼らはまた息子を廃嫡したり、妻を差しだそうとするだろうし、ダパーは妖精の女王を探しだし、賭けに万能のお守りを手に入れようとするに違いない。一旦味をしめたコークスは掏られるとわかっていても、また来年のバーソロミューの市にのこのこ出かけていくだろうし、『悪魔は頓馬』のフィッツドットレルは芝居に着ていくすばらしい服さえ貰えれば、再び妻を危険に曝すのも厭わないだろう。地獄からきてこの男に傭われる悪魔のパグを除けば、経験により叡智を獲得する人物は殆んど見当たらないのである。

ヴォルポーニは遺産目当てでまずヴォルトーレが銀の皿をもってきたという知らせをうけると、

結構！　どうだ、狐なら、
大地に寝そべって、見事な計略で
がつがつした鴉を手玉にとらぬ法はあるまい

といい、最後窮地に追いこまれると、変装をとき、

さあ、古狐が化けの皮を脱いだぞ(52)

というが、彼をはじめジョンソン劇の人物たちが不変なのは、彼らの性格はおろか行動までが多かれ少なかれ寓意的な名前により規制されていることとも無縁ではないだろう。まことに、ここにおいては「名前は一種の言葉による

顔[53]」なのである。

ただ、そうはいうものの、ジョンソンにおける名前の扱い方は、名はものの本性を顕わすというプラトン的な考え方から、偶然の意味づけの結果とみる師のカムデン的な見方へと、生涯を通じて変わっていく、とバートンはいう[54]。だが、親からひきついだ自分の名からhの一字をあえて落したところに窺われるように、終生名前に拘り続けたことに変わりはない。事実、彼の劇には『癖を出し』のコブをはじめ、カストリル（『錬金術師』）、ラ・フール（『エピシーン』）、いや「玉葱」（『事情一変』）、「丁子《ちょうじ》」（『癖が直り』）まで含めて、自らの名前を自慢し、一席ぶつ人物が多いが、彼らはそのときもっとも生き生きとしているといえる。『たわいない話《ア・テイル・オヴ・ア・タブ》』には四幕一場と二場の間、メタファーがケンティシュ・タウンへいってくる間を利用した「突出シーン[55]」という「許可されなかった」場まであり、イニゴ・ジョーンズ諷刺に絡めて「最初の桶《タブ》についての話」が披瀝されている。

名前によって登場人物の性格や行動が規定される世界では、欲望以外で結びつけようとすると、叩いたり撲ったりして無理やり接触させねばならない。『月の女神の饗宴』の導入劇や『錬金術師』の幕開きのように、喧嘩口論で始まるのは、いかにもジョンソン劇を象徴しているといってよい。裁きの場面の多さも、悟りの少なさと裏腹の関係をなすとみてよかろう。ジョンソン劇は、総じて暴力喜劇なのであり、現代人がどこかそれに馴染めないとすれば、おそらくこの事実と関係があるだろう[56]。

あとで改めて扱うが、ジョンソンはこうして激しいアクションと、誇張され尽し、あるいは辛すぎて舌が爛れそうな言葉で観客を挑発する。ときには、立見の客《アンダースタンダー》に「理解低き者《アンダースタンダーズ》」といった侮辱を投げかける場合すらある。だが、観客はなぜか反撥しながらも、舞台に惹きつけられてしまう。ジョンソンは、シェイクスピアと違って、ドラマを劇中人物の間にというよりはむしろ、舞台と観客、あるいは劇作家と観客との間にみようとしているからだろう。ジョンソン劇とは、つねに挑発により、搦手からの観客参加を目論む、高等な戦術に支えられた劇なのである[57]。

ジョンソン劇は、一見他のどんな劇作家のものよりも、自然に流れ、軽快なテンポで進むというのが定評だが、これは先の事実と抱き合わせの関係にある。反撥を感じさせつつ客を劇世界にひきこむには、そうしうるだけの自然さ、いかにもドラマらしく密に構築された世界がそこになければならない。田舎の馬鹿はたまたま詩人の従弟、その詩人は別の都会の紳士の親友だが、その男が楽しみのため二人のロンドンのまぬけにバカを演じさせる。ところが、その一人のえせ詩人はある女性に惚れていて、その女性はある嫉妬深い男の妹で、その男の妻は偶然都会の紳士の姉である……。[58]これは『癖を出し』の人物関係だが、こういう巧みな偶然の積み重ねは、四〇人以上登場する『バーソロミューの市』でもきちんと励行されている。

今朝ふとしたことでわしがあの礼儀正しい若者にかけてやった情け……あれがあの説教を呼び、そこで、そう、人が仰山集まってしまって、掏摸《すり》の出番となったわけだが、その掏摸が巾着を切ったものだから、わが義弟コークスは大損害、ワスプの奴の怒りをひきおこし、それが因でわしまで撲られる始末。いやはや連鎖反応といってもこんなに見事なものはまたとあるもんじゃない。（三幕三場）

ところが、それが晩年になって想像力が枯渇し、小手先だけに頼るようになると、観客反応を規制すべくおいたコーラスの一人「酷評家《ダム・プレイ》」ですら、「一生懸命想像力を巡らし考えても、このもつれ……はさっぱり解けぬ」といわざるをえなくなる。[59]頭でつくったジョンソン劇の限界であろうか。ジョンソン劇は一見いかに巧みな構成を誇ろうと、人物描写が二次元に留まる以上、本質的に笑劇《ファース》に属するものなのである。

四

ジョンソン劇は挑発を通しての参加の劇だと書いたが、それを何よりもはっきり悟らせてくれるのは『ヴォルポーニ』の冒頭、例の黄金讃歌だろう。

　今日という日におはよう、そして、わが黄金にも。御霊屋を開けてくれ、わが聖者を仰ぐため。世界の魂にして、
　わが魂よ、御気嫌よう。

黄金が聖者として廟に祀られているという、倒錯的なイメージをまず提出することからジョンソンは挑発にかかる。黄金よ、お前の輝きは太陽のそれを凌駕し、まさに「闇夜に燃えさかる炎、混沌から放たれた日の光」だ。いや「太陽《ソル》の子」でありながら「父」よりも明るく輝いている。どうか、私に崇拝の念をもってキスさせておくれ、「お前と、この祝福された部屋にある聖遺物のすべてに」。お前が与えてくれる喜びは、「子供、親、友人誰が与えてくれるどんなかたちの喜びにもはるかに勝る」。親愛なる聖者、富、ものいわぬ神よ、自らは沈黙を守りつつ、すべての者たちに大いに喋らせ、自らは無為を貫きつつ、人に一切をなさしめる者よ、……、地獄をも天国にかえる者よ、お前は徳、名声、名誉、その他一切であって、お前を手中に収める者を高貴で勇敢、誠実かつ賢明なる存在にかえる。

ここまで、僅か二五行強、その間に無数の宗教用語を絡め、さらに「太陽《ソル》」といった錬金術用語や「不動にして一切を動かすもの」といったアリストテレス的神概念をも交えながら、ジョンソンは黄金の魔力ともども「この劇の核心にある価値の顚倒」を、有無をいわさぬ形でつきつけ、その承認を迫る。(60)

この讃歌は『ヴォルポーニ』という劇の基調を決定する。これに接したとき、多くの観客は怖じ気を感ずるだろうが、余りの直截さのために、逆に度肝を抜かれ、主人公についてあれこれ穿鑿する気をなくし、ありのままに受け容れてしまう。そしていつしか、シーリアの美しさを語るモスカの以下のような科白に接しても、何の抵抗感も覚えなくなってしまうのである。

そう、旦那の黄金さながらに輝いて、黄金に負けじと愛くるしい。（一幕五場）

ここの観客操作に明らかなように、ジョンソンは、じわじわと観客の無意識の領域に働きかけるシェイクスピアのような真似はしない。人間の可能態を描かず、解釈の多様性を忍ばせる書き方も採らない。控え目ないい方で却って強い意味を表わす「緩叙法《メイオシス》」は、もっとも苦手とするところだ。(61) 彼はつねに明快に、真っ向からいいきるやり方をとる。しかも、それをアクションより言葉でおこなおうとする。ヴォルポーニがまず「おはよう」をいって、それからモスカがカーテンを引いて金塊をみせるように、ジョンソン劇は何よりも「言葉表現《ヴァーバル・プレゼンス》」が優先する世界なのである。『用材集』のなかに、クインティリアヌスを翻案した有名な言葉がある。

純粋で優美だが、同時に平易で、人口に膾炙した言葉を、私は愛する。(62)

だが、詩は別として喜劇で彼はその理想を実践した試しがない。黄金讃歌がいみじくも例示するように、彼の喜劇で活躍するのはその理想から逸脱した人々が中心なのである。試みに、黄金讃歌に匹敵する『錬金術師』のマモンの夢をみてみよう。

二幕一場の冒頭、一〇ヵ月を要した化金石がいよいよでき上るという期待に、勲爵士マモンの心は踊っている。遊び人で錬金術を信用しようとしないサーリ相手に、「二八日間で八〇歳の老人を子供に変えてみせる」「ピクト・ハッチ辺りのしなびたばあさんを色気づかせる」を皮切りに、彼の夢はどんどん脹らんでいく。あらゆる病気を治す。疫病を王国から三ヵ月で追い払い、ソロモンに負けぬ大勢の妻と女をもち、ヘラクレス同様タフな腰で、一晩に五〇人を相手にしてみせる。インドの貝殻や金をあしらい、エメラルド、サファイア等々の鏤められた、めのうの皿に盛られた豪華な料理や鯉の舌、やまね、らくだのひづめをエリクシール（錬金薬）と真珠の粉末の中でゆでたものなどを食べる……。慈善に始まり、好色から好食へと移動していく彼の夢は尽きない。

黄金讃歌とは異なり、ここにおける言葉は異常な文脈のなかで歪んだ使われ方をしているわけではない。ただ、なかに挟まれた錬金術の用語同様、難解で非日常的な単語に満ちているばかりか、「ピクトハッチ辺りのしなびたばあさんども《ヴェスタルズ》」に端的に窺われるように、古典的なヴェスタの処女のイメージがロンドンの現実の娼窟に重ね合わされ、祭壇の聖火が性病の火のような傷みに転化されることで、イメージとしての飛翔力を失くすようにできている。(63) こうして、タンバレインの、本来天上を目指したはずの地上の王冠同様、マモンの夢は舞い上るようでいて、いつしか妙に現実的な空想に席を譲ってしまうのだ。ジョンソンの世界には、どこかマーロウの末裔といった趣がある。(64)

ジョンソンのイメージでさらに注目すべきは、その具体性である。タンバレインの夢が茫漠としたものであるのに比して、すでにマモンの夢でみたように、個別化されている。ただ、錬金術の用語のみならず、たとえば、モスカの読みあげるヴォルポーニ家の財産日録（五幕三場）、『エピシーン』で愚か者の勲爵士ドーが並べる書物の名前（二幕三場）のように、ジョンソン劇における煉瓦工的イメージの積み重ねは、リアリズム目当てではない。細部に拘り、詳細を極めれば極めるほど、それは滑稽でどこか誇張されたものとなる。ジョンソンはまことに、ファンタスティックにならずしてリアルになりえない劇作家なのである。(65)

ジョンソンの言葉の乱用への拘りはすでに剽窃と模倣の区別のつかないへぼ詩人を配した『癖を出し』から始まり、詩と言語（『えせ詩人』）、言葉と政治（『月の女神の饗宴』）の関係の追究などを通り、「制度化された混乱の象徴」(66)であるチンプンカンプン大学の設立が話題に上る『新聞商会』まで連綿と続くといってよい。レトリックが「病んだ想像力の索引」の役割を果している黄金讃歌やマモンの夢も、さしずめこの言語の社会性探究全体の視野のなかで眺められるべきものだろう。『新聞商会』の「やじり合い《ジアリング》」（四幕一場）、『月の女神の饗宴』の「それは何ですか」遊びや「何になりたいですか」遊び（ともに四幕三場）、『バーソロミューの市』の「意味なし喧嘩《ヴェイパーズ》」（四幕四場）などが、ジョンソン劇においてもつ重要性が理解されてくるのも、ここである。これらの遊びは、劇のアクションの展開とは何の関係ももたない。むしろ、その遊びがおかれた場なり劇なりの雰囲気を暗示する。たとえば、理屈抜きで相手に反対することで成立する「意味なし喧嘩」なら、「ヴェイパー」という語を頻発するノッケムのみならず、この劇に充満することで登場人物すべてをいつしか冒してしまっている好戦性を示唆しているといえるだろう。言葉に関する集団遊戯こそ現われないものの、ラテン語（サトル）、スペイン語（サーリ）、トルコ語（ダパー）、高地ドイツ語への言及（マモン）、ヘブライ語への尊敬（アナナイアス）、それに「喧嘩言葉」への憧憬（カストリル）まで含めたら、『錬金術師』も新しいバベルの塔を描いているといえるかもしれない。

ジョンソン流のいい方をすれば、人間の魂からみて何の「意味《センス》」ももたないものは、それこそ意味がないはずである。にも拘らず、ジョンソンの人物たちは、そういう意味のない世界を言葉で必死につくりあげようと、やっきになる。あたかもそこにしか己れの安住の地がないかのように。しかも、彼らはそれを単独でするばかりか、ときには共同でもおこなおうとする。ヴォルポーニとモスカ、マモンとフェイス、トルーウィットとクレリモントといったかりそめの仲間うちで。ときには、トルーウィットとモロースの床屋呪いの二重唱（三幕六場）のように、敵味方入り乱れての場合すらある。そうして相手に合わせて夢をみているうちに、『エピシーン』の二人の伊達男たちのように、実は少年の変装だった女と寝たといい張って、最後に恥をかかされたりする破目になる。『東行きだよお』のサー・ペトロネル・フラッシュの田舎の大邸宅のような、ありもしない「砂上楼閣」を言葉でつくりあげるジョンソンの世界の住人たちの努力は、孤独で一人芝居を楽しみ、言葉にしか頼るすべをもたなかったジョンソン自身の悪夢ないし陰画の世界そのものなのである。

ジョンソン劇の世界の、負の符号を負った主人公たちの魅力の淵源は、ここで明らかになる。ヴォルポーニにせよ、フェイスにせよ、アーシュラ（『バーソロミューの市』）にせよ、いや悲劇の主人公シジェイナスやキケロ（『キャティライン』）を含めて、彼らはジョンソンが詩人を貫く限り切りすてねばならない分身、抑制のなかでのみ安心して解放しうる己れの真の姿なのだ。ジョンソンはつねに作者と作中人物という二役を演じ、その間の葛藤に己れの生き甲斐を見出し、それを通して己れの狂気を処理する。彼の裡では本能と規律をはじめ、諸々の相反する二面がつねに合わせ絵のように張りつき、主張とエネルギーはたえず反対方向に向かってしまう。ジョンソンとは存在論的に二極構造を抱えこみ、絶対値での評価しか許さない劇作家なのである。

この分裂した自己処理は、まだ志を得なかったエリザベスの時代においては、せいぜいアスパーとマシレンテの一人二役といった形でしか、うまくおこなうことができなかった。それがジェイムズ朝に入り、パトロンを見つけ、宮廷劇作家に変身を遂げる過程で、よりスムーズになしうるようになっていく。ジョンソンはドラモンドに劇作から生涯を通じて二〇〇ポンドも稼げなかったと語ったが[67]、一六一六年以降ジェイムズから一〇〇マルクの年金を貰い、ペンブルック伯から年頭に毎年二〇ポンドの書籍代をせしめ[68]、その上年に仮面劇を一、二本書けば、とくにバッキンガム公のために仮面劇を執筆して相場の倍以上一〇〇ポンドの謝礼を受けとった年(一六二一)などは、優に劇作家としての生涯賃金を一年たらずで上廻ったことだろう。不満居士の根本的解消は不可能とはいえ、ジョンソンの書くものに変化が現われないはずはないのである。

年譜を繙けばすぐにわかることながら、ジェイムズ朝に入ったジョンソンは、民衆劇作家と宮廷劇作家の二役を演ずるようになる。『東行きだよお』は『黒の仮面劇』と、『ヴォルポーニ』は『ヒュメナイオスの儀式』と、『エピシーン』は『王妃の仮面劇』と同年に書かれ、『錬金術師』は『オベロンの仮面劇』と、『バーソロミューの市』は『黄金時代の復活』と前後して書かれている。旺盛な創作力を保証するとともに、個人的怨恨を人間悪にまで昇華し、作品のスケールを桁外れに拡大したものは、生活並びに自己イメージの安定だったのではあるまいか。

この二足の草鞋は、彼に棲み分けならぬ書き分けを強要したわけだが、それがプラスに作用したのも無視できない。ジョンソン劇においては善玉と魅力的な女性に乏しく、男性は悪漢か阿呆、女性は化粧が濃く、男性的で、一見活動的だが実は好色で浅薄、実態は娼婦と変わらない人物が多い。リヴィア(『シジェイナス』)、ウッドビー夫人、テイルブッシュ(『悪魔は頓馬』)などがそれに当たる。なかでも目立つのはホーティ夫人を筆頭とする『エピシーン』の女大学の面々だが、これなどはアン王妃のますらおぶりというか女性の自己主張を讃美した『王妃の仮面劇』のネガ版といった趣がなくはない。少なくとも、『エピシーン』にみられるシャリヴァリ的要素や結婚の嘲笑的扱いからは、宮廷仮面劇執筆への反動のようなものが感じられる。(69)

劇の構成が『バーソロミューの市』以後、多少「散漫」になるのも、関係があろうか。

かつては、いかにも肛門性欲型の作家らしく、(70)ジョンソン劇においては、時や場はおろか、アクションの一致まで含めて、古典的規範《デコーラム》はきちんと守られていた。なかでも、『錬金術師』、『悪魔は頓馬』、『バーソロミューの市』などは時間、空間が現実と重なる一種のメタ・ドラマになっていた。それに、ヴォルポーニの家、オールウィットの家、モロースの家のように、場がある程度限定され、ほぼ閉じられた空間を構成しているのが、この世界の特徴だった。それが突然『市』のような、複雑な「多」を内包し、テーマだけで互いに結びついたバロック的な作品を生みだした。(71)また、ウィン口説きの際にみられるような、きわめてナチュラリスティックな描写と、「意味なし喧嘩」のような、様式化された演技の混淆も目立ち始める。諷刺の間接化と腕のさえの重なりは、こういう形で道徳劇の精神的末裔たるジョンソン劇の特徴を表面化させたのである。(72)

だから、これはそれ自体としては仮面劇執筆と直接の結びつきはないかもしれない。だが、万事に余裕がでて、近視眼的な見方をとる必要がなくなったということとは、どこかで繋がっているようだ。『ヴォルポーニ』を最後に劇中における厳しい裁きが影を潜め、最終判断が観客に委ねられるようになる事実とも、少なくとも関係があるだろう。『バーソロミューの市』は人間が自らの欲望によりその精神性を剝奪される過程を猥雑かつ象徴的に描いたともいえる劇だが、「血と肉」はおろか人形にまで還元された時点で「神の御加護がありますように」といった言葉が市に低く空しくはあっても響く仕組みになっている。

『悪魔は頓馬』の幕切れになると、ジョンソンにおける新しいヒューマニズムはさらに徹底する。主人公ウィッティポールと協力して、フィッツドットレル夫人を暴君の夫から救済したマンディは、ついに誰をも裁かず、後悔するに

任せるというに到るのだ。だって、
　喜こんだり、自慢したりは、人間らしくありませんからね、
　他人の誤ちを発見したといっても……。　（五幕八場）

人間の、とくに「当世風愚行」を描くのを目的に出発したジョンソンからみると、何たる変わりようであることか。

このように、ジョンソンは信じがたいほどの寛容さを、一面ではみせるようになった。しかし、その彼に終生変わらぬものと、宮廷仮面劇作家として活躍したジェイムズ朝時代に新たに身につけていったものがある。糞尿趣味やせこいリアリズムが前者であり、そして、意外性の美学ともいうべきドラマツルギーの開拓ないし「独白」という約束事の遺棄が後者である。

ジョンソンにおける下剤やおならへの言及は、『磁石夫人』までそれこそ枚挙にいとまなくある。しかも、その多くはたんに滑稽というより、相当に嗜虐的でもある。舞台上のしぐさとしても、下剤をかけられたクリスピナスが難解な言葉を吐きだすところ（『えせ詩人』）に始まり、食べすぎて自然の要求を覚えたウィンがトイレをかりたり、酩酊したオーヴァドゥ夫人が洗面器の中に吐くト書き（『バーソロミューの市』）まである。えげつなさが、同時代の劇作家で群を抜いているのは間違いないだろう。咳を一回したら、五シリング分謝礼を返せ（『エピシーン』）といったせこさもある。

ジョンソン劇のアクションは、直列的な騙しあるいはいじめの連続にあるが、人物でいえば二人の利害で結ばれた男たちが中心にきて、彼らを含めた多くの人物たちが欲望により共通の磁場に惹きつけられ、そこで喧嘩口論を通じて互いが接しあう。だがそれも束の間、結局は各々が風船玉のように己れの欲望を脹らませすぎて、自爆する形で終りとなる。丁度シジェイナスが五幕の冒頭で、「脹らめよ、脹らめよ、わが喜び」と呟き、やがて散っていくように。

これが、いってみれば、彼の劇の基本構造である。ダブル・プロットがあったり、バロック的な統一があったり、プロットは晩年に近づけば近づくほど目まぐるしくなるが、透けてみえる骨組みは決して複雑なものではない。その際に、観客に厭きさせないためにはどうすべきか。ジョンソンは彼なりに知恵を絞り、そこで見出したのが意外性の美学だったのではあるまいか。

『ヴォルポーニ』の五幕五場、瓢箪から駒で相続人になったモスカは、裁判官の服装でかもたちをからかいにヴォルポーニが外出するのを機に、主人の追い落しにかかる。劇を忠実に追ってみても、この瞬間に到るまで彼が裏切るだろうという伏線は、どこにも見当らない。

ここにおいては、本当にどん詰りにいってからの急変だが、他の劇ではもう少し前にくるか、少なくとも四幕にさりげない伏線を張っている。『悪魔』『商会』が前者であり、『市』『磁石夫人』が後者に属する。最後までわからないのは『新しい宿屋』が典型だろうが、『錬金術師』と『エピシーン』もここに属する。

何らの前触れなしに主人が戻り、家を空け渡さなければならなくなった『錬金術師』の悪党たちは、高飛びの支度に忙しい。ところが、準備完了した矢先に、荷物の鍵を他の二人からとりあげたフェイスは突然持出禁止を命じ、続けていう。

本当のことといえば、おれが主を呼んだのよ。　（五幕四場）

この瞬間、劇はがらりと様相を一変させる。

『エピシーン』の場合は、観客騙しがさらに徹底している。二幕四場で、トルーウィットから叔父のモロースが結婚を諦めたと聞かされたドーフィンは、これで四ヵ月練りあげてきた計画がすっかり狂ったと怒り、じつは叔父が結婚したがっているもの静かな女とはおしゃべりで、結婚した暁には元に戻るばかりか、たっぷり自分に報いてくれる約束だったのだという。叔父の相談役カットビアドもドーフィンの回し者と聞かされた観客は、他の登場人物同様、どたん場までその情報を信じ、じつはその女が少年俳優の変装とは露知らない。つまり、彼らは半ば種明かしをされたため、それだけ深く騙されてしまったというわけなのだ。鮮やかといえばいえるが、これでは楽しみはドーフィンとその背後にいる作者だけのものとなってしまう。トルーウィットは「勝利の花環の一番いいところ」を掠《かす》めとった友を赦すが、観客はそう簡単にいくかどうか。少なくとも後味の悪さは残るだろう。

『ロンドンの放蕩息子』のように、変装の約束事も破られていて、『悪魔』の四幕七場では、マンリーはスペインの貴婦人とは女装したウィッティポールだと、声で見抜いている。『市』には、気狂いに変装したオーヴァドゥの演説を聞きながら、当人そっくりだと妻と義弟が漏らす場もある（三幕六場）。

どこかに、エリザベス朝演劇の古臭い約束事などは無視しても、面白い劇を書こうとする作者の気負いがみえる。同時に、王の詩人目指して邁進している自己イメージに合う作品をつくりえた、という安堵感も聞こえてくる。その表情は、やがて『作品集』を出し、王から年金を貰い、それまでの「自ずから被せた月桂冠《セルフ・クラウンド・ローリエイト》」[73]の代わりに本物を被せられるようになると、もう少し厳しいものに変わっていくだろう。台本を書き改め、古典作家のものと同じ形態を纏った「文学作品」にまで高めたことが、いわば己れの自由な創作活動を拘束する「牢獄」と化すからだ[74]。そして遂に、ジョンソンは『悪魔』を最後に、暫く民衆劇の世界から身を斥けることとなるのである。

この訣別の辞を書くに当って、ジョンソンはプロスペロウのそれを意識的に踏まえている[75]。「魔法」を「山師」に、「残った力」を「企て」にかえただけ、文章の骨格はそっくり同じという代物だ。

　　かくて山師は、ここで葬り去られました。でも、私には一つの企てがございます。

その企てとは、おそらく、シェイクスピアのような山師たちの群れを去り、宮廷劇作家＝王の詩人として、アウグストゥスにおけるウェルギリウスになることを意味していた。ジョンソンは約束通りその企てを実行に移し、僅か一〇年でまた夢破れて戻ってくる。シェイクスピアは、『テンペスト』のあの辞を書いた後は、少なくとも表向きは「賤業」から引退した。しかし、ジョンソンは引退どころか、また往年の企てに戻ってくる。そして、マクベスのように身に甲冑を纏ったままで死んでいく。ここに、最初の職業作家としての栄光があり、ジョンソンの偉大さがある。

五

ジョンソンは「死んでも世辞のいいたくない」男であった。「正直だといわれるのをあらゆる呼びかけのなかでもっとも好んだ」人でもあった。(76) それが世辞を専らとする「企て」のなかに飛びこんだのである。失敗は眼にみえていた。

しかし、彼は初めて官廷仮面劇作家の道に入ったのではない。専業となったのはこのときが初めだとしても、かけもちでは一〇年以上の経験がある。だから、彼のような精神構造の人間にとっては、論理的には挫折はもっと早く襲ってもよかったわけで、一〇年ほど専属の時期が続いたということ自体が、見方によっては幸運だったといえなくはないのである。やはり、位人臣を極めるまでは、刻苦勉励型の人間にとっては、多少の不愉快は気にならなかったということだろうか。

『用材集』のなかに、スペインのヒューマニスト、ビベスらの翻訳があり、「相互扶助」と題されている。

> 学問は休息を必要とし、君主がそれを与える。君主は忠告を必要とし、学問がそれを提供する。王侯とその愛顧が育む者の間には、かくのごとき職能の分担があり、それ故庇護者は王が権力を保持するのを助け、王は彼らの知識を助けるのである。(77)

ここにおける、庇護者、具体的には詩人だが、それが王の権力の保持を助成するといういい回しが、わかりにくい。どうやらそれは、詩人が自らの筆で王の名声を不朽のものにするという意味らしい。彼は追従も不朽化の一部であり、自分は王と対等の立場にいると信じ、自らの任務に邁進できたのではあるまいか。

彼にはまた人を褒めるのはそれに少しでも近づいてほしいと思うからだ、という主旨の詩も残されている。[78] 少々嫌なことがあっても、また賞讃すべき王が下品で不潔で奇矯な振舞いの主であっても、[79] そういう不都合にはひたすら眼をつぶり、ローマの詩人ルキウス・アンナエウス・フロールスの顰みにならって、「王と詩人のみは毎年生まれるものにあらず[80]」と信じて、つとめに励んだとも考えられる。

ジョンソンの裡の何かが、実質上の桂冠詩人になることで崩れる。民衆劇執筆という捌け口をなくして、うっぷんが晴らせず、それが露骨な教訓性に形をかえて仮面劇のなかに滲みでてしまう。王の怒りを買い、宮廷人たちの不評を招いた『快楽と美徳の和解』が、専業化して二年たらずの作品というのは、きわめて興味深い。[81]

おまけに、この専業化の時期はジェイムズ王の晩年とも重なる。乱費による恒常的財政難のため年金は滞り、チャールズ皇太子の結婚問題を巡って、国論は二分される。王側の一員として清教徒側の代弁者の人身攻撃を企てるが、却って裏目にでて譴責処分を喰う。しかも、そうまでして送りだした皇太子の求婚旅行が惨めな失敗に終り、お忍びで帰国という段になると、今度はそれを歓迎する仮面劇『海神ネプチュヌスの帰還』の執筆を求められる。ジョンソンとしては、まさに踏んだり蹴ったりの心境だったのではあるまいか。おまけに、一六二三年には当代随一の碩学ジョン・セルデンが褒めてくれた書庫を火災で失うという不幸に見舞われる。[82] 二五年ジェイムズの死を迎える頃の彼は、まことに暗澹たる心持ちだったに違いない。

シェイクスピアの晩年のテーマの一つが父と娘の問題とすれば、ジョンソンの終生のテーマは父と息子のそれといってよい。実生活ではユリシーズを探すテレマコスのようであったとすれば、作品では逆に子を案ずる父ないしそれに相当する人物が『癖を出し』から『新聞商会』まで形をかえて現われる。

この使い分けが、やはりこの頃から、徐々に変化をみせ始める。実子をすべて亡くし、憧れの父ジェイムズがまったくの期待外れとわかった頃から、彼は実生活においてワスプ（『市』）や乞食のペニボーイ（『商会』）さながら若者の後見人になろうとし、逆に作品からは不動の権威者、厳正なる裁き手が姿を消していく。『商会』には悪魔亭のアポロの間にペニボーイ・ジュニアを連れていってどんちゃん騒ぎをする場（四幕三場）があるが、あれは実際にそこにあったジョンソンを囲む「息子たち」のクラブを映したものなのだ。どういい繕っても国王に寄食する道化でしかないことがわかったとき、経済的な理由からその依存関係のネットワークは残しつつも、彼は自らが「不動天《プリマム・モビーレ》」として動かしうる小宇宙を創造することで自己イメージを保とうと計ったのであった。

やがてチャールズへと治世が変わり、『新聞商会』をひっさげて一〇年ぶりに民衆劇の世界に戻ってきたものの、ジョンソンの想像力はすでに枯渇し始めている。スインバーンのいうように、本質的に「歌えない詩人」であっても、詩人とは「真理」を語る人とかたく信じていたジョンソンのこと、[83]ジャーナリズム産業につきもののデッチ上げに何より我慢がならなかったのは容易に想像がつくとして、題材は六年ほど前に書いた『月に発見された新世界からのニュース』にあった。途中で大音声とともに舞台を一変させる手口は、それこそ永年の宮廷劇執筆で馴染のやり方だっただろう（実際に彼はそれを『錬金術師』と『悪魔は頓馬』で使ってもいる）。五幕で一度ゆさぶりをかけるドラマツルギー、不毛な言語遊戯、寓意的な人物名、それに動物芸を生かせば、さほど破綻をきたさずにごまかすくらいはできただろう。彼はそれに、勘当した息子がドタン場で親を救うという晩年の一族再会のテーマをもつけ加えた。再出発はなったかのように思われた。

問題はこれからというときに、二つの事件がおきた。ともに一六二八年の出来事なのだが、中風の発作であり、一〇〇ノーブルという報酬のためにミドルトンの後を継いだロンドン市記録編纂係への就任である。これが、彼の創作意欲と関心の幅をいやが上にも狭めることとなる。かつて彼はマンディを「市のペイジェント詩人」（『事情一変』一幕二場）とからかったが、市のあくなき経済活動に対する批判者の買収が目的で設立されたとおぼしき職に就くことは[84]、市民的商業主義文化の申し子であり、そこに材をえてきたこの詩人の手足を奪うに等しかったのは疑いを容れない。実際には、その仕事をばかにして精を出さず、給料不払い騒ぎまでおこすとはいえ、である。[85]彼は齢五〇を越し、身体が不自由になって、新天地の開拓を迫られたのである。

しかし、そういう新天地がありようはずがない。誰でもそうだろうが、とくに刻苦勉励型のタイプは、未来に夢を托しうる自信をなくすと、自ずと過去に眼が向くようになる。ジョンソンはついにかつて攻撃して憚らなかったロマンスの主人公に自らを祀りあげることで、自己救済を計るのである。もちろん、チャールズの妃ヘンリエッタの牧歌趣味が、この転身に影響なしとはいえない。だが、ジョンソンの生涯を貫く最大関心事は、自己イメージの保持だというのを、忘れるべきではなかろう。

『新しい宿屋』は、一筋縄ではいかない作品だ。「愛の法廷」に仮託して当時のパトロン、ニューキャッスル伯の騎士道的美徳を顕彰した劇であるばかりか、ジョンソンが自らを準えた、この劇の舞台「浮き浮き亭」の主人グッドストックによれば、「全ブリテン島の人々の……あらゆる気質」を扱った劇ともいえる。階上で愛の法廷が開かれている間、階下ではモスカの末裔フライを中心に「民兵」たちによるそのパロディが繰り広げられるが、この階上と階下の関係には、時事的言及も籠められているようだ。そしてまた、例によって、五幕の途中である男の秘密結婚を契機に、何の前触れもなく離散したはずの一家が同じ屋根の下に住んでいた事実が判明する。それに続く長々とした亭主の悔悟の物語は、四幕四場における彼の回顧談と並んで、ジョンソン自身の生涯とほぼ完全に重なるといってよい。不遇の晩年を迎えて、彼はがぜん懐古型の劇作家に変貌したのである。

この作品がいかなる反応をひきおこしたかは、余りにも有名であえて触れるに価しないだろう。酷評をうけた彼は、「さあ、忌まわしい劇壇からは足を洗い、もっと忌まわしい時代を去ろう」と賦を読むが[86]、逆に「さあ、いい加減ずうずうしい真似はよせ／入場料を支払った客を挑発するのは／お前の老いぼれ頭の産物を観るには高すぎる」とすかさず反論を喰うこととなる。[87]

向こう気の強かったジョンソンにも、この事件は相当に堪えたに違いない。というのは、ことはジョンソンの反劇場主義のメカニズムの核心に触れる問題だったからだ。

高踏的なジョンソン劇はつねに観客の悪評に曝されてきた。そしてその度ごとに、彼は理解力低き観客を痛罵してきた。反劇場主義とは、いわば不評に対して一時自らの立て直しのためにこぼす愚痴のようなものであり、作品が豊かな演劇性を保っている限りにおいて何ら憂慮すべき事柄ではない。むしろ、歓迎すべきものだったのである。ところが、「息子」の一人ケアリーでさえ師の詩に答えて、『錬金術師』以後「詩神《ミューズ》」は去ったと率直に告げたように、(88)『キャティライン』や『市』の頃と違って、今度は作品の出来が実際に彼の反骨精神に追いつかなくなっている。そして、その事実に誰よりも彼自身がよく気づいていたのではあるまいか。ヒステリーのヴォルテージの高さが、ここにおける反劇場主義がこれまでの精神衛生のための虚構ではすでになく、事実上の敗北宣言なのを告げている。そのせいであろうか、翌々年年金の支払いを督促する際には、ジョンソン自身「詩神はとんと顔を覗かせません」と漏らし、(89)三三年にはついに、パトロンのディグビー卿夫人の死に託けて、「わが詩神は死んだ」と認めるようになるのである。(90)

また、一六三一年には、舞台装置家イニゴ・ジョーンズとの長年の不和が決定的となって、二七年間に及ぶ宮廷劇作家から、ついに足を洗う。パトロン、ペンブルック伯の死去の影響もあって、生活苦に喘いでいる（といっても、三〇年には年金を一〇〇マルクから一〇〇ポンドに増額して貰っている！）ジョンソンは、僅かの生活費のたしにと思ったのか、純粋に気質喜劇作家としての生涯を完結させようと望んだのか、『磁石夫人』を書き、そこに自らの分身コンパスを策謀家として登場させた。しかし、「聖なる霊感」に欠けた作品は徒らに目まぐるしいだけで如何ともしがたい。(91)これが「病床についたお前の知恵の産物《チャイルド》」か、と黒僧座の観客に詰られるのが関の山だったのである。(92)

それでも、ジョンソンは自惚れ鏡を自らにかざし続けねばならない。それをやめたとき、待ち構えているのは死だ。醇朴な田舎者の賤が家《コート》が王侯の宮廷《コート》に勝るとも劣らないのを証明するために『たわいない話』を書き、(93)そこに厭世家らしくディオゲネスという名の「もの書きベン《スクライベン》」氏を登場させる。詩人兼系図学者となれば、いわずと知れた自らの分身だ。[94] ジョンソンは、古きよき（？）メアリ女王時代のロンドン郊外の農村共同体に舞台を設定し、聖ヴァレンタインの日におこるたわいない結婚を巡るトラブルを楽しそうに描くことで、顧みられなくなった自らの憂さ晴らしをするのである。

彼の自己劇化はこれで終ったわけではなかった。未完の牧歌劇『悲しき羊飼』にも、ルーベンという名の調停者が登場するはずだったのが、配役表から知られる。[95] 彼は最後の最後まで、ドラモンドのいう「自らの偉大なる熱愛者にして崇拝者」の姿勢を崩そうとせず、[96] 紋章の壊れたコンパスとは異なり、見事な円環を閉じたのであった。[97]

ジョンソンは一六三七年八月の半ば、長い患いと貧苦のなかで世を去った。享年六七歳。おそらくその翌日、「当時町にいたすべてないし大部分の貴族と紳士諸賢に墓まで伴われて、彼は埋葬された」とエドワード・ウォーカー卿は伝えている。[98] まことに「統治するのはおそらくやめていたにせよ、いぜんとして君臨していた」イギリス文壇の王の死にふさわしい盛大な見送りであった。翌年三月には、三三篇の哀悼詩からなる『甦るジョンソン』が出版され、人々は口々にベンとともに英詩が滅びたのを嘆いた。ジョン・オーブリーによれば、のちにウェストミンスター大寺院の彼の墓に詣でたジョン・ヤングという男が、傍らの石工に一八ペンス支払って、青い大理石の墓の上に「おお、類稀なるベン・ジョンソン」と刻ませたという。[99]

資料蒐集の広汎さと読みの正確さにおいて、個人全集としてはおよそ類をみない『ジョンソン全集』の編者は、ジョンソンは「明らかに遺言することなく」死んだと書いている。最後の告解をおこなったか否かも、明らかではない。ウォールトンはオーブリーにのちのウィンチェスター司教ジョージ・モーリーの言葉として、彼が病の床に臥したジョンソンを見舞ったとき、「芝居の中でさんざん聖書を冒瀆したことに良心の呵責を感じ、恐怖の念を交えながら後悔していた」と伝えている。[100] 実生活においても宗旨がえをくり返しているから、宗教に無関心だったとは思えない。ただ、作品をみる限り、彼がそうした問題に悩んだ形跡は微塵もない。清教徒攻撃は激しかったというものの、それは教義に関係してではないだろう。彼の「誠実」と「卑劣」の尺度からみて、彼らの偽善性が鼻もちならなかったというだけの話なのだ。

いや、ことは宗教に限らない。彼に宇宙論的な悩み、政治的、思想的悩みがあったとも思えない。それがシェイクスピアと大きく違うところだろう。

シェイクスピアにもイデオロギーは表面化していない。宮内大臣一座――国王一座と政治権力の中枢にいる人間をパトロンとする劇団の座付作家として、それは望む方が無理というものだろう。だが、密やかな形をとるとはいえ、とくに世紀末の頃は敏感すぎるほど時代に反応している。パトロンとの関係にしても、初期の生活が不安定だった一時期を除き、自ら求めて近づこうとはしなかった。宮廷劇にも手を染めてはいない。超一流劇団の株主俳優兼劇作家といういわば劇界のエリートだったという条件を抜きにしても、彼にはどこか権力から距離をおいて精神の自由を保とうとする、本能的聡明さがあったように思われる。ところが、ジョンソンは逆だった。詩人として独立不羈の生を生きんがため、どんなに汚辱にまみれても寄生するのをやめなかった。出版文化の未熟さという問題はあろうが、それだけでは片づけられない、ジョンソンにおける権力志向と深く関わる事柄であった。

これは彼が物事を善悪、正邪ではなく、優劣、賢愚で判断していたこととも関係する。絶対的な道徳律の存在は認めず、賢明な処生術こそすべてと見做していたということだ。彼の劇には「ウイット」を名前の一部に含む人間が活躍して勝利を収めるものが多いが、彼は最初の近代人として、秩序の崩壊を前提に出発したということだろう。名前への拘りは、そうしてみると、ジョンソンの言霊の幸うた時代への憧憬を現わしていたのであろうか。

ジョンソンは客観的な価値というものも認めなかった。いや、理論武装して、つねに客観を主観のなかにとりこみ、いわば絶対的視点といったものを確立しようと努力したといってよい。何よりも自己流に裁断するという事実に、最大の快感を覚えた人間だった。ジョンソンの描く人物には輪郭がはっきりしていて力強さはあるが、深みとかしなやかさ、柔らかさに欠ける憾みがあるが、それはこの性向と何らかの関係があるだろう。一般に、ジョンソンの描く人間関係にシェイクスピア的アイロニーを求めること自体が、無理な注文なのである。
その癖、彼の人物たちはそろって存在感があり、妙に人なつっこい。愚かではあっても、憎めない人のよさがある。ミケランジェロさながらに「片意地に悲しみのうちに生きた」この作者ならではの「強さよりでる甘さ」を備えている。[101] 作者自身があれだけ他人を罵倒しながらも愛され続けたように、これはおそらく彼らの世間への挑戦が諦観を前提としていたせいだろう。

ジョンソンは、おそらく批評と実践をダブらせたもっとも早い時期に属する文学者といってよい。これは自意識旺盛な知識人の生き方のつねとはいえ、彼の場合はすべからく触知しうるものを求める心性ともどこかで関わっていたような気がする。彼はボーモント、フレッチャー、フィールド、ブルームといった直接の「息子たち」だけに留まらず、シャツドウエル、ウイッチャリー、コングリーヴ、フィールディングからディケンズ、ジョイスに到るまで多くの崇拝者、後継者をもち、イギリス喜劇の父に祭りあげられるが、それは彼の劇作家としての芸が模倣不可能なシェイクスピアと違って、触知しうる具体性を備えていたからであったと思われる。

と同時に、ものとものとの関係ではなくもの自体に捉われ、観客の劇世界への自由な参加を拒み、絶対的視点と自己誇示に固執したことが、彼を一代限りの芸術家に留めたのも、また事実であった。自意識の産物としての娯楽演劇の誕生という、ジョンソンがリアリズム化の名目の下にイギリス演劇に齎した改革は、彼自身にとってはいわば両刃の剣だったのである。

註

（1）本稿におけるジョンソンの作品への言及、そこからの引用に当っては、C. H. Herford and Percy and Evelyn Simpson (edd.), *Ben Jonson* (Oxford U. P., 1925-52), 11 vols. に従う。なお、今後は、H & S と略記し、巻数、頁数等を付記するものとする。
（2）Roberta F. Brinkley (ed.), *Coleridge on the Seventeenth Century* (Duke U. P., 1955), p. 642.
（3）H & S, I, p. 144.
（4）Anne Barton, *Ben Jonson, dramatist* (Cambridge U. P., 1984), p. 31.
（5）H & S, VIII, p. 579.
（6）H & S, XI, p. 508.
（7）H & S, I, p. 140.
（8）H & S, I, p. 139.
（9）ノイズは一七五三年になっても煉瓦工への言及が観客の笑いを誘ったと書いている。職業的偏見は相当ひどかったということだろうか。R. G. Noyes, *Ben Jonson on the English Stage* (Harvard U.P., 1935; Blom, 1963), p. 10.
（10）H & S, I, p. 140, & p. 145.
（11）David. Riggs, *Ben Jonson* (Harvard U. P., 1989), p. 19.
（12）H & S, VIII, p. 31.
（13）H & S, XI, p. 509.
（14）H & S, VIII, p. 578.
（15）J. B. Bamborough, *Ben Jonson* (Hutchinson U. P., 1930), p. 11.
（16）E. K. Chambers, *The Elizabethan Stage* (Oxford U. P., 1923), IV, p. 313.
（17）Fredson Bowers (ed.), *The Dramatic Works of Thomas Dekker* (Cambridge U. P., 1953), I, p. 351.

(18) *Ibid.*, p. 354.

(19) H & S, I, p. 182.

(20) E. K. Chambers, op. cit., II, p. 132.

(21) C. W. Wallace, 'The Swan Theatre and the Earl of Pembroke's servants', *English Studies* 43 (1911), p. 363.

(22) H & S, I, p. 306.

(23) W. D. Kay, 'The Shaping of Ben Jonson's Career', *MP*. 69 (1970), p. 227.

(24) R. A. Foakes & R.T. Rickert (edd.), *Henslowe's Diary* (Cambridge U. P., 1961), p. 52 & p. 238.

(25) 玉泉八州男「ベン・ジョンソンの出発」『英語青年』第一三七巻第二号（研究社、一九九一）、七五頁。

(26) H & S, XI, pp. 571-72.

(27) H & S, I, p. 143.

(28) H & S, III, p.421.

(29) Oliver L. Dick (ed.), *Aubrey's Brief Lives* (Secker & Warburg, 1958), p. 178. なお、法学院とジョンソンの関係については、*cf.*, C.P. Baker, *Ben Jonson and Inns of Court* (Univ Microfilms, 1974), P.J. Finkelpearl, *John Marston of the Middle Temple* (Harvard U.P., 1969), and L.B. Osborn, *The Life, Letters, and Writings of John Hoskyns* (Yale U.P., 1930; Archon, 1973).

(30) Edward Arber (ed.), *A Transcript of the Register of the Company of Stationers of London, 1554-1640* (1876; Peter Smith, 1967), III, p. 677.

(31) Carolly Erickson, *The First Elizabeth* (Macmillan, 1983), p. 395.

(32) これはハリソンの数字だが、厳密なものではないだろう。七七年の調査でノリッジだけで二三〇〇人以上の浮浪者がいたそうだから、全国では数万人に達していたと思われる。*Cf.*, George Edelen (ed.), *The Description of England by William Harrison* (Cornell, U.P., 1968), p. 184 & John Pound, *Poverty and Vagrancy in Tudor England* (Longman, 1971), p. 26.

(33) E. K. Chambers, *op. cit.*, IV, p.216.

(34) Rosalind Miles, *Ben Jonson His Life and Work* (Routledge & Kegan Paul, 1986), p. 29.

（35）H & S, V, p. 19, VIII, p. 465 & p. 567.
（36）H & S, III, p. 515.
（37）H & S, I, p. 132 & pp. 133-34.
（38）H & S, III, p. 604.
（39）H & S, VIII, p. 108.
（40）「諷刺劇」の定義その他については、*cf.*, O.J. Campbell, *Comicall Satyre and Shakespeare's Troilus and Cressida* (The Huntington Library, 1939), Chapters I & II.
（41）H & S, VI, p. 511.
（42）H & S, III, p. 237.
（43）Geoffrey Shepherd (ed.), *An Apology for Poetry* (Manchester U.P., 1965), p. 117 and H & S, III, p. 303.
（44）H & S, III, p. 599.
（45）H & S, IV, p. 324.
（46）C. J. Cisson, *Lost Plays of Shakespeare's Age* (Cambridge U.P., 1936; Frank Cass, 1970), Chapters II & III.
（47）R. A. Foakes and R.T. Rickert (edd.), *op. cit.*, p. 182 & p. 203.
（48）Anne Barton, *op. cit.*, p. 105.
（49）David Riggs, *op. cit.*, p. 135.
（50）G. B. Jackson (ed.), Ben Jonson: *Every Man in His Humour* (Yale U.P., 1969), p. 15.
（51）Jonas A. Barish, *Ben Jonson and the Language of Prose Comedy* (Harvard U.P., 1960), pp. 77-79.
（52）H & S, V, p., 31 & p. 135.
（53）G. B. Jackson, *Vision and Judgment in Ben Jonson's Drama* (Yale U.P., 1968), p. 65.
（54）Anne Barton, op. cit., p. 174.
（55）William Gifford (ed.), *The Works of Ben Jonson* (Chatto & Windus, 1816), II, , p. 468. note 1.

(56) Ian Donaldson, 'Ben Jonson', Christopher Ricks (ed.), *English Drama to 1710* (*Sphere History of Literature in the English Language*) (Sphere Books, 1971), Vol. III, p. 292.

(57) Peter Barnes et al., 'Ben Jonson and the Modern Stage', *Gambit,* 22 (1972), p. 27.

(58) Ralph A. Cohen, 'The importance of setting in the revision of *Every Man in His Humour*', *ELR*. 8 (1978), pp. 192-93.

(59) H & S, VI, p. 578.

(60) この部分の考察については、*cf.*, Edward B. Partridge, *The Broken Compass* (Chatto & Windus, 1958), pp. 72-77 and George Pafitt, *Ben Jonson* (Dent, 1976), pp. 88-91.

(61) George Puttenham, *The Arte of English Poesie* (ed. by G.D. Willcock & A. Walker) (Cambridge U. P., 1936; 1970), pp. 219-20.

(62) H & S, VIII, p. 620.

(63) Elizabeth Cook (ed.), *The Alchemist* (A & C Black, 1991), p. 37.

(64) *Cf.*, Alvin Kernan, 'Alchemy and acting: the plays of Ben Jonson', M.O. Thomas (ed.), *Studies in the Literary Imagination*. 6, no. 1 (1973), pp. 1-22.

(65) *Cf.*, Ray L. Heffner, Jr., 'Unifying Symbols in the Comedy of Ben Jonson', R.J. Kaufmann (ed.), *Elizabethan Drama* (Oxford U.P., 1961), pp. 171-86.

(66) D. F. Mckenzie, '*The Staple of News* and the Late Play', Williaim Blissett, R.W. Van Fossen, & Julian Patrick (edd.), *A Celebration of Ben Jonson* (U. of Toronto P., 1973), p. 105.

(67) H & S, I, p.148.

(68) H & S, I, p.141.

(69) Ian Donaldson, *The World Turned Upside-down* (Oxford U.P., 1970), pp. 37-45.

(70) Edmund Wilson, 'Morose Ben Jonson', Jonas A. Barish (ed.), *Ben Jonson* (Prentice-Hall, 1963), pp. 60-74.

(71) Ray L. Heffner, Jr., *op. cit.*, and Freda L. Townsend, *Apologie for Barthoromew Fayre* (MLA, 1947; Kraus, 1966).

(72) Charles R. Baskervill, *English Elements in Jonson's Early Comedy* (1911; Gordian,1967).

（73）Richard Helgerson, *Self-Crowned Laureats* (U. of California P. ,1983).
（74）Douglas M. Lanier, 'The Prison-House of the Canon: Allegorical Form and Posterity in Jonson's *The Staple of News*', *MRDE*, 2 (1985), pp. 253-67.
（75）Robert N. Watson, *Ben Jonson's Parodic Strategy* (Harvard U.P., 1987), pp. 206-207.
（76）H & S, I, p.141 & p.150.
（77）H & S, VIII, p. 565.
（78）*Ibid*., p. 159. 但し、「そうなって欲しい」が完了不定詞になっていて（to have made them such）、不可能を同時に示唆している。
（79）G. P. Akrigg, *Jacobean Pageant* (Harvard U.P., 1962; Atheneum, 1967), pp. 5-6.
（80）David Riggs, *op. ct*., p. 107.
（81）仮面劇の系譜におけるこの劇の重要性については、*cf*., Stephen Orgel, *The Jonsonian Masque* (Harvard U.P., 1965), pp. 149-85.
（82）H & S, I, p.103.
（83）H & S, VIII, p. 635.
（84）これは通常よくいわれる見方だが、ハイネマンは「買収」云々は少々単純すぎる見方だといっている。*Cf*., Margot Heinemann, *Puritanism and Theatre* (Cambridge U.P., 1980), p.133. 他方、ウォールトンは、市だけでなく、王からの年金にも口封じの意図を見ている。*Cf*., H & S, I, p.181.
（85）F. Bradley & J.Q. Adams (edd.), *The Jonson Allusion-Book* (Cornell U.P., 1922; R & R, 1971), p. 167.
（86）H & S, VI, p.492.
（87）H & S, XI, p. 339.
（88）*Ibid*., p. 335.
（89）H & S, VIII, p. 248.
（90）Ibid., p. 289.
（91）H & S, XI, p. 417.

（92）*Ibid*., p. 346.
（93）H & S, III, p.10.
（94）Philip Edwards, *Threshold of a Nation* (Cambridge U. P., 1979), pp. 157-58.
（95）この劇の「耄碌」ぶりを、たとえばチャンピォンは、イーグラムアのエアラインへの嘆き（一幕三場）において、固有名詞が僅か三行の間に四度も出てくるところにみている。*Cf.* Larry S. Champion, *Ben Jonson's Dotages*. (U. of Kentucky P., 1967), p. 135.
（96）H & S, I, p.151.
（97）ジョンソンのモットーであったコンパスのもつ意味については、*cf*., L. A. Beaurline, *Jonson and Elizabethan Comedy* (The Huntington Library, 1978), pp. 298-311.
（98）J. F. Bradley & J.Q. Adaims (edd.), *op.cit*., p.99, and Wayne H. Phelps, 'The Date of Jonson's Death', *Notes and Queries*, 27 (1980), pp. 146-49.
（98）H & S, I, pp. 115-17.
（100）*Ibid*., p.115 & pp. 181-82.
（101）W・ペイター、別宮貞徳訳『ルネサンス』（富山房、一九七七）、八八－八九頁。但し、文面は多少かえてある。

補遺
シェイクスピア時代の劇団、劇場、観客

教会からすでに市場へと移っていた演劇は、さらに移動を続け、宴会場へと赴くことになる。聖職者階級の手を離れて民衆の手に渡った後、一千年という歳月を経てすぐにではなくとも、最終的にそれは職業俳優の手に委ねられることとなるのであった。

この引用は、シェイクスピアや彼が生きたエリザベス朝という時代の演劇に詳しいE・K・チェインバーズ（E. K. Chambers, 1866-1953）というイギリスの学者が、中世演劇の変遷について述べた一節です。このチェインバーズという人は、三〇年以上も文部行政に携った、いわゆる日曜学者でしたが、シェイクスピアをとりまく演劇についての厖大な資料を蒐集、整理し、今日のシェイクスピア研究の礎を築いた、まさに偉人です。半世紀を経た今日でもその仕事を凌ぐものは現れていませんし、将来も期待薄でしょう。

ただ、それほど完璧な彼の仕事にも、一つ思わざる陥穽があります。引用からお解りになりますか。そうです。演劇の担い手や上演場所が宗教的なものから世俗的なものへと漸次変わっていった、とみるところです。

これは、全面的に間違いとはいえない見方です。中世劇の源の一つが復活祭のミサのかけあい、「誰を探している

のか……汝らキリストを崇める者たちよ」「ナザレ人なるイエスなり」にあるのは確かでしょうから。それが一〇世紀頃の話として、一四世紀頃の聖体劇とかサイクル劇と呼ばれる、聖体節におこなわれた聖書物語全体《サイクル》に材をとった劇が、教会の内陣はおろか境内をもでて、聖職者ならぬ町衆により演ぜられるようになっていたのも事実です。といって、後者が前者の「進化」した形かというと、首を傾げざるをえない。ミサに発する典礼劇には、ノアの方舟やアブラハムとイサクの物語といった、聖体劇の題材は出てこないからです。

同様に、聖体劇が「進化」して職業俳優らしきものに担われる道徳劇が誕生したとも、考えにくい。聖書物語の劇化ならぬキリスト者らしい生き方を説く道徳劇は、質が違うばかりか発生的にも聖体劇より古いかもしれない、と今日では判ってきているからです。それに、同じ職業俳優といっても、道徳劇を演じていた説教師集団と思しき群れの他に、古来物真似芸を演じ続けてきた旅芸人もいたはずで、彼らは宗教とはえんも縁《ゆかり》もありません。時代が経つにつれて演劇は多様化し、世俗化してプロの手に担われるようになったとして、樹形図のように、宗教という根の部分から系統だって枝分かれしていったわけでは、どうもなさそうです。

これは何も、チェインバーズという大学者の理論のたて方の安易さを責めているのではありません。彼自身は、自らの理論に反する資料も多く載せているわけで、それでこそ彼は真の大学者だったといえるのです。問題は、それほどの大学者でも自らが生きていた時代を見えない形で被っていた、いや、そこで空気のように吸っていたともいえるチャールズ・ダーウィンの『種の起源』(一八五九年)の影響を免れるのは不可能だった、という点にあります。

その意味するところは、重大です。チェインバーズからエリザベス朝演劇のあり方を学んできたわれわれも、知らず識らず進化論とか進歩の観念に縛られているに違いないからです。しかも、厄介なことに、この進化論は、尋常一様な代物ではありません。進化論とは環境と選択によっては無限の発展が前提となったものでしょう。ところが、粗野で野蛮な中世劇が次第に洗練の度を加え、シェイクスピアに到って芸術として完成したというのがチェインバーズの見方だったとすれば、唯物論やキリスト教的時間に似て、進化にも最終段階とか頂点があるということになりますから、矛盾が甚しい。厳密にいえば、これは進化論で武装した英雄崇拝ないし神格化といえましょう。そして、それは存外危険な考えです。

この限定付き進化論の危険さは、何よりもシェイクスピア中心主義にあります。シェイクスピアからそこまでのエリザベス朝演劇を遡及的に眺める見方は、そこに流れこまなかったすべての流れを、どうしても無価値なものと見做しがちです。シェイクスピアへの尊敬の念が強いと、自ずとそうなるのが人情でしょう。しかし、歴史に優勝劣敗をもちこんだらおしまいで、正しくみえてこないのも、また事実です。歴史は法則性をもちながら、同時に無目的で、偶然の産物でもあるわけですから。

いいかえれば、歴史は適者生存の軌跡にして、滅びしものの累々たる屍の跡でもあります。そして、敗者の視点を併わせもてば、シェイクスピアも、おそらく今まで以上によくみえてくるはずです。でも、研究者夫々が歴史的に条件づけられた上に進化論に陰に陽に冒されているとなれば、これは言うは易くしておこなうは意外に難しい。

前置きがすっかり長くなりましたが、以下では困難と知りつつ、この気持ちをできる限り保ちながら、シェイクスピア演劇をとりまいた物理的な環境を探っていってみたいと思います。

ところで、皆さんは、シェイクスピア劇の環境を考えるなら、どれほどの時間的幅を想定したらよい、とお考えになりますか。扱うテーマによりますが、俳優全体の誕生を考えるなら二〇〇年、直接の演じ手と上演場所に絞るなら、三、四〇年遡れれば充分でしょう。

二〇〇年遡った一三九〇年頃といえば、イギリス中部の港町として栄えたキングズ・リンの町の出納簿に、「楽師《ミンストラル》」と区別された形で「役者《ルーデンス》」への支払いがなされてから（一三七〇年五月一日）ほどない時です。つまり、人々の意識のなかで「芸人」が細分化されだした頃といえましょう。ただ、自治体が謝礼を払うわけですから、この場合の「役者」とは一所不住の旅役者ではなく主人持ちの役者でしょうが、断定は禁物です。町のアマチュア芸人だった可能性も残ります。

記載が「プレイヤー」と英語になり区別が一段とはっきりするのはそのまた半世紀後、場所も同じリンにおいてです。グロスター公、ウォリック伯、ベッドフォード公らの「役者《ヒストリオ》」に謝礼を支払ったと主人筋が明記されるのは、ほぼ同じ時期のエクセターが最初です。一四六三年に発布された服装令には、役者だけが己れの身分に相応しからぬ衣装を身につけてもよい、という例外条項が出てきます。どうやら、一四世紀の中頃から一五世紀の中頃にかけての一世紀の間に、「主持ちの役者」というシェイクスピア時代の俳優の主役が誕生したように思われます。

服装令から六年後、今度は芸人組合が結成されます。いずれ、自らの権益を守らんとする企てでしょうから、役者を含めて芸人になろうとする人々が後をたたなくなりつつあるということでしょうか。それどころか、すでに役者の引き抜きすら始まっているらしい。ノーフォークの名門パストン家に残る文書は、二年間養って聖ジョージ劇やロビン・フッド劇を演じさせてきた役者が逐電した旨を伝えています。時に一四七三年、対仏百年戦争はすでに終っている(一四五三)ものの、バラ戦争の真只中。大衆だけでなく当事者たちも戦争に飽きたのでしょう。リチャード三世をはじめ大貴族や豪族たちがこぞって優れた役者を手許におこうとしている様子が、さまざまな資料から窺えます。平和が甦れば、演劇は一気に開花する気配はすでに満ちています。

そして実際、平和が訪れ、王朝が変わり、一六世紀の声を聞く頃ともなると、辺りは俄かに騒々しくなってきます。演劇関係の資料がグンと増えるのです。といって、そこが曲者、演劇は本当はすでに一五世紀から盛んだったのに、資料に残らなかっただけかもしれません。だから、正確にいえば、賑やかになったというのは、主持ちの劇団が縁故を頼って旅して歩き、ゆく先々で劇を披露して謝礼にありつくホール芸についての話であって、昔から旅を伴とし、村の共有地や市場で芸を切り売りしていた人々の様子は、皆目判らないのです。ただ、一般論として、その数が次第に減り、主持ちの劇団に吸収されつつあったのは、確かでしょう。黒死病の影響で労働力が不足し、耕地が牧草地に変わりつつある(モアのいう「羊が人を喰い殺す」)事態を迎えつつあった一四世紀末以来、浮浪者取締りが厳しくなり、鑑札もなしに気儘に中世の森を往来するのが難しくなっています。これが一つの理由です。中央集権化は、国民の流動化を嫌い、強大な貴族が私兵を増やすのを憎む傾向があります。取締りは強化されても、緩むことはありえないでしょう。

主持ちになる利点は、他にもあります。日頃は主人の館で雑役につき、事あるときだけ芸を披瀝する方が生活が楽で安定するということがありますが、旅するときにも「家の子郎党」という鑑札が貰えて便利なのです。自らの芸で他人を喜ばす味を覚えた輩が、元々主持ちの者も含めて、いつまでも定住生活に満足するとは思えません。一六世紀の初めにはクリスマス休暇のようなときだけに、しかも主人の縁故筋に限られていた巡業が、世紀の半ばともなれば、紹介状一つでどこなりといつなりと訪ね歩くのが常態となってきます。

主持ちの劇団に吸収されていったのは彼ら旅芸人だけではないかもしれません。説教師集団の末裔もそうでしょうし、聖体劇を演じていた町の人気者も、宗教改革でこの種の劇が弾圧され、同時に母胎であった中世都市が経済的に衰退し、劇が昔日の華やかさを維持できなくなるにつれて、この種の組織に飛びこんできたと考えられます。

いいかえると、二〇〇年近くほとんど動かなかったイギリスの演劇地図が、一六世紀の半ばを迎えてようやく動きだした、ということです。アマチュア、プロを問わず、さまざまな演劇形態が横並びにあったのに、ここへきて、主人持ちとはいえ、お仕着せを拝領するだけで、実際はたいした経済的援助を受けることなく、直接民衆相手に稼ぎをあげるプロの劇、いわゆる民衆演劇が主導権を握りつつある、ということです。シェイクスピアが生を享けたのは、この頃でした。

ところで、一六世紀とともに演劇が栄えた理由ですが、長い戦乱の末の平和の希求や娯楽への渇仰といった一般論はさておくとして、特殊な事情もあったようです。演劇のもつ強い宣伝効果です。それを見込まれて、一五三〇年代の宗教改革以後積極的に利用されてゆくこととなるのです。

事実、一五三〇年代からシェイクスピア登場直前の八〇年代までの約六〇年間にものされた七〇ほどの残存する劇のうち宗教宣伝劇と思しきものは、四〇篇以上を数えます。エリザベスの登場直後の五九年に布告される宗教と国政に触れる劇の上演禁止令でひとまず宗教との蜜月関係は崩れますが、エリザベス朝演劇育ての親が宗教だという点については、大方の異存はないでしょう。

もう一つ演劇の隆昌化を招いたものがあるとすれば、都市化の波とそれをうまく利用した劇団のロンドン定着でしょう。もちろん、これと演目の多様化（と高尚化）は抱き合わせになっていたわけですけれども。

一六世紀は、イギリスの人口の一極集中が始まった世紀です。この世紀の初め頃のロンドンの人口は四万程度、ヨークやブリストル、ノリッジといった都市の三倍程度でしかなかったのが、他がほぼ横ばいなのにロンドンだけが世紀の終りには二〇万人を超し、他の一〇倍以上に突出します。エリザベスを継いだジェイムズ一世がいみじくも漏らしたように、「ロンドンがイギリスそのものに」なりつつあるといったところですが、この事態を招いた理由は簡単です。世界経済が枢軸をロンドン―アントウェルペンに移したことによるのです。

民衆演劇の経済原理は薄利多売です。多くの人にみて貰うには、旅して廻らねばなりません。四、五人で群れをなして、徒歩が普通でしょうが、秣代《まぐさ》を支出している自治体があるところをみると、馬を使うこともあったようです。もちろん大八車のようなものも使っています。旅廻りの良さは、気儘さを別にすれば、同じ演目の繰り返しがきくところにありましょう。反面、公演中に客席に帽子などを廻して集めた心付けに市長からの心付けを加えても、儲けの高が知れているのが泣きどころです。同じ労力を提供するのなら、できるだけ多くの収益を期待できる方を選ぶのが人情というものでしょう。

ですから、ロンドン定着は自然の勢いだったわけですが、拍車をかける動きがあったとすれば、例の宗教宣伝云々でしょう。「国璽尚書卿一座」の旗印の下に、ジョン・ベイル（John Bale）たちは反法王主義を盛りこんだ劇をもって、三〇年代の後半イングランド中東部を旅して廻っていたのが知られていますが、それが利いたのか、世の中は四〇年代に入ると俄かに騒々しくなってまいります。四二年教会での上演禁止、四三年聖書の自由解釈禁止、四五年劇の検閲をも念頭に王室祝典局誕生ときて、ついに五〇年市中での無許可公演が禁止となります。しかし、一旦燃え盛った火はそう簡単に消えるものではありません。ロンドンはオールダーズゲイト（Aldersgate）郊外の聖ボトルフ教会では、五七年から六八年にかけて計一〇〇回以上も内密に劇の上演がおこなわれていたのが知られています。カトリックに戻ったメアリーの治世下の五七年にはオールドゲイト（Aldgate）郊外のサラセン人の頭亭（Saracen's Head）で、五八年にも近くの猪頭亭（Boar's Head）で危険な劇を上演したかどで逮捕騒ぎがおこります。六五年にはついに居酒屋や旅籠での上演禁止令がでるところをみると、演劇のロンドン定着はそうした場所から始まっているのがわかります。

ただ、そういうところで劇を上演していた母胎がいかなるものかは、正直のところはっきりとはわかりません。ただ四三年当局の命に背いて逮捕された二〇名の集団は、指物師のアマチュア劇団だったとわかっておりますし、四七年についで五四年にも改めて主人筋をもたない劇団の上演不許可のお達しがでるところをみると、宗教的熱誠につき動かされたセミ・プロ級の劇団が存外主体だったのかもしれません。

にもかかわらず、彼らはいつしか自然に淘汰されて、常設劇場が建ち始める七〇年代ともなれば、ロンドン市内の名の通った三つ四つの旅籠で上演を繰り返しているのはプロの劇団であり、しかも主人持ちに変わっています。さまざまな締めつけ強化に端的に窺えるように、政界の有力者をパトロンに戴かないグループの生存が次第に困難になったということでしょう。

演劇自体も、この頃にはすでに娯楽色を強めたものになっています。しかも「娯楽」といってもかつての村芝居のような、たんなる猥雑なエネルギー発散の契機の段階ではない。劇作を古典に通暁した大学出の作家が担う場合が増えていて、作品の文学性も高いし、過去と世界に開かれた窓の役割も兼ねたものにもなっている。この教育効果も、演劇が人気を呼んだ秘密でしょう。

話を俳優に戻すとして、そうなりますと役者は手っとり早く日銭を稼ぐ絶好の職業にみえてきます。それに古来チョーサーの「粉屋の話」に登場するアブサロンとか、『笑話百選（*A Hundred Merry Tales*）』（一五二六）に出てくるサフォークのアドロインズのように、芝居気の多い連中は沢山いたはずです。そうした輩は『役者いじめ（*Historiomastix*）』が諷刺的に描いてみせたように、生活が立ちゆかなくなった際にはパトロンをでっち上げてでも（主持ちが義務づけられた七四年以降はとくに）この新手の業界に入りたいと思ったことでしょう（デカー『地獄の知らせ（*News from Hell*）』（一六〇六）には、悪魔をパトロンに仕立てる話まで出てきます）。やがてレスター伯一座を率いて劇場座（The Theatre）を建てるジェイムズ・バーベッジ（Burbage, James）も、おそらく役者だった叔父を頼りに指物師から鞍替えしてきた一人でした。

だから一攫千金を夢みて転じた役者にとって、成功した暁にはこんな有難い商売はなかったと思われますが、にも拘わらず彼らはいつになっても己れの仕事を正業とは見做さない。（「民衆俳優《コモン・プレイヤー》」と名乗ったのは、五九年のロバート・バーガー（Robert Burger）が最初ですが、それから暫くは現われません。遺言の際などの肩書は、「食料雑貨商」といった本来の職業が一般的です）。役者稼業を賤業とみ、「染物屋の手（「ソネット一一一番」）」のようにそれに染まって落ちないとマクベス夫人さながらに嘆きます。不思議といえば不思議なメンタリティですが、見方によってはこの賤業ないし副業意識が彼らをして儲かるとなればどんなあくどいことでも平気でおこなわせる原動力であったのかもしれません。

というのも、この商売には実入りがいい反面（疫病流行による劇場閉鎖等）リスクも大きいからです。

先きには彼らはロンドン定着を目指したといいましたが、定着して週日日替り上演をおこなうには新たに越えねばならぬ難問が多々でてまいります。観客を厭きさせないで度々劇場に足を運ばせるには、よい役者の確保に始まり、人出のみこめる便利な場所と大量の面白い台本、それに豪奢な衣装、そういったものが必要です。舞台も極彩色の上にカリアティード（女性像）などで飾られる華やかなものになれば、それにこしたことはない。となれば、どれも元手がかかります。つまり、実入りをよくするにはそれ相当の資金が要り、零細な事業主はあこぎな生き方に徹するか、他人の褌で相撲をとるかしか術はなかったというわけです。その辺の事情は、バーベッジの生きざまが明らかにしています。

　バーベッジの手口は、年下の義兄ジョン・ブレイン（John Brayne）一家との訴訟騒ぎからかなりのことが判っています。一五六七年にブレインがオールドゲイト郊外に赤獅子座（The Red Lion）を建てますが、これがまずバーベッジの差し金と思われます。すでにこの頃には転業していたに違いない彼が、レスター伯一座か何か、自らの属する劇団のためにロンドンでの足掛りを確保するため、裕福な食料雑貨商の義兄を利用した、そんなところでしょう。

　ただ、市壁から半マイル少し離れたその場所は、どうにも地の利が悪すぎたらしい。それに、最近発見された建設を巡っての訴訟記録によれば、果して劇場として恒常的に使いうるだけの設備を備えていたか、疑わしさが残ります。いずれにせよ、この小屋のその後はまったく不明です。

　しかし、ここで何らかの味をしめたのでしょう。自己資金ゼロに等しいにもかかわらず、ブレインの全面的援助の下に、約一〇年後、バーベッジは新たな劇場の建設にとりかかります（毎週数回上演する際のうまみをバーベッジが繰り返しブレインに語ったと、訴訟記録は告げています）。劇場座はこうして一五七六年にできた、イギリス最初の常設劇場なのです。

　ブレインはこの資金援助が祟って最後は一文なしになりますが、バーベッジは（俳優と折半した収益のそのまた折半のはずの桟敷席からの上りを合鍵を使って盗んだり、俳優たちの取り分までごまかし、見つかれば「魔がさした」で済ませてしまう、勝手放題をしたようです。

　この争いはブレイン亡き後も続き、不払いに痺《しび》れをきらした未亡人側が直接客から集金しようと乗りこんできて、未来のハムレット役者、甥のリチャード・バーベッジに箒《ほうき》で追い払われるといった事件さえおこします。こうした一連の事件の意味するところは明瞭です。当時の演劇興行がいかに魅力的な企てであったか、そのため人は骨肉の争いも辞さぬほど鉄面皮になりえたか、に尽きましょう。

俳優について語るつもりが、バーベッジが両者を兼ねていた関係で、いつしか興行主や小屋主に話が移っておりました。それでは、元手も人を騙す才覚も大してないにもかかわらず、役者稼業を続ける道はないかといえば、そんなことはありません。入場料と桟敷席からの上りの半分は役者の取り分ですから、株主俳優である限り、必要経費を差し引いて平等に分配しても、充分すぎる額になりましょう。四〇から一〇〇ポンドもの金を濡れ手で粟で得ていた彼らは、劇作家たちより恵まれていたのは元より、当時六万人たらずといわれる郷士階級をも収入面で凌駕したかもしれなかったのです。

彼らの多くは、一代で分限者になったシェイクスピアのように、あるいは旧ニューイントン射撃場座（Newington Butts）に関係したウォリック伯一座のサヴェッジ（Jerome Savage）のように、ペストに罹らずに長生きできたときには、田舎に隠棲して静かな晩年を送るのを夢みていたに相違ありません。それが、今も昔もイギリス人の理想でしょうから。しかし、なかにはあくなきエコノミック・アニマルもいて、現状に満足できず、つねにさらに上を狙う輩もいたことでしょう。彼らは金づるがみつからなければ、鉄面皮だけで伸《の》していこうとするのです。

そのため、少しでも条件がよければ、平気で劇団を渡り歩きます。九年間に四、五度も劇団をかえ、「カメレオン」と綽名されたローレンス・ダットン（Laurence Dutton）が、さしずめその代表でしょう。彼の抜群の経営感覚が頭の堅い役者馬鹿との軋轢を生んだ――渡り歩きを巡っては、通常はそんな説明がなされています。しかし、ウォリック伯一座からオックスフォード伯一座への鞍替えなどは、仲間のサヴェッジ一派をそれで没落させて射撃場座から追い出し、自らが新たに有利な条件でそこへ乗りこむための策謀だったかもしれません。

だから、当時の役者の生活は、己れさえ大人しくしておれば安泰だったというわけにはいかないのです。サヴェッジのように、周りに変化がおこれば、影響はもろに及び、劇団は簡単に瓦解してしまう。そこでまた、新たな劇団づくりが始まるわけですが、多くは設備投資のための資金ぐりを巡ってスポンサーに騙され、彼らの餌食になるという事態がおこってきます。つねに事業資金を貯えておけば問題はないのでしょうが、役者とは、エコノミック・アニマル如何にかかわらず、計画性のない人種と昔から相場がきまっています。だから、自らの意志と無関係に、結果的に波瀾万丈の人生を送ることとなってしまうのです。

ところで、今日では想像がつかないでしょうが、当時芝居を打つための設備投資としてもっとも嵩んだのは、衣装でした。ロンドンに定着し、宙づりといったケレン味で勝負できる前は客の眼を楽しませるのに豪華な衣装しかなかったからでしょうか、身分で服装が決められていて（だから、つけ髭一つで変装が成立したわけですが）、外見（衣装）こそ人間の内面の反映と思われたことと関係あるのでしょうか、劇団はとにかく衣装にだけは理屈抜きで金をかけたのでした。そのせいで、台本一本が五、六ポンドとして、衣装代がその倍以上、一着で台本一本より高い、いや二〇ポンド以上と、シェイクスピアの購入した大邸宅の代金の三分の一以上の場合すら記録されています。高価な衣装は購入に前借りを要するときもありましょう。興行主や小家主が借金で劇団を縛るというパターンについてはすでに触れましたが、それは主として衣装を巡っておこったのです。

シェイクスピアの劇団、宮内大臣一座は、父親のあこぎさを知悉していたバーベッジ兄弟が、地球座を一座の共有財産としたこともあって、幸い演劇資本家の魔手を逃れ、独立を貫きます。そこに彼らの成功の鍵があったのですが、ライヴァル劇団である海軍大臣一座をはじめ、ほとんどの劇団は一時なりとも彼らの支配下に入り、搾取の対象となっています。旨みはあっても、役者稼業はやはりリスクも大きい、不安定なものだったのです。

演劇が栄える必要条件としてあげたもののなかで残っているのがまだ二つあります。そのうち台本の方は、さほど問題がなかろうかと思います。一六〇〇年前後の少年劇団の復活時を除けば、台本は一般に買手市場だったといってよいでしょう。劇団の創設時ならいざ知らず、レパートリー・システムが確立して仕舞えば二週間に一作程度の新作の購入ならさほど難儀だったとは思えません。

よい小屋の確保の方は、絶対数が少ない故大変とは思いますが、九四年以後宮廷と市の妥協の結果として二大劇団制が敷かれると、表向きは解決したといっても宜しいでしょう。今後暫くエリザベス朝演劇は、少数精鋭化による統制という大枠のなかで、劇場座＝地球座（The Globe）、黒僧座（The Blackfriars）に依るバーベッジ親子（とシェイクスピア）と、ばら座（The Rose）、幸運座（The Fortune）によるヘンズロウ（Philip Henslowe）とアレン（Edward Alleyn）舅と婿、すなわち、小屋主と立役者の肉親コンビ同士の対立抗争のかたちで進みます。最終的には、株主共産制が興行師主導型を駆逐して終りますが、この成功はシェイクスピアたちの実力と企業努力の賜物とはいえ、それ自体は宮廷の手厚い庇護の上に咲いたか弱い花でしかなく、しかも二〇〇人ほどの劇作家と四〇〇人ほどの俳優の犠牲の上に築かれていたことを、忘れるべきではないでしょう。

バーベッジ、ヘンズロウ親子の名が出てきたからいうのではありませんが、エリザベス朝演劇は今日の眼からすると吃驚するほど狭く偏った世界で、血縁、地縁、それに職縁（?）といったものが大きくものをいう領域でした。このなかで職縁などは意外と思われる向きも多いと思いますが、じつは重要で、衣装に携った職能が演劇を制す、という事態すらありえたのでは、と錯覚するほどです。

ヘンズロウがまず洗色業と質屋ですから、衣装に近いところにいます。ジェイムズ・バーベッジは無関係にみえますが、妻の実家は洋服商です。白鳥座（The Swan）をつくるラングレーは羊毛計量官、猪頭亭に関係するウッドリフは小間物商《ハバーダッシャー》でした。一方、七〇年代に宮廷祝典局の役人が役者に衣装を貸しだすので、商売が上ったりになって困ると、町の貸衣装屋が祝典局に抗議を寄せているように、昔から貸出しや横流し、払い下げは祝典局関係者の重要な「内職《サイド・ワーク》」でした。やがて少年劇団に関係するエドワード・カーカムはそれを期待されてでありましたし、防壁座（The Curtain）をつくったランマン、ニューイントン旧射撃場座に関係したリチャード・ヒックスも女王の私室関係の役人、つまり衣装と深い繋りのあったのが知られています。彼らは廉く衣装を調達して、高く劇団に売りつけたり貸しつけたりして、利鞘を稼いでいたに相違ありません。

納得いただけたと思いますが、エリザベス朝演劇はこのように徹頭徹尾経済行為の世界でした。これは、いくら強調してもしすぎることはないでしょう。しかし、演劇は商品であっても、たんなる商品ではありません。どんなものでも商品価値を高める努力は必要でしょうが、演劇のように夢を売る商品の場合は、とくにそれが要請されます。みて楽しく、為にもなり、おまけに芸術性も高ければいうことなし、というわけです。この、経済のために芸術性が要求されるというパラドックス、これをどう解くかに、よくも悪しくもエリザベス朝演劇の将来が懸っていたといって過言ではないでしょう。

先走ったいい方をすれば、エリザベス朝演劇はこれを解くのに成功し、同時に何かを失うかたちで進みます。少し詳しくいいますと、解き方としては次の三つが考えられます。まず、（一）古典復興というルネサンスの演劇らしく、古典的様式を整えること。つまり、三一致の法則や五幕形式の遵守を、アリストテレスの誤読とはいえ、劇中にとりこむということです。（二）は、劇作家や演出家主導の下に、集団芸としての演劇を確立すること。平たくいえば、今日の演劇に近いものを目指すという近代へ向けての一歩です。そして（三）は、役者の個人芸に頼ること、いいかえれば、中世それ自体の洗練化ですが、その延長上にイタリアのコメディア・デラルテ的な演劇を考えれば充分でしょう。

さて、これら三つの扱いですが、エリザベス朝演劇は、（一）には経済効果を高めうるぎりぎりと申しましょうかおざなりの尊敬しか払わず、（三）から（二）へ重点を移すかたちで上のパラドックスを解いていったように思われます。成功したとはこの点を指してのことであり、この移行の積極的推進論者がシェイクスピア（とベン・ジョンソン）だった、とまあこんな風にいってもよいでしょう。

つけ加えますと、成功は(三)から(二)への重点移行だけではありません。ヒューマニストの、たとえばシドニーのいうことを鵜呑みにせずに、演劇を形だけ整っても中身に乏しいものに変えなかったのも、同様に成功といってよいでしょう。「雑種《モングレル》」の劇を一気に衣替えすること自体が無理な相談だったのですが、強行した暁にはおそらく王政復古期の劇にどこか似た浅薄な劇が主流を占めていたことでしょう。

ついでながら、さらにいいますと、古典的なものへの尊敬の念が己れの企てに箔をつける程度に留っていたといえば、劇場構造も同様です。バーベッジは自らが建てた芝居小屋を「劇場《ザ・シアター》(座)」と名づけましたから、ローマの劇場について何らかの知識をもっていたのは明らかです。ただ、ウィトルウィウスの『建築十書』(Vitruvius Polio, *Marcus, De architectura libri decem*)を繙いたり、ローマの劇場概念について専門家から講釈をうけていたとしたら、半円ならぬ円形の採用からして、あまりに不自然といわざるをえません。客席の使い方、円に内接する三つの正三角形の頂点の使い方なども同様です。聞き齧りを精一杯生かそうとした結果と考えた方が、はるかに自然と思います。なるほど、中世を通じてローマの「円形劇場」についての情報が細々ではあっても語り継がれていたのは、確かです。一五世紀中葉に、キングズ・リンのキャップグレイヴという男が、それに触れているからです。時代が下り、スティックルズといった一六世紀後半の王立造営局《ロイアル・ワーク》の役人たちも、やはりある程度の知識をもっていましたが、これは一六世紀初頭カレーに直立三層十六角形のテント張り宴会場を建てた先輩ベルクナップといった人たちから伝わったものでしょう。そして、バーベッジが劇場座の解体を任せた大工ストリートは、スティックルズの知りあいでした。さらにいえば、バーベッジは、ストリートの父親の許で徒弟奉公をした可能性があります。「古典的に《ア・ランティーク》」というヘンリー八世の御代からの謳い文句に乗るかたちで、劇場座建設に際してバーベッジは王立造営局の懇意にしていた職員に意見を求めたかもしれません。劇場座の古典性はその程度に留めておくべきで、それで充分当時の観客にアピールしただろうと思います。

ところで、芸の質的向上を図るとき、当時の役者たちが個人芸に磨きをかける方向でまず考えたについては、理由があります。役者は楽師と職種分担することで誕生したと最初の方にも述べましたが、分かれても音楽をはじめ何でもこなせるのがイギリスの役者の、今も変わらぬ必須条件です。その辺の事情は、小太鼓と笛をもった「女王の道化師」タールトン（Richard Tarlton）の有名な版画（六九頁参照）に明らかでしょう。その彼が一世を風靡したのが、「即興芸の名人《エックステンパリー・ウィット》」としてだったのです。当時の役者は身分的には主持ちの俳優が主流とはいえ、芸の主流はいぜん放浪芸人の物真似芸におかれていましたし、観客ももっともそれを歓迎したのです。個人芸へのかかわりは、役者の出自、観客の好み双方からいって、当然すぎるほど当然だったのです。

でも、そこが奇妙なところですが、この状況を役者の個人芸から劇作家主導型に変えていったのも結局は観客、あるいは、客と作者との共同作業だったということです。ここに、劇の変遷や客の嗜好の変化を巡る、簡単には解けない謎があるといってよいでしょう。

観客とは身勝手な人種の最たるものです。ロンドンに来たての頃は、田舎が恋しく肌の温もりを求めて芝居小屋に赴いたとしても、じきに贅沢になり、素朴で猥雑な芸など田舎臭くてみるに耐えないと思うようになるものです。全部一度にというわけではありませんが、こうして少しずつ見巧者とやらの数がふえ、それにつれて劇も変わっていったということでしょう。ジョンソンは別として、シェイクスピアなどはこの変化を鋭く嗅ぎとり、巧みに誘導、加速させていった張本人であり、『ハムレット』の三幕二場冒頭の旅役者への忠告は、さしずめ劇作家主導型演劇への転換の宣言といってよいものなのです。

もちろん、そうはいっても、これで喜劇役者の個人芸が完全に廃れたわけではありません。その証拠に、シェイクスピアの劇団が時代の流れに遅れまいとしてマーストンの『不満の徒』（*The Malcontent*, 1604）を少年劇団から盗んだとき、彼らはわざわざそこに道化役者アーミン（Robert Armin）のために一〇〇行以上も科白をつけ加えているからです。

　これは、株主俳優の負担を平等にしようとする発想に基づいた選択で、だから道化役者を抱えこんでいる劇団の劇が「雑種」を抜けだし、古典的形式を備えられるわけがないのです。にも拘らず、道化がいつしかアンサンブル劇のなかに封じこめられ、昔日の面影をなくしていくのも事実でしょう。そもそも、アーミンは都会風の、どこかに狂気を秘めた道化、一種の性格俳優だったといわれています。やはり、道化だけでなく役者は一般に、一七世紀の声とともに新しい演劇の主役の座を退くのであり、そう考えると、ジッグの名人にしてアーミンの前任者ケンプが、『ハムレット』登場直前にもっとも実入りのよい劇団を自発的に去るのは、いかにも象徴的な事件だったと思われます。

　職業演劇の成熟は、二〇年たらずで役者の「即興に頼る」劇を劇作家が「物語る」劇へと変えました。これを早いとみるか遅いとみるかは意見の分かれるところでしょうが、とにかくこの変化がなければ、イギリスの劇場も出雲の阿国の北野天満宮の常舞台に似て、早晩厭きられて潰れていたのは確かでしょう。その意味で、変化は時代の要請であり、賢明な選択だったかもしれません。

　しかも、俳優の時代が去ったといっても、演技の質が落ちたわけではありません。劇が終るまで楽屋でも役を下りることがなく、つねに「迫真の」《ライヴリー》の演技を心がけたといわれるリチャード・バーベッジの評判記が、この間の事情を雄弁に物語っています。だから、彼は女性客に大もてで、盛んに誘惑される。ところが、そのお楽しみを漏れ聞いたシェイクスピアこと「ウィリアム征服王」に横取りされてしまう、といった挿話が生まれたわけでしょう。

　とはいえ、当時どれほどの女性が劇場に足を運んだか、正確にはわかりません。劇場によって男女比は当然違ったでしょう。理屈からいえば、意中の男性と駆落ちまでして添いとげる女性を描くことで女性客に夢を与えたシェイクスピア劇は、他より沢山の女性を集めたと考えられますが、これとて実態はわかりません。劇場へ赴く動機にしても、掏られても痴漢行為を逆に楽しんだ、ピーチャム描く貿易商の女房のように、抑圧された日々の生活からの解放区を猥雑な劇場空間に求める手合いだっていたことでしょう。『ぴかぴか擂り粉木の騎士』(Beaumont Francis, *The Knight of the Burning Pestle*）の町女房のような、演目の変更を要求するよう不埒な客も、男女を問わずいたかもしれません。それにしても、やはり高が知れている。上演中もおつまみの胡桃がパチパチ割られ、出費が多少嵩む桟敷席では酔漢が博奕に現《うつつ》を抜かし、薄暗がりでは娼婦が客と下交渉をしている。と思うと、初演の演じものを除けば、一ペニーで劇が楽しめる立見の平土間では掏摸《すり》が横行し、もっとも入場料（?）の高い舞台上の客席では一張羅姿の伊達男が煙草をくゆらせながら自らをお披露めする――こういう環境の下へは良家の子女はいくらお伴つきで、顔を仮面で被っていたとしても、行きにくかったでしょうから（もっとも、一七世紀になり、屋外劇場の五、六倍の入場料をとる屋内劇場が主役に躍りでて客筋の品がよくなれば、話は自ずと別でしょう）。主体は、法学院の学生や伊達男たち、仕事を休んだ徒弟や丁稚、ロンドンでの観光名所としての評判を聞いて駆けつけたプラッターのような観光客、それにエセックス州からわざわざ一〇年に五七回も芝居見物に上京したサー・ハンフリー・マイルドメイのような男性客だったと考えて差支えないでしょう。

　話を俳優に戻しますと、屋外の民衆劇場ではこういう客筋の、こういう騒々しい雰囲気のなかで、午後二時頃から三時間から二時間半位上演がおこなわれたわけです。舞台が北東を向き、上演中役者の顔が陰になるように工夫されていたようですから、女形のメイキャップなどは大して問題ないとして、三方、いや舞台上の客を入れれば四方から眺められる騒然とした環境でどんな演技が展開できたやら、疑問は残ります。マーロウ劇のような大言壮語、キッド劇のような繰り返し表現は、シェイクスピアの心理劇よりこうした劇場条件に適していたかもしれません。いや、逆にいうと、耳を傾けない客を大声を張りあげないでどうやって惹きつけるか、そこにシェイクスピアの工夫があり天才ぶりがあった、そういって過言ではないと思います。

　エリザベス朝はまだ「私」に「公」がかなり入りこんでいた時代です。リアリズムといっても、今日の眼からみれば、フォーマリズムと大差ないところにあったに違いありません。シェイクスピアはそれを今日のリアリズムへ向けて強引に一歩進め、演劇の近代の先鞭をつけたのです。その結果現われるのが、演劇の芸術化であり、客筋の分化でしょう。シェイクスピアは王侯と道化が共存する劇を書きながら、じつは王侯だけを贔屓客にする方向へ、踏みだしていたのです。さきにシェイクスピアが客筋の分化を齎した張本人といったのは、そういう意味においてでありました。芸術への意志と民衆的エネルギーは、いついかなる芸能においても、つねに相性が悪いように思われます。

初出一覧

（但し、既刊のものはいずれも若干の手直しをされてある）

第一章　「ロンドン・シェイクスピアとストラットフォード・シェイクスピア」
『シェイクスピアリアーナ』創刊号（丸善、一九八五年）

第二章　「シェイクスピアのロンドン」
未発表、日本学士院第六十七回公開講演会（二〇一七年）

第三章　「イギリス・ルネサンス――一五七〇年から一六〇〇年を中心に」
『岩波講座　文学5』（岩波書店、二〇〇四年）

第四章　「イギリス・ルネサンス（文学）における国家理性」
『日本学士院紀要』七十一巻三号（日本学士院、二〇一七年）

第五章　「庶子の力――一五九〇年代後半のシェイクスピア」
『シェイクスピア・ニューズ』四十八巻一号（日本シェイクスピア協会）
（二〇〇八年度シェイクスピア祭講演）

初出一覧

第六章　「『十二夜』考」
『日本学士院紀要』七十四巻三号（日本学士院、二〇二〇年）

第七章　「シェイクスピアのトロイ幻想」
未発表、日本学士院論文報告会（二〇二二年）

第八章　「三人のブルータス――シェイクスピアと共和制」
未発表、日本学士院論文報告会（二〇一六年、予備原稿）

第九章　「ベン・ジョンソンとイギリス演劇の変質」
『ベン・ジョンソン』（英宝社、一九九三年）

補　遺　「シェイクスピア時代の劇団、劇場、観客」
『シェイクスピアへの架け橋』（東京大学出版会、一九九八年）

あとがき

一六世紀末のシェイクスピアは、ジョンソンとエセックスを二つの焦点とする楕円の中にいる。世紀末といえば、足掛け三年に及ぶ疫病がようやく収まったとはいえ、いぜん世情は騒がしいものの、彼自身は有力劇団の俳優兼作家としての生活が安定し、詩人としても劇作家としてもようやく名声を不動のものとしたかにみえた時期だ。ところが時恰かも古典に通暁したジョンソンというライヴァルが登場し、祝祭喜劇を本領とする彼の牙城を脅かし始める。常設劇場ができて一世代を経て、目の肥えた観客が誕生し、自然な演技とリアルなプロットへの要請も高まりつつある。彼は今何らかの対応を迫られている。

折り悪く世紀明けには、シェイクスピアが一時国の将来を託そうとしたエセックスが叛乱をおこす。そしてそれが引鉄となって中世的思考との決別が加速し、ヨーロッパ文明の規範への信頼を揺るがせ、尊敬を奪ってしまう。頼るべき一切の中心を欠いた状態で、時代は一気に「万人が不死鳥（every man. . . a Phoenix）」の宿命を生きる近代へと突入してゆく。

そのとば口でシェイクスピアは新たな現実と正面から（悲劇）あるいは搦手から（問題劇）暫く向き合うものの、やがて敗北とも愛想づかしともつかぬかたちで孤独な龍となって家族の神話（ロマンス劇）へと沈潜してゆくだろう。その過程をつぶさに追う余裕はないが、とりあえず楕円の中の世界を覗きみたのが第三部である。

前後にシェイクスピアとジョンソンの生涯を配し、時代（の文化的）背景と演劇興業の実態をも提示した。生きた環境、就中物理的条件の理解なくして劇場人の仕事の正当な評価は望めぬからである。

これらのうち、「シェイクスピアの生涯」については、彼の作品展開と有機的に結びつけて論ずべきだったとは思う。だが彼の場合、(「三人のブルータス」で触れたように) 生活人と劇場人の間に近代人の理解の及ばぬ隔たりがある。型通りの追い方に留めたには、そうした事情もある。固有名詞や幕場の表記、文体にも不統一が残るが、文意に拘らないので、併わせ了承いただければと思う。

いつものことながら、本書がなるに当たってはいろいろな人々の世話になった。中でも、大量のワープロ原稿を作成してくれたばかりか何かと無理を聞いてくれた秋田県立大学准教授山崎健一君への謝意は深い。彼の献身的な協力なくしては本書はならなかっただろう。和治元義博君(北里大学准教授)、伊藤孝一郎君(千葉大学等講師)にもお世話になった。娘の明日子も協力してくれた。

直接本書に関わらないが、長く貧しい研究者人生において、故青木信義さん(山梨大学)、野崎睦美さん(東京工業大学)、清水恵子さん(東京工業大学職員)をはじめ多くの人々の世話になった。読書会の面々(井出新、岩田美喜、佐藤達郎、篠崎実、清水徹郎、竹村はるみ、前沢浩子、山田雄三、由井哲哉)への感謝も尽きない。古いメンバーはかれこれ三十年からになるが、立派に成長し、第一線で活躍する彼らから学ぶものは多かったし、各地への旅行や会後の酒席は楽しかった。皆さん本当にありがとう。

最後になったが、文学研究書にはとりわけ厳しい昨今の出版事情の中、本書の出版を快諾下さり、自ら編輯の労をおとり下さった小鳥遊書房の高梨治氏に深甚なる謝意を述べたい。

二〇二二年二月二十五日、八十六歳の誕生日に

玉泉八州男　識

◉ラ行

◉ワ行

◉マ行

◉ヤ行

◉タ行

◉ナ行

◉ハ行

◉サ行

【事項】

◉ア行

◉カ行

◉カ行

◉サ行

◉タ行

◉ナ行

◉ハ行

◉マ行

◉ヤ行

◉ラ行

◉ワ行

索引

※おもな【人名＋作品名】【事項】ごとに、五十音順に記した。
※作品名は作家が判明しているものは作家ごとにまとめてある。
※作品内の登場人物には後ろに（　　）で登場する作品名を記した。
※「シェイクスピア、ウィリアム」については、ほぼどの頁にも頻出するためページ数を省略。

【人名＋作品名】

◉ア行

【著者】

玉泉八州男

（たまいずみ　やすお）

昭和 11（1936）年、新潟県高田に生まれる。
東京大学大学院博士課程満期退学。
東京工業大学、千葉大学、帝京大学を経て、東京工業大学名誉教授。
日本学士院会員、日本シェイクスピア協会元会長。
著書に『女王陛下の興行師たち――エリザベス朝演劇の光と影』
（芸立出版）（昭和 60 年度サントリー学芸賞）、
『シェイクスピアとイギリス民衆演劇の成立』（研究社）、
『北のヴィーナス――イギリス中世・ルネサンス文学管見』（研究社）、
『エリザベス朝演劇の誕生』（編著、水声社）、
『ベン・ジョンソン』（編著、英宝社）、その他。
訳書に、C. S. ルーイス『愛とアレゴリー』（筑摩書房）、
C. L. バーバー『シェイクスピアの祝祭喜劇』（共訳、白水社）、
F. イェイツ『記憶術』（監訳、水声社）などがある。

シェイクスピアの世紀末《せいきまつ》

2022 年 6 月 10 日　第 1 刷発行

【著者】
玉泉八州男

発行者 : 高梨 治
発行所 : 株式会社**小鳥遊《たかなし》書房**
〒 102-0071　東京都千代田区富士見 1-7-6-5F
電話 03 (6265) 4910（代表）／FAX　03 (6265) 4902
https://www.tkns-shobou.co.jp

装幀　ミヤハラデザイン／宮原雄太
印刷・製本　モリモト印刷株式会社

ISBN978-4-909812-87-2　C0098